阅世奇言

靖康生死局

郭策 著

辽宁人民出版社

图书在版编目（CIP）数据

阅世奇言：靖康生死局 / 郭策著． -- 沈阳：辽宁
人民出版社，2025．1． -- ISBN 978-7-205-11318-6

Ⅰ．I247.5

中国国家版本馆 CIP 数据核字第 2024LV8997 号

出版发行：辽宁人民出版社
　　　　　地址：沈阳市和平区十一纬路 25 号　邮编：110003
　　　　　电话：024-23284191（发行部）　024-23284304（办公室）
　　　　　http：//www.lnpph.com.cn
印　　刷：天津光之彩印刷有限公司
幅面尺寸：160mm×230mm
印　　张：20
字　　数：277 千字
出版时间：2025 年 1 月第 1 版
印刷时间：2025 年 1 月第 1 次印刷
责任编辑：蔡　伟　孙姣娇
封面设计：乐　翁
版式设计：一诺设计
责任校对：冯　莹
书　　号：ISBN 978-7-205-11318-6

定　　价：68.00 元

目 录

第一回

孔荆玉埋才草野　曹子高发迹皇都

词云：

> 白苎新袍入嫩凉。春蚕食叶响回廊。禹门已准桃花浪，月殿先收桂子香。
>
> 鹏北海，凤朝阳。又携书剑路茫茫。明年此日青云去，却笑人间举子忙。

——辛弃疾《鹧鸪天·送廓之秋试》

这首词乃是南宋词宗辛弃疾送生赴考之作。话说自隋唐开科取士以来，寒门子弟有了进用之阶，四海之内，莫不以读书举业为上。相传唐太宗见士子自端门缀行而出，抚掌而笑曰："天下英雄入吾彀中矣。"其实天下英雄何其之多，而中举者不过百之一二。大多人皓首穷经，老死户牖，亦未能博得一个进士功名。但终究把那不甘人下的心思给消磨掉了，不至于去犯上作乱，生惹事端。故唐人有诗云："太宗皇帝真长策，赚得英雄尽白头。"

如今单表一名文士，姓孔名岩，表字荆玉，乃是北宋末年时人，家居孟津县芙蓉镇绿柳庄。究其远祖，系山东曲阜孔圣人之后，论其近宗，则家门早已衰败。舍中黄泥为墙，茅草为瓦，祖孙三代务农为生。孔岩方出生时，流星经天，陨石坠地，正落在孔家院中，孔父以为吉兆，遂给爱子取名为"岩"。众邻皆道，此门中当出贵子。

不想孔岩的命途却颇坎坷，三岁时亡了父亲，家境越发艰难。七岁时，孔母对他说道："如今家中年成不好，朝廷又加征了赋税，只好送你去县中大户曹家放牛，这也是没办法的事。我已打听清楚，曹家主人是个爱老怜贫、累世积德的善人，断不会为难你的。"说时，便坠下泪来。孔岩道："母亲说得是，我在家也无事做，出去长长见识也好。"

次日，孔岩便进了曹府，拜见了主人。曹家主人甚是怜悯他，当即赏了二两银子，一套簇新的衣服。曹家有位独子曹峰，只年少孔岩半岁，生来聪明伶俐，智计百出。但因他早年丧母，父亲宠溺，没少惹是生非，整条街的孩子都奉他为首。父亲怕他学坏，误入歧途，不让他出门与伙伴玩耍，整日关在房里教他子曰诗云。因此当曹峰见到同龄的孔岩，格外地相亲相爱，经常偷着拉他去放风筝、捉蜻蜓、掏鸟窝、弹弹子，做尽了孩童事业。

过有一载，曹峰到了入学的年龄。主人见孔岩诚实可嘉，又难得与儿子友爱，便不让他再放牛，改行做起了曹峰的书童。塾师同是本县人士，年届五旬，不曾娶妻生子，一生工夫全放在举业上头，只可惜时乖运蹇，总不及第，因在县中学堂里设帐营生，指望着教出一两个进士，才不枉了自己一世读书。塾师初见曹峰，爱他聪明过人，以为是待琢的美玉，将大部分心思用在他身上，但时日一久，曹峰顽劣的本性便暴露出来，愈看愈是碍眼，实在是块不可雕的朽木，塾师大为失望了一回，也就不管不顾，听之任之了。只因曹家束脩丰厚，才没有劝他退学。

屈指两年过去。一日年关将至，塾师要回家过节，给学童们放了寒假。曹峰便如脱缰野马、出笼之鹄，尽情地撒起欢来，哪肯将学业放在心上！直至假期将尽，才想起塾师布置的一篇文章没写。曹峰一时着了忙乱，急忙铺纸调墨，构思文章，可即便搜肠刮肚，也写不出一个字来。

曹峰忽然心生一策道："我何不请孔岩代写？"他又怕孔岩不肯，便故意露出愁容，对孔岩道："我要去同父亲说，我不上学了。"孔岩道："这是为什么？"曹峰道："我不想考功名，又不想做秀才，上学有什么用？老头儿也看我碍眼，动不动就打我。"孔岩笑道："多少人想读书还不成呢。不读书，你去放牛吗？"曹峰道："我不是读书的料子，再怎么拾掇也没用。再说了，放牛有什么不好？胜过挨打挨骂。明日就开学了，我的文章还没写，老头儿准定又要打我。"孔岩道："好了，你难不成真跟你父亲去说？他不把你往死里打！"曹峰道："左右是挨打，我横下心去跟他闹。"孔岩道："这成什么样子！"曹峰道："不然，文章你替我写？"孔岩道："我怎么替你写？你我的字迹不同，如何瞒得过恩师？"曹峰道："这倒也不是难事。你念我写，那老头儿如何得知！可我就是不想读书了。"孔岩也是聪慧之人，当即明白过来，道："你说了半天，原来是要我帮你代笔。"曹峰道："我若能写出来，也不必怕挨打。你不必为难，我就同父亲说去。"孔岩拉住他道："慢着。我帮了你这回，你可得答应我，往后多用些心思在读书上。"曹峰喜道："好哥哥，你肯应了？"孔岩道："若再有下次，任你怎么闹，我也不管了。"曹峰道："一定，一定！"于是孔岩口述，曹峰手写，补上了功课。

次日塾师归来，索要文章。学童们挨次呈上。临到曹峰上前，塾师冷笑道："一连月余不见，只怕你连'赵钱孙李'也忘了吧。"曹峰低着头，不敢回言。塾师索过他的文章看过，却见文章脉络严谨，竟比众学童写的都好。塾师诧异道："这篇文章倒是有些意思。莫非他一月里勤学不辍，竟然大有进益了？"再转念一想："不对，江山易改，禀性难移，他肯用心读书，日头要打西边出来。是了，一定是请人代笔。"塾师便问曹峰："这文章是你写的？"曹峰道："是我写的。"塾师道："既是你写的，背一遍给我听。"曹峰道："是一月前写的，日久记不得了。"塾师冷笑道："我岂不知你有多少墨水，如何敢说谎话！岩儿，取戒尺来！"曹峰跪下道："先生，是我写的不假，却也多亏了孔岩哥哥指教。"孔岩便也跪下道："先生息怒，学生大胆妄为，甘受惩处。"

塾师听了，愈觉诧异。原来孔岩虽已听学两载，毕竟是伴读的书童，平日只做些蘸笔调墨、搬书负重的杂务，塾师并未关心过他的学问如何。塾师不禁又把文章细读一遍，正色问道："岩儿，当真是你写的？"曹峰抢着说道："是指教。"塾师喝道："没你的话。"孔岩道："学生不敢撒谎，文章是学生口述的。但不是曹峰请我代笔，是我见了题目手痒，无知卖弄，主动替他写的。"塾师道："既如此，我另出一道题目，当堂考一考你。若答不出，一并治欺师之罪。"孔岩道："请先生出题。"

塾师想了一想，便问道："'君子固穷'怎解？"孔岩答道："子曰：'君子固穷，小人穷斯滥矣。'意思是君子即使身处困穷，也能够安贫乐道。若是小人，就会不走正道，沦为奸臣、盗跖之流。故而孔子说，'贤哉回也！一箪食，一瓢饮，在陋巷，人不堪其忧，回也不改其乐'。"孔岩问一答十，塾师愈听愈喜，问道："你家住在何处？父母在否？"孔岩道："学生早年丧父，只有母亲在堂，家住芙蓉镇绿柳庄。"塾师听记在心，当日散了学后，便让孔岩引路，登门拜访孔母。

孔母正在机上织布，见说塾师到访，慌忙让进屋中，一面取了扫帚，要打孔岩。塾师忙拦住道："夫人为何打他？"孔母道："想是他不成器，在学堂惹出事来！"塾师笑道："令郎成器得很。夫人请坐，老朽有话要讲。"孔母方才丢了扫帚坐下，问道："先生有何话讲？"

塾师说道："夫人容禀：老朽自幼读书，苦历数十寒暑，功名不成，至于皓首。反躬自问，岂真我才不逮耶？故此设帐教书，一心寄望子弟出头，以遂我平生未足之愿。然则所授诸儿，若非愚鲁，便是痴顽，未有当其意者。今见令郎，实为璞玉。夫人若肯让他读书，致力举业，老朽情愿不收束脩，竭力训课。来日登庸，亦知我命中数奇，非战之罪也。"

一席话毕，孔母怔了多时，道："先生的话我一句没有听懂。敢烦说得明白一些？"塾师笑道："老朽愿尽心教授令郎学问，来日考中进士做官。"孔母道："哎哟，我家世代务农，怎敢妄想做官？"塾师道："不然，圣上求贤，岂论出身贵贱！若夫扬名后世，以显父母，方是孝之大者。"孔母道："家中贫苦，日后还要他放牛犁地，哪有工夫读书？不如罢了。"塾师道："书本、笔墨等一应费用，皆由老朽负担，不必夫人挂虑也。"孔岩便也跪下哭求道："儿实愿意读书，不会误了放牛犁地。"孔母见塾师如此殷勤，孔岩又如此意切，实在推却不得，便也不由松动了念头，答应道："但凭先生安排，若真能考得个一官半职，是祖坟上冒了青烟，也不枉他父亲一番希冀。"

孔岩原本只是喜爱读书，至此更添了一番举业的念头，不免萤窗雪案，加倍用功。塾师青眼有加，更将一腔心血倾注在孔岩身上。

一晃数载，玉树初成。孔岩及冠之年，取字"荆玉"，秋试中了举子。次年开春，塾师助以资斧，送他赴闱。孔岩踌躇满志，自分必中，谁知富贵皆有分，半点不由人，只落得个铩羽而归。放榜之后，孔岩一连沮丧数日，寝食俱废。塾师开导道："几人能够一举及第？你不过时运未到罢了。吃得苦中苦，方为人上人。不可动辄灰心。"孔岩道："学生唯觉愧对恩师，有负厚望。此后定当卧薪尝胆，朝乾夕惕，若不得中，誓不甘心。"自此下了悬梁刺股的功夫，终日目不窥园，闭户读书。可惜皇天不遂人愿，接连又考两场，尽皆失利。

春闱是三年一比，如此算来，就虚抛了九载年光。塾师已是六十高龄，郁积于怀，终至病笃。弥留床榻之际，喟然叹道："时耶？命耶？抑真我才不逮耶？"呕血数斗，抱恨而终。孔岩亲手葬了塾师，在坟前放声哀恸，哭得乡邻们无不落泪。

孔母叹道："夫子虽是好心要成全你，谁知反却耽误了你。枉费了十几年工夫，功又不成，名又不就，如之奈何？"孔岩道："儿愿闭户读书，以待来年大考。"孔母道："痴儿，你也要学那夫子！岂不知命中没有，枉自劳神？我只怕你要走那夫子的老路，心比天高，要与命争，白受一辈子的辛苦。我劝你早点死心，安分守己的好。"

孔岩低了阵头，忽道："儿记得娘曾说过，我在东京有位远房表舅，现今在姚经略府上做主事。"孔母道："那又如何？"孔岩道："儿想托他在府上谋个刀笔差事。一者可以周全衣食，二者不废旧业。锥处囊中，何愁无出头之日？总胜过在此荒郊僻壤里埋才自误。"孔母道："东京路途遥远，你要把娘一个人抛闪在这里吗！"孔岩道："娘说的是哪里话！等我寻着表舅，谋得差事，便接娘进京去住大房子，却不强似在此受苦！"孔母道："虽是表亲，多年不往来了，只怕人家不认。况且进京的盘费也非少数。"孔岩道："恩师皓首穷经，无妻无子，捐馆前将毕生积蓄都留给儿了，以供儿进学之用。治丧虽用去一些，尚余下五十余贯，儿不敢轻易用的。此去京城是为求取功名，想必恩师有知，亦不会见责。"孔母叹道："我若不答应你去，定然不肯甘心，只好由着你吧。"孔岩大喜，遂去镇上雇下一口骡子，囊了平生得意文章一卷，拜辞萱堂，奔赴东京。

时乃宣和六年仲春，孔岩已是而立之年。一路饥餐渴饮，夜宿晓行，不一日，进了东京城。真乃是繁华之地，形胜之区，但见：

河名汴水，府号开封。八千里衣冠云集，四百座军州辐辏。三街六市，堆列着罗绮珠玑；酒肆庖厨，烹饪着龙肝凤脑。夹岸朱门扑地，桥头社鼓繁华。雕鞍骏马，荡金鞭公子王孙；荷盖香车，遗绣帕红裙翠袖。凤管龙箫吹不断，琼楼歌舞几时休！

原来姚经略讳名"姚古"，乃系累代将门之后，常年与西夏交兵，因功拜为熙河经略使。宋主为羁縻武将之便，在东京赐宅一座，质留武将家眷。孔岩曾为赶考之故，来过东京，熟识路径，骑骡访至姚府，心中自思道："往日我进京赴考，也知有位表舅在此。只因自矜清高，不肯登门求告，落个请托求庇之名。如今困于名场，无缘得进，却也顾不得了。"抬头看时，只见府前朱门紧闭，有两名高大的武弁当值。孔岩下了骡子，整理衣襟，上前施礼道："晚生孔岩，求见赵主事，有劳军爷通禀一声。"一名武弁应道："府中哪里有什么赵主事？他姓甚名谁？"孔岩道："只知姓赵，是府中主事，五十来岁，是我表亲。"武弁见他的骡子又瘦又丑，冷笑道："又是乡巴佬赶来城里投亲。府内没有赵主事，你往别处找去。"孔岩道："晚生远道而来，只求见赵主事一面，望请军爷行个方便，感承不尽。"武弁道："没有就是没有，不要胡缠。"孔岩见他强横，理论不得，这正是：马行无力皆因瘦，人不风流只因贫。

孔岩见街对面有间茶棚，便转来茶棚坐下，向茶博士打听。茶博士正埋头拨弄着算盘，信口答道："府中只有一对父子姓赵，是从南方来的，你要找的是赵平他爹吗？"孔岩道："正是了，先生认得他吗？"茶博士笑道："你问对了人。"抬头喊一声道："赵老爹，有人找你。"

临街一副座头上正坐着一名灰袍老汉，老汉面前坐着一排垂髫小儿。原来老汉正在给小儿们讲"秦琼卖马"的故事，小儿们一动不动听得入神。茶博士又唤一声，灰袍老汉方才听见，便打住演义的话头，探头问道："是谁找我？"孔岩上前拜揖道："阿舅在上，请受甥儿一拜。"赵老爹上下打量一眼，问道："你是哪位？为何这般唤我？"孔岩道："家母赵氏，讳名秀芳，乃是阿舅表妹，远嫁在孟津县里。"赵老爹仰着头思忖一晌，恍然道："唔，原来是秀芳的儿子。令慈好吗？"孔岩道："甥儿幼年失怙，全凭家母抚养成人，含辛茹苦，十分不易。"赵老爹道："可怜她了。你是怎么找过来的？"孔岩道："我也是听人说起，阿舅在经略府上做主事……"

一言未了，众小儿敲着凳子嚷道："老头儿，还讲不讲？"赵老爹挥手道："去，去，全散了吧，明日再讲。"众小儿怨声一片，向孔岩扮个鬼脸，一哄散了。孔岩便在赵老爹对面坐下，叙说家常道："家母时常念及阿舅，只恨路远，不得专程奉谒。"赵老爹道："我时常也念着亲戚们，只为府上事忙，有失来往。你如今作何生活？"孔岩道："说来惭愧，甥儿蒙恩师教诲，一心读书，致力举业。本图昌大门户，衣锦荣归。却不想文章不入时目，科场失意，至今不逢。今者冒昧前来，是想托阿舅在府上安排个刀笔职事，权为栖身之所。来日展骥，绝不敢忘大德。"

赵老爹听了，将身向椅背上一靠，说道："姚经略唯才是举，你若没些造化，只怕不好举荐。"孔岩道："甥儿带有平日文章数卷，虽无韩柳之才，自谓文法尚且严谨。就有劳阿舅带入府中，呈与经略大人过目。"说毕，打开背囊，掏出一卷文章，揭开布来，双手递上。赵老爹随手翻看一回，丢在茶案上，道："贤甥莫怪直言。这等文章，难怪不能登第。"孔岩眉头一皱道："不妥之处，还望阿舅指明。"赵老爹道："我要照管着府中上百口的生计，哪有工夫教你！这样吧，你若肯出三百贯钱，我就替你去府上打点打点。"孔岩道："甥儿家贫，哪有三百贯钱作礼？"赵老爹道："非我不念亲谊。若是举荐失当，要担老大的罪过。"孔岩心下大怒，变了脸色道："若是甥儿的文章一无是处，不敢劳您举荐。我自藏拙，负米奉母去了。"说罢，卷起文章，起身便走。只听赵老爹在后冷笑道："不曾登第，就敢说会作文章，如今的后生好不谦虚！"

孔岩远来求荐不成，反遭一场羞辱，心中愈想愈怒，牵着骡子，信步便走到了城南的虹桥上。桥下正是汴水，粮船来来往往，挨次放倒了桅杆过桥。孔岩正叹息间，只见船首甲板上有人向他招手道："哥哥，哥哥。"孔岩循声一看，喜出望外。只见那人面圆耳大，背阔腰粗，穿一领青布衫，踏一双靴子鞋，正是孔岩的总角之交——曹峰，表字"子高"者也。原来曹峰自少读书不成，却染上吃喝嫖赌的恶习，二十岁时气死父亲，败光家业。又因欠下赌债，逃往外乡去了，与孔岩已有多年不见。

曹峰见了孔岩，便急命粮船靠岸，孔岩也跟着下桥相迎。曹峰不待船只靠稳，纵身上岸，抱住了孔岩，又哭又笑道："哥哥，我想死你了！"孔岩道："好了，好了，多大的人，还跟孩子似的。一别数载，你到哪里去了，怎么连个音信也无？咱们要好生叙阔叙阔。"曹峰道："应当，应当。等我交卸了公事便来。"说罢，重回船上，与一名管事的说话。交代已毕，跳到岸上，一手替孔岩牵了骡子，一手携着孔岩的手臂道："走，我请哥哥吃酒去。"

二人把臂并肩，穿街过市，欢欢喜喜，来到樊楼。樊楼是东京最繁盛的酒楼，坐客常满，樽酒不空。曹峰将骡子交与店员喂养，便占一间明净阁儿，点上肴馔。

孔岩问起曹峰的际遇。曹峰道："自我背井离乡之后，走南闯北。与人搭伙儿做过生意，贩卖过牛马，也做过没本钱的买卖，其中酸苦一言难尽。三年前我来到东京，因缘际会，结识了一位漕帮舵主，姓曹，名无忌，论起辈来，还是我的远房叔叔。我经他举荐，得以入帮。两年后又蒙他提携为堂主，管理着一条粮船。"孔岩问道："漕帮是何处衙门？"曹峰笑道："哥哥可谓'两耳不闻窗外事，一心只读圣贤书'。漕帮不是衙门，是江湖上一大帮派。"

说话之间，店员铺设酒肴上来。曹峰斟满了酒，递与孔岩道："此酒唤作'蔷薇露'，是宫廷御酒，只有在这樊楼上才能吃到。哥哥尝尝味道如何。"孔岩呷了一口道："好酒。今日让你破费了。"曹峰笑道："兄弟自发达以来，时常思念哥哥，今得其便，怎能不好生请你！"孔岩问道："你每月里有多少酬劳？"曹峰道："我这差事不是论月酬的。但凡堂口下的帮徒，每年要交纳三五十贯行例不等。除去日常开销、进贡舵主以及打点官府之用，余下都是我的。算来每月该有百八十贯的进项。"孔岩不禁又问："漕帮究竟是何来历？"曹峰道："吃了酒，我给你细讲。"

二人举盏饮尽，曹峰讲道："漕帮起自漕运。我朝立国以来，定都开封。而开封城四面平阔，无险可守，燕云十六州又久被辽人窃据。欲拱卫京师，唯有屯驻重兵，是所谓'国以兵而立'。驻兵便要养兵，养兵便要粮谷，是所谓'民以食为天'。多亏有这么一条汴河，源源不断地运送来江淮的粮米，是谓'漕运'。欲通漕运，便要有纤夫牵挽、河工疏浚。这些纤夫、河工，平日受尽贪官污吏的盘剥，到手之钱不足糊口。因而组建起漕帮，一同反抗苛政。"

孔岩道："适才你说要拿钱打点官府，岂非与初衷相悖了吗？"曹峰笑道："漕帮成立已有百年，帮中长老早想明白，与其同官府作对，不如和气生财。把官府打点妥当，便好开赌坊、贩私盐，做些一本万利的买卖。"孔岩道："这不是狼狈为奸吗！"曹峰道："哥哥怎还这般耿直！当今世道，只认得'钱''权'二字。你可知漕帮背后的靠山是谁？"孔岩道："是谁？"曹峰道："北京大名府留守兼河北路转运使梁世杰。"孔岩道："便是蔡京的女婿梁世杰？"曹峰道："不错。漕帮现任帮主名唤洪五，正是梁世杰的幕僚谋主，现今充任河北路转运判官一职。去年童贯征辽，还要靠他转运粮米。"孔岩嗟叹不已，又问："你这堂主是何等级？"曹峰道："帮主以下有十几位舵主，各管着一段水道。舵主麾下又有十几位堂主。堂主以下就是寻常帮徒了。"

二人又饮数杯，曹峰问道："哥哥，你因何来到东京？"孔岩叹道："我的事你尽知道。我自少经恩师开蒙，致力举业，无奈寒窗二十载，却是接连落第。至今师恩未报，马齿徒增，生计无着，家境日窘。家母屡次劝我改业，私心只是不甘。因念有位远房表舅在姚经略府上当差，便想托他谋求个刀笔职事，指望着结交贵人，出头有日。可怜我一路寻来，他却拿腔作势，问我有何造化。我取出带来的文章，烦他呈送经略大人过目。他只看了两眼，便笑我文字不通，又说：'你若想在府上谋求差事，少说要拿三百贯钱打点。'我一怒之下，起身走了。"

曹峰道："三百贯值得什么？回头我就给哥哥送来。"孔岩道："兄弟当我是何人！怎肯再去求他！我只恨他十分作态。"曹峰道："我也颇识得些经略府中人物，你且说那亲戚姓甚名谁？"孔岩道："姓赵，是府上主事。"曹峰摇头道："府上有两名主事，一名姚忠，一名姚义，都不姓赵。"孔岩又道："据说他有个儿子赵平，也在府上做事。"曹峰正吃着酒，听得此言，"噗"的一声，把酒都喷到了孔岩的脸上。孔岩一面拭去酒水，一面问道："兄弟何故发笑？"曹峰捧腹笑了多时，说道："他是府中刷马的老奴，哪里是甚主事！只因他儿子赵平是姚家公子的书童，人家口头上敬重他些，唤他一声'老爹'。他逢人便要吹嘘夸耀，好似姚经略是他朋友，姚公子是他晚辈。我说出来哥哥莫恼，他其实字识不全，反说你文章不通！"孔岩拍案怒道："枉我堂堂男儿，竟被个老奴所辱！"

曹峰又笑一阵，说道："话说回来，那功名有甚好处？不说费尽心力，头发熬白，即便一朝登科，也要处处受人拘管，宦海沉浮，旦夕不保。怎及我钱财到手，自在挥霍？况哥哥胸中所学，胜我十倍，做什么不得志，非要做官！"孔岩道："学成文武艺，卖与帝王家。人各有志，岂可夺哉！"曹峰道："说起人各有志，倒让我想起一人。此人恰与哥哥相反。哥哥一心求名，他却是一心逃名。"孔岩奇道："此是何人？"曹峰道："正是姚经略家中公子。"

孔岩道："据说姚公子是位少年英雄，幼而能文，长而阅武，十八岁时便随父从军，在边疆上效力。何来逃名一说？"曹峰道："哥哥说的是姚经略长子，名唤'姚武'，表字'伯雄'，今年二十六岁。却不知姚经略有一位亚子，名唤'姚文'，表字'仲英'，去年方才及冠。兄弟说的那位公子正是姚文姚仲英。"孔岩道："你且说他是怎样人物？"曹峰道："这公子自少早慧，才兼文武，三教九流，无所不通，真有容山纳海的襟怀，经天纬地的气概。只有一件，立志不肯做官。去年姚经略要让他迎娶蔡京的孙女，这公子坚意不肯，竟尔留书一封，辞家去了，至今已年过半载，不知所终。"孔岩叹道："此人当是嵇康、阮籍一类人物，却非我辈可及了。"

二人相叙契阔，飞觞举白，不觉沉醉。孔岩见阁子白壁上多有前人题咏，一时感伤怀抱，不能自已，便也向伙计索取笔墨，在那白壁上题诗一首。诗云：

> 玉箸金樽未解忧，此身安事稻粱谋！
> 十年刺股思龙殿，三度折肱辞凤楼。
> 怜我青袍揖竖子，羡他白眼傲王侯。
> 即今归去求田舍，髀肉重生恨不休。

写毕，孔岩掷笔大笑道："兄弟，我自此死了心也。"回看曹峰，却已醉倒在桌上。原来曹峰酒量不深，却贪杯好饮，每饮辄醉。孔岩推他不醒，便唤伙计进来道："将我这位兄弟抬进客房歇息。等他醒时，就说我先走了。酒钱你向他要。"伙计道："这位是店中常客，客官自去，不必多说。"孔岩便扶醉下了酒楼，骑上骡子，取道还乡。正是：自言汉剑当飞去，何事还车载病身。暂结此回，下文再讲。

第二回

困穷途结识义寇　散资财智劝家奴

话说孔岩离开东京，取道还乡，一路上饥餐渴饮，暮宿朝发，沿着黄河上行，走出百里地。去年大河南北闹了蝗灾，颗粒无收，赤地千里，延至今年开春，正是青黄不接的时候，百姓仓无积粟，户无丁黄，苦得一个个吃树皮、嚼草根，骨瘦如柴。随处可见穷黎饿叟，乞于道路。孔岩哀叹不已："圣上深居禁中，言路不畅，群臣阿附上意，上瞒下欺，又怎知京城之外，会是这般景况！"

一日行经山路，天已黄昏，渐渐云多烟少，树密人稀，正当行处，只见前路上侧卧着一名少年，瘦骨嶙峋，不知生死。孔岩心说"不好"，跳下骡背，上前来看。方才扳过少年肩膀，便见少年闪开两眼，笑道："躺下吧。"耳听"砰"的一声，孔岩后脑便着了一记闷棍，不由自主，扑地倒了。草丛中簌簌有声，陆续蹿出几名少年，上前夺了孔岩包裹，抢了骡子，扬长而去。

孔岩苏醒来时，包裹、骡子俱已不见，心下叹息道："小小年纪，就做强盗，真可叹也。我尚有二百里路程，没了盘缠，如何回家？唉，事已至此，只好走一步看一步，尽早寻个宿处再说。"山行无数里，忽听空际传来暮鼓之声，山谷传响，声久不绝。孔岩蓦地想起，不远有座山寺，自己往年进京赶考之时，就曾落宿寺中，布施过香火，正可去借宿一宵，讨些斋饭。于是迈开大步，投那山寺中去。

　　一径里绿荫遮道，曲径通幽，来到山门前，正见一名小沙弥跂足在门首张望。孔岩正要上前搭话，小沙弥当先开口道："阿弥陀佛，施主是蔡知县官眷一行吗？"孔岩道："非也。我是过路的，因逢事故，失了牲口和盘缠。想借贵寺落宿一宵，并讨些斋饭糊口，望贵寺广开方便之门，救人缓急则个。"小沙弥道："阿弥陀佛，小寺僧多粥少，不足以容纳香客。自今春以来，就一概不许客人借宿了。施主早投别处去吧。"孔岩道："天色已晚，另有何处可去？求小师父看在佛面上，容纳一宵。"小沙弥道："这是长老定的寺规，小僧不敢违背。施主请回。"

　　二人正在理论，一名老僧步出寺门问道："济慈，你在与何人说话？是让你等的贵客到了吗？"小沙弥济慈道："长老，贵客还没有到。这位施主要在寺里白吃白住，我让他走，他又在这里蛮缠。"孔岩道："这位小和尚好不会说话。我并非白吃白住的人，往日也曾在贵寺布施香火。谁没个落难的时节，贵寺就这么不通情理吗！"

　　长老道："阿弥陀佛，这位施主，你是从何而来？"孔岩道："从东京来。"长老道："哦？是从都城来的。请问是一个人来，还是带着伴当来？"孔岩道："只我一人来，没有伴当。"长老又问："那么是骑马来的，还是乘车来的？"孔岩道："是骑骡子来的，不幸在半路被人抢了。"长老又道："阿弥陀佛，施主不知，今上重道轻佛，寺中香火不能相比于往日了。小寺虽想广结善缘，奈何财力微薄，不足兼济。因此定下寺规，自今春以来，就已不再容留外客。望施主体谅海涵。"孔岩道："我只宿一晚，明早便行，能吃贵寺多少粥饭？出家人不肯与人方便，空拜佛祖何益！改日我重经此地，自然感恩布施。"长老摇首道："寺规如此，恕老衲不能通融。"孔岩又道："便无粥饭，有处栖身之地也行。"长老道："禅房已住满了。"孔岩道："纵无禅房，哪怕是铺张地席。"长老作色道："你这施主，老衲已说得明白，何以定要纠缠不休，扰坏我佛门清净！"

孔岩不禁怒焰上腾，无奈人家拿寺规搪塞，只得忍着愤怒下山。正在此时，见有一群牵马担轿抬箱子的人上山来，与孔岩错肩而去。孔岩不知来的是谁，便又驻了足看。只见山寺长老疾趋两步，迎上轿子，躬身合掌道："阿弥陀佛，贵客远临，实令敝寺生辉。老衲已等候多时了。"一位管家模样的道："你是寺中的长老吗？"长老道："老衲正是。"管家道："客房、斋饭是否备妥？"长老道："早备妥了。"管家道："那就进去吧。"长老道："是，是！请进、请进！"说毕，唤众僧出来，帮着客人搬抬行李。

孔岩立足看了多时，忍不住走回寺前，闹嚷道："既有寺规，就该一视同仁。不让我住，为何让他们住？"小沙弥忙把他拉到一旁道："莫嚷，莫嚷，惊动了官眷，拿你到官府去。"孔岩道："他们是什么人？"小沙弥道："是孟津县蔡知县的官眷，那蔡知县又是当朝宰辅蔡京的孙侄儿，你说是何来头？你能和他们争吗？"孔岩大怒道："如今的佛门竟也这般势利。"小沙弥道："没奈何，小寺的寺僧也要吃饭，施主就不要怨天尤人了。我给你指一条赚钱的路子。下山望东不远，有一处黄河渡口，渡口处搭建着一座水寨，每日船只往来，都要在水寨装卸船货，因此常年要雇用脚夫。明早你可去水寨找份差事。赚足盘缠，便好回家去了。"孔岩长叹一声，不再理论，背着月色下山，耳听得身后寺门关上。

下山即是黄河南岸，此段水势相对平缓，可以逆水行舟。沿岸泊靠着许多渔船，亮着星星渔火。孔岩心想："这些渔民常年以船为家，风餐露宿，受尽漂泊之苦。幸喜天已转暖，我何不就去船上借宿一宵？"只见不远滩涂上正围坐着二十来人，点着一堆篝火，木架上烤着牛羊。众客趁着酒性，谈天说地。孔岩便凑身上前道："诸位大哥，小弟有礼了。"众客笑声戛然而止，一起抬眼看他。孔岩大吃一惊，只见众客宽袖皮靴，都是北方装束，手按在腰间，似是藏有短刀，目光阴沉，面有狠色。

沉默片刻，一名刀疤脸的汉子道："来这里坐，一起吃些。"孔岩觉着背上生寒，可事到如今，也只好泰然处之，道了声谢，在刀疤脸汉子身旁坐下。刀疤脸汉子正是众人之首，他去烤架上掰下一只羊腿，递与孔岩。孔岩接过，看着众客，笑道："诸位怎么不吃？莫非因小弟唐突造访，搅了酒兴。"刀疤脸汉子道："能饮酒吗？"孔岩道："虽不善饮，少饮无妨。"刀疤脸汉子便又递革囊过来。孔岩打开革囊，仰头吃了一口，喝彩道："好烈的酒。"刀疤脸汉子笑道："我生平就爱喝烈酒。好兄弟，你叫什么？因何到此？"孔岩答道："小弟孔岩，孟津人士。只因去拜访亲戚，在东京盘桓了两日。回乡之际，不幸被几名饥馑少年所算，夺了包裹。承蒙大哥不嫌，赠给我酒肉吃。"刀疤脸汉子笑道："四海之内皆兄弟也。我们也正要往孟津去。"孔岩问："诸位要去孟津作甚？"刀疤脸汉子道："我们都是贩马的客人，要去洛阳联络买家。"孔岩道："听大哥口音，是北方人吧？"刀疤脸汉子道："不错。看你模样，是个书生？"孔岩叹口气道："是个一无所成的秀才，应举了三回没中。"刀疤脸汉子道："或是考官无眼，未必兄弟无才。"

二人你一言，我一语，说得竟颇为投机。众客便也放松下来，轮番劝酒。孔岩不觉吃得醉了，慨然诉说起自己怀才不遇的酸辛，又说到暮投山寺时遭遇的不平。正当众客听说有官眷在寺，不约而同对看一眼。孔岩瞧在眼里，心头一震，自知酒后语失，便即住了口，称醉求卧。众客尚意兴未阑，刀疤脸汉子便让人将他扶去客船歇宿。孔岩假作梦呓，瞒过众客，留心听时，只听刀疤脸汉子道："确是个书生，你们不用多疑。"众客又吃了一阵酒，说的尽是江湖上杀人放火的事。孔岩暗想："这群人八成不善。幸而我身无分文，不至于谋害性命。我且安心睡上一觉。"

次早，听得山寺上晨钟响，孔岩醒来。众客或宿醉未醒，或已早起晨练。刀疤脸汉子正赤着上身，在岸上打拳，足下卷起一阵阵沙尘。孔岩虽不识拳法路数，也觉打得力大声沉。刀疤脸汉子见他从船舱里出来，便即收住拳脚，喘定气息，问道："兄弟睡得好吗？"孔岩道："一时酒醉，睡到天明，酒后之言全记不得了，让兄见笑。"刀疤脸汉子笑道："酒醉忘事，人之常情。今早我们就要启程了。本当顺路送兄弟还乡，奈何我们另有事务，不便同行。些许银两，权为兄弟路途之资。"说毕，从腰包内取出三两银子送他。孔岩心中感激："我以小人之心度之，人以君子之行待我，真可愧也。"捧手说道："仁兄与我萍水相逢，素昧平生，竟尔慨然解囊，馈银相助，虽古之侠士，无以加焉。小弟感激之情，难以言表，至于此银，愧不敢受。"刀疤脸汉子道："诶，古语曰'白发如新，倾盖如故'，你我虽相识日浅，却是言语相投，非缘分而何！些许财帛，万莫推却。"孔岩道："小弟恐日后无以为报，故不敢领。"刀疤脸汉子道："然则兄弟如何回乡？"孔岩道："小弟有足有手，自可赚足路费。昨日小弟听得人说，此间不远有处渡口，渡口上有处水寨，每日要雇用脚夫装卸船货。小弟欲往那里赚钱。"刀疤脸汉子笑道："兄弟读书之人，肯干此下等人的营生吗？"孔岩笑道："子曰：'富而可求也，虽执鞭之士，吾亦为之。'职无贵贱，有何不可！"刀疤脸汉子便不再劝，说道："兄弟多保重吧。"孔岩于是举手作辞，再道感激，转身去了。

渡口水寨只有五里路程，水寨里早已是人声鼎沸。大小船只依次泊在渡口，由脚夫卸下货物，再去别处停靠。那水寨有十亩大小，建有仓储草舍二十余间。寨门口处悬块木牌，上写着："工钱日结，百二十文。"门前坐着一名蓝衫管事，身前摆张方桌，备着账本笔砚，一个个点验进寨的脚夫。

孔岩走到管事的面前道："我想找份差事做。"管事的抬头看他一眼道："哪里来的？是帮徒吗？"孔岩被问得摸不着头脑，答道："我是外乡的，不是什么帮徒。"管事的道："不是帮徒就走开，这里用不到你。"孔岩道："我也有力气，为何不用我？"管事的道："我已说过了，此处只招用帮徒，胡搅蛮缠没用。"原来黄河沿岸的水寨都是漕帮的产业，管事的手里有本记载本地帮徒名字的花名册，你若不在册上，谁肯用你！至于想要入帮，就先去拜了师父，交纳上行例来！

这正是一文钱难倒了英雄汉，孔岩又吃了一场闭门羹。正要走开，只见远处行来一队轿马人夫，四个人抬着轿子，六个人担着箱笼，一名随从牵着白马，一名管家喝道开路，另有一名丫鬟随轿而行。孔岩看着众人面善，认出正是昨晚投宿山寺的官眷一行。

码头上乞讨的孩子、乞丐见有坐轿子的，都知来的是贵人，一窝蜂就围了上去乞讨。管家、随从忙着轰赶不迭。一名饿急的孩子猛然一冲，就要抢夺马背上的包裹。白马受了惊吓，腾蹄立起，将牵马的随从踢了一脚，随即挣脱了缰绳，撒蹄狂奔。管家急得大呼小叫："哎哟，快拦住，拦住！"白马发足狂奔，唬得众人退避不迭，跌倒一片。

孔岩自小替人放牛养马，识得马性，怕那马发狂伤人，急忙连哄带喝，上前拦马。他也是一时胆量，看准了时机，揪住鞍子，翻上马背，紧紧夹住两腿，双手拢那辔头。白马或立前蹄，或掀后股，挣扎着要甩脱孔岩，孔岩却如粘在马背上一般，每每都能逢凶化吉。白马渐渐没了脾气，消停下来，稳稳当当立在原地，垂下脖子吃草。孔岩便跳下马来，牵了缰绳，送还主人。

管家早将那名惊扰了白马的孩子捉住，挥动马鞭子乱打。孩子疼得哇哇哭。孔岩喝止道："住手，不要打了。"管家才丢下孩子不管，接过孔岩手里的缰绳道："这可是我家主人爱马，走失了可了不得。"轿中的夫人不满道："怎么连一匹马也管不住？"管家道："马夫近日打了摆子，没有同来，只得让随从牵着。不想今日受了惊，发起狂来。"夫人道："它若再任性撒野，谁人能制？"

听到此言，孔岩心念一动，借机说道："敢问诸位是去孟津的吗？"管家道："你怎么知道？"孔岩笑道："咱们昨晚就见过。我听小沙弥说你们是孟津蔡知县的官眷。"管家面有得色道："不错，蔡知县正是我家主人。"孔岩道："不瞒你说，我也是孟津县人，正从东京探亲回来，不幸路上失了盘费。你们若管饭吃，载送我一程，我可以为你们看马。"管家道："你会养马吗？"孔岩道："我自小替人养马。"管家回头问轿中夫人道："夫人，可使得吗？"夫人道："要问清他的底细。"孔岩笑道："我是读书人，能有什么歹意？你们放心。"夫人道："就让他看马吧。"管家应了一声"是"，向孔岩道："还不谢过我家夫人？"孔岩心想："我替他们驯服了马，反倒要我道谢，甚没道理。"只道："放心吧，保管喂养得好。"

这时管理水寨的头目抢步上前，打躬施礼道："让夫人受惊了，快请进寨中用茶。"管家道："茶就不用了，船只备妥了吗？"水寨头目道："蔡相公的事，小寨安敢怠慢！泊靠在岸边的那条黄漆大船就是。"一众走进寨里，来到岸边。只见那船长十数丈，宽五丈余，甲板宽大，帆布高悬。船上配有舵手、船员、杂役、厨师，共计一十二人。丫鬟扶着夫人下轿，自舷梯登上大船，走进前舱的单间里宿卧。一众从人将箱子、行李搬抬上船，宿在后舱。孔岩牵了白马上船，拴在船尾的甲板上。

起锚不久，就见后面驶来两条客船，船上各有十来名壮汉。二船尾行有十数里路，扬帆赶了上来。一名刀疤脸汉子叫道："前面船上的兄弟，你们往哪里去？"大船上船员答道："往孟津去。"刀疤脸汉子道："巧了，我们也在孟津下船。"管家闻声出来，问船员道："在与何人说话？"船员道："有两条船跟在咱们后面。适才是船上一人在问话。"管家打量了那船上众船客一眼，问道："你们是什么人？"刀疤脸汉子道："我们是北方贩马的客人，要去洛阳做买卖。见你船尾甲板上拴着一匹雪花也似白马，膘肥体壮，不同凡品。我愿出一百贯钱买它，你肯卖吗？"管家道："这是我家主人爱马，莫说一百贯，一千贯也不卖。"刀疤脸汉子道："停下船，咱们商量商量。"管家道："没什么好商量的，不卖，不卖。"

孔岩正在后舱里拣选喂马的草料，闻听有人说话，探出身来观瞧，只见后船上的船客正是昨晚一同过宿之人。孔岩心想："不好，这些人是打起了官眷的主意。"管家也已觉察到来人不善，忙将从人们叫到一起商议。管家道："咱们遇上麻烦了。有两条船一直跟在后面，适才又主动搭话，模样凶狠，言语尴尬，怕不是强寇之流！"众人悚惧道："这可如何是好？"管家道："我也没有主意，才唤你们相商。"众人越发慌作一团。

孔岩凑身过来道："先不要急，白日里人多眼杂，强盗多半不会动手。要动手也要等到晚上。"一名轿夫道："咱们加快驶离，甩开他们。"孔岩道："不妥，他们船轻行快，咱们船大行迟，只怕是跑不过！"一名担夫道："可等到人烟稠密之处，靠岸呼救。"孔岩又道："常言道：'各人自扫门前雪，哪管他人瓦上霜。'这些都是穷凶极恶之徒，若被逼得急了，保不准会强行动手。到时候杀人害命，谁来相救！纵使他们一时退缩，也绝难善罢。往后还要走几日水路，谁知他们何时动手！"管家道："这也不行，那也不行，若依你说，如何是好？"孔岩道："为今之计，只有破财消灾。"

管家道："怎么叫破财消灾？"孔岩道："强盗乃为劫财而来。咱们主动舍弃财物，他们自然不会动手。"管家道："你的意思是，把财物主动留给强盗？"孔岩摇头道："不然，我有一个主意，再行五六里路，沿岸有一市集，可将财物就地布施百姓。既可脱离灾殃，又是善莫大焉之举，皇天必然护佑。"管家踌躇道："此事我要向夫人请示。"孔岩道："那就快去。如今不是犹豫不决的时候。"

管家如实向夫人禀说了一番。夫人唬得战战兢兢道："此事有何难决，财物可以再得，死者不可复生，况且我家又不缺钱。但要能够转危为安，就是荡尽家财，也不足惜。"管家领命而退，再向孔岩问策。孔岩一句一句教他话说，管家感激道："若能出脱这场大难，我等必有重谢。"孔岩道："这是你自家积德，我何德之有！"

再行数里水路，果见一处市集。两条寇船依旧不紧不慢地相随。管家令舵手抛锚靠岸，系住缆绳，放下舷梯。先遣随从知会管理市集的司市，又令将船上箱笼一件件搬抬下来。司市不敢怠慢，忙将市集中的百姓召集起来，乌压压聚了数百号人。那寇船上的人不明何意，也都下了船，驻足观瞧。

只见管家跳上一处高台，摆了摆手，让众肃静，向众说道："我家夫人生平乐善好施，爱老怜贫，近闻大河南北遭了蝗灾，穷苦百姓食不果腹，可说是日夜忧虑，深为痛心。因此向佛祖发了宏愿，要尽倾囊之力救助黎元。自明日起，就于此处搭建粥棚，广为布施。合船财货，尽已在此，出入款项，点检明白，交托司市，报备官府。在场之人，皆为证见。"百姓听闻，欢声雀跃，尽皆称颂夫人之德。市集中自有典当行的人，就于众人面前打开箱笼，逐件估值，计其资财，足有数千贯之数，列入账目，以备核查。在场之人口口相传，围观的愈聚愈众。将及日中，清点已毕，孔岩叫道："再追加三百贯。"

原来就在众人围看估值的当口，孔岩牵了那匹白马下船，找到刀疤脸的汉子道："仁兄，你我又见面了。"刀疤脸汉子奇道："兄弟，你从哪里来的？"孔岩便讲了别后的经历。刀疤脸汉子笑道："你我果是有缘。"孔岩道："这一家都是良善之辈，定要将资财在此布施了。这匹白马本来也要捐纳，只怕无人识得，衹辱于奴隶人之手，骈死于槽枥之间。仁兄慧眼，能识良驹，愿以二百贯卖与仁兄，令白马有个归宿。仁兄意下如何？"刀疤脸汉子笑道："委实是匹良马，二百贯卖得贱了。我愿以三百贯买。"说毕，令众党集资，凑足了三百贯钱买马。孔岩得了资财，即来捐纳。

管家得知孔岩私下里卖了白马，大吃一惊，当着众人的面又不好发作，又不敢向寇党讨还，只得暗中叫苦。布施已毕，众人回船。刀疤脸汉子向孔岩一捧手道："兄弟，你们的船太慢，我们就先行一步了。青山不改，绿水长流，咱们后会有期。"孔岩捧手答礼道："仁兄，后会有期。"

管家见寇船去远，将前事禀明夫人。夫人既知脱离祸难，转又痛惜起财物来。孔岩留了一个心眼儿，侧身在走廊里听。管家正说起孔岩私卖白马的事。夫人道："此人来历不明，怂恿咱们无故散了资财，又私自卖了白马，着实可恶。未必不是寇党。"管家道："夫人所见有理，该如何处置？"夫人道："且先不动声色，将他稳住，到了孟津，就说要重金赏赐他，赚去官府，交与我夫审问。好歹给他定个通匪之罪。"孔岩心想："好个忘恩背义之人，我才救了她性命，转过头就要害我，还不如强寇光明磊落。果然是害人之心不可有，防人之心不可无。若非我听到此言，必然要蒙冤受屈，丢了性命。我也先不动声色，回到孟津再说。"想毕，悄然走开，回后舱睡下。

不久，管家来到后舱，叫起孔岩说话。先是说了许多感激之言，接着便套问他姓名住处。孔岩已知他有歹意，怎肯实言！只捏造些虚话来说。二人虚与委蛇地谈了半日，不必细表。

复行四昼夜，驶入孟津境内，离水寨只有二十里远，一行人靠岸稍歇。孔岩心想："一会儿到了水寨，怕有衙役来迎，想走就不便了。不如趁着此时便走。"因而借言小解，脱离了众人视线，悄悄地摸寻小路走了。

众人等候多时，不见孔岩回来。有人说道："莫不是他径自回家去了？也不跟咱们知会一声，好无礼也。"又有人道："咱们还等他作甚？反正是随带之人。"管家吐露实情道："你们不知，夫人还要拿他问罪呢。"便将夫人之言告与众人。众人心想："他好歹曾出主意，救了一船人性命，何故反要害他？"心中均有不平之意。一人说道："我看是等不回他了。既已问明他姓名住处，回官府后，再差衙役缉拿便是。"管家道："只得如此了。"将言回明夫人，便下令舵手起锚，一众往水寨而去。欲知后事如何，且看下回分解。

第三回

蔡郎君腰悬斗印　童太尉血染朱绂

话说孔岩离开大众，摸寻小路回家。不想此时春雷阵阵，下起细雨。孔岩举目一看，只见不远有处依山傍水的村落，名唤杏花庄，水北有一二百户人家，水南是一片荒地，乱蓬蓬生着野草，已不能辨别阡陌。孔岩寻思着找处屋檐避雨，便投杏花庄去。

杏花庄内甚是荒芜，不闻鸡犬之声。家家户户敞着大门，无主的杏花坠落满地。孔岩立在一处屋檐下避雨，心中疑惑："偌大一处村落，竟无人迹了吗？"站有一刻，只见冒雨归来一名老翁，拄着拐杖，弯腰驼背，该有七八十岁年纪。孔岩等他走近，便问道："老伯是庄上的吗？"老翁道："你是什么人？"孔岩道："我是过路的，适逢雨急，在此暂避。"老翁道："前头不远就是我家，你来坐坐吧。"

孔岩谢过，同到老翁家中。只见家中空落落的，只有些床榻等笨重之物，窗子用纸糊着，屋顶残破漏雨，地上长着青苔。孔岩道："老丈的屋顶该修葺了。"老翁叹道："只我一个人，活不了多久了，将就着住吧。"孔岩道："两年前我曾来过贵庄，彼时鸡鸣犬吠，倒也兴旺。怎么时隔不久，竟破败成这个样子？莫非遭遇过大盗洗劫？"老翁面露怒色，将拐杖敲着地，道："不是强盗，是蔡知县逼得乡亲们都去落了草！"

孔岩道："想必他是个鱼肉乡里的贪官？"老翁道："世上不只有清官和贪官的。那蔡知县是当朝蔡相爷的孙侄儿，人称作'玉面小郎君'。他本是纨绔子弟，却因祖荫得了功名。其人虽不贪财，却也全不知百姓的疾苦。为了阿附上意，虚报本县的产粮，说什么亩产千斤，强向百姓征要。再加上去年闹了蝗灾，饿死了不少的人。乡亲们都到县衙里请愿减税，他非但不加体恤，反而说道：'怎么会没粮食吃？太平盛世，谁家没个七八载的存粮。即便没了粮食，还不能杀牛宰马？你们都是抗命的刁民。'但凡交不上税的，都被他枷号在衙前示众。老汉的儿子就是被他活生生枷号死的。他治下一群官吏贪赃枉法，他也全然不知。乡亲们被迫砸锅卖铁，弃子抛妻，终于忍无可忍道：'与其坐而等死，不如落草为贼。'于是相约去抢劫了镇上两家大户，往深山里落草去了。村里但凡走得动的都已走了，老儿年迈力衰，又无子女扶持，故去不得。被劫的大户报官之后，便有官兵进村捉人。他们见我眼花耳聋，放过不管，只将村民的门一户户砸开，争抢财物。老儿在厨下藏了两袋粮食，省吃俭用，苟活至今。只等粮食吃尽，老儿就准备投河一死，免得白白受罪。"

孔岩听罢，叹息不已，后作有一首《荒村行》，以记其事。诗云：

> 去京三百里，取道杏花庄。村落无人迹，枭鸟鸣柴桑。
> 茅屋逢长老，入室乞壶浆。长老为我言，一语泪千行。
> 去年遭困厄，六月聚飞蝗。上官催税急，庄外垄田荒。
> 长子枷号死，独孙弃道旁。乡民生路尽，啸聚在山岗。
> 丈独衰且迈，无人相扶将。坐待粮竭日，投水赴河梁。
> 我既闻此言，凄怆为悲伤。虽言蝗灾剧，无乃人祸长？
> 明君修艮岳，蔡相献谀章。涧松居下列，朽木筑高堂。
> 我有济时策，椟散久低藏。自兹归故里，无以报君王。

倏忽雨霁天晴，孔岩辞了老翁，回到家中。孔母见他行色落魄，问其究竟。孔岩怕母亲担忧，答道："归路上不幸走失了骡子，连同包裹也弄丢了。"孔母叫苦道："早说不要你去，你不肯听，果然消折了许多本钱。在东京见着你表舅了吗？"孔岩道："儿寻到经略府上问时，并无赵主事其人。想是娘记差了。"孔母道："我也是听来的消息，累你白去一遭。"孔岩道："儿也并非白去，娘猜我在东京遇见了谁？"孔母道："想是哪位师兄弟吧。"孔岩道："娘真神了，一猜就中，我遇见了曹峰兄弟。"孔母道："原来那败家子去了东京。"孔岩道："娘不知道，曹兄弟已今非昔比了，他现今管理着一条粮船，每月里有上百贯的进项呢。"孔母念声佛道："阿弥陀佛，往日只说人家不肖，不想也有作为了，不似你白读了书。"孔岩听了，低头不语。

孔母又道："前日我去镇上，正遇见你那开粮店的周师兄。他说店里要雇一位副手，问你肯不肯去。"孔岩道："娘，究竟是他先开口，还是你上门去求他？"孔母道："这有什么要紧？"孔岩道："周师兄向来言语刻薄，我避之犹恐不及，怎肯寻上门去受气？"孔母道："快些收起你的书生气吧。若非看在同门情谊上，哪里去讨这么好的差事？便是让他说上两句，有甚打紧？儿啊，自去年大河南北闹了蝗灾，咱们就把家里的半亩旱田卖了。只靠娘织几匹布，能卖几何？你不出去做事，莫非等着饿死？"孔岩道："儿虽不济，也是读过书的。替人写字刊碑，教书设馆，总也能够过活。"孔母道："当今最不缺的就是识字的秀才，谁肯用你写字教书？那粮店是赚钱的行当，多少人想去还去不成呢。"孔岩被说得没言语了，只好答应道："我听娘的就是。"

次日一早，孔岩来到芙蓉镇。镇上有一条东西向的长街，十几条南北向的巷子，住着四百余户人家，粮店在其中一条巷子里。孔岩先去赔付了骡子的钱，尔后寻到粮店。只见两扇店门开着，一名十四五岁的伙计在柜前粜米。孔岩打个问询道："周掌柜在店里吗？"伙计道："你是什么人？寻他作甚？"孔岩道："周掌柜是我师兄，有事寻他商量。"伙计道："掌柜的正在后堂陪着郑堂主说话，你要见他，须等一等。"孔岩听了，便在店前逡巡。

买米的客人来来往往，不时瞥眼看向孔岩。孔岩逐渐焦躁，道："我本不愿来，何必低声下气地苦等！空惹旁人笑话。"便对伙计道："我走了，不必说我来过。"正这时，只见周掌柜送客出来，哈腰赔笑道："郑堂主慢走，恕小人不远送了。"

周掌柜年逾三旬，油光满面，眯着两眼，像一尊大肚弥勒佛。直至郑堂主转出巷口，周掌柜才收回目光，敛起笑意，捧手与孔岩见礼。周掌柜问："师弟来几时了？"孔岩答："才到。"伙计道："他来有一阵儿了。"周掌柜笑道："适才走的那位是我拜的师父，本店多承他的看顾，才得兴隆。我只得陪着说话。"便将孔岩让进后堂坐下，命人撤换残茶。

周掌柜道："恩师在世时，常说弟非池中之物，为何时至今日，尚未飞黄腾达？据兄所知，众同门或在衙门里当差，或在经营着买卖。不说多有作为，却也尽还体面。"孔岩道："我本出身寒门，若非蒙恩师错爱，便是读书也不能够，怎好与众同门攀比？至于科场失意，至今不逢，以恩师之大才，尚不能免。况弟驽钝之辈乎！"周掌柜笑道："师弟尚且自命不凡！"孔岩道："今日是家母定要我来。师兄若肯用我做事，便请讲明报酬。若不用时，我便去了，也好向家母复命。"周掌柜笑道："师弟空读了一肚子的书，却没有出门做过事，怎知做事的艰难！你不在我处，谁肯用你！令堂也须怪我不讲情面。这样吧，我每月给你五贯钱的酬劳，留两日容你探亲，你意下如何？"孔岩道："既如此，就依师兄。"周掌柜笑道："你若早些来找我，何须走这几年的弯路。"随后带他查阅了账簿，交代了店规，自此孔岩留在粮店里做事。

粮店前店后舍，堆着两厢房的粮食。孔岩不久便摸清门道，镇上只此一家粮店，因此粮价会比周边略高。并非没有别的粮商想来开店，却都受过无赖泼皮的骚扰，立不住脚。而账簿上常有些没本钱的进项，暗地里询问，才知是偷漏的漕粮。

孔岩名为副手，实则干的是伙计的营生，只因周掌柜刻薄吝啬，不肯多雇伙计，忙起来就会人手不足，且每于小事上求全责备。一日孔岩粜米时给人省了一文钱，周掌柜就大加责骂道："一回舍了一文，一千回就是一贯，这生意还做不做了！"又一晚孔岩半夜读书，被周掌柜看见，嫌他费了灯油，给了他数日的冷眼。孔岩几番负气要走，终因碍于母亲的面，忍耐了下来，常自恨道："我若不曾读书立志，也能够乐天知命。偏生我心比天高，不甘下贱。哎，青春能有几何？莫非就此虚度一生吗！"

屈指过了一月，夏日渐长。一日周掌柜与孔岩核对账簿，说道："今晚东京调往洛阳的一大批粮食就要运到孟津了。"孔岩道："这是好事，百姓们不用再忍饥挨饿。"周掌柜不乐道："粮船一到，粮价就要下跌，算什么好事！你拿我的钱，却总替别人着想。"孔岩道："生意归生意，总也要讲良心。"

次早，周掌柜尚在沉睡，伙计急跑来把他叫醒，道："掌柜快去店前看看吧，客人们都要把店门挤坏了。"周掌柜道："这是何故？"伙计道："据说昨夜在孟津水寨，由东京调往洛阳的粮米被强盗劫了。今早消息传开，镇子都惊动了。客人们不等粮店开门，就争先恐后来买粮。"周掌柜急赴柜前看，果见买米的客人们挨肩叠背，吵吵嚷嚷，将巷子堵得水泄不通。周掌柜喜得眉开眼笑，忙命伙计将招牌摘下，重标谷价，悬挂起来。买粮的客人见了，一片声嚷道："周掌柜，你穷疯了吗？八百钱一斗米？"周掌柜笑道："如今是甚时节？不买的请回，明日涨破一贯。"客人们一个个叫苦连天，也有嚷的，也有骂的，却都不肯走。

孔岩此日正该放假，在家陪伴母亲。一早见众邻舍都赶去镇上买粮，才知粮船被劫之事，心下十分诧异。孔母便也催他去抢购粮食，免闹饥荒。孔岩笑道："我就终日守着粮店，还怕没饭吃吗！"延挨着不肯跟风。展眼到了午后，村里的言论越发恐慌，说是客人们为买粮闹了起来，打坏了周掌柜，抢了店里的粮。又有人说天下就要大乱，孟津县一半的百姓都要饿死云云。孔母听了这些话，再也坐不住了，对孔岩道："你不肯去，我去。"孔岩道："母亲不用讲了，我去看看。"

一径里走到粮店，只见店前空无一人，两扇门板坏了一扇，招牌也被踏烂在地上。孔岩喊了两声，伙计从店里出来，告诉他："粮店被客人们抢了，周掌柜寻死觅活了半日，这会儿往县衙里报官去了。"孔岩始知传言非虚，便同伙计收拾好店面，等着周掌柜回来。

这日下午，有一戴斗笠背包裹的汉子到访店里，问道："孔岩哥哥在吗？"孔岩闻声走了出来，却见来的并非别人，正是曹峰。孔岩喜道："兄弟缘何到此？"曹峰道："我是专程寻你来的。先是去了你家里，伯母说你在周师兄处做事，我便又寻到镇上。"孔岩道："同我去里面坐。"曹峰见有伙计在，说道："此处不是说话的地方，哥哥请随我来。"孔岩不知他要说甚话，便跟着曹峰出来。二人走进镇上的一家茶楼，选间清静的雅阁坐下。店员上了茶来。曹峰嘱店员道："我们兄弟叙旧，不愿被人打搅。不唤你时，不要进来。"店员答应着退下。

孔岩见曹峰一路上神情严肃，寡言少语，便知事非小可。见左右无人了，问道："你是几时来到乡里？"曹峰道："我是随同粮船来的，昨晚到的孟津。"孔岩大惊道："什么！我听说昨夜粮船被劫，粮差一并被掳，你是怎么从强盗手中逃得性命的？"曹峰道："一言难尽。哥哥可知劫粮的是谁？"孔岩摇头道："这个却未听说。"曹峰道："是太行山严岳一伙儿。"

孔岩道："原来是他，难怪做得出这等大案。我常听人说，严岳屡造大案，是河北众寇之首。"曹峰道："哥哥虽闻严岳的恶名，却未必知其底细。"孔岩道："哦？莫非兄弟知道？"曹峰道："不错，我与他有过交往。严岳本是河北边民，以贩马为业，为人慷慨，极重义气，且有一身过人的武艺。去年童贯联金征辽，首战就在燕京城下吃了败仗，损兵折将，辎重尽毁。童贯为了筹集粮草，纵容将士掳掠百姓。严岳因在激愤之下，杀死了为祸的官兵，不得已率义弟华嵩等社民落草。他等立寨以来，专一劫富济贫，做的都是替天行道的事业。"

孔岩道："兄弟如何与他相识？"曹峰道："我曾与他一道贩马，时日虽短，言语却极投合。后来童贯征辽，我随大军转运粮米，恰逢严岳被官军追捕，是我向官兵虚指道路，救他性命。严岳感戴在心，赠金谢我，又与我结为兄弟。他还有个妹子，常说要许配给我呢。"

　　孔岩听到此处，忽起疑道："此番粮船被劫，你参与其中了吗？"曹峰笑道："哥哥怎会疑心到我？有人与他里应外合不假，却不是我。"孔岩道："是谁？"曹峰道："此番运粮共出动了五条粮船，由漕帮中一名舵主、五名堂主押运，另有帮徒一百余人。押粮的舵主正是我的叔父曹无忌。就在事发当晚，叔父把我唤进内室，对我说道：'我已与严岳约定，要谋取这几船粮米。你是我心腹，故将消息相告。今夜动手之后，不要惊慌，看我眼色而行。'一者我是他一力抬举的堂主，二者又与严岳有故，自无不允。严岳早已得知了粮船靠岸的时辰地点，便在当晚袭占了孟津水寨，假扮作寨众接粮。登船之后，又挟持了粮差。既有叔父在内主张，船上并无大乱，严岳便让将船驶到北岸。华嵩等人早在北岸备下粮车，严岳便胁迫着粮差卸粮装车，运粮往太行山去。"

　　孔岩听罢，心惊良久。曹峰又道："哥哥可知我的来意吗？"孔岩摇头道："不知。"曹峰就在桌上打开包裹，原来里面放着齐臻臻五十两金条。曹峰道："我在严岳面前备说哥哥之才，严岳十分仰慕，想请哥哥去山寨上坐一把交椅。这包黄货乃是聘仪。"孔岩大惊道："快把这些东西收了，我怎肯同你落草？"曹峰道："哥哥屈身在此，几时能够发迹快活？"孔岩正色道："我读书学艺，是为上报君王，下安黎庶。若不得用也就罢了，没有从贼的道理。若再如此，你我只好恩断义绝。"曹峰见他坚意不从，只得罢了。孔岩缓下辞色道："兄弟应当明白我的心迹。一者我幼习礼义，以忠义为本；二者老母在堂，更相依为命。我若落草，上负师恩，下愧父母，枉生于天地之间。"曹峰道："哥哥心意已决，我复何言？"孔岩道："我只怕严岳相强。"曹峰道："严岳是有德重义的丈夫，不会强人所难。"孔岩道："如此我才放心。"

　　曹峰道："哥哥既不肯去，只得别过。这些金条留下孝敬伯母。"孔岩道："这是严岳的聘仪，我不能收。"曹峰道："严岳交代，纵使你不肯去，也要留下金条，方不负你我兄弟一场。"孔岩还待推辞，忽听茶楼下有人嚷道："你们这群杀人不见血的强盗，早晚要遭报应的。我就撞死在这里吧。"

曹峰将金条裹住，依前包了，唤店员进来道："谁在楼下嚷闹？"店员道："是一老汉，小人这就轰赶他走。"曹峰道："不要轰赶他，叫他上来。我见他言语凄惨，想必遇到了不平之事。"店员笑道："客人管他闲事作甚！"曹峰瞪着眼道："我就是爱管闲事，怎么着！"店员道："好，好，好！我给客人唤去。"老汉因何哭嚷，且看下回便知。

第四回

"赛蝗虫"威逼老丈　曹子高义救红姑

话说曹峰令将老汉唤上楼来。只见其年逾五旬，身材高挑，面黄肌瘦，穿一身脏衣裳，踏两只破草鞋，脸上挂着两道泪痕。曹峰道："老大的人，这般没见识。什么事想不开寻死？"老汉哭道："我一辈子安分守己，从不占人便宜，就是死后的棺材也早预备下了，唯恐死得匆促，麻烦了别人。老天爷为何这么不开眼，就容恶徒这么欺负人！"曹峰道："有委屈你说出来。如有道理，我去为你出头。"老汉道："只怕你惹不起他。"曹峰道："什么人我惹不起！且说你的对头是谁？"孔岩道："不错，老人家讲一讲，我们未必帮不上忙。"

老汉又垂泪良久，方才说道："二位相公，我实有天大的委屈呀。老汉姓吴，家住吴村，山妻亡故得早，只守着一个女儿度日。去年乡里闹了蝗灾，穷得没有饭吃，只好贱卖了家中半亩薄田，出门去讨生活，就拜本镇的郑堂主为师，在孟津水寨看门。忽一日，郑堂主把我叫到家里，备下了酒肴管待。老汉甚感惶恐，不明其意，说道：'师父若不说出请客的缘由，老徒是万不肯吃的。我不能吃人白食。'郑堂主见我执意不肯动筷，这才道出原委。原来他新近丧妻，闻说小女红姑貌美，有意要续娶过去，认老汉做个岳丈。同席还请了一位媒人说合。老汉想着二人年纪悬殊，不想委屈了女儿，便谢绝了。郑堂主当即露出不快的神色。媒人在旁开解道：'儿女嫁娶本是两相情愿的事，既是吴老汉不肯，只得罢了。'郑堂主便又换了一副和善颜色，同我有一搭没一搭地叙说家常。我一直想要离开，郑堂主死活不肯，便只得陪他吃了几杯。当我提起家里揭不开锅时，他便要贷给我两石粮食应急。老汉只当他是好心，满心欢喜地与他定了契。约定借他两石粮食，明年秋收之后，按照市价还他。那同席的媒人一并按下花押，做了证见。老汉又哪里想得到，自己早已被人家算计了去。"

曹峰问道："你怎么就被他算计了？"吴老汉道："郑堂主在定契之时，将那借给老汉的两石粮食，写成是纳娶红姑的聘仪。老汉斗大的字也不识一箩筐，怎知他在契文上做过手脚？那媒人又是他请来的，帮同着算计老汉。今日红姑被他的人用强抢去。老汉求助里正，里正不管；追到郑宅，又被他的护院打出。为是求告无门，到此寻死。"

老汉讲罢，曹峰便呵呵笑了起来。孔岩道："兄弟，老人家遭此不公，你怎么全无同情之意？"曹峰笑道："郑堂主家财丰厚，他舍得个女儿，钓得个金龟婿，有何不美？他倒老大的不乐意。莫非嫌那两石粮食的聘仪轻了？你的女儿嫁过去，好女婿会不给你养老吗！"吴老汉急道："郑堂主若是个良善君子，纵使年纪大些，老汉也无不允。他却是个奸诈险恶之徒，乡人背地里都唤他作'赛蝗虫'，还能指望他给我养老吗！况我女儿是个识好歹、明礼教的，被他这般抢去，定要轻生寻死。"说到此处，老汉又放声大哭起来。

曹峰问道："你且说他府上有些什么人？"吴老汉道："有一名管家、四名护院，另有几名丫鬟、厨子。"曹峰略一寻思道："你听我说，先回家去。我帮你讨还女儿。"吴老汉道："你与我无亲无故，何故肯帮我？"曹峰道："我生平最恨的就是欺男霸女。今夜三更前，我必定把你女儿完完整整地交给你。"吴老汉哭拜于地道："天幸让我遇着好人。若得红姑回来，老汉情愿为牛为马，报答恩公的大恩大德。"曹峰道："不必多说，快去快去，莫误我做正事。"吴老汉道："好，好！老汉住在吴家村，门外有株大榆树。老汉专盼恩公的消息。"曹峰道："知道了，知道了，你女儿认得家。"说毕，催促着吴老汉去了。

孔岩道："兄弟，你要如何救他女儿？"曹峰道："眼下还不好说，我要先会一会那'赛蝗虫'。看那老头儿说话不似有假，但也不能只听一面之词。"孔岩道："因何缘故去见'赛蝗虫'？"曹峰道："山人自有妙计，哥哥如此关心，何也？"孔岩道："路见不平，拔刀相助，正是我辈之事。有我能够出力的地方吗？"曹峰笑道："哥哥若也有心相助，就在今夜二更前备好车马，在这茶楼下面等我。"孔岩道："莫非你要夺她出来？"曹峰道："智则智取，力则力取，眼下尚不好说。"孔岩素知他胆大心细，足智多谋，想了一想，遂答应道："好，我就依你。凡事小心，不可大意。"曹峰道："放心，放心。"便去包裹中取出两根金条，让孔岩拿去镇上雇车。

二人分别之后，曹峰也来镇上，先去店铺买购了金针、短尺，藏在袖里，又改换了一身富人的行头，等到红日偏西，大摇大摆地来到郑堂主府叩门。原来芙蓉镇上有一条仁义巷，巷内原有四户人家，郑堂主发迹之后，陆续把其余三户宅基买下，拆破墙院，彼此相通，起造一座三进四合院落，建有房屋二十来间。

应门的是名苍头管家，问曹峰有何贵干。曹峰道："我是帮中的弟兄，要见你家郑堂主。"老管家问了名讳，通禀一回，便请曹峰进去。进门是面雁翅影壁，墙角放只铁笼，铁笼里关一黄狗，冲着曹峰狂吠。经一进院，过垂花门，当庭是一花园，两臂是抄手回廊，东西各通着一间跨院。正房是一座碧瓦朱墙的小楼，堂门前有两名护院值守。老管家领着曹峰进了厅堂，向郑堂主道："老爷，客人到了。"曹峰只见郑堂主四仰八叉地坐在北面一张软椅上，两名丫鬟侍立在旁。东西两壁各通卧舍，东面靠墙安放着茶几、座椅，一张桌上焚着香炉，供着财神。东面靠墙又有一座楼梯，是通往二楼去的。

郑堂主五旬年纪，生得短小肥胖，穿一身黄绢衣裳，敞露着肚皮。

曹峰正要开口，郑堂主咳了一声，一名丫鬟忙捧痰盂。郑堂主歪过身子，将口黄痰吐在盂里，又一丫鬟上前递茶。郑堂主用茶漱了口，这才开口问道："你是帮里的人？"曹峰哈哈一笑道："老兄，有礼了。小弟曹大胆，一向在东京做事。家师曹无忌与令师是要好的朋友。"自道师承已毕，郑堂主才知是帮中平辈，改容笑道："哎呀，老弟何不早说，失礼，失礼了。老弟请坐，丫头，快给客人上茶。"

曹峰道了声扰，在客椅上坐下，解下包裹，撂在案上，"咯噔"一声响，引得众人注目。郑堂主看着曹峰道："老弟在东京做事，胜过我这穷乡僻壤。敢问京中拜师的行例几何？"曹峰见那上茶的丫鬟颇为俊俏，不禁多看了两眼，羞得丫鬟背转过脸去。曹峰哈哈一笑道："行例不可一概而论，有三十贯的，有五十贯的，要看拜的师父是谁。"郑堂主笑道："哎呀，多我这里几倍。"曹峰道："东京是天子脚下，凡事要讲规矩，不能做欺行霸市的买卖。行例虽多，其他进项却少，更不比老兄在此逍遥自在。"

郑堂主见他熟谙帮中之事，不疑有假，问道："老弟远来有何公干？"曹峰道："非有公干，乃是私事。我受一位朋友嘱托，要来贵镇为他看宅。"郑堂主道："哦？是何处朋友？买宅为何？""是洛阳的生意人，因贵镇紧临渡口，他想在镇上开一家杂货铺子。兄弟初来乍到，不识行情。老兄若肯帮忙物色，岂不省我一番奔走？这包黄货乃是买宅的费用，事若成时，另有谢仪。"曹峰一面说，一面将包裹解开，露出了黄灿灿、硬邦邦的金条。郑堂主不禁挺直了背，眉开眼笑道："好说，好说。我让下人备饭，咱们慢慢谈。"

二人说了一阵买宅的事，护院搬抬桌椅进来，就在客堂摆下。过无多时，酒肴粗备。郑堂主请曹峰桌前坐了，嘱丫鬟道："别忘给娘子送饭。"丫鬟答应一声，提一篮饭，上二楼去。曹峰道："原来阿嫂在家，兄弟我有失拜问。"郑堂主道："不瞒老弟，这娘子是才讨来的，尚未成礼。"曹峰故作惊奇道："既未成礼，怎么倒先带回家来？岂非于礼不合了吗？"郑堂主笑道："说来话长，且先吃酒。"

未容曹峰再问，郑堂主岔开话题道："老弟莫怪我说，此处不比在京城里，做生意光有本钱不够。镇上有家茶楼，店主也是外乡来的。初来时不识事体，惹恼一群闲汉捣子，整日去他店里搅扰，点一碟菜，坐上整日，一个个如凶神一般，客人见了，都不敢登门。这就是没有靠山的缘故。后来他想明白了，愿从利润中抽出三分给我。是我替他做主，劝走捣子，这才把生意做了下去。"曹峰笑道："好马不用鞭催，好鼓不用重锤。我的朋友是个明白人，逢年过节不会缺礼。往后全凭老兄看顾。"郑堂主道："话不多说，都在酒里。"

二人举盏饮尽，就听楼上一阵摔盆砸碗之声，夹杂着女子哭嚷。那名送饭的丫鬟提着空篮子下来，向郑堂主道："老爷，新娘子不吃，还把碗给摔了。"郑堂主大骂道："不吃就饿着，这点事也来烦我？不见我正与客人吃酒呢吗！"丫鬟不敢回言，垂着头出门去了。曹峰道："不知阿嫂为何生气？"郑堂主道："小户人家女儿，不识敬重。你我吃酒，不必理会。"

酒过三巡，山珍海味陆续地摆上桌来。郑堂主道："村肴还合口吗？"曹峰笑道："多蒙老兄款待，足感盛意。说及美食，兄弟我平生最爱吃的当数狗肉。东京城里有家狗肉馆子，生意十分兴隆，我得空就去光顾。不想有奸臣要讨好圣上，说圣上生肖属狗，吃狗肉是为不敬。圣上于是下了一纸诏令，禁止民间食用狗肉。老兄说荒不荒唐？可惜兄弟我自此就没了口福。"郑堂主抚掌笑道："兄弟爱吃狗肉，这有何难！"

正说话间，老管家进门禀道："去吴村办事的两名护院回来了。已和吴村的里正讲好，限吴老汉明日交齐税粮，不然就送去牢里。"郑堂主道："办得好，让护院领赏去吧。"老管家便要退下，郑堂主又叫住道："你且慢走。去让厨子把院里的黄狗宰了，连夜炖在锅里，明日我要请曹兄弟吃狗肉。"老管家道："老爷，那黄狗看家护院已有多年，为何要宰了它？"郑堂主道："多嘴。一条狗值得什么！有银子哪里买不到！快去！"老管家摇头叹息一阵，只好去吩咐厨子宰狗。

曹峰与郑堂主飞觥献斝，直吃到掌灯时分，相互勾肩搭背，舌短话长。郑堂主兴致甚高，慨然讲起自己的发迹史："当初我才入帮时，只是个二十岁出头的穷小子，只因生得瘦小，没少被人欺负。直到有一日，我同师父、师兄上街收租，遇到一个爱管闲事的和尚，强要为人家出头，一言不合，动起了手。那和尚是个练家子，打得我们无力还手。家师被他按在地上，师兄远远地躲到一旁，只有我一时血性，绰起街旁屠夫案上的尖刀，一刀就捅残了和尚。后虽因伤人坐牢，却得家师上下打点，把挑衅的罪名安放在和尚头上，不两月放我出来。再后来又蒙家师举荐，让我当上了堂主。试想当时若不拼命，几时能够出头！正可谓'富贵险中求'。"

曹峰拍手笑道："老兄，你虽有胆，却还比不上我。"郑堂主道："怎说比不上你？"曹峰道："杀人算得什么！来日我要反上山去，真正做条好汉。大秤分金银，大碗吃酒肉，任是皇帝老儿，也休想管得到我。"郑堂主笑道："老弟醉了。"曹峰乜斜着眼道："老兄当我是酒后狂言？你听说过严岳的大名吗？他是我拜盟的哥哥。"郑堂主闻言大笑，便唤两名护院进来道："这位曹兄弟醉了，把他扶去客房歇息。"

原来曹峰是逢酒必醉之人，当晚吃得大醉，频出惊人之语，幸而旁人并不当真。两名护院把他扶到西跨院的客房，安排睡下。曹峰晕晕乎乎，直睡到半夜方醒，觉着口渴，坐起身要寻水喝，猛然想起正事道："坏了，吃酒误事，不知是几更天了！"

曹峰于是穿衣起来，踅出屋外，只见天心正有一轮皓月，照得地面上树影斑驳。他便借着树影障身，出跨院，过游廊，蹑手蹑脚地走到小楼下面。小楼内黑灯瞎火，但听得郑堂主鼾响如雷。曹峰见左右无人，便从袖中摸出短尺，沿着门缝塞了进去，轻轻地拨动门栓。原来曹峰昔日走南闯北，学过些偷鸡摸狗的本事，有一手擎栓开锁的绝活儿。不一刻便下了门栓，挨身进去。月光正从窗子射入，照见楼梯。曹峰用脚尖点着楼梯，上了二楼。二楼有两明两暗四间卧舍，其中三间虚掩着门，转角那间挂着门锁。曹峰心中了然："红姑必在此间。"便又把金针取出，撬那门锁。须臾，锁落门开。曹峰暗喜，推门欲入，却见寒光一闪，逼面而来。

话说红姑自被掳到郑宅之后，强自镇定，对郑堂主道："我已落到这步田地，不认命，却待如何？但我是良家女子，并非不明纲常之人，我要你明媒正娶，迎我过门。"郑堂主笑道："只要你肯嫁给我，我也不急在一时，一定让你风光体面。"红姑道："既如此，你就放我回去。毕姻之前，我不能在外过夜，玷辱家风。"郑堂主道："那可不成。你父女若是跑了，我往哪里寻去？你是我的女人，谁敢说你的不是！你就安心住下，我为你筹备婚礼。"红姑见其计不售，心下一狠，夺过桌上一把剪刀，指定自己的喉咙道："你们这些强盗，光天化日强抢民女，是何道理！要么放我出门，要么有死而已。"郑堂主道："是你爹自甘嫁女，我有文书为凭。"红姑道："你胡说，我爹若真答应嫁女，岂有不问生辰吉日的道理？到了官府，我有话说。"郑堂主被她说中短处，恼羞成怒道："你真是以卵击石，不自量力。你死了，我自有法子整治你爹。"红姑顾及父亲，默默无言。郑堂主便命将她锁在房里，慢慢地消磨锐气。红姑无可奈何，暗自垂泪。入夜之后，恐遭侵犯，不敢熟睡，只和衣倒在床上，将剪刀藏在枕底。不想到了深夜，听见撬锁之声，红姑只当郑堂主意图不轨，遂激起了拼命之心，一把抓过剪刀，猛向来人刺去。

曹峰不意遇袭，缩身急闪，跟着一拳挥出，打得红姑倒地。曹峰心道："不好，失手误伤了人。"蹲下一看，那一拳正中红姑的额角，将她打昏了过去。曹峰暗自叫苦，情知不能久留，便将红姑负在背上，一步步蹑下小楼。到了厅堂，只见供奉财神的桌案上放着一只包裹，正是自己带来的金条。曹峰心想："险些将金条忘了，便宜了'赛蝗虫'。"于是凑到案边，去提包裹。不料就在他转身之际，红姑身子触碰到了桌角，"咯噔"一声，颠翻了案上香炉，接着又一阵"当啷啷"声响，香炉直滚下地去。

睡在东屋里的两名丫鬟登时醒了，齐声叫道："是谁？"曹峰急止脚步，心念电转，"喵"了一声，故学猫叫。一个丫鬟道："咱们夜里没关窗子，想是野猫跑了进来，撞倒了香炉。"另一个道："可恶的野猫，整日里来咱家作甚？"一个道："咱家富呗，穷人家老鼠都不登门。"另一个道："偏生有个新娘子，死活就不识抬举。咱家锦衣玉食，哪里配不上她？"一个道："当年我家里穷得揭不开锅，我爹为了十斤米面卖我到这里。起初我也是寻死觅活，百般不肯，直至进了大宅，每日吃穿不愁，才知是我上辈子修的福分，当初都白哭了！"说着，二人"咯咯"地笑了起来。

曹峰屏息侧耳听了一阵，见二人自顾说笑，便悄悄地溜出门去。恰走到庭院里，红姑醒来，挣扎问道："你是谁？要干什么！"曹峰忙道："嘘，嘘！别闹，别闹。是你爹让我来救你的。"红姑果然不再闹了，沉声说道："放我下来，我能走。"曹峰也觉总背着她不妥，便要放下。这时忽有人道："你们是什么人？"说话的正是睡在东跨院里的厨子。厨子半夜醒来，要去看看炖在锅里的狗肉是否熟了，一出跨院，正撞见曹峰。曹峰心中叫苦，顾不得放下红姑，大步流星，向外便奔。厨子醒悟道："快来人，家里进贼了。"护院们闻声惊醒，纷纷喊着捉贼。

曹峰一路狂奔至茶楼下面，正见孔岩备好了骡车等他。曹峰便叫："风紧，快走。"孔岩忙去解开树上的缰绳，让二人上车，载着飞奔。走出二里多路，不见护院赶上。孔岩这才略紧缰绳，回头说道："兄弟，说好二更相会，为何迟了多时！"曹峰不好说自己贪杯误事，便道："宅上看护得紧，急切不能下手。"红姑在车上道："我要净手。"孔岩便勒住缰绳。红姑下车，走去路旁灌木丛里方便。孔岩、曹峰背转过身，说起救出红姑的经过。孔岩道："你强夺红姑出来，'赛蝗虫'岂肯善罢？"曹峰道："我早已想到了。打算给他父女一些金条，送去别处安身。"

说有好一阵话，不闻红姑动静。曹峰猛醒道："不对。"急一转头，人已没了踪影。曹峰道："哎哟，她跑什么？"孔岩道："想是她不确信你我是好人。"曹峰道："事不宜迟，咱们要趁早赶去吴村。"

二人驾着车子，赶到吴村，果然找到了一株大榆树，只见吴老汉家住两间茅草宅，用一堵土墙围着，大门上锈迹斑斑。二人推门入内，就听见红姑痛哭之声。急进屋内看时，只见屋内昏黄，一灯如豆，吴老汉高悬梁上，红姑哭倒在门边，靠墙还停放着一口空棺材。原来吴老汉三更等不到女儿，又被里正威逼，万念俱灰之下，竟尔寻了短见。

孔岩、曹峰从白绫上抱下吴老汉，尸体早已冰冷。红姑扑到尸体上便哭。孔岩骂道："好一个'赛蝗虫'！强抢民女，逼死百姓。咱们告到官府，跟他没完。"曹峰道："官府每年都要拿他银子，怎会向着平民说话？"孔岩道："照你说，却要如何？"曹峰道："'赛蝗虫'不久便会赶来，先安置好红姑要紧。"又问红姑道："你有什么亲戚？"红姑痛父身死，泣不能答。孔岩叹口气道："不必问了。人当贫困，哪有什么亲戚！还是先让死者入土为安，再到我家中暂避。"曹峰道："说得也是。"二人扯开红姑，将尸体抬放进棺材，搬了上车。又去屋后寻来一把铁镐、一柄斧子，驾车来到郊外，安葬了吴老汉。红姑望坟又哭一场，不在话下。

葬过吴老汉，回到绿柳庄。西方星宿渐隐，东方曙色才明。只见庄头正站着许多邻里街坊，交头接耳。孔岩不知出了甚事，上前问询。邻舍道："岩儿，你闯下什么祸来？'赛蝗虫'带人到你家里，带走了你娘。"孔岩大惊道："走了多久？"邻舍道："不久，都是步行，走不出二三里路。"

原来就在孔岩苦等曹峰之际，不巧被报官回来的周掌柜撞见。周掌柜白日里被抢了粮店，哭得如丧考妣，便跑去了县衙报官。衙内正为粮船被劫的事焦头烂额，忙着打报告、递公文，根本就没空理会他，让他受了许多叱喝，坐了一下午板凳，满腔怨火无处可发，暗中大骂官府无能。

蔡知县是个太平知县，遇着治下被劫了粮船的大事，全然慌了手脚，将一应事务都交与县丞处理，心中只怕强盗还会来打县城，慌忙收拾行李，准备出逃。县丞苦苦地劝说道："大人一走，这衙里的事就没法办了。朝廷追究下来，岂能没有罪责！"蔡知县道："我顾不得这么多了。朝廷方面，自有我阿爷顶着。"后有公文传来，说是发现强盗踪迹，一路向北去了。蔡知县这才如释重负，重振起威风来，定要在上报的公文里主动请缨，率衙役去追击强盗。县丞哭笑不得道："万一朝廷允了呢？"蔡知县猛然惊醒，吓了一跳，忙说："我怕你们太累了，与你们逗着玩儿呢。"众人各自忙着手头的活儿，没有理他。

且说周掌柜直等至晚上，牢骚满腹，心道："当官不为民做主，不如回家卖红薯。我是交皇粮的人，你们是吃皇粮的，怎么就公然高高在上，肆意地辱骂人？士可杀，不可辱，我这辈子再登官府的门，就让我烂了这双脚。"这时刑房中一名小吏道："你有什么事，进来说吧，相公没空见你。"周掌柜连声应道："有劳，有劳。"起身小跑进刑房，哈腰赔笑道："官爷今日辛苦了。"刑房小吏喝道："有话快说，没空给你废话。"周掌柜道："是，是。"遂向他痛陈了粮店被劫的经过。刑房小吏记录在案，便让他回去等着。周掌柜道："一定要作速拿人，不然粮食都入了肚里了。拜托，拜托，劫粮的刁民一定要严办。"

周掌柜回到镇上，月已当空，正见孔岩备车在茶楼下等人。周掌柜起疑道："大半夜他在这里作甚？难道也做了贼盗之流，在此替人望风？我且在巷口窥看窥看。"等了半个时辰，也不见接头的人来。周掌柜困得直打哈欠，却想着等都等了，好歹要等出个结果。果然又熬不久，就见护院追赶着曹峰而来，孔岩接应着曹峰去了。周掌柜正想向邓堂主寻求援助，见到众护院，便走出巷口。护院问道："你认识驾车的人吗？"周掌柜道："认识，是我店里的副手。"护院道："他姓甚名谁，家在何处？"周掌柜道："名叫孔岩，家住绿柳庄上。"众护院闻言大喜，急去报知了郑堂主。郑堂主当即带上护院去拿人。周掌柜还要说自己粮店的事，被郑堂主一把推倒在墙上，磕破了头。

话说郑堂主等人来到孔岩家里，寻不见孔岩，一怒之下，带走了孔母。孔岩闻知大怒，跳上骡车，扬鞭便赶。赶出三里多路，赶上一行人。只见郑堂主大步在前，几名护院手持棍棒在后，赶打着孔母而行。孔岩怒不可遏道："站住，放开我娘！"郑堂主回头看见，冷笑道："小畜生，敢坏你大爷的好事。送去官府，不怕治不死你。给我拿下！"护院得令，上前拿人。曹峰早在车中看见，便手绰斧子，跳下车来，大喝道："你曹爷爷在此，安敢放肆！"众护院齐吃一惊，被曹峰赶来杀散。郑堂主慌不择路，摔了个四脚朝天。曹峰便要一斧砍死，孔岩拦下，道："不要杀人。"一迟疑间，郑堂主挣得性命走了。曹峰丢了斧子道："哎呀，你拦我作甚！就不该养恶为患。"

孔母受这一场惊吓，昏倒在地。孔岩没空理会曹峰，慌将母亲抱到车上，掐按穴位。曹峰道："伯母一时受惊昏倒，绝无大碍。'赛蝗虫'吃此一跌，必不甘心。你在此存身不住了，只好先避一避。"孔岩道："我家贫无亲，往哪里避去？"曹峰道："我在大名府内有处闲宅，可以容身。你我往大名府去。"孔岩叹道："只得如此了。"曹峰又问红姑去处。红姑自葬父以来，始终坐在车上，两眼垂泪，一言不发，此刻下了车子，向曹峰拜了一拜道："妾身无亲无故，别无去处。妾身之命是恩公所救。若不弃时，愿为奴婢，朝夕侍奉，以报大德。"曹峰扶起她，道："这是做什么！快起来。往后你跟着我，有我一口饭吃，就有你的。遇着良人，我给你备嫁妆。"说罢，让孔岩、红姑上车，一挥鞭子，向北而去。正是：他时不用逃名姓，世上如今半是君。欲知后事，且看下回。

第五回

王教头羡鱼结网　洪帮主引凤栖梧

　　话说孔岩、曹峰等人一路北上，在途十数日，来到了大名府。曹峰的宅院正是当初救下严岳之后，用他的谢银买下的。宅内共有四间卧房，四人恰好各住一间。孔母自受惊吓以来，整日里似痴如呆，不言不语。孔岩带去看了几回医，用了几味药，总不见效。几人日常起居，都是红姑照管。孔岩私对曹峰说道："红姑既贤且美，岂非良配？我看她也有心于你，不如由我做回冰媒，玉成好事？"曹峰红了脸道："不可，不可。我那日救人是出于义愤，如若事后娶她，岂非成了趁人之危？此话传出去，必为丈夫所笑。"孔岩笑道："我只当你风流成性，怎么也讲起这些俗套？按照古礼，男女不可同席共器。那晚你为救人，背了人家一路。她嫁给你，既是酬恩，也是全节。想她一介薄命女子，飘零无归，舍你不嫁，嫁给哪个？听我一言，莫将姻缘当面错过。"曹峰心中虽也动念，口上只道："我是粗人，两不般配。我看倒是哥哥与她合适。"

　　谁知说者无心，听者有意。红姑恰巧路过窗下，听在耳中，便自回房哭了一场，闷在心头。此后遇见曹峰，只是低头走过，如同陌路一般。曹峰虽不解其中缘故，心里也觉着颠倒不快，辗转一夜，心下想道："我何不去街上买些首饰送她，让她欢喜？"次日，便缠几吊钱在腰间，走去街上。

话说北宋共有四京，乃是东京开封、西京洛阳、北京大名、南京应天。这北京城虽不比东京繁盛，却也是红尘滚滚，车马如龙，诸般行当，无所不有。曹峰逛了几处店铺，选买些胭脂首饰。转进一条巷子，正见墙上张贴着告示，写道："太行山草寇严岳、华嵩一伙儿，杀人越货，罪恶弥天，近又劫夺朝廷粮米三十万石，杀害粮差一百余人。幸赖我部官兵英勇，重创草寇，俘获华嵩。拟于五月十五，将华嵩游街示众。"曹峰心中暗想："我将孔大哥邀至此处，本想伺机说他入伙儿。不想严大哥竟遭横祸，吉凶未保，只得先观望观望再说。"

转出巷子，来到主街，只见前头不远甚是喧嚷，聚拢了不少的人。原来有位壮士正在街头卖艺。曹峰踮着脚看不着，便分开人群，凑上前去。看客们一片声嚷道："蛮汉子，推什么！全没教养。"曹峰并不理会，只管挤到前排观看。只见卖艺的是名三旬壮士，身材瘦削，面皮淡黄，穿着一身短打，使一条丈长花枪，左盘右旋，上剟下滚，没半点参差，身随枪势，有如虎跃龙腾。曹峰不禁喝彩。

原来此人姓王名贵，祖籍孟州，曾在洛阳一位富豪的庄上任教头。庄主人是洪五故友，不久前接获洪五的帖子，让他举荐壮士。庄主人素知王贵醉心功名，便修下荐书一封，让他投奔。王贵大喜，谢了庄主人，带上些许银两，迤逦来到了大名府。自谓此去如鱼得水，必能发达，寻着洪府，递上荐书。府上青衣将书收下，让他回客栈等着。谁知荐书一上，却如泥牛入海，再无回音。北京城又地贵难居，王贵人生地不熟，盘缠用尽，欠下房租，不得已出来卖艺糊口。

且说王贵使完一套枪棒，不见汗落气喘，向众捧一捧手，撂下花枪，捧出个木钵讨赏。看客们有出一文的，也有出两文的。讨了一圈下来，仅得二十几文。原来往常来城里卖艺的人，或是吞刀走索，或是胸口碎石，务求炫目好看。王贵练的却是实用武技，没有许多花哨，看客们嫌不热闹，故不觉十分的好。王贵看了看碗里，摇头叹息道："可怜我一身武艺，没个卖处。"

王贵正要收拾东西走开，只见人群里冲出一人，拦住路道："你好大胆，不交租，就敢在此处趁食！"只见来人一身青衣，横眉怒目，不知是哪家府上的豪奴。王贵道："我是外乡来的，不知要交什么租？"青衣道："但凡在北京城里卖艺，都要纳五两的行例。"王贵道："我又非长久的营生，既是不许卖艺，再不卖了。"青衣道："不管日后卖是不卖，今日若没五两银子，你休想走。"王贵道："我全身上下也没五两银子。只碗里这些铜钱，想要你就拿去。"青衣怒道："你是打发要饭的吗！"王贵不再理他，转身便走。青衣大怒，扳过他的肩膀，照面就是一拳。王贵霍然闪过，气往上撞，大骂道："好奴才，好欺人也！""呼"地一拳，打在了青衣左目上，青衣"哎哟"一声，用手捂住。王贵还要再打，青衣掉头便逃，边逃边骂道："好匹夫，你给我等着，这事儿没完。"话音落时，人已没了踪影。

看客说道："壮士，你惹上大祸了。那是洪五爷府上的奴才，专在市集里霸市收租。咳嗽一声，大家都要提心吊胆。你还敢出手打他！"王贵道："就是天子的奴才，也要讲理！"众看客摇头散了。

王贵渐渐气消，不免又潜生懊悔，心道："早知是洪五爷府上的，我何不就忍让一时，免得日后难以相见。何苦要逞这一回英雄！韩信能受胯下之辱，张良肯为老人拾履，这才是我辈的榜样。"抬头一看，日头尚高，怕回去又要吃店家的冷眼，于是倒拖着花枪，在街上闲逛，直等到日落方还。

且说王贵傍晚回到客栈，正见客栈门口坐着一名青衣，店家恭谨地在旁陪话。那青衣左眼乌青，不正是白日挨打的那位！王贵先自有了几分忐忑道："莫非冤家找上门来了？"店家忽然指着他道："他就是王教头。"王贵道："不好，真个是奔我来的，不如闪开。"转过身，向外便走。店家忙赶出来道："贵客留步，留步。"王贵道："等我赚足了钱，自会还你的债。有我的包裹抵押，你怕什么！眼下我有事出去。"店家道："贵客，房租不必操心，已有人替你还了。"王贵止住脚步，问道："是谁替我还的？"店家道："是洪五爷，他派人来接贵客了，就在店里等着呢。往日小人有目无珠，请贵客不要见怪。"

王贵听了，喜出望外，转同店家回店。青衣认出他道："你不是白日里在街头卖艺的吗！"王贵忙赔笑道："尊差恕罪，早说是洪五爷府上的，小人安敢无礼！"青衣皱了皱眉，忍气吞声道："这真是场误会。洪大人点名要见你，快换一套好衣服来。"王贵脸上一红，看了看店家，道："小人为还房租，已将换洗的衣服当了。"店家赔笑道："小人浑家新制了一套衣服，不知贵客穿上是否合身？"说罢忙去屋里捧出一套簇新的衣服。王贵试了一试，不长不短，不肥不瘦，恰好合身，便将枪和行李寄放在客栈里，步随着青衣而行。

青衣领着王贵穿过几条巷子，来到洪五私第。府内曲水萦回，游廊环绕，五步一岗，十步一哨，都站着带刀的武夫。王贵不觉心中惴惴，手心里见了汗。路上逢着书办，青衣忙欠身施礼。王贵见书办衣饰不同，必是个有身份的，赶忙作揖礼拜。书办道："洪大人才被留守大人唤去议事，不知几时回来，先把他带去客房。"青衣唯唯答应，便带王贵转往客院。客院当中是一处演武场，摆放着兵器架子，上插着刀枪剑戟。空地四遭植着二三十株梧桐，建有二十几间客舍。

青衣将王贵请进一间客舍，摆上樽俎，呈献八珍。王贵早已饥肠辘辘，拾起筷箸，风卷残云般吃个干净。青衣收去杯盘，又备香汤与他沐浴。青衣道："洪大人明日再见教头，教头早睡。"王贵唯唯答应。洗浴已毕，倍觉神清气爽。看着窗外，北斗初横，月色明亮。王贵心想："今日之事真恍如梦中，洪大人既肯见我，何愁功名不稳！想是皇天不负有心人，我的时运到了。"解去衣带，欣然就寝。

次日一早，青衣来到王贵舍前，将门擂得鼓响，喊道："教头快起来，洪大人要见你。"原来王贵夜里思潮起伏，难以入寐，目才交睫，天已四更，鸡鸣之时，正在酣睡，因此青衣喊他数声方醒。王贵一惊坐起，口中忙应，手忙脚乱，颠倒了衣裳。青衣见了，哭笑不得，忙让他将衣换过，说道："教头也太托大了，怎好让大人久等！"王贵连声赔罪，心下甚是不安。

二人走出客院，来到东园。进门便被一座假山拦住。绕过假山，见一岛耸峙湖中，影映其上，依靠着一条蹬道与岸相连。湖面约有十亩大小，形如圆镜，环湖种一周遭垂柳，点缀着异草奇花，鸟鸣嘤嘤，声清韵美。小岛上另有楼台、水阁、松亭、鹤轩之属，真如琼楼玉宇一般。二人登上小岛，来至书房。书房外正有二客等候，一位是督办治水的功曹，一位是官府用度的买办。王贵惶急，向里便走。青衣忙喝道："教头做什么！还不到你呢。"王贵急止脚步，心头乱跳道："可真要谨言慎行，险些又孟浪了。"

等前面二客禀事已毕，已过了一炷香时辰。青衣先去向洪五禀告了一回，便请王贵入内。王贵整理衣襟，急趋书房，不提防门槛高大，脚下一绊，摔了进去。王贵脸颊火热，就势拜倒道："草……草民王贵，拜见洪大人。"洪五笑道："王教头不必多礼，请坐。"王贵唯唯答应，才敢抬头。只见洪五穿着一身官袍，坐在书桌后面，身后是一个大书橱。其人腰背挺直，精神矍铄，虽已年届五旬，并无一分老态，双目之中甚有光芒。

王贵见洪五面无愠色，心下稍安，眼见身旁有张客椅，便贴着椅沿儿坐下。洪五道："王教头，这些日子委屈你了。下人们就是这副德行，你不给他些鞋袜钱，是断不肯替你传信递书的。若非我那老相识另寄书来，言及此事，不知还要让你等到几时！"王贵心下恍然："原来是我不明事理，才会白受这场活罪。"双手一抱拳道："草民一心想为朝廷出力，苦无门路可进，幸蒙庄主人举荐至此。今日得见大人，实乃三生有幸。"洪五道："本官早闻教头大名。教头肯为本官做事，亦本官之幸也。"王贵慌忙下拜道："大人过分抬爱小人了。"

洪五笑道："教头请起。只要有本事在身，何愁无用武之地！眼下正有一事要烦请教头出马。"王贵道："大人言重了，有事便请吩咐。小人洗耳恭听。"洪五道："教头想必知道，一个月前，严岳劫夺了朝廷调往洛阳的粮米。"王贵道："小人有所耳闻。据说劫粮的草寇已被大人杀败，并在此役中俘获了华嵩。"洪五道："不错，当日官军杀贼不少，草寇元气大伤。只可惜被寇首严岳逃去。此人不除，终是大患。"说罢起身，负手踱步。王贵随之站起，敛手恭听。

洪五又道："为了擒获严岳，本官让人放出风去，三日后要将华嵩游街示众，又教城守放松盘查。严岳是极重义气的，一定会来救人。"王贵道："若如此时，大人多在城中布置官兵，不怕他插翅飞去。"洪五摇头道："官军在明，严岳在暗，再多也难保万全。本官已邀来十数名门客，都是江湖上成名的好汉。只等行刑之日，扮成布衣，杂在围观百姓当中，只趁严岳不备下手，定可收获奇效。"王贵道："大人高明，严岳如若敢来，定成瓮中之鳖。"

洪五却又摇头道："严岳悍勇非常，不可大意。前番围剿，本已做足了准备，谁知还是被他逃去。这一回再也不容有失。本官另有一条妙计，只是要委屈了教头。"王贵道："但要能帮大人擒获要犯，小人虽赴汤蹈火，在所不辞。"洪五点头嘉许，命人捧上一盒金条，赠予王贵。王贵忙推辞道："小人未立寸功，安敢受此重赐？"洪五道："教头且先笑纳，本官才好用你。"王贵再拜，领受了金条。洪五随后向他讲出了那条妙计。

且说王贵从洪五房中出来，精神大好，步健身轻。青衣益发恭谨道："不知洪大人分派给教头什么美差？"王贵道："虽则交代了些事体，尚未分派职务。请问府上之人如何晋用？"青衣道："若是十分得力的人，便等官府中有了空缺，由洪大人安排增补，慢慢地擢拨使用。只要用心办事，洪大人是不会亏负了人的。"王贵听记在心，去盒子里取出一根金条，价值五两，赠予青衣道："我初来乍到，许多事体还不明白，要请兄弟费心关照。"青衣忙笑道："理之自然，感承不尽。府上门客虽众，能被大人亲自接见赏识的却是不多。小人早知教头非寻常人也，一定能够出人头地。"

说话之间，回到客院，只见演武场上又多了十几名晨练的武夫，或耍长枪，或举石锁，或将大刀抡得风车儿似转。王贵是习武之人，不免驻足贪看。其中一名中年道人喝道："呔！新来的，你叫什么名字？"众武夫便都住了手，冷眼看着王贵。王贵捧手答道："晚辈王贵，人称作'花枪王教头'。"

那道人道："洪五爷礼遇有加，想必有过人之处。你来，让贫道领教领教。"王贵道："尚未请教道长法号。"一旁有人答道："这位是钟南山上的白云道长。"王贵道："失敬了。敢问道长现任何职？"白云道长道："贫道是前日到的，无职。"王贵心想："原来此人也是来寄食的门客，言语却好生傲慢无礼。想必是因洪大人单独接见了我，却未见他，故此忌恨。"因笑道："道长先到为长，还望多多指教。"白云道长道："莫要岔开话去，你敢与贫道较量吗？"王贵道："同为洪大人效力，何分彼此！"白云道长冷笑道："天下多有欺世盗名之徒，擅长夸谈，却不敢与人较技。"

一言方毕，有人在旁附和道："这话说得一点儿不错。当年有一位姓马的师傅，平生好为标榜，满口大言，为的是广招门徒，诈取钱财。众门徒不明就里，反到处为其吹嘘夸耀，因此在江湖上名声大噪，俨然是一派宗师。后有一位少年登门，要与马师傅打擂，拳脚上见个真章。马师傅也是被人吹捧得太过，竟忘了自家几斤几两，只当人家年少可欺，真个去登台较技。谁知在那少年拳下走不到三合，便被当众打倒，成了江湖上的笑谈。"众人听罢大笑。王贵心想："此言分明是在讽我。我若一再退让，传到洪大人耳里，岂不疑心我浪得虚名？也罢，他既不识进退，我正好将他打倒，借以扬名。"一捧手道："道长定要赐教，晚辈只得奉陪。"

众人要看王贵出丑，纷纷退到一旁，让出一块交手的空地。王贵便把金盒交由青衣保管，自把衣服曳扎起来，去兵器架上取棒一条，使个旗鼓。白云道长早已拈棒在手，摆开架势，向他招手挑衅道："你来。"王贵心想："等他在先出手，我再后发制人，才显英雄。"说道："请道长出招赐教。"白云道长自重出家人的身份，亦不肯在先动手。只见二人四目凝神，足下游走，绕场数周，未交一棒。

众武夫不免私下议论道："他二人怎不交手？"一人道："你们懂得什么！高手过招，胜负只在反掌之间。二人看似未曾交手，实则已在暗中较量了多时。你们细看二人的步法，便知大有讲究。"众人听了，纷纷点头道是。

白云道长当先沉不住气，喝一声"着"，抢上一步，举棒便劈。这一招唤作"盘花盖顶"。众人见了，齐声喝彩。王贵略退一步，举棒一架。看官听说，《剑经》上有载，收棒为"吞"，杀棒为"吐"，两棒相交，唤作"一剪"。当时两棒正当一剪，白云道长后手把棒一撒，一吞一吐，疾点向王贵咽喉。王贵见机甚捷，霍地侧身一闪，闪开那棒，足下变丁字步，以棒压棒。白云道长暗道"不好"，急待抽身，王贵左足却早逼上一步，借着腰力，顺棒剃手。"当啷"一声，白云道长棒坠于地。

众人惊呼声中，王贵弃棒抱拳道："承让了。"白云道长满面通红道："刺枪使棒非我所长，你我再比剑术。"王贵笑而不应，转身便走。白云道长大怒，径去取自己那口宝剑。青衣忙横身拦道："且住。自家比试，点到为止，不可因内斗失和。"白云道长发作不得，只得愤愤作罢。青衣将王贵送回房中，私下说道："教头不必与那道士理会。他是前日到的，整日里弹剑唱歌，唱什么'食无鱼''出无车'，众人只当他是疯子。"欲知后事如何，且看下回分解。

第六回

严寨主舍身救友　梁相公求雀弹珠

倏忽过去三日，到了华嵩游街之期。巳牌时分，要犯被提出大牢，押上槛车，数十名官差鸣锣开路，押牢节级骑坐着大马相随，街头巷尾布满了官兵。百姓们贪看热闹，挨肩叠背地观睹。只见要犯身穿囚衣，蓬发覆面，一身是血。有人指点议论道："这就是巨寇华嵩吗？只当他是蓝皮肤、红眼睛、铜头铁臂，今日所见，却也不过寻常，怎便敢劫官粮、盗御马！"又有人道："那严岳是天杀星下凡，比华嵩还要凶恶百倍。今日将他义弟羞辱，岂肯善罢甘休！只怕北京城要受灾殃，祸不小哩！"

众人议论声中，槛车停在了一处酒楼下面。押牢节级问道："前队为何不走？"前头官差回道："有几名拙夫推着粮车赶路，只因避让官差不及，手忙脚乱，把粮车倾覆在了街上。"押牢节级喝命："还不快去把车推开，清理道路！"官差应承一声，前去传话。正当这时，只听翠云楼上一声暴喝，有如晴空中爆起声惊雷。但见酒楼上跳下一名戴斗笠的大汉，半空中手起刀落，将押牢节级砍翻落马，一颗头颅直滚入人丛里去。那行凶的大汉掀开斗笠，露出真容，乃是张刀疤脸，青筋暴起，目迸寒光，大喝道："太行山严岳在此，不想死的回避。"百姓们闻言大哗，推车的弃了车子，担担的撒了箱笼，各自四散逃命。

数十名寇众早已藏身百姓当中，眼见严岳动手，跟着各绰钢刀短斧，呐喊着杀将起来。官兵们措手不及，吓得弃车而逃。严岳便要用钢刀砍破槛车。寇徒忽叫道："寨主，小心背后。"严岳应声急闪，避开一击，回身喝骂道："什么人！好不歹毒！"偷袭之人手持着纯阳剑，正是白云道长。又听见一声呐喊，藏在人群中的布衣门客同时奋起，与寇众混杀一团。

严岳情知遇伏，气愤填膺，奋起钢刀，来战白云道长。斗无数合，白云道长便觉架遮不住，被严岳一脚踢中肋下，蹬飞出去。严岳志在救人，不再管他，便用刀砍破槛车，上前扶道："兄弟，我来救你。"不料此时，变故陡生。要犯突然出手，一拳打向了严岳。严岳猝不及防，正被那一拳打在了左目上，直打得他眼珠迸出，向后跌倒。要犯随后挣开链锁，跳下槛车，一屁股骑坐在严岳身上，双手纳定其两臂，回头向官兵喊道："严岳被我拿下了，快来人，把他绑上。"原来这"要犯"并非严岳的义弟华嵩，而是"花枪"王教头！

官兵已被寇众惊走，无法近前，白云道长离槛车最近，又见王贵抢得头功，妒恨交并，一个"乌龙绞柱"起身，高举起纯阳剑，向严岳当头便砍。王贵情知其要来争功，左手抓起严岳衣领，猛地向右一拽，铿然一响，宝剑斫在地上，迸起金星。严岳却喜右臂得脱，猛挥一拳，痛殴王贵。这一拳正中下颚，打得王贵牙齿横飞，向后昏倒。严岳借机滚身而起，大叫道："中计了，大家快退。"

此刻大队官兵已然赶到，围住了南街北巷。寇众都使短兵，难以突围，多死于乱枪之下。严岳见两面官兵渐渐拢近，仰天叹道："吾命休矣。"横过刀锋，便要刎颈。翠云楼中忽有一人叫道："严大哥，使不得。快跟我来。"其人白布包头，黑煤涂面，向他招手，不知是谁。严岳别无生路，便奔楼中逃去。官兵大呼小叫，在后追赶。蒙面人带着严岳穿过灶房，跃过后窗而走。又在街巷间拐弯抹角，摆脱追兵，直至走进城北巷子里的一间民宅，方才止步。严岳问道："恩公是谁？"那汉应声"是我",扯下了头上白布。严岳左目已废,强睁右目看去,认得正是曹峰。

话说曹峰将严岳带归寓所,领进屋中坐下,忙让红姑打来清水,动手为严岳洗疮。孔岩闻声过来,见了严岳,惊诧不已道:"你就是严岳!"严岳道:"兄弟,是你。"曹峰大奇,问二人有何际遇。原来孔岩路途所遇的刀疤脸汉子正是严岳。孔岩向曹峰讲了路途中事,曹峰喜道:"这正是有缘千里来相会,无缘对面不相识。前生就注定了你们要成兄弟。"孔岩又问起严岳落难的始末。严岳愤然道:"我又中了洪老贼的奸计。"

严岳讲道:"大概三个月前,有一人来到山寨,自称是漕帮的舵主,姓曹名无忌,要来投奔我大寨入伙儿。我问他:'你是清白之身,又不愁衣食金银,何苦要来落草?'曹无忌说,他因借着职务之便,挪用了官银去做生意,却不幸生意失败,血本无归。只怕早晚事发,故来落草。为表诚意,他还要献上一笔富贵。我问是何富贵。曹无忌说,一个月后会有三十万石粮食从东京调往洛阳,他正是负责押粮的舵主,因此要与我里应外合,谋夺这几船粮食。我心想这些粮米是用来平抑物价用的,夺了它岂非伤天害理!寨众却道:'送上门的买卖,没有推却之理。况且山寨里也正缺粮,正好取来用度。'我禁不住再三撺掇,只好听从众意,遂与曹无忌商定了劫粮的日期。就在粮船抵达孟津的当晚,里应外合劫了粮食,逼令粮差运往太行山去。"

孔岩道:"严大哥劫粮就劫粮,不该杀害粮差。"严岳道:"我又非嗜杀成性,怎会无故杀人?"孔岩道:"怎么,粮差不是你杀的?"严岳道:"你听我讲。我令粮差运粮北上,尽拣小路而行。一日探马来报,前路上有官兵堵截。这么走下去,势必有一场恶战。曹无忌因而向我提议,不如将粮食就近藏在一处隐蔽的山洞里,大众先回山寨,等日后风声过了,再来慢慢地搬取。我想此法不错,依计而行,命将粮车推进洞中,又用石头封住洞口。诸事已毕,曹无忌便又劝我杀掉粮差,以免走漏消息。我不答应,便让粮差同我上山落草。即便不肯落草,日后也会发放钱粮放还。不想就在次日,我们便遭到了洪五的伏击,非但全军覆没,粮差也被杀戮无遗。我孤身一人杀出重围,逃回山上。舍妹对我说道:'官军能够事前设伏，必有奸细透露踪迹。此人不会是别人，只能是那新投入伙儿的曹无忌。一者劫粮本是他的主意，二者他原是洪五的嫡系。'我一寻思，果然不差，只是尚有一事不解。洪五设下这么大的一个圈套，难道只是冲我而来？那样的话，何不在我劫粮之前动手，却要大费周章，赔上许多粮差的性命？直至后来因缘巧合，我捉获一名洪五府上的虞候，这才得知其中的内幕。"

孔岩问道："什么内幕？"严岳道："神宗皇帝曾立遗训，'能复全燕之境者，虽异姓，亦可封王'。自金人起兵以来，辽国日益衰微，童贯便撺掇圣上联金伐辽，夺回燕云州郡，冀图立下封王之功。圣上遂命童贯为扫北大元帅，攻取燕京。谁知童贯首战就在燕京城下大败，粮草辎重损失殆尽。童贯怕圣上怪罪，瞒而不报，又纵容将士掳掠，以资军需。直至金兵攻下燕京，洗劫已毕，童贯才用重金买下一座空城，宣称己功，奏捷于朝。童贯因此被圣上封王，只苦了北地的百姓。而那亏欠的军费总要找补，不能总是寅吃卯粮。洪五便让曹无忌怂恿我去劫粮，他再以逸待劳，半路伏击。另又差心腹之人将洞中之粮运走，弥补亏空，对外只说我已将粮藏匿，下落不知。我虽有口，从何分辩！这正是他一石二鸟之计。"

孔岩听了，震惊良久。严岳续道："此后在大名府刺探消息的兄弟回来，说洪五要将华嵩兄弟游街示众，我便要下山救人。舍妹劝阻我道：'洪五定已布下了天罗地网，不可中了他的奸计。'我说义气深重，虽死不悔，执意救人。谁知洪老贼诡计多端，一面在百姓当中埋伏下许多布衣打手，一面又让人假扮成华嵩兄弟。我因此着了暗算，瞎了这只左眼，带来的兄弟尽皆没了。若非曹兄弟舍命救我，今已成了刀下之鬼。"

曹峰道："严大哥大难不死，必有后福。只不知外面是何情形。你们二人安坐，容我去探听一番，并买些疮药、酒食回来。"严岳道："兄弟若要出去，替我问问华兄弟的消息。"曹峰道："知道，不必多言。"说毕，出门去了。红姑跟出门来，悄声问道："曹大哥，那人便是坊间传说的杀人魔吗？"曹峰道："小孩子懂得什么，不要胡说！我走之后，记得把门锁好。"

此时街头巷尾人心惶惶，到处张贴了搜捕严岳的告示。损伤的百姓不计其数，在医馆前排起长队，医馆内治疗外伤的药物却已脱销。原来洪五府上的青衣早已将药品买断，在自家开的药铺里坐地起价。曹峰骂骂咧咧地买了高价药，再要去买酒食，在街上遇见一个熟人，是一位漕帮中相识的兄弟，姓薛名超，现今在牢里当差。

曹峰便问："兄弟往哪里去？"薛超道："我的头子节级被严岳砍死了，我正要赴他家中吊唁。"曹峰心念一动道："我也听说严岳为救华嵩，大闹了北京城，不知捉获没有？"薛超道："被他跑了。"曹峰又问："那么华嵩被救去了吗？"薛超道："华嵩一直被关在大牢里。今日游街的是洪五爷新招的一个门客，唤作'花枪'王教头。这都是洪五爷为捉拿严岳定下的计策。"曹峰道："那么要如何处置华嵩？"薛超道："梁大人说，要等擒获严岳之后，一并押送东京献功。"曹峰还待详询，薛超道："兄弟，我急着要去吊唁，咱们改日再聊。"一捧手，急匆匆走了。

曹峰又去买了两只烧鸡，沽一壶酒，回到寓所。红姑给他开了门，进了门却不见严岳、孔岩。曹峰猛想起出门前红姑的问话，心想："莫非红姑向官府告密，捉去了二人？"瞪着两眼，质问红姑道："我那两位哥哥呢？"红姑见他有疑己之心，鼻尖一酸，便扑簌簌地落下泪来。曹峰急道："你不要哭，二人在哪儿？"话音方落，只见孔岩扶着严岳从灶房出来。曹峰忙问："你们为何在灶房里？"孔岩道："适才有官兵过来盘查，我便带严大哥躲进来了，多亏红姑巧言掩饰过去。适才又听有人敲门，不知是谁，只得先藏起来。"曹峰始知自己错怪了红姑，懊悔不已。红姑用手抹着泪，跑着回房去了。

三人重到曹峰房中坐下。曹峰放下酒食，打开药袋，取出金疮药，敷在严岳伤处，严岳是个硬汉，未吭一声。曹峰又向二人讲了青衣囤积药品之事，二人都切齿不已。曹峰道："官兵在全城张贴告示，悬金三百两，要拿严大哥归案。"严岳问道："华兄弟是死是生？"曹峰道："华嵩被关在牢里，暂无性命之忧。梁世杰要等捉获了你，一并解送东京。"孔岩道："你是说要将二人解送东京？"曹峰道："不错，是我一位相识的牢子说的。"孔岩若有所思道："这么说，我倒有个救人的主意。"严岳忙问："什么主意？"孔岩欲言又止，摇了摇头道："不妥，太冒险了。只怕救人不成，还要赔上一个。"严岳急得顿足道："兄弟，你有主意就说出来。成与不成，大家商议。"曹峰道："不错。纵使不妥，说也无妨。"

孔岩看了二人一眼，说道："我想让曹兄弟将严大哥解去衙门请功。"曹峰失笑道："哥哥说的是什么话！我岂是见利忘义之人？"孔岩道："兄弟听我把话说完。你将严大哥解去请赏，是为了获取官府信任，再设法摸清押解二人的路径和时辰。另教人去联络严大哥城外的部众，设法在半路上救人。"严岳喜道："好主意。半路救人，总比在城中容易。"孔岩道："话虽如此，其实有许多变数。倘或梁世杰不将你二人解送东京，而是就地处斩，或者探问不出押送的消息，那便是弄巧成拙了！"严岳道："诶，天下哪有十拿九稳的事。即便不能成功，我也乐得与华兄弟同生共死。不必多说，就这么定了。"孔岩见他答应得如此爽快，益生钦敬之意。孔岩又道："可是严大哥的兄弟皆已没了，我又抽不开身，谁去报信？"说时，看向曹峰。曹峰想了一想道："只得我去。"

当晚三人商定细节，各自安寝。曹峰便留严岳同榻而眠。严岳是个磊落汉子，虽知明日吉凶未卜，心中却不以为意，一头睡倒，鼾响如雷。这却苦了曹峰，翻来覆去地睡不着，折腾到二更天气，实在忍不住，坐起身道："我还是到孔岩哥哥屋里睡去。"

曹峰穿衣起身，走出门来，不禁又想起红姑，往她房中一看，只见尚点着烛火，隐隐传出啜泣之声。曹峰暗惊道："莫非红姑还在恼我！傍晚让她吃饭，她也不吃。"因上前叩门道："好妹子，睡了吗？"红姑吹熄了烛火道："这么晚，还不睡？"曹峰道："你不是也没睡吗？我给你赔不是来了。你出来，咱们说一会儿话。"红姑道："这么晚了，有什么话说？"曹峰道："今日是我一时心急，错怪了妹子，惹得你恼我。你若不肯出来，那也无妨，我扇自己一百个巴掌再去。"红姑哭道："我本是命薄之人，蒙恩人救出苦海。恩人若再这样，真让我无地自容了。"曹峰忙道："妹子，这么说就生分了。难道我把你当外人吗？"红姑道："不是外人，却是什么？"曹峰怔了半晌道："我是来向你道别的，只怕明日去了衙门，生死难料，未必能再见到你。"红姑止住哭声问道："这是怎么讲？为何要去衙门？"曹峰道："你出来，我与你说。"语毕，许久不闻回话。曹峰心想："想来她是不会开门了。"

正待离去，只见房中骤然明亮，点起烛火，"吱呀"一声，房门打开。红姑从房中款款走了出来，蓬松挽着发髻，面上梨花带雨，有不胜娇弱之态。曹峰登时禁不住心猿意马，又爱又怜，突然便上前抱住，拥入房中。红姑惊叫一声，不能自主，继而便见房中一黑，灭了烛火。

次日一早，大名府内锣鼓喧天，严岳被捕的消息传遍全城。梁世杰亲自升堂，接见擒获严岳的壮士。曹峰跪于堂下，详细禀说道："小人今早起来，正见他睡在自家的灶房里，料因他被官兵搜捕得紧，无处藏身，故趁半夜潜入了进来。小人曾见过告示上的画像，认出他是寇首，便一棍把他打昏，解送官府。小人能够立功，全托了大人的洪福。"梁世杰闻言大喜，命取黄金三百两，赏赐曹峰。

曹峰叩头称谢道："小人祖上经商，颇有家业，不十分贪慕钱财。先君每恨不能为国家出力。大人若肯格外恩典，惠赐小人一官半职，小人必当赴汤蹈火，以报大人隆恩。"梁世杰捋须笑道："难得你一片忠孝之心，本官岂有不允之理！洪五，府上还有什么空缺？"洪五一直侍立在侧，听得此言，捧袂答道："回大人，尚缺一名管马的监丞。"梁世杰尚未置可否，曹峰抢先说道："小人不想管马。"洪五喝道："不想管马，想管什么？"曹峰道："小人听说牢里正缺一位押牢节级，又风光，又体面，小人想讨这个官儿当。"梁世杰问道："果有此缺吗？"原来自押牢节级被严岳当街砍死之后，这一职位就空缺出来。洪五曾将它私许王贵，只是手续尚未办妥，今日经梁世杰猛然一问，不好欺瞒，只得答"有"。梁世杰道："便让这位壮士补缺。"洪五应一声"是"，退到一旁。

经此一事，曹峰成了英雄，坊间到处流传着曹峰勇擒严岳的故事，版本各异，愈传愈奇。城中的商家店主纷纷来给曹峰送礼，欲求得伯乐一顾，好涨价钱。但不久就有眼热的人说，曹峰只是趁着严岳睡熟时打了一记闷棍，算不上英雄好汉，又在大堂上公然请官，是个十足的名利之徒。百姓闻知，大失所望，渐渐舆论反转，又生出许多流言蜚语，这都不在话下。欲知后事如何，且看下回分解。

第七回

孔荆玉寄书传信　严婉儿卖酒当垆

　　话说严岳早与妹子严婉儿约定，救出华嵩之后，在大名府城西六十里外承平镇上会合。严岳既已归案，城门开禁，孔岩得以驾着骡车出城，迤逦来到镇上。进镇已是深夜，犬吠之声迭起。孔岩遵照严岳之言，行至一家栽有合欢树的院前，驻车叩门。

　　少时，院门推开一缝，从中探出个头问道："什么人？"孔岩道："我是严岳的朋友，受他嘱托送信。"那人阖上大门，通禀进去。又等一阵，院门打开，走出两名虎背熊腰的汉子，将孔岩包头蒙眼，推进院去。院中觉有火光灼人，众口低语。只听一名女子问道："你说受我兄长之托送信，有何为凭？"孔岩道："你的名字叫作严婉儿，甲申年壬午月乙丙日丙子时生，今年芳龄二十，是也不是？我怀里有你兄长的手书。"严婉儿心想："兄长好没计较，又非择吉问卜，怎将我的生辰八字轻易告诉了他！"教人取来手书，反复看过，认得正是兄长的字迹，遂令部下放开孔岩。

　　孔岩揉开眼睛看时，院中分两班站着十几名寇徒，个个腰系大刀，手持火把。为首的是一名芳龄少女，一身男装扮相，英姿勃勃，十分俊秀。孔岩不禁暗自称奇。严婉儿同孔岩见了礼，请进客堂坐下，问起兄长的吉凶。孔岩便将严岳劫囚的事讲了一回。严婉儿道："我兄长只是性直，难免被人算计。幸亏有曹大哥仗义援手。"又问："此后之事如何？"孔岩道："我让曹兄弟将他送去了衙门请功。"严婉儿闻言一怔，恰待详询，镇上犬吠之声又起，一匹快马跑进镇子。严婉儿面色一沉道："想是在城中探信的兄弟回来了。马蹄急迫，不似好事。"

须臾，那名送信的跑进堂中，扑倒在地上哭道："姑娘，不好了，大寨主、二寨主都被姓梁的斩了。"严婉儿不听则已，听后便急火攻心，昏了过去。寇众们怒发冲冠，指着孔岩骂道："是他害死寨主。咱们打死他，为寨主报仇。"孔岩未及开言，已被人一拳殴倒，拳脚如雨点般落下。

幸而严婉儿不久醒转，喝止寇众。孔岩已被打得蜷缩一团，声唤不已。寇徒道："姑娘，是他害死了寨主！"严婉儿道："死生有命，成败在天，不关他的事。"寇徒道："怎么不关他的事？寨主生性耿直，才会中了他的奸计被捕。如今他又来算计我们。"严婉儿道："若是他有歹意，何不引官兵围了镇子，反要以身犯险？"众不能答。

孔岩吐出一口淤血，连咳带喘道："姑娘听我一言，那消息未必是实。"这一言有如当头棒喝，让严婉儿如梦初醒，急扯住报信的问道："你是亲眼所见，还是道听途说？"报信的道："满城里都讲动了，岂能有假！小人却未亲眼看见。"严婉儿道："怎不看个真实回来？"报信的道："听说尸体已被埋了，无从查访，小人心急，便忙赶回报信。"孔岩道："此间道理易明。梁世杰要将二人押送东京，却怕路上有失，定下这条瞒天过海之计。二位兄长罪不在浅，若真遇害，定会枭首示众，岂有草草掩埋之理？"

严婉儿听了此言，转悲为喜道："孔大哥说得是，我真糊涂。"孔岩道："姑娘是关心则乱。"严婉儿喝道："还不快把孔大哥扶起来。"说毕，却早推开众人，亲手将孔岩扶坐到椅上。严婉儿道："孔大哥冒死前来送信，反而蒙受冤屈，遭此拳脚，我真过意不去。来人，去取一百两金条。"孔岩道："且慢。我救令兄是激于义气，岂是贪慕钱财！若再说见外之言，请恕我不能奉陪了。"严婉儿叹道："孔大哥真乃义士也。"

二人正商议救人之事，又有探马来报："城中不知出来一群什么人，都是布衣汉子，骑快马往这边来了。"严婉儿问："有多少人？"探子答："有二三十人。"孔岩道："不好，严姑娘，咱们要离开这里。"严婉儿问是为何。孔岩道："严大哥在大名府劫人之时，就曾被一群布衣汉子袭击。这些人兵器不同，路数各异，想来都是洪五豢养的门客。"寇徒道："他们怎知我们落脚之地？"孔岩道："当日严大哥救人未果，全军覆没，其中必有被官府活捉之人。只怕是禁不住拷打，供出了此地。"寇徒道："姑娘，只来了二三十人，咱们拼了，为死去的兄弟们报仇。"孔岩道："来人虽不甚众，却都有武艺在身，依我之见，不可力敌。况且咱们还要救人，不宜节外生枝。"严婉儿道："孔大哥所言有理，不必多说了，赶快收拾东西走人。"

孔岩所料不错，正是有被活捉的寇徒招供。洪五本要派出官兵围捕，王贵进言道："贼寇狡诈，必会派人在城外放哨。官兵出动，容易打草惊蛇。小人不才，愿带二三十名门客，尽擒寇党回来，以报大人栽培之恩。"洪五喜道："那就有劳教头出马。"

却说王贵等一干门客骑乘快马，闯进了承平镇。寇党早已是人去屋空。王贵道："茶是热的，人去不远，咱们快追。"众门客却想："你在洪五爷面前出尽了风头。拿到寇党，功劳还不是你的？"因此都不肯尽心，推说道："谁知道人去了哪里，往哪里追？"王贵道："连个喽啰也没拿住，如何回去复命？"白云道长道："主意是你出的，你去复命，与我们何干！"王贵道："如今不是论功劳分彼此的时候，拿住寇党，你我都面上光彩。"白云道长道："不用你给我们画饼充饥，你指条路，我们就跟你去。"王贵道："欲知寇党去向不难，只消拿左邻右舍来问。"即令众人喊开民宅的门，强带来几名百姓，逼问寇党的去向。

百姓道："他们是来做生意的房客，为何说是寇党？我们大半夜闭门睡觉，谁会管别人的去向？你们又是什么人？为何半夜搅扰民宅？"王贵道："好一群巧言令色的刁民，多半是串通了草寇。兄弟们，把他们都带回去，交给洪五爷审问。"白云道长暗自冷笑道："他是没法子复命，要拿这些百姓交差。"

严婉儿、孔岩等人并未走远，正站在不远一处山坡上眺看。眼见王贵等人强拖一群百姓出来，吵吵嚷嚷，动鞭执杖。孔岩便骂："一群欺老凌弱的民贼。"严婉儿蓦地心生一计，笑道："孔大哥，看我教训他们如何？"孔岩道："怎么教训他们？"严婉儿唤来一名机灵的寇徒道："你骑快马去本地的县衙报官，就说有二十几名强盗闯进了承平镇，掳掠了镇上百姓。这些强盗多半就是严岳的残党，请官府速速发兵拿贼。你为官兵领路，事毕趁乱再溜。"寇徒喜道："姑娘好计策，我这就去。"

当地知县早知严岳闹了大名府之事，闻说报案，不敢怠慢，当即唤来县尉，让点起一百名差役追捕。王贵等人押着百姓，舍马步行，走得不快。寇徒引路，赶上众人。县尉喝道："好大胆的强盗，往哪里走！"王贵道："你们是何处官兵？安敢拦我们的路！我们是洪五爷的人，奉了他的命令捉拿寇党。"县尉道："是洪五爷的人？"寇徒道："大人休听他们胡说，这些被绑的分明是镇上百姓，怎会是寇党！"县尉道："不错。你们说是洪五爷的人，现任何职？有何凭证？"王贵道："我们是洪五爷的门客，尚是白身。"县尉喝道："既是白身，怎敢强拿百姓？"百姓们趁机喊道："大人救命，我们确是承平镇上的百姓，被这些强盗所掳。"众差役中有认得的亲戚，纷纷叫道，"那是我大伯""那是我二舅"。县尉大怒道："好强盗！竟敢欺弄本官。给我拿下，不要放跑了一个。"王贵等人分辩不得，只好撇下百姓，落荒而逃。白云道长没能跑脱，被官兵拽下马来，劈头盖脸地乱打，打得头破血流，押回去下在牢里。众门客皆面上无光，心中暗骂王贵。

王贵只怕洪五见责，便学古人的法子，脱下上衣，背负荆条，来见洪五，这个叫作"负荆请罪"。洪五见了这般模样，失笑道："不过跑了区区几名草寇，何须如此！教头快请起来，本官另有任用。"说毕，自解外衣与他披上。王贵感激得涕泪交流，道："大人解衣衣我，小人愿以国士报之。"洪五后来曾向人言："王教头忠勇可嘉，只是未免小题大做。"

他又差人去县衙保释了白云道长，不在话下。

次日，孔岩、严婉儿一同回到大名府。曹峰传出消息："三日后就要递解二人进京，负责押送的是二十名精兵，长官唤作'花枪'王教头，是洪五新提拔的提辖。我借言回京办事，会一同前往。"孔岩、严婉儿大喜，遂与曹峰商定计策，先赶去前路上安排。又三日，严岳、华嵩便被暗中递送出城，解投东京。

且说王贵一行逢村沽酒，到镇安歇，不觉走了数日路程，一道坦夷，无话可表。第七日黄昏，正行至山深林密处，见日头傍着西山下去，只留下一道残晖。王贵举目四顾，尽是山野，遂把曹峰唤到马前道："是你自请在前开路，如今却错过了宿头，陷在这深山老林里。前后没有村店，怎生过夜？"曹峰笑道："王兄莫急，我多曾行走此路，岂会不识路径？再走五六里路便可出了林子，傍路便有一家客栈，那家的村酿十分甘醇。"官兵们闻言大喜，加疾脚步，赶向前去。

走出林子，果见傍路有家客栈。王贵下马进店，正见一名少妇当垆涤器。那少妇生得蛮腰束素，体态婀娜，面上搽脂抹粉，鬓角簪朵鲜花，打扮得千娇百媚。客堂内摆放着六副桌椅，五张桌子空着，只一张桌旁围坐着七位客人。

曹峰随后进了店门，冲着座中的客人嚷道："官军宿店，客栈全包。闲杂人等出去。"众客看他一眼，并不理会。女掌柜笑呵呵地迎上前道："军爷们快请进来。我家客栈敞亮，住得下四五十位。"曹峰一把推开女掌柜，指着坐客骂道："你们是吃了熊心豹子胆，敢把军爷的话当作耳旁风！"

坐在主位上那客人冷冷地笑道："你是何处军官？现任何职？官威可真不小！"王贵见那人生得面容清俊，仪表非俗，更兼锦衣华冠，佩玉腰金，只怕是有些来历，赔个小心问道："敢问官人从哪里来？"锦衣客道："东京。"王贵又道："敢问尊讳。"锦衣客道："姓蔡。"王贵心道："不好。当今蔡京父子专权，满门亲戚皆贵。倘若有些沾亲带故，岂非冲撞了贵人！"曹峰不耐烦道："王兄，与他废什么话，一发撵走罢了。"王贵道："诶，既是客栈够住，何苦要麻烦人家！"曹峰道："先前你可不是这么讲的。"

店内除去女掌柜并七位坐客，只有两名跑堂的店员。客栈后面有座后院，东西厢有两座草房，草房里堆放些柴草杂货。官兵清查客栈已毕，便将槛车推入后院。王贵将官兵分为两班，轮流守夜。官兵道："提辖大人，咱们奔波数日，连个贼影也没见着。何不就让弟兄们好生歇歇，少留几人守夜吧。"王贵骂道："你们这群懒汉，好不晓事！梁大人亲自交托的差，岂容怠慢。干系须是在我身上。"众官兵没奈何，只得遵命。王贵又再三叮嘱，才回大堂。

曹峰正在柜前问女掌柜："你这酒几钱一斤？"女掌柜道："八十钱一斤。"曹峰道："二十钱一斤，军爷买你几坛。"女掌柜道："军爷，当水卖呢！"曹峰道："军爷买酒是抬举你，你怎么不识敬重！"女掌柜道："好不讲理。往日许多大官宿店，也不似军爷这般蛮缠。"座中的锦衣客道："女主人，不要理会他。在座的都给斟满，酒钱记我账上。"女掌柜笑道："还是这位爷大方明理。伙计们，快来斟酒。"两名店员忙应，跑来给众人斟酒。

王贵向那锦衣客捧手道："怎敢有劳贵客破费。"锦衣客道："蔡某话已出口，绝无食言。"王贵只得称谢。曹峰道："他分明是要羞辱我，我不吃这酒。"王贵悄声道："我看此人来历不凡。你我卑贱之人，怎好与贵人斗气！"曹峰道："我在东京时，贵人也见过不少，不见有这等贼模样的。你看他总盯着女掌柜瞧，一定没安好心。"

王贵闻言一笑，不再理他，满斟了一碗酒，走到锦衣客面前，说道："多谢兄台赠酒，兄弟我先干为敬。"一言方毕，座中一人拍案喝道："你算是什么东西，敢与我家主人称兄道弟！"王贵慌道："是小人言语造次了。"锦衣客头也不抬，挥手示意他走。王贵自讨一个没趣，不敢多言，道一声扰，回到座位，悄声对曹峰道："那位锦衣客贵不可言。"

吃了无数碗酒，后院里忽有人嚷："不好了，厢房失火了。"众人抬头一看，只见后院草房上盘着一条火龙，浓烟滚滚，卷上天去。女掌柜叫苦连天道："哎哟，我的房子，我的家当。"锦衣客道："快去帮忙救火。"
座中众人齐应一声，全往后院去了。王贵恐怕要犯有失，提起花枪，要
奔后院。不想才站起身，便觉天旋地转，立足不稳。王贵大惊道："我才
吃了一碗酒，怎就醉了！"此时只见官兵纷纷丢了酒碗倒地，口中吐着
白汤。原来女掌柜正是严婉儿，锦衣客正是孔岩，其余人等都是寇众。
严婉儿早把客栈主人绑了，占住店面，把蒙汗药下在了酒里。

却说孔岩等人闯进后院，当值的官兵都在忙于救火，把枪棒倚靠在
墙边。众寇便上前抢了军器，回过头袭杀官兵。官兵措手不及，乖觉的
走了两个，其余的尽被杀死。严婉儿用斧砍破槛车，救下兄长；曹峰打
开钥锁，放出华嵩。华嵩就从寇徒手里夺过刀来，抢进店里。众皆不解
其意。不一时，只见他提着王贵首级回来道："这狗贼冒用我的姓名，残
害我的兄长，我不能饶他性命！"

严岳叹道："今虽逃出生天，兄弟们却也折了不少。"华嵩道："兄长
不要灰心。这番闹了北京城，威名更胜往昔。咱们回去招兵买马，不难
东山再起。"孔岩道："不错。眼下奸臣当道，民不聊生，英雄不愁无用
武之地。"严岳道："二位兄弟不知我的本心。当初我上山落草，实非得
已，一者是因杀了官兵，报国无门，别无生路，二者是想为兄弟们谋求
富贵。众兄弟跟着我奔波受苦，没享过几日清福，大多却因我而丧了命，
骸骨也不曾收。是我对不住他们，纵然做得家大业大，有何乐趣！"严
婉儿道："死者已矣，兄长不必过于悲伤。况此处不是久留之地。"

严岳等人于是退归河北，在太行山上扎营立寨。严岳、华嵩以下，
奉孔岩为三寨主，曹峰为四寨主，整日里招兵买马，劫富济贫。不出半
月，又聚起七八百号喽啰。孔岩安身已牢，便让喽啰去大名府接取孔母、
红姑上山。严岳做主，将严婉儿嫁给孔岩，红姑嫁给曹峰，兄弟二人同
拜花烛，于飞之乐，自不待言。

孔岩向严岳建言道："人无远虑，必有近忧。今者寨众日益壮大，还
当擘画长远之谋，不可图一时快活，而浑浑度日也。"严岳道："我等背
反朝廷，沦为草寇，上不能报国尽忠，下不能福荫子弟，但求得苟全性

命，更有何长远之谋？"孔岩道："天下之事，未可逆料。北方金兵灭辽，有破竹之势，近来又与我大宋启衅，早晚必有一战。我等可俟天下有变，寻求招安之机，共扶社稷。"严岳喜道："此乃吾之夙愿也。"孔岩道："兄长果有此心，便当订立法度，约束部伍，不可过杀人命，招致天谴。"

严岳大喜，乃令孔岩草拟法度，与众刑白马而誓曰："我等河北义民，忠良志士，因不容于奸邪，致令屈沉草野，而其济世之志犹存，报国之忠未改。因发宏愿，砥砺山河：上顺天道，下济苍生，约法三章，务须遵照。有违此誓，神明是殛。"

屈指又过半月，一日孔岩率领数十名寇徒下山劫道，来至南山脚下，正有一队镖车过路。寇徒们发一声喊，围住镖车，喝令道："此路是我开，此树是我栽。要想从此过，留下买路财。"

镖客共有二十来人，都吓得战战兢兢。镖首正是白云道长，喝道："你们好大胆，可知这是谁的财货？"寇徒问道："谁的财货？"白云道长道："大名府洪五爷的。"孔岩笑道："这真是冤家路窄了，我们劫的就是不义之财。"白云道长大怒，叫道："大家不要怕，同我冲杀出去。"掣出纯阳宝剑，撒马便冲，撞翻了几名寇徒，突出围困。回头一看，众镖客却未能跟上，镖车尚失陷其中。白云道长心想："失了财货，我如何去见洪五爷？"于是又拨马杀回，撞入围中。众寇大骂："贼道人无礼，不必手下留情。"撒开个圈子阵，将白云道长围在垓心，刀枪簇定，势无可逃。白云道长心慌，剑法大乱，被乱枪搠下了马，乱刀砍为肉泥。

众镖客本无斗志，又见折了镖首，纷纷跪地求生。孔岩问道："车上载的是什么？"镖客答道："是洪五爷为梁世杰搜罗的字画奇珍，准备送去东京，给蔡相爷祝寿用的。"孔岩道："此可谓上有所好，下必甚焉。"下令留下车辆、牲口，饶过镖客不杀。众镖客千恩万谢，两脚如飞地去了。

孔岩让几名寇徒押送镖车上山，又率人转去北麓。北麓下正见当值的寇徒拦住一名书生。寇徒禀道："三寨主，今日黄道不好，我等在此空等半日，只有个穷酸书生过路。"孔岩打量那书生，那书生生得眉清目秀，面白须长，背一囊书，戴顶儒巾。问其姓名，书生答道："学生姓张名典，表字'士楷'。"孔岩又问："你今年多大年龄？可曾及第？"张典道："学生不才，年已三十有二，却是榜上无名。"孔岩叹息道："可怜，还要长我两岁。"张典道："学生家境贫寒，上有老母，箱笼中多是些书籍衣物。虽有些许盘费，是进京求学用的，不足以进献大王。望大王高抬贵手，放过学生。"孔岩心下慨叹道："同是天涯沦落人，相逢何必曾相识。"便对众寇说道："还他箱笼，放了过路去吧。往后记着，不许再打劫书生。"

第八回

姚仲英洞庭览胜　秦知县沅水修桥

词云:

　　洞庭青草，近中秋，更无一点风色。玉鉴琼田三万顷，着我扁舟一叶。素月分辉，明河共影，表里俱澄澈。悠然心会，妙处难与君说。

　　应念岭海经年，孤光自照，肝肺皆冰雪。短发萧骚襟袖冷，稳泛沧浪空阔。尽挹西江，细斟北斗，万象为宾客。扣舷独啸，不知今夕何夕!

——张孝祥《念奴娇·过洞庭》

　　话说张典被孔岩放过山去，暗自庆幸不已。原来他并非什么落第书生，而是早已高登皇榜，如今补授了实缺，要往鼎州桃源县赴任去。只因素闻太行山寇痛恨官绅，劫富济贫，这才编说谎话。

　　却说张典山行水宿，饮露餐风，南下走了月余，来到鼎州龙阳县境。鼎州位于洞庭湖西，下辖桃源、武陵、龙阳三县，自西至东，有条沅江贯过，注入洞庭。张典心想："赴任之后，事务必繁。此处既离洞庭不远，何不趁此闲暇一游？"遂而买榜投东，意欲一览其胜。

舟中摆有短桌矮凳，浊酒村肴。张典坐于舱中，浅斟慢饮，看不尽岗村渔舍，红叶黄花。行有半个时辰水路，天色渐暝。忽听有人嚷道："船家，快拢船过来。"

张典吃了一惊，掀帘看时，只见前路上横着一条鳅船，船上站着十数名明火执仗的恶汉。张典道："苦也！太行山中遇贼，幸而不死，洞庭湖中，又逢水寇。我怎么这般命拙！"船家安慰道："客官不必惊慌，他等不是歹人，而是夏寨主的部众。在此盘查过客，专为防范水盗用的。"说着时拢船上前，向那鳅船上的汉子道："诸位兄弟辛苦，这么晚还在值守。"船上一名头目道："休要废话，取腰牌来。"船家道："有，有。"赶忙解下腰牌递上。头目验看已毕，又问："船上载的是什么人？"船家道："是游湖的客人。"头目吩咐同船上的一名汉子道："过去看看。"便见一人跳过船来，用刀尖挑起舱帘，举火照看。看了一回，说道："是个书生。"头目把手一挥道："放过去吧。"那汉跳回己船，一众把船摇开。

张典才知是虚惊一场，问船家："你所说的夏寨主是何人物？官拜何职？"船家道："夏寨主讳名'夏诚'，绰号唤作'洞庭蛟'。他并非官身，而是湖中一霸。这洞庭湖中有处岛屿，唤作鼎山。三年前他在鼎山上创立水寨，聚拢起数百号壮勇渔夫，拦挡着港汊收租。但凡在湖中打鱼的，都要向他购买鱼引；湖中载客的，都要向他交纳利钱，他靠着从中抽成获利。"张典道："本处官府就不管吗？"船家道："洞庭湖在几州交界之处，各州官府都推脱不管，更没人愿去惹他。"

张典唏嘘一回，问道："洞庭湖尚有多远？"船家道："咱们已经出了沅江口，此处就是洞庭湖了。"张典闻言走出舱来，背着手观望景致。果真好一处洞庭湖！但见：

山漠漠，水悠悠。倚枕大江流。气蒸云梦泽，寒浸武昌秋。鳌耸背，蜃结楼。风起浪白头。静云浮远渚，喧鸟覆汀洲。月出东山天地白，潮来夜半古今愁。满目芦花，湘女思君遗玉佩；一湖星斗，渔郎待客泊兰舟。

张典心中大喜，令船家荡舟摇橹，驶向湖心。正赏玩间，只见烟波之间棹出一条小船。船头上站着一位年轻公子，抱臂昂头，长剑在背，生得丰姿英挺，器宇不凡。有诗单道这公子的好处：

> 男儿七尺貌堂堂，琼面英眉目有光。
> 足踏青丝蹑云履，身穿一领客衫黄。
> 文章辞赋扬雄敌，骑得野马惯弓枪。
> 傲骨生来轻富贵，翻将白眼看侯王。
> 倚天宝剑飞龙马，少壮南游辞故乡。
> 登览山河穷胜迹，结交豪客尽贤良。
> 知音一笑千金值，醉解金貂换酒尝。
> 偶尔摇鞭过东市，美人回首不能忘。
> 停车借问谁家子？道是风流姚二郎。

又听那公子口占一绝道：

> 歌罢归来翠嶂中，渔舟暮火照潮红。
> 今宵欲共星辰梦，应是高寒两处同。

张典见其形神俊逸，出语不俗，若非王孙公子，即是词客骚人，便命船家移舟过去，捧手笑道："公子雅兴不浅。"公子笑而还礼道："浅薄之辞，让兄见笑。"张典道："湖上相会，亦属有缘。在下独酌无聊，未知公子肯否登船一叙？"公子笑道："承蒙邀约，幸会之至。"说毕，向船家结清船钱，让他移舟自去，公子便跳到张典船上，与他对坐舱中，各展姓字。

原来那公子姓姚名文，表字"仲英"，自称是东京富商之子，平生散漫，爱好云游。张典自述道："在下张典，表字士楷，大名府魏县人。"

姚文问道："兄在何处为官？"张典奇道："兄弟怎知我是官身？"姚文道："今秋又当解试，学子都在闭门苦读。尊兄作此远游，且又意气风发，想必已是高中了。如若猜得不准，尊兄莫笑。"张典道："实不相瞒，我正是前科进士，才补授的桃源知县。如今远道而来，尚未赴任，因慕洞庭之名，特来一游。"姚文抚掌笑道："幸而猜得中了。"

二人打开话头，一面飞觞举白，一面激浊扬清。从吏治腐败，讲到土地不均；再从聚结亡命，讲到忠良去朝。已而斗转参横，东方渐白。张典道："我观贤弟言语非俗，经纬不浅，岂无意于功名乎？"姚文笑道："人之禀性各异，未可齐于一也。我视那官帽纱袍，有如破箕败网。人生如朝露，当随心所欲，自苦何为！"张典道："不然，圣人云'学而优则仕'，不然就枉费了一身才学。"姚文道："圣人也还说过，'天下有道，则现；无道，则隐'。方今豺狼当道，又岂容我辈展骥？"张典道："浊世正要我辈澄清，若都巧于规避，天下事谁去匡扶？"姚文笑道："百年之弊，非一朝可除也。尊兄虽是志诚君子，可叹生不逢时。倘或直道难容，望早偕鹿门之隐。"张典听罢，闷闷无言。姚文眼见言已不投，捧手笑道："多谢尊兄相邀饮酒。天下无不散的宴席，我当束装就道，直下江东去了。就请与尊兄别过。"说罢，令船夫泊岸，一揖而别。

鼎州治所在武陵县内，张典初来乍到，依例先去州城拜访了知州。鼎州知州姓秦名松，表字贞寒，正是前任桃源知县，因其在任时政声斐然，誉满朝堂，故得以越级擢用。秦松与张典晤谈半日，讲了许多忠君爱民之言。张典见其用度简陋，官衣上打着补丁，深受感触道："学生早闻大人廉名，不期清贫至此。若使天下为官之人效此，世上当无饥馑之民也。"秦松道："'身多疾病思田里，邑有流亡愧俸钱。'你我为官之人，虽说是食君之禄，而一茶一饭，莫不取之于民，此所谓衣食父母者也。古来贤官，皆以能爱民如子为上。依我之见，尚有未及，爱民便当如敬父事母，方能无愧。"张典道："学生受教了。"饭毕，张典拜辞了秦松，又去见了州中几位要员，便投桃源县来。

到了县衙，张典递上官凭，门吏慌忙通禀进去，县丞李范忙率合衙官吏迎出。张典捧袂还礼，并问："本县入城之时，见城头悬挂一只木匣，匣中放着一对皮靴，未知何意？"李县丞道："此乃当今知州秦大人的'遗爱靴'。"张典道："何谓'遗爱靴'？"李县丞道："秦大人主政桃源三载，百姓乐业，路不拾遗。故当其离任之际，父老不舍，脱靴以示攀留爱戴之意也。"张典叹道："诚可谓'存以甘棠，去而益咏'！今日本县去拜会了秦松大人，他嘱咐我许多爱民勤政之语。但要诸君勿忘教诲，与本县勠力同心，各修其职，何患桃源不治！"众人应道："理当如此。"张典于是进入衙署，与六房主事分别见过，过问一番农耕水利、刑狱租徭，渐渐把令行开，不在话下。

一连数日，多有当地士绅来拜，备礼甚丰。张典一概却而不受。李县丞道："城东朱富员外乃是地方之大贤，又是县中首富，大人若肯折节下顾，来日县中之事便好办得多。"张典问道："朱富是何出身？可有功名？"李县丞道："是地主出身，未有功名。"张典道："他若是进士出身，老来致仕，我该拜他。未有以县官之尊下拜于白身者，令人不知尊卑之辨。"朱富闻之，亦不来拜。

不久，州中移下公文，说有本州参将范通路经桃源，望其迎送。李县丞拟定接待的规格费用，报与张典。张典嫌其太奢，请减其费。李县丞道："迎送上官，不可太过寒酸了。倘若惹其不满，久后必生事端，此所谓因小而失大也。"张典道："迎送之费，朝廷岂无定规吗？"李县丞道："朝廷虽有定规，早是一纸空文，未有依规而行者。"张典道："应酬之费，岂非取之于民？怎容得肆意挥霍！我今初来就任，凡事当立个体统。若所用太费，固能取悦上官，然州中营求之人必接踵而来，徒费心力，何时是已。不若一例依规办事，以塞众人之口。"李县丞违拗不得，只得从命。

次日，范通来县，宿于公馆。张典、李县丞等人躬行迎送。范通见席上薄酒淡饭，心甚不悦，而面上不动声色，语笑如常。张典私对李县丞道："如何？未见范将军有责难之意。"李县丞道："范将军面慈而心忍，口虽不言，其心未可知也。"张典亦不以为意。

张典为政勤勉，夙夜在公，刑名钱谷，皆要亲问。忽一日，张典心想："我终日坐守县衙，闭目塞聪，安知民间风土人情！不若换作便装，下乡私访一回。"又想："地籍是赋役之本，不可不察。"因令书办带上鱼鳞图册，随其下乡查访。这一查访却不要紧，只见图册所载与事实多有出入，乡绅大户隐瞒土地者甚广。张典暗想："照着一本烂账，能施行出什么良政来？待我回衙，首要就是清查地籍。"

不久天色向晚，张典同书办回衙。二人乘船浮江之际，只见江面上建造着一座石桥，长达里余，状若飞虹，石桥下面造有七座大拱，拱上各题隶书大字，写道"孝""悌""忠""信""礼""义""廉耻"。桥上可以驰马，桥下可以通舟。张典不禁称赞道："壮哉石桥。"

不料艄公在旁听见，冷笑道："徒然外表好看，不知耗费了多少民财。倒是这江底泥沙淤积，无人肯管。逢着暴雨，必定成灾。"张典心想："想是石桥建成，坏了他摆渡的营生，故有怨言。"因问："此桥是何时所建？"张典到县日浅，艄公不识，信口答道："是姓秦的在任时候造的。"张典道："可是前任的秦松大人吗？"艄公道："不是他，是谁？"张典见他出语不恭，心下愈奇，问道："秦大人为政如何？"

艄公道："若只会劳民伤财，做些表面政绩也罢，百姓们只恨他为官酷烈。"张典道："我听说秦大人为官清廉，大有政声，莫非不然！"艄公道："相公想必是外县的人，才会说出这样的话。秦松治县之时，在街头巷尾多布耳目，但有背后议论他过失的，便都暗中记下姓名，再设法安上罪名论处。百姓哪个敢说他的坏话！如今他离任去了，我才敢讲。"

艄公打开话头，说个不了，又道："再如他要奉行'无讼'的主张，更做出许多荒唐的事迹。曾有田老汉状告儿子不给赡养，告到公堂。你当他怎生处置？他当堂断了田老汉儿子二十脊杖，打得皮开肉烂，骨断筋折，一回家就呜呼死了。此事传开，谁还敢轻言诉讼？"张典怔了一晌，艄公又道："说及孝子，还有一则。前年秦松丧了母亲，葬在本县。每逢上坟时候，他便在坟前恸哭，这时就会有乌鸦环绕不去。乡民们以为至孝感动了苍天。实则据看坟的人讲，秦松每往坟前，都要撒些黄豆在地，乌鸦所以不去。可知其诈伪之处，非只一端。"

张典心惊道："此言若尽属实，秦大人竟是个大奸似忠之徒。"又问："县中的吏治想必是好的？"艄公道："什么叫作'吏治'？"张典道："就是官吏们是否专横跋扈，收受杂捐？"艄公道："我不知是否叫作杂捐。只知每日收船，要给管渡口的船吏三十文钱，唤作常例。"张典道："常例是自几时有的？"艄公道："哪里说得清楚，想是从三皇五帝就有。不过我年轻时还只收二十文，记不得自何时起，就改收三十文了。"张典略一寻思道："你要几时收船？"艄公道："载过相公便收船。"张典道："我就在渡口下船。"

渡口被三面木栅圈着，留有一扇角门出入。沿江打着三四十根桩子，泊着二十几条民船。艄公把船摇到渡口，在桩上系了缆，请张典下船。二人走到角门处，只见门旁设着一间哨所，哨所内摆张床铺，四名船吏正围坐在床上赌钱。艄公在窗子上敲了两声，便见背靠窗子的船吏推开窗子，反手递出一个铜盘。艄公自去腰间解下半吊子钱，数出三十文，撒放在盘子里。船吏便要缩回手去，忽觉腕上一紧，被人拽住。

船吏骂道："要找死吗？"边骂边回头一看，只见拿住他腕子的正是张典。船吏是衙门中人，自然认得知县，登时吓得目瞪口呆，"当啷"一声，铜盘倒扣在地上。众船吏见了，忙都出来拜见。张典问道："今日是谁当值？"一名唤作"黑臀"熊四的道："回大人，是小人当值。"张典道："你同我回衙门，其他人替他当值。"

回到衙门，张典升堂，传上艄公、熊四。张典问道："艄公，你平日在江上行船，有无受到过官吏盘剥？"艄公左右顾盼，不敢答言。张典道："你照实说，本县为你做主。"艄公道："草民常年摆渡营生。抛开船租不论，每日收船时候，要交三十文常例。"张典道："常例给谁？"艄公道："给船吏。"张典又问熊四："常例是入府库，还是私囊？"熊四道："小人替艄公管船，收取的是辛苦钱。"张典道："一派胡言！管船是你职分所在，官府自有工钱给你。再向艄公索取，就是盘剥。"熊四道："大人明鉴，官家的工钱微薄，哪里能够养家糊口？常例自古就有，上官亦且知情。"张典道:"你说的上官是谁?"熊四道:"秦大人、李县丞等。"张典喝道:"你这泼吏,损民肥私不说,还把罪过推到上官头上。收受不法之捐,罪之一也;玩忽职守,聚众赌钱,罪之二也;强词狡辩,诿过上官,罪之三也。左右,给我打他二十臀杖。"熊四叫道:"小人不服。"张典道:"你被本县当场拿获,有何不服?"熊四道:"大家都收钱,为何只打小人?"张典冷笑道:"你放心,本县今日立个榜样,往后再有知法犯法,不肯收敛的,一例重责。"衙役眼见张典动了真怒,周全不得,只好放倒了熊四行刑。熊四疼得哀叫道:"你们哪个不收钱?只这般卖力打我。"

发落已毕,张典退归后堂,心下寻思:"熊四只是我眼前所见,所不见者未知多少。若不一鼓作气革尽杂捐,往后必定屡禁不止,将何以取信于民?"因令书办起草告示,张贴在大街小巷,鼓励百姓揭举不法。毕竟吏治能否澄清,且看下回分解。

第九回

张大人因才施策　马二哥越俎代庖

话说张典发下告示，令百姓揭举不法，只是门可罗雀，应者寥寥。一日张典坐堂，堂下来了二人争讼，乃是闲汉侯三状告牛大打人。张典问牛大："你为何要打侯三？"牛大道："侯三要牵我的牛，我才打他。"侯三道："大人，是他欠下朱老爷的田租，我才牵牛。"张典问道："欠下什么田租？"侯三道："牛大是朱老爷的佃户，按照约定，秋收之后交租。如今租期已过，牛大不交。小人收了朱老爷的钱，替他讨租，牛大只是推托耍赖。小人就要牵牛抵债，牛大却动手打人。"牛大道："小民并非有意要赖，实因今岁年成不好，婆娘、孩子都在等米下锅，实在没钱交租。"侯三道："没钱就能不交吗！"牛大道："我没说不交，只求宽限些时日。"张典道："朱老爷是谁？"侯三道："是县里的首富财主朱富，他家有良田万亩，全要雇人耕作。"张典寻思道："原来是他。近日本县要清查地籍，此人阻挠最力。"又问牛大："你欠下多少田租？"牛大道："欠三十贯。"张典又问侯三："他打伤你哪里？"侯三道："打的是小人的脸。"张典便让仵作给侯三验伤。仵作道："侯三面部有些淤青，五七日便可愈合。"张典因提笔写下判词道：

"侯三状告牛大打人一案，经本官核查审理，事实清晰，证据确凿。侯三伤损轻微，不足问罪。着令牛大当堂赔礼，罚钱百文，以为侯三调理之费。另据二人所述，争端乃系牛大欠下朱富田租而起。本官念及牛大艰难，酌情宽限一载，限明年秋后交纳。若无异议，各照遵行。甲辰年九月十五日。"

牛大听了判词，并无异议，在上画了花押，赔礼罚钱了事。侯三却叫苦道："大人宽缓了牛大租子，让小人怎么向朱老爷复命？"张典喝道："有本官判词，如何不能复命？莫非朱富大得过本官吗！"侯三不敢多言，只得画押。正要告退，张典忽又叫住道："且慢，我还有话问你。"

侯三忙又回身跪下。张典屏退衙役，问侯三："半月前本县颁下告示，鼓励百姓揭举污吏，你知道吗？"侯三道："小人知道。"张典道："为何时过半月，竟无一人揭举？究竟是小吏们有所收敛，还是百姓们不敢告发？"侯三道："大人要听真话，还是假话？"张典道："岂有此理！本县只听真话，不听虚言。"侯三道："大人要听真话，小人实说。县中凡事照旧，只是防备着大人。"张典道："既如此，为何无人揭举？"侯三道："大人试想，百姓们谁没产业？哪个不受人管？得罪了公差，日后还怎么营生！先前揭举熊四的艄公就是榜样。船主人被公差逼迫，不敢再租船给他。艄公安身不牢，已搬往外乡去了。"张典道："竟有此事？"侯三道："小人不敢胡说。"

张典沉思一阵，又问："你平日做何营生？"侯三笑道："小人没有正经营生，偶尔帮人讨债赚钱。"张典道："似你这等闲人，县中还有多少？"侯三道："总有二三十个。"张典道："其中有个带头的吗？"侯三道："大人问此作甚？"张典道："答本县的话。"侯三道："'花脊背'马二哥为人慷慨，有情重义，又好打抱不平，县中少年们都敬服他。"张典道："好，你下去吧，让龙班头进来。"

龙班头唤作龙五，年届五旬，因在县中为吏最久，熬出个绰号叫"地头蛇"。龙班头闻得传唤，进堂伺候。张典问道："'花脊背'马二你认得吗？"龙班头道："卑职认得。"张典道："他是怎样的人？"龙班头道："是一个风流浪子，不务正业，专在勾栏瓦舍里厮混。父兄都住在乡下，并不管他。"张典道："听说他颇重情义，又好打抱不平？"龙班头道："倒是有些狐朋狗友，但要义气投合，不吝钱财资助。平日里是无事忙，打了不少架，进了几次监，总不悔过。"张典道："你去把他请来。"龙班头道："大人是要卑职请他过来？"张典道："不错，莫非有甚难处？"龙班头道："缉凶拿盗是卑职本分。若是马二犯法，大人出张票子，立可拘来。大人说要'请来'，却是怎讲？卑职问得明白，办事才有分寸。"张典笑道："你只管客气去请，说本县有事相询。"龙班头应诺退下，带上人去寻马二。

傍晚，龙班头请到马二来衙，让在二堂候着，龙班头自往后堂禀复道："马二居无定所，每晚只睡在城南的城隍庙里。卑职白日里寻他不到，是以来迟。"张典道："你辛苦了，下去吧。"龙班头退下，张典来到二堂。

马二正在堂上东瞧西看，见了知县，也不懂得行礼，开口便问道："大人让我来是为甚事？"张典打量马二看时，生得七尺身材，面容清俊，年龄在二十五上下。张典便让他在客椅上坐了，问道："平日你做何营生？"马二道："往日也贩过猪，也屠过狗，只为常拿主人钱财接济兄弟，被主人给赶了出来，至今已两年没有事做。所幸行院里有个相好，常拿客人送的钗环与我，典当了钱来用度。"张典皱眉道："此非丈夫所为。"马二道："鸨儿爱钞，娘儿爱俏。她自爱我，又非我去缠她。"张典又问："你家中有何亲眷？"马二道："虽有个老不死的爹，怪我败坏家风，早就将我扫地出门。另有一个哥哥，钻进了钱眼儿里，全不讲兄弟之义。闲常我有缓急，向他借钱，他不肯周济分文。我爹却只爱他，立下遗嘱，房子、财产都是他的，一分也不给我。"张典道："须是你不争气，怪不得父兄无情。"马二道："大人，莫非我犯了王法？"张典道："虽是未犯王法，却也有伤礼教。想你年纪轻轻，怎不去做些正经的营生？"马二道："我在外名声不好，又不肯受人的闲气，有何营生可做！"

张典吃了口茶，看着马二道："我让你在衙门里当差，如何？"马二笑道："大人莫不是消遣我？我听说要谋衙役，少说要备几十贯钱送礼。"

张典问道："礼钱给谁？"马二道："李县丞、龙班头等。"张典道："本县让你当差，不索分文。"马二道："天上没有平白无故的好事，大人想让我卖命不成？"张典道："本县只要你尽心做事。"马二笑道："我是一无用处的人，哪里能替大人出力？"张典道："话不是这么讲。地不长无名之草，天不生无用之人。况你年轻体健，又不缺胳膊少腿，怎么就说一无用处？"马二沉思一阵，道："从没人跟我说过这些话。大人究竟要我做什么？"

正说时，有衙役在外求见。张典唤入堂中，问道："我让你查的事怎么样了？"衙役跪下禀道："回大人的话，并非船主人要收船，而是艄公主动搬走，更无公差逼迫。"张典道："艄公为何要走？"衙役道："据说是回老家探亲去了。"张典听了，便将茶盏掷在地上，道："一派胡言，我早打听清楚，艄公老家就在县里。你好大胆子，竟以为本县可欺吗！"衙役面上改色，慌忙磕头道："大人息怒，大人息怒。或是小人访问得不实。"张典道："再去问。若是请不回艄公，我打你二十脊杖。"衙役唯唯连声，又连磕了几个响头，退出堂去。

张典对马二道："本县要惩治贪官污吏，革尽不法之捐。奈何只有一双耳目，难免会受人蒙蔽。百姓们明哲保身，又无胆量揭举。本县故要你等众兄弟做个臂助。"马二道："大人是要我们当你的耳目？"张典道："差不多是这个意思。你回去跟兄弟们说，只要检举得当，我有赏钱。等你考虑好了再来见我。"马二道："不必想了，我本当自己是无用的人，承蒙大人看得起，且又有此公心，马二愿为大人效劳！"

马二半夜出了衙门，踏着月色，径投行院里，来寻相好的宝儿。宝儿怨他久不登门，卧床向壁，不声不睬。马二一面掐她笑穴，一面笑道："好丫头，如何不理我？莫不是心里有了别人？"宝儿痒不过，笑道："二哥，我讲个笑话给你。"马二道："你讲。"宝儿道："话说从前有位商人，常不归家，他的妻寂寞无聊，与人私通。一日商人回来，正与奸夫撞见，奸夫一溜烟就走了。商人问是何人，他的妻答说：'你看花了眼，没人。'商人不信，又问侍女。侍女与主母串通一气，也说'没人'。商人不免犯了迷糊。妻便对他说道：'你定是在外面撞了邪秽。'于是浇了他一头狗屎。"马二想了一想，笑道："好丫头，你这话是捉弄我哩。我不饶你。"

宝儿咯咯笑着，又道："饶了我吧，我再讲一个故事给你。"马二道："只怕又不是什么好话。"宝儿道："这个故事叫作'弥子瑕有宠于卫君'。弥子瑕是春秋时候的人，在卫君面前很受恩宠。按照卫律，私驾君车要被处以刖刑。一日弥子瑕的母亲病了，弥子瑕便假传卫君的旨意，驾着君车去见母亲。卫君听说此事，非但没有怪罪，还夸他是孝子。又一次，弥子瑕同卫君在桃园游玩，他吃到一个很甜的桃子，便把没吃完的半个给卫君吃。卫君说：'这是弥子瑕爱我呀。'但等到弥子瑕年老爱弛，卫君就回想起了这两件事，指着弥子瑕说：'这个人就是曾经假传我命令，驾驶我的车子，后来又让我吃他吃剩下的桃子的人。'令人将弥子瑕处以重罚。你眼下虽对我好，又怎知不会始爱而终弃呢！"

马二听了这席话，心知宝儿意有所指，急得指天笃誓道："我若对不起宝儿，就让我不得好死！"宝儿忙掩他口道："何必发这么毒的誓，我知道你的心意就是了。"正是：郎情轻比风中絮，妾梦多于山上云。

次早醒来，马二对宝儿道："我要走了，借我三两银子使。"宝儿道："又要银子做什么？"马二道："请兄弟们吃酒。"宝儿道："何故又要请客？"马二道："这回是正经事。"宝儿笑道："你还有正经事？"马二道："你说我若当上了衙门里的公差，戴顶高帽来见你，岂不威风？"宝儿咯咯地笑道："做你的白日梦吧。"马二道："我不是胡说，是知县大人亲口许诺了的。"宝儿道："你又来了！知县大人眼睛瞎了，会看上你？"马二道："他虽没瞎，却要我做他的眼睛。"宝儿道："这话是什么意思？"马二便把张典的话对她讲了一回，又道："等我当上官差，也让我那老不死的爹看看，羞杀我那哥哥。"

宝儿坐起身道："我不稀罕什么当差的，只爱风流偢傥的马二哥。那衙门里的水深着呢，我怕你被人卖了，还要替人数钱。"马二恼道："你这话也太看不起我。我就没一点儿本事？你若不借，我自己去想法子。"宝儿叹口气道："我是真心为了你好，岂是稀罕银子。"说罢，褪下腕上一只玉镯，偎依在马二怀里道："这只镯子是花老爷送的，少说能值五两，你要请客就大方些，别让兄弟们看不起。"马二喜道："好宝儿，改日我发达时，一定不会负你。"二人又软语温存了一阵，马二揽衣起身，出了行院。

却说马二先去集上当了玉镯，再买些美酒、熟食、果脯之类，回到素日居住的城隍庙里。庙里有几间破瓦舍，被马二等一干闲汉少年常年霸占。住持年老力微，不能驱赶。马二亦非没有良心，时常帮着老住持挑水劈柴，出些苦力，彼此相安。

当日晌午，马二把平日要好的少年们聚在庙里，当院铺一张草席，摆上酒肉，席地把盏。座中侯三笑道："诸位不知，二哥就要发达了。"马二道："哦？你怎知我要发达？"侯三道："昨晚知县大人请了你去，是为何事？今日你就请大家吃酒，岂非有喜？这其中有我举荐之劳。你发达时，不可忘了兄弟。"马二笑道："我心里还在纳罕，知县大人从何听说我来？原来是你这猴儿卖了我。昨日龙班头来，我还吃了一惊，只当哪件事事发了，又要进牢子了。"众少年听了都笑，问道："二哥，大人要怎生抬举你？"马二道："且吃三杯，再来说话。"

众少年吃一盏酒，又不住口地追问马二。马二道："昨晚龙班头把我带到衙门的二堂里，张大人早在那儿等候多时。一见面，就给我行了一个大礼，说道：'本县久仰马二哥的大名，幸会幸会。'我便问他：'请我来是为何事？'张大人说：'本县要惩治县里的贪官污吏，革除一切不法之捐。谁知他们狼狈为奸，互相包庇。只有马二哥并一帮兄弟是有品行的好男子，只好请你们出山做个臂助。'"

众少年喜道："二哥真长我们的志气。"马二笑道："我正要同你们商量此事呢。他还说，只要帮他检举贪官污吏，会有赏钱。"一名唤作杨七的少年道："有没有赏钱不要紧。咱们平日受尽乡亲们冷眼，一直想做些扬眉吐气的事迹。今有二哥带头做主，知县大人在后撑腰，还怕什么！"众少年道："杨七说得不错，咱们都跟着二哥干。"

马二大喜道："大家既然都是这个意思，就这么定了。至于从何干起，咱们一起商量。照我的意思，最好先商定个章程。"众少年道："二哥说得极是。"马二因问："在座有会写字的吗？"众少年你推我，我看你，却无一个会写。侯三道："庙外的胡先生会写，我去请他进来。"

侯三口中的胡先生是本县的讼师，四十余岁年纪，因他善于舞文弄墨，颠倒黑白，被人起了个绰号叫"没良心"。当时胡先生被侯三扯进庙里，手上沾满墨汁，一把把挼着白胡子道："我还要赚钱养家，没工夫陪你们胡闹。"马二掰下只鸡腿，递过去道："老叔，请用。"胡先生道："阿弥陀佛。我信佛，吃素。"马二道："赚钱不在这半日工夫，我们这回做的是积德的事，老叔万勿推托。"胡先生心下冷笑："你们会做什么积德的事？"待要推却，转念又想："这些都是没脊骨的人，我若得罪了他们，怕要去我摊子上搅扰，生意更没的做。"因问："你们究竟要我做什么？"马二道："只想请老叔写几个字。"胡先生道："写什么字？"马二道："我们商量什么，老叔就写什么。"说罢，让侯三、杨七把胡先生的桌椅笔砚全都搬进庙里。

众少年一面吃着酒肉，一面七嘴八舌地议论。亏得胡先生常年给人写状，能够条分缕析，理出头绪，先按着自己的理解写下来，再给众人念上一遍，问道："是这个意思吗？"众少年喜道："正是这个意思。胡先生不愧是读过书的。"不过半日，便写满了数张草纸。

马二道："咱们既要在乡亲面前长脸，就不能胡作非为。倘有人败坏了名声，却当何如？"侯三道："若有人做出来时，就废他一条手臂。"众少年道："不错，写下来。"胡先生皱眉道："这是胡来，打残了人要吃官司。"侯三道："我们是自愿的，何罪之有？"胡先生道："要么说你是法盲。莫非文书上写了杀人无罪，杀人就不用偿命？"马二道："老叔只管写。在座都是好汉子，谁不认罚，谁是孬种。"众少年道："不错。孬种才去报官。"胡先生摇摇头，只得写了。商量到天晚，众少年搜肠刮肚，再无可增减之处，胡先生便又给工整誊录一回，念诵一遍，众少年大喜，都在上按下手模。当晚尽欢而散，不在话下。

只因这场聚会，在县里刮起了一阵旋风。众少年奔走街巷，四处纠察，人手分发一只哨子，一声哨响，大众齐集，便将收取杂捐的公差拿送衙门。张典奉公执法，更无徇私。又令马二进出衙门，阴告所闻，市情民意，无不悉知，召吏诘之，哑然莫辩。半月之间，法办了二十余人。县民始知张典是真心治吏，遂而无复忌惮，纷纷揭举，只苦得一干公差小吏怨声载道，沸反盈天。

张典心想："往日我只抱着尝试的心思做去，不想竟奏奇效。"因此践行前诺，让马二在衙门里当差，终日不离左右，更常将良言教诫，如师如友。马二亦自思道："我本一游手好闲的人，怎想有朝一日，会蒙知县大人的恩遇！这是上天许我自新。我当尽心办事，方不负大人的教诲。来日还家，也好让父兄另眼相待。"

欲知后事如何，且看下回分解。

第十回

侯三郎贪财丧命　张士楷负义绝交

马二自从当上公差，张典便在衙内为他安排了住所，马二怕张典随时会有吩咐，也就不再住城隍庙里。一日发下工钱，马二想起了平日相好的那群兄弟，心想："近来我忙于公事，与众兄弟疏于往来。今日得了钱，请他们一起聚聚。"便去酒楼定下座位，请众少年赴席。

当日公事完毕，已近黄昏。马二走出衙门，正见杨七在外等他。杨七道："众兄弟都到齐了，差我来等二哥。"马二道："今日大人坐堂审案，因此迟了。"杨七道："公堂里又非二哥一人，没了你还不能开了吗！何不早些告假出来？"马二道："你不知道，张大人如今不愿我与众兄弟走得太近。若说告假吃酒，必受责备。"杨七道："这是为何？"马二道："大人说些什么'入鲍鱼之肆，久而不闻其臭'的话，我也不甚明白。"杨七道："那也不是位好大人。早知这么不自在，就不给他当差了。"马二笑道："张大人是为我好。不要说了，咱们走吧。"

去酒楼的路上经过菜市，做生意的尚未散尽。马二、杨七才到菜市，便听人喊："马二来了。"菜贩们便如见了洪水猛兽，推着车子，一齐都走。有位卖瓜的老妪慌走不迭，把一车瓜果倾倒在地。马二见了奇怪，一面为老妪捡拾瓜果，一面问道："你们慌乱什么？"老妪急得哭道："官爷，老身做的是小本买卖，一家人等着糊口。求你高抬贵手，放了我吧。"一面说，一面往马二怀里塞瓜。马二更奇道："这话是怎么说？"老妪道："前日侯三过来说，知县大人让你来管理菜市，但有不交租的，都是非法侵街，要收摊子。"马二怒道："他真是这么说的？"老妪道："官爷，我哪有胆子骗你！不然，大家都慌些什么？"马二大怒道："岂有此理！杨七，去把侯三给我喊来。"

不久，酒楼上的少年一齐都到。马二已为老妪捡起瓜果，又唤回几名要走的菜贩，向他们询问详情。侯三道："二哥唤我何事？"马二铁青着脸道："有人说你借用我的名义收租，如若不给，就要收去摊子。"侯三道："没这回事。"马二道："人证见在，当面就可对质。"侯三情知抵赖不过，笑道："二哥，我赌输了钱，不得已出此下策。"马二道："缺钱为何不同我说？"侯三道："欠下的不是小数目，我不好总拿你的钱用。"马二道："不肯用我的钱，就忍心败坏我的名声！"侯三道："往后再不做了。"

马二道："咱们曾经定下过规矩，如有人为非作歹，就废他一条手臂。废哪只手，你自己选吧。"侯三听了，急道："二哥，你戴上一顶高帽，就不认兄弟了！"众少年纷纷求情道："看在兄弟情分上，这次就饶了侯三吧，下不为例。"马二道："一旦开了头，哪里还有规矩！"侯三叫道："你当自己是谁！没有兄弟们帮衬，哪有你的今日！许你吃肉，就不许我们喝汤了！你没道理废我的手。"说着，推开围看的众人，夺路去了。马二气得怔在当地，半日说不出话来。

屈指又两月过去，腊尽春回，江水转暖。一日马二被派去州城送信，回来时天色将晚，正在城门下撞见侯三。马二蓦地想起前事，故作不理，埋头过去，侯三却叫住他道："二哥，往哪里去？"马二是个重情义的人，听见侯三唤他，心便软了，笑道："侯三兄弟，许久不见。你还记恨我吗？"侯三道："我怎会记恨二哥？只是没脸见你。"马二道："你不要这么想。改日我请你吃酒。"侯三道："不必改日，我已约齐了众兄弟，备好了酒席等你。"马二道："今日不成，我要去宝儿那里。"侯三道："二哥不可重色轻友。"马二道："实因有约在先，丈夫不可失信。"侯三道："这一席酒不比寻常，你若不吃，可知还在怨我。"马二禁不住侯三苦劝，踌躇道："那也罢了，等我先去告诉宝儿一声，便去赴席。"侯三笑道："你去了宝儿那里，还想走吗？我今日偏不放你去。"说时，扯着马二便行。马二没奈何，只好随往，问道："众兄弟都在哪里？"侯三道："在城外的龙王庙里。"

二人款步并肩，沿江走去，在途说些没要紧的闲话。行有数里，来到龙王庙前。正值冰轮捧出，清光泻地，四下里寂静无声。侯三道："二哥请进。"马二推门进去，只见庙里有座龙王的塑像，香案上点着一支灯烛，却不见一人在内。

马二正自惊疑，"砰"的一声，背后的庙门关上。马二惊问道："侯三，你做什么！"侯三道："二哥，你休怪我，有人要买你的命。"话音甫落，只见门外出现两道人影，来来往往地搬运干柴。马二慌了，一面大声呼救，一面用力推门，门已自外锁死，只落下了满头的灰。不一时，门外火起，噼噼啪啪地响着，浓烟弥漫进来。马二叫天不应，唤地不灵，只是叫苦道："龙王若是有灵，救我一命，我为你重修庙宇，再塑金身。"

天幸马二命不该绝，正在危难之际，杨七等一干少年赶到，惊走歹人，救下了他。马二渐渐苏醒，见一干少年围在身侧，喃喃道："我没死吗？"杨七喜道："二哥命大，怎会死呢！"马二问道："你们怎么来了？"杨七将他扶坐起来，喂以清水，向他讲道："我听说侯三带你出城，便知没有好事。那狗才最近出入赌坊，出手十分阔绰，可知是得了不义之财。我当即唤上兄弟们来寻你。赶到龙王庙外，正见两个歹人纵火。是我们惊走歹人，将你背出了火海。"众少年道："杨七为救你，鞋子都烧破了。"马二道："诸位兄弟，多谢你们救命之恩。"杨七道："二哥说哪里话！咱们也曾在桃园里焚香结义。不求同年同月同日生，但求同年同月同日死。"马二又问："可知放火的歹人是谁？"杨七道："一个正是侯三，另一个穿着斗篷，不曾看清。"马二道："我与侯三兄弟一场，想不到他会害我。"杨七道："二哥，不必说了。我们一定揪他出来，打断他两条狗腿。"

众人回到城里，唤开城门，来到县衙报官。张典听罢，震惊不已，立命龙班头缉拿侯三归案。龙班头带人来到侯三家中，只有侯母在堂。侯母哭道："那不孝子常常夜不归宿，老身说他两句，他就骂我，一句不敢多问。我早知他要做出事来。"龙班头便留下两名衙役蹲守，自回衙报知张典。

张典道："我已问过看守城门的老卒，他说下钥之前，亲眼看见侯三与一个穿斗篷的人回到城里。你带人给我挨家挨户地搜。"龙班头道："大人，城里有上千户人家，一者人手有限，查不过来；二者夜色已深，惊扰百姓不便；三者黑灯瞎火，容易藏身。依卑职愚见，还是等到天明，在城中张贴告示，再派衙役搜捕，侯三必然难逃。"张典寻思半晌道："我只怕侯三被人灭口抛尸。这样吧，你带上衙役巡街，见有犯夜的，当即拿下。"

龙班头奉了命令，率众出衙。众衙役怨不绝口道："平日就没少受马二的气，如今又带累我们熬夜受苦。这辈子遇着他，真是倒了大霉。"又有人道："谁让马二是张大人面前的红人呢。哪怕他臭气熏天，也只好捏起鼻子忍着。只可惜歹人的火没能烧死了他！"一人道："诶，那火不会就是你放的吧？"那人道："我看你也有动机放火。"

一众说着话，走到了李县丞门前，龙班头止住脚步道："李县丞尚不知情，我去告诉一声。"敲一阵门，李县丞出来，问道："龙班头，这么晚有何公干？"龙班头道："今夜险些出了命案，我特来报知大人。"李县丞道："哦！是谁这么大胆行凶？"龙班头道："今晚马二被侯三骗去城外的龙王庙里，要放火把他烧死。马二却命不该绝，被一群少年救了，回到衙里报官。张大人立命我缉拿侯三归案。侯三进了城里，却未回家。张大人便要挨家挨户地搜查。是我对张大人说，夜已深了，惊扰百姓不便，还是等到天明再说。张大人只怕侯三被人灭口抛尸，特差我等巡街。"李县丞道："班头巡街辛苦，请进寒舍用茶。"龙班头回头对众衙役道："我去讨碗茶吃，你们好生守着街面，不要放过可疑的人。"

李县丞将龙班头请入后堂坐下，奉上茶来。龙班头道："大人替卑职想想，谁会是背后主谋？"李县丞道："此话难讲。马二本一无赖之徒，仗着知县大人的宠任，到处找人麻烦，恨他者不计其数。"龙班头道："卑职说句不识进退的话。断人财路，好比杀人父母。我倒可怜那主谋之人是条好汉。若真查出他来，怕还要被人指着骂呢！怎奈其事不谐，落下人证。若是搜不出侯三，张大人必不肯善罢，卑职也难交差。不知大人有无善处之法？"

李县丞想了一阵道："班头稍候。"说罢，转入壁衣后面，捧出两大锭金，放在龙班头手上道："依我之见，侯三行事不成，必难活命。班头莫辞辛苦，再去别处寻访寻访。这两锭金权当压手，给兄弟们买些酒吃。"龙班头笑道："那就多谢大人，卑职告退。"袖起金子，出门去了。

李县丞送客已毕，回到后堂。壁衣后转出一人，正是"黑臀"熊四。李县丞道："事既不成，便当远走高飞，岂能再带侯三回城？"熊四道："小人一时心虚，忙不择路。况有家小在城中，怎能便走？"李县丞问道："侯三尸体何在？"熊四道："在地窖里。因有衙役巡街，不敢抛尸。"李县丞道："龙班头收下金子，必肯周全，一会儿你背上尸体，趁人不备，抛得越远越好。"熊四道："今日是马二走运，下次必定成功。"李县丞道："一次失手，还有下次？"熊四道："莫非大家就此忍气吞声，让他得意不成？"李县丞冷笑道："等着看吧，我自有主意。"

当夜四更，衙役在"没良心"胡先生家门前发现了侯三尸体，当即逮捕了胡先生，押赴县衙。张典即令开堂。胡先生吓得语无伦次道："大人，小……小人怎会杀人？小人虽被称作'没良心'，不过贪图些蝇头小利，替人争一头牛、夺一块地，到底没干过多么丧尽天良的事，怎么就摊上人命官司了呢？小人实在冤枉。"众衙役莫不掩口而笑："枉他平日里能言善辩。临到自己头上，竟连话也说不利落了。"张典问众衙役道："你们是亲眼看见他抛尸了吗？"众人摇头道："只是在门前发现了尸体。"张典道："这就是了，既要抛尸，谁会抛在自家门口！杀人的定不是他，放他去吧。"胡先生如死里逃生，瘫软在地，由家人背了回去。

张典大骂龙班头道："我让你们半夜巡街，所为者何？就是怕侯三被人灭口抛尸。你们这么多双眼睛，干什么去了！"龙班头道："衙役在明，凶手在暗，因此被钻了空子。"张典道："分明是你失职，如何还敢辩解！"当即罢免了龙班头之职。龙班头也不争辩，拜辞出衙去了。

仵作验尸已毕，回报张典道："侯三项下有道勒痕，乃窒息而死。时辰在二更左右。"侯三既死，无从查问。张典又令悬赏征求线索，亦无所获，最终只好列为悬案，不了了之。

另说李县丞有心算计马二，遂鼓舞了一群公差小吏，搜肠刮肚地罗织马二的罪名，通写成检举信递送张典，或是勒索公差，或是盘剥乡愚，说得有枝有叶，不一而足。张典心知马二行事招忌，并不深信，悉将书信置于柜中，亦不对马二说知。

张典习惯晚饭过后散步，李县丞常会伴从。此日二人出了衙门，谈着公事，就走到了一家酒楼下面。只听楼上觥筹交错，笑语喧阗。张典听着声音耳熟，问道："楼上是谁宴客？"李县丞道："是公差们宴请马二。"张典道："何故要宴请他？"李县丞道："下官说出来，只怕大人不爱听。"张典道："你当本官何许人也？"李县丞道："大人自是清官。"张典道："清官岂有不爱听的话？"李县丞道："既如此，下官便斗胆直言。马二本一市井无赖之徒，只为大人宠任，他便小人得志，肆行淫威。逢人便说，大人要抬举他做班头，公差们谁敢不去巴结？下官怕长此以往，冠履倒置，士子寒心，无人再肯为大人尽心做事了。"

张典低一阵头，走进酒楼。只见一间单间内，马二坐在首席，左肩下坐着相好的宝儿，另有几名公差围坐佐酒。众公差见了张典，便忙下拜。马二却已吃得烂醉如泥，不能自主。宝儿在旁扯他道："张大人来了。"马二摇头晃脑道："来得好，张大人快请上座。"张典面色铁青，一言不发就下了酒楼。

次早，马二在宝儿床上醒来。宝儿告说了昨晚之事。马二道："衙役兄弟们都说，张大人有意提拔我为班头，故而轮流做东请我吃酒。昨夜是我还席，不觉吃得醉了。张大人当真来过？"宝儿道："张大人是真生气了，今日你去衙门，千万赔着小心。"马二道："你放心吧，我与张大人是何交情。"宝儿道："我最怕你自大。你做的事，不知招了多少人恨。莫看他们表面上对你好，内心里憋着坏呢。隔三岔五进些谗言，就有你受的。"马二道："张大人自会明察，我怕什么！"宝儿道："我见的人比你多，当官的对你好时，甜似蜜糖一般，一旦翻了脸，一点儿不讲情面。"马二不耐烦道："好了，好了，张大人不是那样的人。"穿上衣服鞋子，径往衙门里去。

龙班头正在衙门前候着，见了马二笑道："马二兄弟，久违了。"马二道："龙五哥，你怎么在这里？"龙班头道："张大人点名要见我！"马二道："是为何事？"龙班头道："说是还让我当班头。"马二闻言一怔，如鲠在喉，强颜说道："那就恭贺龙五哥了。等我去见过张大人，再来说话。"龙班头道："兄弟还去衙里作甚！我听说张大人已命将你除了名，不再见你。"马二道："龙五哥好爱说笑。"龙班头道："我怎么是说笑？"这时两名衙役出来，说道："龙五哥，请进去吧。"龙班头笑着拍了拍二人肩膀，走了进去。马二也要跟入，两名衙役拦下道："张大人不想再见你了，滚吧！"马二怒道："胡说，我去向张大人问个明白。"衙役道："公堂重地，岂容刁民乱闯！"马二不管，硬要挨身进去。两名衙役横拖了棍棒来拦。马二怒起，竟走到衙门旁的鸣冤鼓前，"咚咚"地擂起了鼓。

张典闻得鼓响，下令升堂。堂威喝罢，让传马二。马二边嚷边走进来道："大人要为我做主。"张典一拍惊堂木道："大胆刁民，既见本官，为何不拜？"马二见他不是往日的态度，心中一凛，只得跪下。张典道："你要状告何人？"马二道："我告衙役，他们不许我见大人。"衙役道："马二强要闯入公堂，小人们只是恪尽职守。"张典道："大胆马二，竟敢无事生非，蔑视公堂！该当何罪？"李县丞道："该打二十脊杖。"张典提笔写下令状，掷在地上喝道："给我打。"马二便被两名衙役按倒，撩起上衣，露出了绣花脊背。马二失色道："大人，我知错了，饶过我吧。"张典不理，催令行刑。两名衙役举杖便打。马二"哎哟"一声，喊起疼来，又央告衙役道："念在兄弟一场，手下留情。"衙役冷笑道："谁与你是兄弟！"一杖重过一杖，只打得马二皮开肉绽，骨断筋折。二十脊杖打过，马二便如一摊烂泥，软倒在地。张典令人抬出衙门，丢到街上。

杨七等少年抬了马二回去，安顿在一间破草棚内。黄昏时候，马二苏醒，问众少年道："我怎么在这里？"杨七哭道："二哥被那狠心的知县毒打，抛在街上，是我背你到这里。"马二道："怎不回城隍庙去？"杨七道："龙班头说我们惯于偷鸡摸狗，不许在庙里安身。还亏得胡先生好心，指点这处破草棚给我。"马二道："宝儿知道我的事吗？"杨七低头不答。马二道："为何不说话？"杨七道："宝儿被老鸨关在房里。她为见你，把床单拧成绳子，要从二楼爬下，不想绳子断了，摔断了腿。"马二道："怎么？她摔伤了腿？快扶我去见她。"杨七道："二哥，你先顾全自己吧。她已被人救回房里，没有事的。你纵去了，也难见她。"马二垂泪道："是我不听良言，带累了她。"又问："张大人可曾来过？"杨七道："还提那负义的作甚，是谁把你打成这样！"马二道："我是受了人家暗算，怪不得大人。"

渐渐风声四起，夜雨欲来，把草棚吹得四壁作响。众少年敲火炊食，将胡先生送的小米煮在锅里。米粥熟时，却不见了杨七。原来杨七悄悄溜出草棚，翻进邻家的院里偷鸡。母鸡扑棱着翅膀，啄咬杨七。主人被母鸡叫声惊动，手绰着棍棒赶来，只一棍，打倒杨七，大骂道："你这遭瘟的杂种，整日里东偷西盗，丢人现眼，我今日就打死了你，为乡里除去一害。"杨七一面蜷着身子挨打，一面道："大爷，莫非我没做过好事？"主人道："我呸！你还做过好事？"杨七道："当初县里要整治污吏，我也曾为乡亲们奔走。"主人道："那是张大人爱民如子。你无非是贪图赏赐，竟敢拿来邀功！"杨七又道："纵无功劳，也有苦劳，况且你也打得够了。若真打死了我，说不得要你偿命。"主人便又照他头上踢了一脚，道："给我滚，别再撞到我手上。"

杨七的左腿已折，忍着疼扶墙站起，一步步挨回草棚。众少年见他这般模样，尽皆吃惊。杨七道："今儿个背了时运，喝凉水也要塞牙。"

说着，从怀里掏出两枚鸡蛋，煮在锅里。杨七道："今日是二哥黄道不好，冲犯了太岁。等把鸡蛋吃了，一骨碌就能过去。"

众少年扶坐起马二，喂他进食。马二虽是无心下咽，却不忍辜负了众兄弟好意，勉强吃了两口。忽听龙班头在外叫道："马二在里面吗？"马二道："是龙班头。莫非是张大人让他来看我了？"忙答道："龙五哥，我在这里。"龙班头走进草棚，只见马二蓬头垢面地坐在一张草荐上，身旁围坐着几名瘦弱少年。龙班头把一筐书信撂在地上道："张大人有些东西给你。"马二道："我不识字，有劳班头念给我听。"龙班头冷笑一声，读起书信。原来一封封、一件件，尽是公差们往日所写的谤书。马二悲愤交加，不觉间背疮迸裂，血如流水。众少年叫道："不要念了，出去。"龙班头道："大人有话让我转告。是你负他，非他负你。"说毕，冷笑着出了草棚。

是夜大雨，寒冷难禁。众少年都蜷缩着身子，睡在草荐上面。马二挨至起更，觉着背如炭炙，心似刀绞，喃喃地呻吟起来。众少年闻声惊醒，起身照看马二。马二叹息一声道："我怕是不能活了。"众少年听了此言，俱放悲声。杨七道："二哥不要说傻话，你一定会好起来。咱们还像往常一样，不受天管，不受地管，岂不自在！"马二道："我有今日，全是咎由自取。众兄弟若念着我时，便当以我为鉴，改弃前非，不可再浪荡无行了。"言毕，泣下数行。众少年各自揩抹了眼泪，好言劝慰。马二才又躺下，只是再也难以入睡，思念了半夜父兄，未及天明，便因伤重而死。

第十一回

宴鸿门奸民计短　平水患义士才高

话说时至四月，江南雨季来临。大雨一连半月不解，以致江水横流，泛滥成灾。有诗为证：

> 蛟龙布阵起风云，滚滚雷声昼夜昏。
> 急雨飞来悬瀑布，决堤看似倒昆仑。
> 撼地大风拔木去，掀天鱼浪把屋吞。
> 龙王庙宇皆淹坏，州县高衙各掩门。
> 圈内牛羊无处躲，林间鸟兽乍失群。
> 斑白老夫争抱柱，哭啼稚子坐乘盆。
> 城头跳鲤何曾见？渡口渔船几处存？
> 至此方知禹功伟，能安江水定乾坤。

张典起初曾要疏浚河道，怎奈河吏不肯尽心，府库又无余财，以致延误工期，酿成此祸。一等洪水少退，县里房屋倒塌，百姓失所，救灾便成了当务之急。张典向李县丞抱怨道："鼎州三县明明桃源受灾最重，州中为何单把救济银拨给了武陵、龙阳二县？桃源的百姓就是后娘养的吗！"李县丞道："武陵是州衙所在，格外关照自不必说。这番巡看灾情的官员正是范参将。昔日范参将来到公馆，大人不肯厚待，岂能不记恨在心？故将桃源的灾情说得轻了。再者说，秦大人治理桃源三载，以善政闻名。若报以灾情最重，将置秦大人于何地？"张典怒道："秦大人的脸面就比百姓的生死重要？"李县丞道："如今说这些没用。依下官之见，只有向富户募捐。"张典道："只得如此了。"李县丞又道："眼下还有一件难处。当初大人严令清查地籍，得罪了不少富户。一旦有急，谁肯相援？"张典道："如之奈何？"李县丞道："富户同进共退，若要令其纳捐，非要说动县中首富朱富不可。"张典问道："如何能够说得动他？"李县丞道："大人若许为他竖立牌坊，旌表慈善，下官愿登门游说。"张典道："我素知朱富为人，他仗着家中广有田产，剥削佃户，放债生息，岂是良善之辈？为他旌表慈善，是非不就颠倒了吗！"李县丞道："当今救民于水火是急。迁延一日，就有许多百姓遭灾。但要筹得钱款治水，大人何惜送他一个虚名？"张典心虽不愿，却禁不住形势逼人，咬牙答应道："好，只要他肯出钱，本县就嘉奖善举。"

李县丞与朱富本是旧识，没少互通消息，投桃报李。既得张典许诺，李县丞便来朱富府上游说。朱富道："张大人与我素无来往，怎么缺钱的时候想起我了？"李县丞笑道："你我彼此相知，何必说些气话。自古富不与官斗，这正是结交张大人的良机。日后有事相求，他好意思推却吗？况且他已答应为你竖立牌坊，嘉奖慈善，贤弟面上也好看。远近士绅见了，谁不说张大人敬重你？区区一两万贯，对贤弟而言，还不是九牛一毛？"朱富笑道："适才戏言也。出钱赈灾是积德之举，知县大人不提，兄弟也责无旁贷。只是现钱多在生意上，有待筹措，还望向张大人诉明苦衷。"因许以八千贯钱，实捐三千。

县里地主富户闻知，便也纷纷跟纳，各捐三五百贯不等。另有些中等人户，各尽绵薄，旬日之间，共筹到六千余贯。李县丞截留下五百余贯，同经手之人抽头分吃，将余款呈上张典。张典叹道："只怕是杯水车薪。"李县丞道："虽不如意，聊胜于无。"

二人正在计议治水事宜，忽有衙役来报道："大人，出大事了，大水冲毁了跨江石桥。"张典大惊道："是否有人落水？"衙役道："桥头上早已张贴了告示，不许百姓过桥，因此无人落水。"张典心下稍宽，带人赶到江边察看。沅江两岸上已是人山人海，石桥大部淹没水中，只有江心的"廉"字拱桥未被冲毁。

张典正眺看间，忽有百姓叫道："快看，拱桥上有个小儿。"原来有个八九岁的小儿趁父母看管不到，竟私自跑去桥上玩耍，滞留在了拱桥上。张典急命龙班头道："快去招募会水的衙役，救那小儿。"龙班头道："水流湍急，谁敢去救？只好等水势减弱些再说。"张典道："那要等到几时？拱桥随时会被冲毁。"商议未了，有人喊道："快看，有人下水了。"

只见沅江对岸偏上游处推下一条小船，船上坐一壮士，两手扳动双桨，奋力地驶向江心。两岸百姓不由心都悬起，随着风浪起伏，无数双眼不转瞬地盯着小船。但见那小船出没风涛，首尾翘起，斜刺里靠向拱桥。原来小船自上游下水，逆流向左上行驶，在急流冲击之下，反向着右下驶去，只要距离拿捏得当，便可靠定拱桥。张典心想："接近小儿尚不甚难，那拱桥高达数丈，如何救人？"再看时，壮士已将缆绳缠绕住拱柱，打了个结，固定小船，仰着头向上呼喊，让小儿跳将下来。

小儿早已吓得腿软，只顾坐着大哭，哪里敢跳。壮士呼叫多时无果，神色焦急，来回踱步了数回，下定决心，抱住拱柱，一步步地攀爬上去。攀爬似乎非其所长，显得极为吃力，每爬几步，便要歇上一歇，往下看看，鼓足了勇气再爬，衣衫、头发都在风中摆舞。幸而没出什么岔子，终于爬上拱桥。壮士坐了一歇，喘匀粗气，便脱下上衣，拧作短绳，将小儿背在背上，用衣系紧，蓦地纵身向下一跳，跳落水中。百姓们齐声惊呼。顷刻之间，二人从水中探出头来，扳住船舷，爬了上去。百姓们便又喝彩。那壮士放下小儿，解开船绳，依旧坐于船上，双手扳桨，又往张典这边江岸上来。

正行之际，忽然一个恶浪卷来，直高过人头一尺。百姓惊呼道："哎哟，这回不好了。"就在千钧一发之际，那壮士奋力扳桨，横过船来，将船尖朝向浪头，迎着浪头上去，盘旋一周，落回水面，在水上又急旋两旋，如流水卷着残花。小船终于稳住，喝彩声响彻两岸。

不久，壮士抱起小儿上岸。百姓们欢呼雀跃，夹道迎接。孩子父母挤上前去，哭拜大德。龙班头双手分开百姓，叫道："张大人在这里，让开，让开。"张典穿过人丛，走到壮士面前，才见他并非别人，正是有过一面之缘的姚文姚仲英。张典大喜道："贤弟怎会在此！"姚文笑道："我正是来拜谒尊兄。"张典自解官袍与他披上，便留李县丞等人善后，自将姚文请回县衙说话。

回到县衙，二堂坐定。张典问道："贤弟缘何到此？"姚文道："自昔洞庭别后，我往江南游历了数月。今正要改道入蜀，路次桃源，念及尊兄在此，特来拜晤。"张典道："贤弟真乃闲云野鹤，胜过我案牍劳形。"姚文笑道："为官岂不乐否？"张典叹道："衙内尽是吹竽食禄之徒，并无一人可以分忧。今逢水患，更感力不从心。贤弟此来，正乃天助！"姚文道："尊兄既如此说，愚弟便多留几日，与兄共度时艰。"

张典大喜，遂讲起水患、募捐等事。姚文听罢道："富户可恨。"张典道："贤弟何出此言？"姚文道："尊兄近日去过乡下吗？"张典道："去看过两次灾情。"姚文道："恐尊兄徒见其表，未见其实。"张典奇道："其实若何？"姚文道："愚弟请告所闻。近因水患，早稻全淹，乡民们青黄不接，无以度日。县中富户借机囤粮，贱买田地。往日一亩上等粮田值钱三贯，如今只可卖到一贯。单是县中朱富一人，旬日之间，就已买下三千余亩。"张典大怒道："募捐时向我哭穷，回过头却去买地。"

姚文道："自古流民如水，水满则溢。方腊之殷鉴未远，我恐复有人步其后者。"张典道："此话怎讲？"姚文道："尊兄曾闻明教之事否？"张典道："据说方腊曾借明教招揽信徒，聚众造反。今已覆没，何故再提？"姚文道："方腊虽已覆没，明教的信徒尚在。鼎州有一名士，姓钟名相，年届五旬，本是富商之子，自少好为大言，不修布衣之业。方腊为乱时，多有难民流离失所，钟相倾尽家财，活民无数。后自称明教教主，著书立说，拥信徒八十万众。大人在城里不知，若往乡下，便知乡民们奉若神明。钟相又在各乡设立祭司，各村设立鬼卒，朝夕布道，非同小可。我怕明教因时而起，天下将无复宁日矣。"张典叹道："若使百姓安居乐业，则反侧自消，方腊辈安能得势！"

当日姚文出谋划策，与张典商定治水方略。一是雇用流民，以工代赈；二是以明年岁入抵押，发放官债；三是尽快恢复水运，调征粮米；四是严打商人囤积居奇；五是拟定耕田变卖底价；六是追缴富户认领捐银。方略既定，着手施行。张典请姚文为幕僚，总督治水之事。

二人正商议间，衙役报道："门外有对中年夫妇，备下礼物，说要酬谢救他孩子的义士。"姚文道："代我收下。"张典道："今日贤弟冒死救人，轰动全县。若再辞金不受，坊间定会传扬令名。"姚文笑道："子路受牛而孔子许之，子贡让金而孔子非之。今者难民众多，非徒官府之力所能救济。我欲令百姓守望相助，受金可乎？不可乎？"张典称善，乃下令道："但凡救死扶伤之人，可于水灾过后，申报衙门领赏。"一纸令下，百姓相率而从之，互助之风遂长。

另说朱富闻知官府拟定耕田底价之事，心下十分不满，请来李县丞问道："姚仲英是何方神圣？"李县丞道："只知是知县大人布衣之交，自东京而来。"朱富道："这等来历不明的人，莫非是绿林中的强盗？"李县丞摇头道："我看他虽有些湖海之气，谈吐却极风雅，又像是世家子弟。"朱富道："既是读书的人，就该明白事理。土地买卖自由是本朝国策，怎可由他妄定底价？倘若有人参上一本，只怕知县大人也难辞其咎。"李县丞道："话虽如此，方今水患当前，凡事以治水为先，上官恐亦无暇过问其余。"朱富道："李大人要为我等做主。"李县丞道："张知县将他奉若上宾。我若说得上话，岂有不帮贤弟之理？"朱富道："往日马二如何？得势之时，谁不让他三分？最终还不是死在李大人手上。"李县丞摇头笑道："你是不晓得张知县的为人，才会当他可欺。"朱富问是怎讲。李县丞道："莫看知县是一县之长，便可为所欲为。往日他宠任马二，公差们沸反盈天，哪个肯尽心为他办事？没人为他办事，他就是有名无实的知县。当初秦大人自矜廉名，却也不曾严禁小吏。张大人想也渐渐明白了过来，那日痛打马二，也是为了平息众怒，并未把谤言当真。"朱富道："这么说，张大人可真够心狠。"李县丞道："我所以讲这些话，是因姚仲英与马二不同。张知县被治水的事闹得焦头烂额，正当用人之际，怎会轻易疏远了他？"朱富道："莫非我们只好受他的气？"李县丞道："法子并非没有，还要在他本人身上用心。"

朱富忙道："若得摆布此人，我等愿出重金酬谢。"李县丞道："计策已经在我肚里了。贤弟可发下一张请帖，邀他来宅做客。他若不来便罢，一旦来了，必教他坠我计中。"朱富道："因何缘故请他？"李县丞道："只说贤弟要为治水出力，邀他共商此事。"朱富点头道："他若来了，如何？"李县丞道："天下少有不爱财的人。贤弟费些钱钞收买，此是上策。"朱富道："他若推拒，如何？"李县丞道："用酒将他灌醉，扶去内堂，设下美人局，以此要挟，敢不听命！此是中策。"朱富道："他若行事谨慎，不肯就范，又当如何？"李县丞道："他若再不中计，贤弟便召集些护院打手，把他痛殴一顿，先出了一口恶气，再说是他酒后寻衅，在先无礼。他只一个人，怎当得众人指认？经此一事，便该知道了贤弟的厉害，此是下策。三策并用，万无一失。"朱富大喜道："任他有通天的本事，也难逃李大人的算计。"

却说姚文受任以来，整日风餐露宿，督办治水。一日得获朱富请帖，心中忖道："江山易改，禀性难移。朱富怎肯主动为治水出力？请我必非好意！"待要推辞，转念又想："他若敢来算我，正好让他见识我的手段。"因对送信的人道："请回复朱老爷，我一定如期赴宴。"送信的自去回报不提。

次日午时，姚文来到朱宅。朱富在外迎着，见礼已毕，请进宅中。宴席在花园中摆下，八珍毕献，水陆纷呈。座间另有金、花二位地主老爷相陪，一名唤作念奴的歌女佐酒。相逊入座已毕，姚文说道："方今水患未平，百姓冻馁，仲英席不暇暖，食不甘味。因念朱老爷爱民赤诚，不敢推辞不至。不过有话说在前面，酒戒多饮，仲英还有公事要办。"朱富道："贤弟一介外乡之人，却为本县百姓奔波受苦，真乃志诚义士。我等乡绅尽皆感佩不已，请共敬贤弟一杯。"姚文笑道："我本是浪游之人，一者与张知县有故，二者不忍见百姓遭灾，略效微劳，何足挂齿！"

一杯饮毕，姚文问道："朱老爷信上说要为治水出力。不知是出财力还是人力？"朱富闻言微笑，令人捧出一只玉璧，送与姚文。姚文道："朱老爷要捐此物，急切却难兑换。"朱老爷笑道："区区薄礼，是要交贤弟这个朋友。"姚文道："但要齐心治水，都是仲英的朋友。若单拿白璧送我，无功不敢受禄。"朱富道："贤弟有德于本县，岂曰无功？请勿推却。"姚文道："其中想有说辞。"朱富笑道："壮士既已问起，便请恕朱某直言。依我说，那条拟定耕田底价的法令不妥。"姚文道："有何不妥？"金老爷道："土地买卖自由是我朝国策，沿之百年，未尝废改。莫说区区一处桃源县，便是圣上要改，也要议之于众，然后颁行。岂可因壮士一言而改弃？"姚文道："拟定底价又非不许买卖，哪里违背国策？"金老爷道："此言差矣。地价自由岂非应有之义？"姚文道："诸位如有争议，尽可申诉上官。我以为这条法令公私两益。"金老爷道："何以见得公私两益？"姚文道："诸位试往长处去想，如若百姓失地，无以谋生，还不扯旗造反？闹将起来，谁先受祸？俗曰：'鹪鹩巢林，不过一枝；鼹鼠饮河，不过满腹。'诸位家财巨万，子孙三代享用不尽，何不知足！愚直之言，幸勿见怪。"金老爷面色转白，不能答言。

朱富笑道："此诚金玉之言也。请再满饮此杯。"姚文道："百姓尚无蔽身之所，纵有珍馐罗前，仲英也难下咽。诸位若别无话说，便请毕今日之欢。"花老爷道："壮士要走，也须吃我三杯。"姚文道："再吃三杯，花老爷肯为治水出力吗？"花老爷道："吃我三杯，我再捐八百贯钱。"姚文道："好，君子言而有信。我便再吃三盏。"念奴连忙上前斟酒，姚文一口一杯，片时饮尽。花老爷道："俗语曰：'宝剑赠壮士，美女配英雄。'念奴早有钦慕壮士之意，未知堪侍巾栉否？"姚文笑道："我是放浪形骸的人，若非遇着知音，宁肯不娶，何必误了人家！"花老爷道："若无红颜为伴，凤只鸾单，好不寂寞！"姚文道："山水之间，书卷之内，自有无穷的乐趣。何必单在女色上讲求？"花老爷道："天下岂有不好色的男子？贤弟未免口不应心。"姚文笑道："花老爷以己之心，度人之腹，是则天下之人莫非俗子。至若游侠滑稽之伦，神仙隐逸之辈，皆史家之杜撰耳。"花老爷脸色涨红，垂头不语。

朱富又斟酒上来道："贤弟真乃奇男子也。我请再敬贤弟一杯。"姚文见三人轮番劝酒，情知不是好意，说道："今日既蒙赠璧，又蒙许亲，感激不已。饮酒多时，兴已尽矣。天下无不散的筵席，且等治水事毕，弟再还席。"朱富道："贤弟醉矣，请进后堂少歇。"姚文道："后堂是女眷起居之地，我辈须眉岂可擅进？"朱富道："不妨事，只当自家一般。"姚文道："我当自家一般，却怕朱老爷并非好意。"朱富道："这……岂有歹意？"姚文笑道："我只是随口说说。既无歹意，就请告辞。"

朱富见他始终不肯入毂，不由恼羞成怒，举起酒盏，掷之于地。六名护院持棍闯入，拦下姚文。朱富变了脸色，指着姚文骂道："我好意请你做客，你却调戏良人，真是岂有此理！众人将他拿下，送官法办。"姚文呵呵冷笑，便抡起一只座椅，打将起来。他是自幼习学的本事，名师传授的高徒，怎会将几名护院放在眼里？只见他指东打西，踢南扫北，如大人之戏童稚，狸猫之弄硕鼠。不一刻工夫，打得众护院抱臂哀吟。朱富见势不好，转身要逃。姚文丢出座椅，将他撞倒。姚文便上前来，薅起他的头发道："朱老爷，你错看了我！莫说区区一座朱宅，就是龙潭虎穴我也去过。"朱富慌道："壮士息怒，有话好说。"姚文道："备下纸笔，我有话讲。"朱富忙道："念奴，快备纸笔。"

姚文将朱富拖拽到椅上，把杯盘扫落下去，命在桌上铺好纸笔，对朱富："朱老爷，你是怎样做局害我？"朱富道："不敢，不敢，不干小人的事，全是李县丞的主意。"姚文道："写下来。"朱富手提着笔，抖个不住，墨汁滴滴答答地落在纸上。姚文喝道："为何不写？"朱富道："我忘记字该怎么写了。"姚文冷笑道："这点胆量也敢害人，快写！"

朱富只得歪歪斜斜写下一篇供状。姚文让他在上署了名字，按下手模，又对金、花二老爷道："也请二位署上名字。"二人推说道："我们只是受邀饮酒，并不知另有内情。"姚文道："纵使不知，也有劳做个见证。"
二人只得依了。姚文便将供状叠放在袖里，缓下辞色道："诸位若肯把认
捐的钱款补上，此事就不提了。"三人皆道："不劳壮士多说，即刻送去
衙门。"姚文笑道："那就再好不过。诸位免送。"捧一捧手，昂然而去。

朱富目眩良久，面如土色。一名护院忽道："老爷，地上有一封信，
想是那人打斗时候掉的。"朱老爷道："快快取来。"三位老爷凑前看时，
只见写道：

"仲英贤弟：阔别三月，朝夕渴想，恨不能同枕丘山，抚琴长啸，共
麋鹿之游。然圣上委弟以监察之权，责弟以澄清之任，历览州郡，巡视
万方，其任不可谓不重，弟敢不竭诚惕惧乎！江南风物，想必甚佳，但
未知其吏治若何？望赐回书，以慰悬盼。监察御史张子固书。"

金老爷叫声苦道："难怪他要遮掩来历，原来是东京派来的钦差。"
花老爷道："信上又无图章，怎知不是假的？"金老爷道："若非钦差大人，
张知县怎会对他如此敬重？"三人愈想愈是有理。朱富道："宁可信其有，
不可信其无。今有供状在他手上，如若追究起来，你我都要大祸临头。"
金、花二老爷慌道："如之奈何？"朱富道："咱们只好委曲求全，能捐
钱的捐钱，能出力的出力，将功补过，冀图他网开一面，高抬贵手。"

用时一月，水患渐平。县中百姓尽已安置妥当，莫不称颂姚文之德。
姚文在衙又居半月，觉着张典日渐怠慢，也就无意久留，一日清晨，不
辞而去。张典闻知，命驾追赶，出城十里，不及而还。李县丞道："大人
追及郊外，足见重贤之意。百姓闻知，亦当感佩。"张典叹息良久，方才
作罢。自此绝口不复提姚文。

第十二回

黄和尚行侠除恶 "翻山鹞"仗义拔刀

话说桃源县治水事毕，百姓尽已安居，李县丞道："大人曾答应为朱富竖立牌坊，如今水患平定，不可失信于人。"张典心虽不愿，无奈话已出口，只好践行前诺，亲笔题写了"慈善传家"四字的匾额，赠予朱富。朱富大喜，便请人卜问了吉日，于宅前动土，历时半月，牌坊落成。朱富命将匾额悬挂上去，罩上红布，只等正式旌表之日，再由张典揭开。

闲言少叙。屈指到了吉期，朱宅内大摆筵宴，贺客盈门。"没良心"胡先生曾为朱富打过官司，故而也在受邀之列。他前因侯三之事受了牵连，险些吃一场屈官司，惊得肺腑颠倒，得了一场大病，历时月余方痊。胡先生自寻思道："想是我生平积恶过多，因有此劫。"遂丢了本行不做，专一帮人刻碑写帖，积些阴骘，把名利之心尽都看得淡了。他向人说道："种瓜得瓜，种豆得豆，因果报应，如影随形，是分毫不差的。"此日胡先生受邀，本不愿来，夫人撺掇道："你纵不看朱老爷面上，也想想会去多少贵客，哪个不是你的衣食父母？你又不是圣人，何苦跟钱过不去？"胡先生思忖不差，也就来了。到朱宅后，立脚看了一阵牌坊，便要向管家递上请帖，背后忽有一人唤他道："胡先生，好久不见。"

胡先生回转头来看，却见唤他的是一位三十多岁的行脚僧人，生得眉浓眼大，膀阔腰圆，项上挂串念珠，左手拄根禅杖，右手当胸施礼。胡先生吃了一惊道："黄公子，你是几时来到县里？"那僧客道："我来已有月余了。请胡先生借一步说话。"胡先生便跟着他转进一条僻巷，驻足说话。胡先生道："昔日黄公子走后不久，许员外便遭逢横祸，被以通匪之罪问斩，他的女儿又下嫁给了朱富，如今连同这家业一并改姓朱了。"僧客道："我已知晓此事。"胡先生道："却不知许员外为何会去通匪？其中未必没有冤屈。"僧客道："阿弥陀佛，天道好还，报应不爽，真相早晚会大白于世。"胡先生叹道："举秀才，不知书；举孝廉，父别居。岂有是理！朱富的事我是知道的，今日却得了个慈善之名。"僧客道："百姓自有一双眼睛，要装幌子，徒惹耻笑罢了。"又道："一会儿我想请胡先生写几个字。"胡先生道："敢问写什么字？"僧客道："时候到时，我自相请，望先生万勿推却。"胡先生答应。

说话之间，李县丞来到朱宅，对朱富道："张大人已在县衙起轿，不刻便到尊府。"朱富即命管家召集众客到宅外迎候。朱家是大富之家，亲友们如蚁附膻，哪个不来奉承！另有许多看热闹的百姓，把街面挤得水泄不通，真乃县中一时盛事。时隔不久，便见街口转出一簇人来，龙班头率领四名衙役在前开路，后面跟着轿子人夫。朱富知是张典到了，忙令吹打鼓乐。张典来到宅前下轿，朱富慌忙跪迎。张典把臂扶起，二人同走到牌坊底下。

朱富叫停鼓乐，对众说道："咱们有请知县大人训示。"众客掌声雷动。张典清清嗓子，朗声说道："诸位父老乡亲知道，今年四五月间县里发了大水，是朱老爷带头纳捐，集众乡绅之力，弥补了库款不足，这才让本县度过时艰，百姓不致流离失所。朱老爷此举，足当得起'慈善'二字。"朱富道："草民实感诚惶诚恐。若非张大人调度有方，水患岂易平定！"张典道："朱老爷不必过谦。本县题此匾额，非唯嘉奖，另有一层警示之意。"朱富道："恳请大人明示。"张典道："所谓'积善之家，必有余庆；积恶之家，必有余毁'。若诸位乡绅都似朱老爷这般积德行善，造福乡里，乡亲父老岂无感念之心？此乃长久富贵之道也。换句话讲，倘若为富者贪残不仁，占田夺地，百姓被逼得走投无路，乃至揭竿而起，抢得大家罄尽，悔之何及！"众客闻言瞠目，相顾不语。朱富道："张大人讲得好，咱们该当谨记。"众客纷纷附和道："讲得好，讲得好。"张典道："今日多有乡绅在此，本官忍不住多说两句。诸位若都能秉心如初，以慈悲为怀，便不负本县题词之意了。"说罢，便把牌坊下红绳一扯，揭开了匾上红布。

众客纷纷抬头看向匾额，便要鼓掌喝彩，不料此时变故陡生，众客笑容僵住，脸上露出不可思议的神色。张典见状，不觉回头，却见自己题写的"慈善传家"四字已不知被谁改抹，匾额上写的赫然是"天理昭昭"。

众人正不知是谁作怪，只见人群中抢出了一名凶僧，手指着朱富叫道："姓朱的，你的报应到了。"说毕，抢起禅杖，当头便打。"当"的一声，打得朱富天灵凹陷，气绝而亡。正是：喜宴变作哀宴，贺客翻成吊客。

众人惊呼一声，哗然四散。凶僧喝道："大家不要走。冤有头，债有主，贫僧不伤无辜。"众人方才远远地站住，回过身来观瞧。张典被溅了一脸的血，耳中轰鸣，两腿发软，颓然坐倒在了石阶上。众衙役并护院各持刀叉棍棒，围住凶僧，却怕伤及张典，不敢上前。

凶僧又看了一眼地上死尸，双眉一垂，杀气渐敛，右手拄定禅杖，左手转动念珠，念了一声佛号道："阿弥陀佛，诸位莫要惊慌，贫僧有话要讲。有劳胡先生替我记下口辞。"胡先生也被吓得呆了，不敢应声。凶僧又道："先生要失信于我吗？"连唤三声，胡先生站出来道："黄公子，你不要伤害大人。有话进衙门去讲。"凶僧道："我便要在这里讲，让诸位乡邻做个见证。"说罢，拽过张典道："大人，得罪了，请让人备下纸笔。"张典道："快，快备纸笔。"李县丞令人去朱宅里搬出了一副桌椅，预备下笔墨伺候。胡先生在椅上坐下，围观的百姓渐又拢来，探着身子观瞧。凶僧遂讲起了杀人的缘故。

原来这凶僧姓黄名佐，祖居巴州，原是富家子弟。父母亡故得早，年纪轻轻，便继承了万亩家业。他却不是个持家的人，生性慷慨好施，急人之难，有古豪侠之风，无论贤愚，但有人登门求告，都肯斥资相援。故此门庭若市，人比作孟尝君。只是门客一多，便难免鱼龙混杂，鸡鸣狗盗之徒充斥其中，惹出许多是非，败坏许多家业。黄佐又好舞枪弄棒，于生意上的事一窍不通，不出数载，竟将家财挥霍尽了。有道是：一朝马死黄金尽，亲者如同陌路人。往日亲友见他财尽，也就不来登门。左右乡邻尤不笑他，改唤他作"败家子黄佐"。黄佐亦自悔道："祖上数代积累之财，不想竟散尽于我手，为人子者，能不自羞！"因此遁入空门，做了个云游四海的武僧。只是生平一段侠肠未改，遇人有难，仍旧尽力相援。

三年前，许慈之女许小姐，即当今的朱夫人，从辰州探亲回来，由表兄朱富护送回家。归途中不幸遇着山匪，随从惊散，车驾被掳。黄佐恰逢其事，凭仗一身好武艺，赶走山匪，救下了许小姐。又见许小姐一身无靠，一步步护送还家。许慈闻知，感戴不已，便欲申报官府，嘉其高义。黄佐却道："我一路护送小姐回来，在途十日有余。虽是问心无愧，却难免外人多疑。倘有好事者道白为黑，恐于小姐清名有玷。还是不要声张最好。"许慈闻知，益发敬重，投辖挽留，待如上宾。黄佐在许宅盘桓了半月，固辞要走。许慈道："愚兄膝下无子。贤弟何不还俗，就娶了小女，来日承继家业，岂不胜似在道路上奔波？"黄佐道："愚弟既已舍俗出家，怎肯再以尘务相累？况且平生用财如流，诚非守业之人也。贤兄好意只得心领。"推托再三，拜辞而去。正是：心若已灰之木，身如不系之舟。

原本一番义举，谁知埋下后祸。原来打劫许小姐那山匪头目唤作"碧眼雕"，是湘西悍匪"拦路虎"之子，生性凶狠要强，睚眦必报。当日他被黄佐破坏好事，恨积于胸，誓要报仇。恰有一名唤作"金钱豹"的喽啰押送朱富回来。"碧眼雕"问："此是何人？""金钱豹"道："他是那小姐的随从。大王拦下车驾时，他便弃车逃走。又因不识路径，撞在小人手上。""碧眼雕"喝道："挖出他的心肝做醒酒汤，为我出口恶气。"朱富慌忙告饶道："小人不曾得罪过大王，求大王开恩饶命。"

"碧眼雕"心念一转，问道："你想死想活？"朱富磕头如捣蒜，道："小人想活。""碧眼雕"道："若想活，就告诉我车里那小姐是谁，家在哪里。"朱富磕头乞活，知无不言道："她是小人的表妹，父亲是名富商，家住在桃源县里。""碧眼雕"听了，便要前去夺人。"金钱豹"道："桃源距此不下百里，历经数县。大众过境，难免惊动官府。小人久在麾下，无可报效，愿带三五个人去，掳那小姐回来。""碧眼雕"大喜道："事若成时，必有重赏。""金钱豹"满口允诺，便带上朱富并五名喽啰，前往桃源县里。

话说"金钱豹"一行来到桃源，落宿在城外的龙王庙里。几人很快摸清了许小姐住处。然则许慈是大富之家，宅中养有许多护院，"金钱豹"带的人又不多，轻易不敢下手。许小姐知书守礼，待字深闺，更不肯出阁半步。"金钱豹"等窥伺数日，未得其便，反让许慈留心起来，差人打听他们的住处。几人大感惶恐，再不敢靠近许宅。

正当"金钱豹"束手无策之际，一名外出的喽啰回来道："兄弟们，我寻觅到一桩好买卖。"众人因问端的。原来城外住着一位金老爷，亦是富贵之家，家中原本也养有几名护院。却因近日有护院病死，金老爷不肯出丧葬的钱，是以失了人心，众护院纷纷罢工抗议，逢人便要抱怨金老爷如何如何吝啬。那名外出的喽啰恰好听在耳里，遂起觊觎之心，当日即扮作乞儿，亲往金老爷家中踏看了一回，宅中果然十分空虚，只有一家数口。喽啰大喜，回来报信，要去他家里打劫。"金钱豹"满脑子都是掳掠许小姐的事，听喽啰说完，心生一计，道："有了。纵使不能掳她回去，也要让她家破人亡，出了少寨主一口恶气。"

朱富自被带到桃源县后，便被囚禁起来。此日"金钱豹"绑来一名乞儿，拔刀斩断了朱富绳绑，把刀丢在地上，指着乞儿道："砍下他的头，我就放你走。"朱富道："小人不会杀人。""金钱豹"道："谁生下来就会杀人？今日不是他，就是你。"朱富虽无杀人的胆量，无奈自己也要活命。看那乞儿已被割断舌头，口中呜呜乱吼，两名喽啰按定了他，扯着脖子，引颈受戮。朱富颤巍巍地拾起刀，说道："兄弟，不是我要害你。"闭上眼，便把刀往乞儿后颈上一砍，"吭"的一声，热血喷在脸上。睁眼一看，乞儿却只被砍得半死，兀自呻吟着挣命。朱富又惊又怕，起手又剁数刀，方才剁得头断。"金钱豹"见了，哈哈大笑。朱富丢了刀，坐地大哭。"金钱豹"道："你不想偿他的命，就照我说的做。"随即吩咐如此如此，要他照办。

朱富获释之后，即进城来见许慈。许慈记恨他临难脱逃，抛下爱女，冷笑道："贤甥幸而无恙！"朱富道："舅舅，我并非贪生怕死，实因赤手空拳，难敌众寇。因想早去报官，带人来解救贤妹。"许慈道："贪生怕死，人之常情，你也不必多说。亏得你还想着来见我。既是远道而来，就住上几日再走。"朱富无言而退，心中愤恨道："只有你的女儿金贵，我的命就不是命！无非仗着你家大业大，这般欺人。你给我走着瞧。"

不久之后，"金钱豹"洗劫了金老爷一家，并将其一门老少杀死。金老爷因去花老爷家中吃酒未归，得以幸免于难。大案惊动了县衙，知县秦松立率衙役前往查案。衙役在主妇掌下发现了"许慈"两字血书，报与秦松。秦松冷笑道："怪不得许慈如此巨富，原来暗地里欺心悖理，竟与强盗勾结。龙班头，速去将他缉拿归案。"龙班头道："大人，许慈家中多有护院，待主甚忠，倘若公然拒捕，只怕走了人犯。不如大人借个事故，传唤许慈到衙吃茶，将他稳住。卑职再率人进宅起赃。护院无主，不至于闹将起来。待卑职查获实证，再将许慈收捕，可保万全。"秦松喜道："不错，还是龙班头有见识。就照此法去办。"

金老爷未及收尸，先已将失窃的财物列明。龙班头带去许家，照着搜寻。许家房屋广有，何处不能藏赃！衙役们顺手牵羊，倒是掠取不少好处。龙班头令将护院聚集起来，对众说道："许慈与强盗勾结，抢劫了金老爷家，又杀害许多条人命，现已被知县大人逮捕在监。大人特命我来起赃。先出首者有赏，知情不报者同罪。"众护院相顾摇头，俱说不知。唯独朱富挤眉弄眼，似有话讲。龙班头便将朱富带至廊下，问其隐情。朱富道："昨夜我出恭时，正见许慈提着一包东西进了灶房。试想倘大财主，半夜里去灶房作甚？我怕有些尴尬，不敢不报。"龙班头听罢，带人往灶房搜查，果在灶下起获其赃。

另说许慈被传唤至县衙吃茶，说了一阵没要紧的闲话，请辞要走，秦松苦苦留住。龙班头忽然带人进来，一拥将许慈捆住。许慈大惊道："我有何罪？"秦松冷笑道："你自己勾结强盗，做下事来，早该想到会有今日。今已人赃并获，安敢狡辩！给我带上堂去，加力打他，打到招供为止。"

原来当时秦松正要兴建跨江石桥，向县中富户募捐。许慈以为是无益之费，不肯出资，因与秦松有隙。许慈是个养尊处优的财主，禁受不住皮肉之苦，被人拷打了两回，只好屈招有罪。秦松当即判定了许慈斩刑，押去州衙复审。又令收缴他不少家资，以为建造石桥之费。

其时黄佐已然离开许宅，不知去向，许小姐家中无主，反将朱富认作倚仗，求他上下打点，解救父亲。朱富却心生歹念道："表舅家中只此一女，别无长男。他若死了，我再娶了表妹为妻，偌大家业岂非尽归我有！"故此不吝钱财，买嘱了州中司理，审定了许慈死罪。又借同室之便，强占了许小姐。许小姐始知引狼入室，自招其祸，却因爱惜声名，不敢声张，忍气吞声，委身下嫁。许慈家业遂一并为朱富所有。

两月前黄佐远游南海回来，路经桃源，始知许慈遭诬一事，感念其昔日相待之厚，到处为之奔走鸣冤。可如今秦松已经升任知州，在鼎州一手遮天，黄佐又无确证，如何能替许慈讨得清白？只为投告无门，遂决心以武犯禁，代报此仇。

黄佐将话讲完，胡先生记录已毕，众人摇首唏嘘，朱夫人点头坠泪。黄佐索来供词看过，见与己意大体皆合，便咬破手指，按下血印，念声佛道："阿弥陀佛，若令许员外沉冤得雪，贫僧死也无恨。"弃杖于地，束手就擒。

李县丞命将黄佐收捕，盛殓了朱富尸身，便将张典扶上轿子，送回县衙。张典便如游历了一遭地府，半日才转魄还魂。李县丞处理后事已毕，来见张典。张典叹口气道："许慈一案必有冤屈。"李县丞道："大人意欲如何?"张典道:"只得再审。"李县丞道:"秦知州已有定论,大人竟要翻案不成?"张典道:"莫非要我枉法?"李县丞道:"黄佐当众行凶,有目共睹。大人依律拟刑,有何枉法?"张典道:"旧案莫非置之不问?"李县丞摇了摇头。张典以手指心道:"本县此间不忍。"

李县丞道:"大人要讲良心,也须先看世道。若在治世为官,百官皆以利人为荣,以利己为耻,大人便好做个忠良正直之臣。可若生在浊世,黑白不分,是非颠倒,百官皆以利己为荣,以利人为耻,大人要讲良心,岂非自取其辱?是所谓:'沧浪之水清兮,可以濯吾缨;沧浪之水浊兮,可以濯吾足。'"张典道:"莫非读了十几年圣贤书,只为做个斯文败类?"李县丞道:"十年窗下,铁砚磨穿,多少苦都熬过来了,所图者何?无非是荣华富贵。大人若只求问心无愧,何其愚哉!初来为官,读多了圣人言,都会糊涂一阵,可渐渐也就明白过来。倘若失路不返,早晚日暮途穷。大人只当这官场是淤泥,心似莲花便能不染;殊不知官场原是筛子,不合时宜,只好为他人让路。莫说簪缨不保,只怕性命难存。"一席话说得张典透体冰凉,念及往日读书赴考的艰辛以及稍纵即逝的富贵,不由喟然长叹。

两日过后,张典升堂,判定黄佐故杀之罪,三日后押赴州城复审。黄佐叫道:"故杀之罪,贫僧无以为辞。然则许慈之冤,能不问乎?"张典道:"传朱夫人。"朱夫人披麻戴孝,进堂跪下。张典道:"黄佐的口辞是否属实?"朱夫人道:"不尽属实。"张典道:"哪件属实?哪件不实?夫人要说清楚。"朱夫人道:"黄佐曾经救妾是实,亡夫陷害家父是虚。想亡夫一生乐善好施,无故被杀,妾唯痛心疾首。妾与黄佐实无半分之私。"张典道:"黄佐,你还有何话说?"黄佐看着朱夫人,始而错愕,继而冷笑,不复有言。过无半月,朱宅外另建起一座贞节牌坊,过往之人无不唏嘘。此是后话。

黄佐在县牢里关了三日,第四日一早,便由班头龙五并公差袁六递送州城。三人一早来到江畔,星月未落,举目无船。袁六道:"班头,咱们来得太早,江上尚无人摆渡呢。"龙班头道:"今日有明教信徒进城请愿。只怕届时混乱，有个冲撞闪失，故让咱们赶早押送。不要抱怨，再等一等。"立在江岸上望了一阵，袁六忽指着江面上道："班头你看，那里不是有船来了？"龙班头看时，果见烟波之中，芦苇荡里，缓缓摇出一条乌篷船来。袁六便忙举手召唤船夫，船夫慢慢地摇船拢岸。那船夫戴着斗笠，穿着蓑衣，向三人打量一眼，问道："三位要去哪里？"袁六道："要去武陵。"船家便让三人登船，举棹投东。

桃源、武陵两县相距六七十里，顺水行舟，一个时辰可到。下行数里，东方渐白。龙班头坐在舱中，不觉倚着壁子睡着。正睡之际，忽听耳旁"砰砰"作响。不知何时，船被摇进芦苇荡中来了，芦苇歪歪斜斜，打得船篷响。龙班头吃了一惊，按刀问道："船家，为何把船摇到这里？"船夫道："我要净手。"袁六笑道："班头也太仔细了。当今太平之世，还怕遇着强盗吗？"龙班头这才松了口气，笑道："俗话说'小心驶得万年船'呢。"袁六正也有意净手，便跟着船夫走出舱来，二人背对着站在船首，褪下裤子小解。

袁六净手已毕，提起裤子，恰待转身，船夫忽然将他腰刀掣出，便往他肚上一搠。袁六惨叫一声，身子一挺，翻落水里，血花渐渐漫开。船夫秉刀当胸，满面是血，向龙班头猛一转头，如鹰睃狼顾。龙班头见了大惊，手足并用，奔船尾便逃。船夫丢了斗笠，钻过船舱便赶。龙班头毕竟还有些胆量，趁着船夫赶出船舱，霍然转身拔刀，迎着他面门一砍。船夫向旁急闪，那刀砍了个空，楔在了舱上。船夫一招滚身进刀，来斩龙班头双腿。龙班头拔刀不及，向后急退，脚下被船舷一绊，倒跌入水，急在水中翻转过身，往芦苇丛中便逃。船夫叫声"休走"，弃刀跳水，在后赶上，扳过肩膀，照面就是一拳。二人便在水里一递一拳地扭打。水波一层层地荡开，惊起许多宿鹭眠鸥。龙班头到底不如船夫力大，头被不断地按下水去，死命挣扎了一阵，渐渐两眼翻白，嘴唇青紫，没了动静。

船夫怕他不死，拖回船上，照着心窝又补一刀，眼见着鼻子嘴角流出血来，情知死得透了，这才将刀丢开，在他的包裹里翻找出钥匙，来给黄佐开枷。毕竟这船夫是谁，且看下回便知。

第十三回

闹沅江双杰本色　据洞庭寨主英豪

　　话说船夫杀死龙班头，救下黄佐，向他纳头便拜。黄佐慌忙答拜道：
"敢问壮士大名？因何救我？"船夫道："在下姓杨名钦，祖籍清溪县，
绰号唤作'翻山鹞'。我曾为方腊部将，兵败后逃在江湖，做些锥埋剪径
的勾当。去年路次龙阳县，结识杨幺，只因言语投合，结为兄弟，与他
在江上结伴打鱼。近日闻知侠僧事迹，我二人十分仰慕。杨兄弟道：'不
意我鼎州出此英雄，怎可不去救他？'我因请缨前来。昨日进得城中，
探知侠僧要被押送州城，便整夜里蹲守在江上。幸而得遇，真天意也。"
黄佐听罢，再拜称谢，打量杨钦，其身长七尺有余，蜡黄面皮，两道浓
眉。叙过年庚，杨钦居长。杨钦道："杨幺兄弟渴见贤弟一面，未知贤弟
意下如何？"黄佐问道："兄长所言杨幺，莫非便是名满天下的'小阳春'
吗？"杨钦道："正是。"

　　黄佐道："我也常听人说起他的好名字，却不知他多大年龄，因何受
人敬重？"杨钦道："杨兄弟自少父母双亡，家境寒微，曾旁听过两年私
塾，做过雇工糊口。现今在龙阳县杨家岗上打鱼。虽是一介渔郎，却好
结交好汉。识英雄，重英雄，扶危济困，仗义疏财。江湖绿林，莫不以

识面为荣。今年才二十五岁。"黄佐叹道："大丈夫当如是也！黄某正要往拜救命之恩。"杨钦便将龙五挂上枷锁，沉尸江中，又舀江水洗净了舟中血迹。杨钦依旧戴上斗笠，让黄佐藏身舱中，把船摇出了芦苇荡，往沅江下游而走。

将至州城，日出东方，杨钦忽道："黄兄不要说话，前有官军过路。"黄佐偷眼看时，只见一队官兵进城去了。黄佐问道："今日为何会有官兵调动？"杨钦道："近因水患之故，鼎州治下民不聊生。明教教主钟相聚集了桃源、武陵、龙阳三县信徒，要往州府衙门请愿减税。秦松想是怕信徒闹事，故调官兵进城。"再走一段水路，沿途多见请愿的信徒，各由祭司、鬼卒带领，或是乘船，或是步往，成群结队而行。祭司早有叮嘱，不许信徒骚扰地方、践踏秧苗，故此舟车虽众，却是纪律整肃，有若行军一般。黄佐隔窗看见，暗暗心惊。

又走半个时辰，到了龙阳县杨家岗。杨钦将船泊岸，系在桩上，指着江畔几椽草舍道："这就是杨幺的住处。"二人走进草舍，步入草堂，堂内却不见人，只见卧榻一张，柜子数口，卧榻上铺张草席，摆一方桌。杨钦道："杨兄弟想是出门去了。"二人便在草席上坐下，叙说闲话。不一阵工夫，只听门外有人笑道："想必是贵客到了。"杨钦道："是杨幺兄弟。"黄佐便出草堂相迎。

只见杨幺穿戴着一身蓑笠，足蹬草鞋，手提竹篓，全身上下沾满黄泥。竹篓中盛着两条活蹦乱跳的鲤鱼。黄佐下拜道："多感足下救命之恩。"杨幺慌忙答礼道："尊客想必便是侠僧？"黄佐道："不敢当，贫僧黄佐。"杨幺道："幸会！幸会！小可自闻侠僧事迹，渴想不已，今得一见，所愿足矣。只为家中寒酸，无以待客，故去江上打捞了两尾鲜鱼。未知侠僧曾戒荤否？"黄佐道："贫僧不戒酒肉。"杨幺笑道："那就再好不过，请进草堂少坐，容我换了衣服便来。"

杨钦关上柴门，将鲜鱼提去厨下烹饪。黄佐在草堂中坐等一刻，见杨幺轻袍缓带而来，越发显得目光狼顾，神采英毅。杨幺在对席坐下，问起黄佐杀人一事。黄佐备细讲了一回。杨幺慨叹道："真乃侠义之士也。

黄兄今后有何长算？"黄佐道："贫僧自分难逃一死，幸蒙义士所救。此来是面谢足下，一晤之后，便当另投别处。在逃之人，深恐负累不便。"杨幺道："寒舍窄小，委实不便容身。小可有一位盟兄，名唤夏诚，绰号'洞庭蛟'。他在洞庭湖中立有一座水寨，手下有数百号壮勇渔夫，王法管不到他。但有犯法豪杰来投，我都举荐前去。黄兄若不弃时，可权往水寨安身。"黄佐道："若蒙举荐，更感厚意。"讲论一阵，杨钦烹熟鲜鱼，摆上桌来。杨幺自去地窖中取出一坛陈年老酒，笑谓二人道："此酒是昔日夏诚所送，窖藏两年，未曾启封，有个响亮的名字唤作'满江红'。今日正好用来款客。"拔去泥塞，酒香便溢满草堂。

三人一面吃酒，一面高谈阔论，说不尽英雄相惜之意。正说得入港，忽听叩门之声甚急。黄佐吃惊道："莫非是官军尾随来了？"杨钦摇头道："我一路上十分仔细，不会有人跟缀。"杨幺道："二位且往地窖暂避，我去一看便知。"杨钦、黄佐便即收起杯盘，同往地窖藏身。

杨幺打开院门，只见来客共有三人，左右二人中等身材，体形偏瘦，年龄俱在三十上下，只是一个面黑如炭，一个肤白如雪。当中那人年届五旬，身材短小，黑衣蔽体，纱帽遮面。杨幺见是此人，捧手笑道："贤兄，连日少见，什么风把你给吹来了？"那人道："贤弟莫要多礼。我今有难，特来寻你商议。"说罢挽着杨幺手臂，径入草堂。随行二人并不进去，只在门外守卫。

看官道这位贵客是谁？原来正是明教教主钟相。二人同到草堂坐下，杨幺问道："据说钟兄往州城请愿去了，怎得空下顾寒舍？"钟相叹道："正为请愿的事，闪得我有家难回，命不由己。"杨幺道："哦，这是何故？"钟相道："今日我率教徒进州城请愿，官兵早已在衙前严阵以待。我怕生出事来，让信徒们各安其位，亲将请愿书递上衙门，求与秦松见面。秦松却不肯出衙相见，只让兵马都监苏弦回话道：'你等无故聚众，意欲何为？即刻散去，既往不咎；若不然者，必治其罪。'我答道：'百姓各有生业，早晚繁劳，若是无故，如何肯来？实因水灾过后，民不聊生，请大人为民做主，减免今秋赋税。'苏弦敷衍道：'秦大人已知下情，自有措置。'我说：'先前朝廷发下十万贯赈灾银，用于治水的十无二三，究竟进了谁的囊中？那时我们就曾上书州衙，至今未有回应。如今乡亲们远道而来，绝难凭句空话便走。知州大人面也不露，究竟有无爱民之心？'苏弦又道：'减税要听圣裁，岂可由州中妄议？'我又说：'减税之声由来已久。百姓们今日也等，明日也等，催征的官差却是日夜逼迫，咆哮于门。秦大人便不能先行缓征，再向圣上请旨？'一来一往之间，说得僵硬。秦松便要以聚众闹事之由拿我问罪。百姓们群情激愤，也开始冲撞官兵，这一来如火浇油，大闹起来，动乱中打死打伤不少百姓。亏得有亲随掩护，救我出城。我如今走投无路，特来寻你商量。"

杨幺听罢，大笑起来。钟相错愕道："贤弟何故笑我？"杨幺道："我笑钟兄寄望官府，早晚当有此难。"钟相道："请贤弟指点迷津。"杨幺道："事已至此，官府必定要禁绝明教。钟兄若想求一安身避难之所，愚弟颇识几位江湖豪杰，大可举荐前去，管教官兵搜捕不到。只是此非英雄所为也，恐钟兄意下亦有不甘。"钟相道："敢问何者才是英雄所为？"杨幺道："我有一言，钟兄请听。方今四方扰攘，王政陵迟。苛政赋役，猛于水火。英雄之辈，莫不思救其弊。或云贪官酷虐，以致于斯。殊不知贪官继踵，正是因朝廷无道，岂有浊其源而清其流者乎！昏君重征花石，大兴土木，任用群小，疏远忠直。竭天下之脂膏，奉一人之欲壑。百姓待卖儿鬻女以继衣食。倘有一夫攘臂，振弱伐暴，豪杰谁不慕义而归！百姓谁不奉觞进酒！鼎州背倚八百里洞庭，进则可图谋江左，退亦可据水称王。天下形势，莫强于此。钟兄岂无意乎？"

钟相闻言默然，徐而言道："钟某往日不无举义之心，但少决断耳。试问若要起事，当自何始？"杨幺道："当先据一龙兴之地。"钟相又问："其地安在？"杨幺笑道："便在这洞庭湖。"钟相寻思半晌道："洞庭湖是夏诚地界，常年霸占着港汊收租。昔日我为渔夫们打抱不平，与他结怨。如今前去，未知他肯相容否？"杨幺道："丈夫岂会以小嫌为意！我与夏诚是刎颈之交，足以为钟兄解和。更有一件，两年前正是夏诚劝我起事。所以未许，只因时机未到，专待贤兄而已。"钟相闻言大喜道：

"门外二人是我左膀右臂，黑脸的唤作彭俊，白脸的唤作郎杰，俱各英雄了得，十分仗义。二人曾因打死催税的官差，逃到我处。教中大小事务，我都同二人商议。正可唤进堂中，共谋大事。"杨幺笑道："我亦有两位贤兄要给钟兄引荐。"

于是钟相唤入彭俊、郎杰，杨幺请出杨钦、黄佐，互通姓名，各自施礼。杨幺又将举义的话头讲论一番。杨钦、黄佐应道："君视民如草芥，则民视君如寇仇。天下苦秦久矣，正该匡正。"彭俊、郎杰道："我二人愿随教主左右，光大教法，为民除暴。"钟相、杨幺人喜，六人遂歃血为盟。

次早，六条好汉撑着两条小船离开了杨家岗，往洞庭湖去，彭俊船上载着钟相、杨幺，郎杰船上载着杨钦、黄佐。在途一个时辰，行至鹿岛。鹿岛在沅江入湖之处。该处湾环如玦，北岸是处半岛，岛上残存着军事壁垒。原来湖中曾有水寇为乱，官军为进剿之便而驻兵在此。此后太平日久，兵戈寝息，岛上壁垒废弃，时见麋鹿出没，故被当地百姓称为"鹿岛"。

六人正经鹿岛，只见岸边停靠着十数条渔船，岸上聚集着许多百姓，指手画脚，不知在争嚷甚事。彭俊是好事之人，将船拢岸，去问缘由。原来今早有一汉子投湖而死，尸体被渔民打捞起来，用绳子系在舷上，等着家眷出钱来赎。死者乡邻恰好在场，见死者半截儿尸体还泡在水中，说道："死者别无家眷，只有一个七岁大的女儿。你先把尸体抬上岸来，免令亡魂不宁。"渔民道："按照规矩，打捞一具尸体可得五两谢银。你既是他乡邻，可先把钱垫上，我将尸体给你。"死者乡邻道："我怎想出门遇着此事？身上未带分文。改日再取来还你。"渔民道："这话如同放屁。尸体给了你，谁还肯认？"争嚷之际，渔民、百姓愈聚愈多，各自帮着一方说话。

杨钦上岸，便问那死者乡邻："死者何故投湖？"乡邻答道："死者名叫阿祥，今年三十二岁。婆娘死得早，就留下一个女儿。阿祥因被税负逼迫，到处举债，再后来自暴自弃，终日酗酒，回家就打女儿。孩子时常两臂淤青，到我家里讨饭。谁知阿祥竟想不开，投湖死了。可怜他那女儿尚不更事，父亲死了也不关心，还蹲在地上摆弄泥人儿。"说时，往不远处指了一指。只见那里蹲着一个女孩儿，年纪不过六七岁大，手上、脸上满是泥巴。杨钦心奇，上前问道："死者是你爹吗？"女孩儿抬头看他一眼，点了点头。杨钦道："你不难过？"女孩儿摇一摇头，又低下头去。杨钦细看女孩儿，却不觉触及痛处。

原来杨钦曾有一女，乳名"小蝶"，当年方腊起兵失败，杨钦一并被困帮源洞内。小蝶年只六岁，难以带她突围，杨钦只好狠心抛下女儿，自顾逃生。看此女孩儿模样，竟与小蝶十分神似。杨钦心想："可怜她一身无靠，若是无人收养，早晚要冻饿而死。"一时思女之心益切，遂动起了收养的念头，蹲下身子问道："你做我的女儿，好吗？"女孩儿全无羞怯之态，问道："做你的女儿，有饭吃吗？"杨钦道："有饭吃。"女孩儿又问："你会不会打我？"杨钦道："我不打你。"女孩儿便放下了手中的泥人儿，道："咱们拉钩儿，说话就要算数。"杨钦问道："你叫什么名字？"女孩儿道："我叫米豆。"杨钦伸出手指道："往后你随我姓杨，就叫'梦蝶'。"

就在杨钦认女之时，彭俊已与渔民们动起了手。原来彭俊问明了争嚷之由，勃然怒道："水上有旦夕祸福，递相救助本是分内之事。挟尸要价，是何道理！"渔民道："这是夏寨主定的规矩。"彭俊道："姓夏的算什么东西！"渔民冷笑道："你也不去打听打听，在这洞庭湖里，谁敢对夏寨主不敬！"彭俊道："天下之事大不过一个'理'字。若不把尸体抬上来，教你先认得我这双拳头。"渔民闻言大笑，将篙在岸上一点，向湖中撑开了数丈，招手叫道："你有本事过来。"彭俊大怒，便把衣裤褪下，一猛子扎进水里。顷刻间浪花回旋，人影不见。那渔民急聚目光，低头寻看。彭俊早已潜到那条船下，猛然探出头来，扯那渔民落水。岸上百姓见了，轰然叫好。彭俊随后解下阿祥尸体，抱上了船。

此举早惹恼了一群围看的渔民，十数条船一齐拢来，拿竹篙围打彭俊。郎杰大怒道："以多欺少，好不要脸。"他将篙在浅水中一撑，凌空跃起两丈，在空中翻个筋斗，恰跳落到一条渔船上。那渔船登时一沉，险些倾覆，郎杰身形一晃，稳住船身。面前那渔民早已看得呆了，被郎杰飞起一脚，踢下水去。众渔民一叠声惊呼，兵分两路，来打郎杰。郎杰掌定了船，或用船撞，或用篙打，逼得众人纷纷落水，如下饺子一般。岸上的喝彩声越发响亮。

闹犹未了，有人叫道："快看，夏寨主来了。"只见湖面上驶来一条楼船，楼高三层，长阔百步。船首一帆高悬，绘着蛟龙。众渔民喜道："夏寨主来了，有你们两个好看。"那楼船推波踏浪而来，在鹿岛前抛锚靠岸。船上当先走下三对捧刀壮士，穿着一色红衫，相向站定。继而便见夏诚下船，生得面如泼墨，腮吐黄须，头长肉瘤，形容可怖。百姓们忙把小儿搂抱在怀里，怕小儿见了啼哭。夏诚虎目一扫，忽注目在杨幺身上，向前疾趋两步，捧手笑道："贤弟别来无恙！"

原来夏诚生性好赌，曾因负债累累，意欲投湖，杨幺恰巧撞见，将他救下。一番交谈，知是英雄之辈，因而不惜变卖家财，替他还债。夏诚叹道："贤弟这般待我，我将何以为报？"杨幺道："我见兄非久困之人，来日功名，必不可限量。兄若未发达时，我一毫不要你还。若得发达，再将十倍利钱还我。"夏诚大喜，遂结为刎颈之交。此后夏诚租一条船，在洞庭湖中摆渡营生，偶尔也做些杀人越货的勾当。积累下钱财之后，又靠着争强斗狠，巧于经营，在鼎山上建立起水寨，霸占着港汊收租，真可谓日进斗金。他因想起前半生所受冷遇，深为切齿，故斥巨资造一楼船，装点得极其奢华，常在湖上往来，夸耀富贵。

杨幺答礼已毕，对夏诚道："我正有事要寻盟兄，可巧在此遇见。"夏诚道："难得贤弟肯来寻我，不知是为何事？"杨幺笑道："此话慢讲。眼下有场官司，尚待贤兄剖决。"渔民们已先后爬上岸来，一身是水，状极狼狈。夏诚眉头一皱，问起启衅之由。渔民便将打捞尸体、挟尸讨钱、彭俊动武、郎杰助战等情形，你一言、我一语地说了一回。

夏诚见彭俊、郎杰站在杨幺身后，便知是他朋友，喝众渔民道："混账东西，这两位是我贵客，如何却去冲撞？"众渔民道："早知是寨主的朋友，小人们万万不敢冲撞。"彭俊冷笑道："当不起。不管是不是夏寨主的朋友，遇见不平的事，我都要管。"夏诚道："近年来风雨不调，朝廷上税负又重，多有百姓破产败家，到此投湖。渔民们嫌其晦气，都不愿管。是我定下规矩，但凡打捞尸体的，都许他沾润几两薄银，思来也是一番善举。既是杨兄弟的朋友要赎尸体，赏钱算我账上。"说罢，便见一名红衫壮士取出银子道："是谁打捞的尸体？"一渔民应道："小人怎敢要寨主的钱，这回算了。"夏诚道："是我立下的规矩，岂能算了！"渔民只得领了银子退下。夏诚不再理会此事，便邀杨幺等人上船。

杨钦把死者乡邻唤到面前，取出十两银子，让他代为安葬死者，随后便携义女登船。杨梦蝶拍手笑道："好呀，我还没坐过这么大的船呢。"杨钦道："这有什么！等你长大了，我造一条更大的船，给你当嫁妆。"杨梦蝶白他一眼道："只怕你是吹牛。"杨钦仰笑不答。

船上共有二十名蓝衣水手，十名红衣护卫，五名青衣侍从。夏诚邀众到三楼坐下，令将船窗四启，一面观赏湖景，一面品茗谈天。出了沅江口，水路渐阔，看不尽江回峰抱，叠浪飞白，云渚烟汀，漫然无际。钟相道："听闻夏寨主靠着坐地收租、贩卖鱼引度日，好不自在快活！"夏诚道："我不过为渔民们做个管家。试想沿湖上万渔民，若无人订立规矩，岂不尽将鱼苗打尽了？那时大家都没的吃。贩卖鱼引，是为此也。再者，往日湖中多有水盗，不知坏了多少客人性命，官府屡次搜捕无获。是我组织渔民互保，缉捕水盗，才令湖面安宁，盗贼不扰。虽有些渔民说我强横霸道，可曾见到这些好处？"钟相无言以答，只好付之一笑。

夏诚道："杨兄弟，你说有事找我，望请明言。"杨幺便令屏退闲人，从头说起举义之事。夏诚思忖半晌道："昔日我有此心，是贤弟不肯。今者心已冷了，贤弟却又把旧话重提。想我称雄水寨，虽无十分权势，却也饶有钱粮。何苦再冒天下之大不韪，去犯杀头的重罪？"杨幺道："人生一世，草木一秋。大丈夫固当雄飞，岂甘雌伏！"夏诚问道："若要举义，事有几分可成？"钟相答道："赵宋立国以来，放任豪强，不抑兼并，享国百载，贫富悬殊。加之旱灾不断，水涝频仍，豪强侵夺，昏君无道，以致流民失所，生路全绝。虽累代勤恳之家，亦不免饥寒之患！可知赵宋之气数将终。百姓思救，若大旱之望云霓。天之道，损有余而补不足。举义之要，务在均平，有田同耕，有饭同食。诚如此，则民心谁不思附？大事有何难成？"杨幺道："钟兄之言，正如醍醐灌顶。"夏诚闻言大喜，拍案而起道："夏某愿抛此头，与诸君共图大事。"

东行二十里，前见一岛，分开水势。岛中耸起一山，唤作"鼎山"，岛即以山为名，这正是夏诚的立寨之所。楼船方才靠在岸边，便听一个粗犷的声音叫道："夏兄弟，让我好等。"究竟此人是谁？且看下回分解。

第十四回

"碧眼雕"恃强亡命 "拦路虎"坠计倾巢

话说钟相、杨幺等人下了楼船，正见滩头上站一大汉，生得身长九尺，腰阔十围，面上虬髯如铁，两臂碗口来粗，真如罗汉一般。高喊夏诚的正是此人。那汉走迎上来，将夏诚拽到一旁道："兄弟，我有急事找你……"不待说完，夏诚打断道："且慢，我有几位贵客引荐。"那汉道："你的客人与我何干？我哪得工夫理会！我的事你若帮不上忙，我早去另想法子。"夏诚笑道："你若不见我的客人，日后必定后悔。"那汉问道："此话怎讲？"夏诚道："你生平最仰慕的是谁？"那汉道："你我相交多年，岂不知我仰慕的是谁？"夏诚道："你虽仰慕其人，可曾见过？"那汉色变道："莫非'小阳春'杨幺在此？"夏诚抚掌笑道："然也。"那汉甚是诧异，瞥看众人一眼，掉头便走。夏诚一把拽住道："作怪！平日只说仰慕他，有缘一见，何故要走？"

那汉讪讪一笑，转回身来，看着众人，却不知谁是杨幺。杨幺已将二人的话听在耳里，捧手笑道："小可正是杨幺，愿闻壮士大名。"那汉慌忙答礼道："不敢当，不敢当，我是云韦。"杨幺道："久闻江湖上有个'铁臂'，力能伏虎，武艺超群，莫非便是足下？"云韦大喜道："你听说过我的名号？真乃三生有幸。"杨幺道："这便是夏兄的不是了。既然识此英雄，何不早日引荐给我？"云韦道："诶，此事不怪夏兄弟。他曾说过要带我拜访，是我不从。"杨幺道："这是为何？"云韦道："一者是我自嫌粗鲁，唯恐失了礼数；二者么……"杨幺道："云兄但讲无妨。"云韦道："我又怕'小阳春'名不副实，失我所望，倒是不如不见，存着念想。"众人闻言皆笑。

夏诚道："云兄是荆湖一带的盐商帮主，当初他要借由水路贩运私盐，与我大打出手，各纠集了百八十号兄弟，在洞庭湖上火并。正是不打不相识，我与他一见如故，结为八拜之交。彼此约定，我把船租他贩盐，从中抽成获利。"杨幺笑道："这正是英雄惜英雄也。"夏诚又将钟相等人引荐一番。云韦只是点头还礼，并不十分理会。

鼎山方圆十里，四面空阔，中峰隆起，耸立湖中。夏诚的寨子建在南面的平阔地上，筑有大小房舍六七百间，内有私娼、赌坊、酒楼、铺子，买卖诸般杂货，俨然如同市镇。寨中有座土堡，堡墙上站着哨兵。夏诚引着众人进了土堡，走到聚义厅中，分宾主坐下。下人奉上茶来。夏诚笑谓众人道："小弟此处如何？"众人道："果然不凡，正是用武之地。"夏诚道："非在下夸口，寨中有一两年吃不尽的粮食，三五载用不尽的绫罗。官军若没个三五千人，休想轻觑我的水寨。"

说了一阵闲话，杨幺问云韦道："云兄说有事要寻夏兄弟，敢问是生意上遇到麻烦了吗？"云韦叹口气道："不错。兄弟在湘西辰州有处分舵，舵内有百八十号兄弟。近日只因行事不密，被官府查获，倒树寻根，封了盐井，将人捉去，尽都关在辰州的大牢里。我为此而寝食俱废，到处求援。若无官场上的相识，这官司如何可了？"

杨幺笑道："原来是为这件事。云兄不必焦躁，此事我有门路。"云韦忙问："杨兄弟有何门路？"杨幺道："辰州通判姓常名安，表字平之，三年前他的爱子路经湘西，被清风寨的'拦路虎'袁彪劫去。常安不知经何人举荐，备下黄金，求助于我。那'拦路虎'是湘西的巨寇，横行多年，做了无数大案，官兵不敢惹他。我却与他神交已久，多曾有书信往来。是我给袁彪修书一封，替常安讨还了爱子。"云韦喜道："既有这段情分，料想他难以推托。"杨钦道："为官的多是忘恩负义之徒，却也未可深信。"杨幺道："常安虽是官场中人，却颇晓得江湖事理，礼敬贤士，不然也不会求助于我。更有一层，目今辰州知州一职空缺，大小事务皆由通判做主。盐枭如何发落，只在他一念之间。"云韦大喜道："真乃踏破铁鞋无觅处，得来全不费工夫。那就有劳杨兄弟修书一封，我好登程。"夏诚笑道："杨兄弟既肯代说人情，此事便已十拿九稳。你只管把心安放在肚子里，陪着杨兄弟尽兴吃酒，明日登程未迟。"

不久，宴席在厅中摆开，众英雄你推我让，相逊坐下。钟相坐了上首，杨幺坐其次，再次是夏诚、云韦、彭俊、郎杰、杨钦、黄佐，共计是八筹好汉。彼此倾心吐胆，各诉衷肠。云韦一者得遇杨幺，二者心事有了着落，三者夏诚取出了窖藏多年的好酒"满江红"，故不免开怀畅饮，一醉方休。谈到兴起，越发举止疏狂起来，云韦便讲起自己在湘西赤手空拳打死老虎的事迹。众人听罢，多有不信。杨钦道："云兄既有打虎的本事，何不让我们开开眼界？"众人齐声叫好。云韦道："我生平善使一只五十斤的大铁锥，可惜不曾带来。"夏诚道："寨中也有十八般兵器，任凭选用。"

众人都要看云韦演示武艺，移步厅前。厅前月色明亮，树影环合，正是一处不大不小的演武场，两侧各摆着一排兵器架子，插满刀、枪、剑、戟、斧、钺、钩、叉。云韦走到兵器架前，宽去上衣，露出一身铁板也似脊背，便去兵器架上拔枪一条，把枪缨一抖，耍弄起来。先是一招"举火烧天"，又是一招"哪吒探海"，月色下寒芒闪现，枪出如龙。众人看了喝彩。云韦使无数招，却收了式，用手一撅枪杆儿，撅成两截儿，丢在地上道："枪太轻了，使不称手。"

夏诚叫道："取开山斧来。"侍从急捧大斧。云韦替枪换斧，便又左盘右旋地舞动一回，使得人影散乱，风声入耳。众人却待喝彩，云韦又把斧丢在地上道："还轻，也不称手。"众皆愕然。夏诚道："此斧重一十六斤，非有力之人难以使得活泛。兄长若再嫌轻，可真难到我了。"

杨钦道:"我见厅中屏风前立着一口大刀,看似十分沉重。"夏诚笑道:"那是我命匠人打造的锭铁大刀,重百二十斤,专练力气用的。纵然使得动,也不好看。"云韦道:"既有重的,待我取来。"说罢,拽开大步,走进厅中,寻着那口大刀,扛了回来,哈哈笑道:"此刀方称我意。"众人看那刀时,纯用锭铁打造,锈迹斑斑,刀头如偃月之形,刀柄有拳头粗细,一看便知分量不轻。云韦当即丢开解数,运刀如风。众人只觉寒气逼人,狂风骤紧,都怕大刀脱手伤人,不自觉地退后了七八步远,连喝彩也已忘了。云韦使够多时,全身火热,忽然一声人喝,把刀砍在了一株大杨树上。轰然一响,大杨树拦腰断折,惊得枝头宿鸟纷飞。云韦方才把刀丢开,向众一抱拳道:"见笑、见笑了。"众皆叹服道:"两臂上若无千斤力气,何能至此!"

当晚众皆大醉,留宿寨中。次早云韦酒醒,请辞要行。杨幺已将写给常安的书信修好,意欲交与云韦,却又怕他粗鲁,误了大事。正自迟疑,杨钦说道:"我想同云兄去辰州地面走走,一宽眼界如何?"杨幺笑道:"那么再好不过。"遂将书信交与杨钦收了。夏诚另备下两担财宝,以为进献之礼。杨钦、云韦辞别了钟相、杨幺等人,登船离岛。云韦沿途又回了一趟总舱,带上称手的兵器大铁锥,并招引二十名盐枭兄弟,带上朴刀、棍棒,俱扮作货郎启程。

一众登山涉水,夜宿晓行。一日黄昏,来到一处镇甸,镇上行客稀少,甚是冷清,各家店铺皆已关门,风吹得招牌作响。云韦敲开一家客馆进去,馆内只有一名店家,懒懒地过来斟茶。众人便将担子放下,倚了朴刀、棍棒,围桌而坐。杨钦问店家道:"这镇子唤作何名?为何这般冷清?"店家反问道:"你们是哪里来的客人,往哪里去?"杨钦道:"我们是从鼎州来的,要往辰州去。"店家又问:"这担子里装的什么?"云韦瞪着眼道:"不过是些土产,你问这些作甚?"店家道:"客人放心,我并非贪图你们的财货,而是好心提醒,这条路去不得。"

杨钦问道:"为何去不得?"店家道:"此处唤作'清风镇',处于进出湘西的官道上,原本是个十分繁华的去处。但就在几年前,一伙儿强寇占住了西面二十里外的卧虎岗，拦着路打劫过客。主动交上钱财还好，反抗的全被剥了皮示众，受三五日的活罪才死。客商们渐渐不敢再走此路，清风镇随之日益衰落下来。强寇又常来镇上借粮，乡亲们定期纳送钱粮，献上子女，才得保平安无事。你们带着财货上岗，必然要入了虎口。"杨钦问道："是何处的强寇这等猖狂？"店家道："便是清风寨里的'拦路虎'。他的麾下有上千喽啰，官军不敢进讨。"杨钦道："原来是到了'拦路虎'的地界。请问店家，绕路的话，要走多久？"店家道："少说要多走一日。"

杨钦对云韦道："既是此路险恶，不如改道。"云韦道："诶，贤弟何其怯也。你我都有一身本事，怕什么'拦路虎'！"杨钦道："兄弟非是怕他，纵使遇着时，也还有情面可讲。我只怕撞上他手下的无知喽啰，起了冲突。江湖上以和为贵，轻易不要结怨。"云韦道："若怕与人结怨，就不要出门走路了。天底下还没有我云韦怕的人。若要绕路，兄弟自往。"杨钦恐伤义气，不好相争，说道："若定要走这条路，可趁夜间过去。"云韦道："我只光明正大地走，看他怎地！"故又不从。

次早，一行离了清风镇，走十几里路，来到卧虎岗下。只见岗上丛深林密，晓雾未开，并无一个过客下来，枭鸣声回荡不绝。从人闻之，皆有胆寒之意。云韦道："我这双铁臂专打猛虎，何足畏哉！"说罢，大步登岗，在前开路。从人无奈，只得跟随。正是：明知山有虎，偏向虎山行。

杨钦为人谨慎，步步留心，走无半里路，只见林子里有人探头探脑。杨钦与他对看一眼，那人就钻进林中去了。杨钦紧赶几步，未能赶上，不见了那人踪迹。云韦道："兄弟，你做什么？"杨钦道："云兄，你看见了吗？适才有人窥咱脚色。"云韦道："人在哪里？"杨钦道："已往林子深处去了。"云韦心想："想必是杨钦胆怯，为了劝我改道，故弄玄虚。"因道："兄弟不必疑神疑鬼。就算真有埋伏，我也不惧！"杨钦情知劝他不转，叹一口气，不复有言。

又走三五里路，只听林子里銮铃响处，跑出两匹高头大马。马背上各驮一人，背后跟着二三百名喽啰，各自捻刀弄棒，擂鼓鸣锣。盐枭们叫声苦道："真个撞上'拦路虎'了。"抬担子的吓得失了手，担子落在地上，珠宝滚出箱笼。云韦骂道："废物，快捡起来。"

骑马的两位都是有名的匪类，一个唤作"碧眼雕"，生得鹰钩鼻子，两眼朝天，年纪在三旬上下，肩上担着一口鬼头刀，项上挂着一串人骨做的佛珠；另一个唤作"金钱豹"，生得豹头环眼，满脸金麻，年纪亦有三旬，腰间插着两支判官笔。

"碧眼雕"看见箱笼里滚出的财宝，呵呵笑道："不要动，这些都是我的行货。"云韦听了大怒，瞪着"碧眼雕"道："'拦路虎'是你什么人！""碧眼雕"道："你这厮是吃了熊心豹子胆，敢直呼家父的大名！"云韦笑道："原来你是'拦路虎'的儿子。乖侄儿，你该跪下给我磕头。""碧眼雕"大怒道："你这疯汉找死！"

杨钦上前拱手道："兄弟息怒，不可坏了义气。""碧眼雕"道："谁与你是兄弟？"杨钦道："'小阳春'杨幺与我是生死之交，亦与令尊有故，故此斗胆称呼一声兄弟。今日路经贵地，因有急事，不得奉谒，甚是失礼。请容改日登门赔罪。""碧眼雕"道："原来是'小阳春'的人，难怪敢这么说话。江湖上虽盛称他的名号，我却未曾亲眼见过，焉知不是浪得虚名？"

云韦怒道："黄口小儿，你自见识不广，怎说人家浪得虚名！""碧眼雕"道："你要为他争气，就与我较量较量，在刀头上见个真章。"云韦冷笑道："枉你唤作'碧眼雕'，原来全没眼色。不见我手上这口大铁锥吗！""碧眼雕"道："你这铁锥个头倒是唬人，却只怕是空心的。"众寇闻言大笑。云韦道："你来，我让你见个真假。""碧眼雕"年轻气盛，不识好歹，真个纵身下马，要来比拼。

"金钱豹"远比"碧眼雕"要有眼色，慌忙拦劝道："少寨主，何必与他斗气，咱们一发都上。""碧眼雕"道："你怎可轻看我的本事！""金钱豹"道："少寨主，纵使他的铁锥有假，看那两臂，也知力气不小。""碧眼雕"道："力大有什么用，我与他斗巧不斗力，你就在旁看着吧。"杨钦亦劝道："万一刀剑无眼，恐失两家之和。""碧眼雕"道："你休想拿交情缚我。想要活着下山，就先胜过我这口鬼头刀。"云韦道："杨兄弟，你让开，让我教训这无知小辈。"杨钦眼见两头说合不拢，只怕云韦手重，误伤其命，便道："如若定要较量，让兄弟先会一会他。斗不过时，再劳云兄动手。"云韦也正要看他本事，听了此言，不再相争。

杨钦拔出刀来，上前两步，抱拳一揖道："在下杨钦，不自量力，讨教兄弟的高招，还请点到为止。""碧眼雕"道："少废话。我不与怕死的较量，换一个有本事的来。"杨钦便不再说，分开脚步，摆一个拦腰藏刀势，等他过来。

"碧眼雕"心高气傲，哪将杨钦放在眼里，抡动鬼头刀，使一招裹脑缠头，劈将下来。杨钦举刀一架，换步闪开。"碧眼雕"不知相让，越发卖弄本事，"凤凰回窝""燕子入林""狮子摇头""蝎子摆尾""浮云遮顶""二郎担山"，一刀紧似一刀，招招要取性命。杨钦只是侧身斜避，上下遮拦，一连退后了五六步远，心中想道："我也让得够了，他何不识进退？"正当"碧眼雕"一刀上撩，杨钦便使出个歇步截刀势，逼住那刀，左手屈起两指，点向对手双瞳。"碧眼雕"急把头向后闪，回刀来削杨钦左手。杨钦左手上本是虚招，一探即收，却趁着"碧眼雕"重心不稳，腾身跃起，右足踢出，"啪"的一声，正中手腕，鬼头刀飞落一旁。众寇惊呼连声，云韦喝起彩来。

按照点到为止，"碧眼雕"已是输了。杨钦弃刀抱拳道："承让了。"谁想"碧眼雕"恼羞成怒，不讲武德，一手揪住杨钦头巾，按将下去，一手捏起拳头便打。杨钦一时不备，受制于人，只得举臂遮护着要害。云韦见了，气得须发皆张，提起铁锥，扬手打去。"砰"的一声，正打中"碧眼雕"后脑，脑浆迸裂，倒地而亡。

众寇见死了少寨主，尽皆瞪目结舌。"金钱豹"叫道："大家上呀，为少寨主报仇！"众寇如梦方醒，发疯般扑向云韦。云韦大笑道："来得好，看我厉害。"便让杨钦等人守着财宝，自己挥动铁锥，迎上众寇。那铁锥大如馨鼓，由一条铁链相连，挽在手上，舞动生风，迎着的如花坠地，碰着的似叶惊风，一个个骨断筋折，横尸在地。

若在往常，寇众惜命，必已溃逃。可如今"碧眼雕"身死，不杀他难以交代，便只好舍命相争。是所谓：狂风不可终日，暴雨不可终朝。云韦虽勇，亦知人力有时而尽，又见众寇死战不退，杨钦等人奔走不遑，云韦也不由暗暗心惊。杨钦叫道："好虎不斗群狼，咱们走。"云韦于是挥舞铁锥，在前开路。杨钦令人舍弃财宝，幸得脱身。

且说"金钱豹"等人抬了"碧眼雕"回去，惴惴不安地禀知了"拦路虎"。"拦路虎"本是老来得子，将"碧眼雕"爱若掌珍，虽已三旬，视如稚子，故养成其骄纵跋扈的性格，落得个恃勇亡身的下场。今者白发要送黑发，心里如何不痛！遂命将云韦、杨钦的肖像画出，让喽啰们四处查访。他则整日借酒浇愁，醉了便鞭打喽啰泄愤，合寨上下莫不自危。

展眼过去十五六日，忽有喽啰报道："寨主，大喜，少寨主的仇可得报了。""拦路虎"忙问道："怎么？捉获云韦了吗？"喽啰道："虽未捉获云韦，却拿住了同行的杨钦。""拦路虎"道："如何捉获他的？"喽啰道："昨夜杨钦在清风镇上落宿，店主不敢不来报知。小的便同几名兄弟进店拿人。杨钦惊觉，跳楼而走，只因跌伤脚踵，被我所擒。众人正在抬他上山，小的先来报喜。""拦路虎"道："是我儿在天有灵，要让这冤家抵命。孩儿们，给我架起鼎来。"

不久，杨钦被人用担架抬上山寨。"拦路虎"喝道："孩儿们，给我把他丢进鼎里。"杨钦叫道："冤哉。云韦杀害你儿，何故烹我？""拦路虎"道："杀子之仇，不共戴天。无论主从，都要偿命。"杨钦道："我若为大王捉获云韦，可否免死？""拦路虎"厉声问道："你知道云韦的下落？"杨钦道："我与他一路而来，怎会不知？"拦路虎道："说出他的下落，我就免你一死。"杨钦道："请大王起誓，我才敢说。""拦路虎"道："我'拦路虎'出言有准，从不食言。快说，云韦现在何处？"

杨钦道："云韦在湘西有处分舵，去此西北六十余里，地名'井峪'，盛产井盐。每晚他就睡在舵里。""拦路虎"又问："那里有多少人？"杨钦道："有百来号盐枭。""拦路虎"道："今晚你来领路。"杨钦道："大王，我跌伤了腿，行不得远路，诚恐误了大王的事。我愿将路径画出，呈与大王。""拦路虎"道："如若虚妄，定斩不饶。"杨钦道："蝼蚁尚且偷生，我怎敢妄言寻死！"

"拦路虎"便让杨钦画出地图，押下地牢看管，又唤来两名精干喽啰，骑乘快马，照着地图寻去。二人去了一日，回寨禀道："小的们寻到云韦老巢，与地图上画的大致不差。""拦路虎"点头道："看来杨钦所言不假。"此时门外走进来"金钱豹"，叫道："大王，须防有诈。""拦路虎"道："怎说有诈？""金钱豹"道："我奉寨主之命，往辰州打探仇家下落。得知两个月前，官府曾经查封了井峪，捉去上百号盐枭。但不知何故，不久前却又放还，依旧在操持旧业。因此说事有可疑。"

"拦路虎"眉头一皱，命将杨钦押出地牢，以此诘难。杨钦答道："两月前盐枭被官府收捕，云韦特来向杨幺求助。杨幺因与辰州通判常安有故，便写了一封书信，让我与云韦去通关节。因此才会路过湘西，遇见令郎。被劫的那两担珠宝正是要献给常安的礼物。我与云韦到了辰州之后，将杨幺手书交与常安。常安感念旧德，放了盐枭。""拦路虎"心想："此言不假，当年常安的儿子被我劫上山来，正是杨幺替他讨还。"杨钦又道："我的性命悬于大王之手，不敢胡说。""拦路虎"不复有疑，仍命将他押回地牢。

次日，"拦路虎"留下"金钱豹"守寨，亲率大众下山，或步或骑，赶赴井峪。原来井峪是处山坳，盐井就在山坳之中，内外唯有一径可通。山坳里搭建着数十间草房。一众赶到井峪已是子夜，草房内或明或暗，零星点着烛火。"拦路虎"看了下周遭地势，心下暗喜道："只此一条出路，云韦何处可逃！我儿在天有灵，看为父给你报仇来了！"命众道："你们给我见一个杀一个，唯独云韦要活捉，我要将他剖腹剜心，祭我爱儿。"说毕，扬鞭一指，麾众冲出。草房内却早空无一人，墙壁上用红漆写着数字"拦路虎送死之处"。"拦路虎"猛省道："不好，是圈套。"急要退时，身后一声呐喊，火把乱举，竟是官军杀了过来。

话说半月之前，杨钦、云韦来到辰州。杨钦让云韦在客栈候着，自往通判府上拜会常安。常安看毕书信，却不见有信上提及的财宝，问其缘故。杨钦便向他讲了在途之事。常安道："那'拦路虎'是横行湘西的巨寇，仗着山高地险，屡败官军，圣上也听说过他的名字。你们杀他爱子，还能从虎口脱身，已是造化了。"杨钦道："盐枭之事，还望大人周全。"常安道："本官平生敬慕豪杰。早知是杨兄弟的朋友，自当竭力周全。但如今人赃并获，且已申报上官，没有说放就放的道理。还望壮士替常某诉明苦衷。来日有事，必无推辞。"

杨钦寻思一晌道："在下有个两便的主意，不知大人肯否？"常安道："若得两全之法，本官自无不从。"杨钦便叠起指头，讲出了这条请君入瓮之计。事若成功，一者可用寇众替盐枭顶罪，二者擒杀了"拦路虎"，也是一件大功。常安听罢道："事若不成，岂非误了足下性命？"杨钦道："大人若肯答应，杨某自愿担此性命的干系。"常安见他说得恳切，况又于己无损，因而允诺。

回到客栈，杨钦将此事讲与云韦。云韦大惊道："兄弟未免胆大包天。'拦路虎'是睚眦必报之人，倘或有失，如何救应！"杨钦笑道："不入虎穴，焉得虎子。我的主意已决，纵使身为齑粉，亦自甘心。"又道："我去清风镇后，云兄要派人尾随，查获'拦路虎'落脚之处。只等他大众下山，便可率盐枭劫寨。我自推说腿疾，不与'拦路虎'同往。那时便是再会之期了。"

"拦路虎"下山之后，云韦便依从杨钦之言，率领着众盐枭，趁夜摸上了清风寨。斩关而入，杀将起来。寨中大乱。"金钱豹"情知中计，来到地牢，要杀杨钦。杨钦便知其计得售，不慌不忙道："云韦已攻进寨来，谁能当之？你若杀我，自分可得活否！""金钱豹"道："不杀你，却待如何？"杨钦道："井峪里有官兵埋伏，'拦路虎'有去无回。你若执意为他尽忠，可速杀我。""金钱豹"是识时务之人，略一寻思，主意已定，打开牢门，翻身拜道："如蒙不弃，愿为壮士执鞭坠镫。"

二人随后走出地牢，杨钦喝止了云韦，"金钱豹"喝止了众寇，两下里罢兵。"金钱豹"跳上一处高台，解去上衣，袒露其背，手指鞭痕道："'拦路虎'丧子以来，暴虐成性，喜怒无常，你等谁人未遭鞭挞！今者'拦路虎'已死，弃之不为负义。'小阳春'名满天下，重用英雄，正在洞庭湖上聚集亡命。我等不去投效明主，更待如何！"众寇自知力屈，齐声应道："我等敢不奉教！"

"金钱豹"大喜，便让众寇收拾家当，准备启程，又将杨钦、云韦引至后山一处石洞之中，说道："寨中财宝尽在洞内，只有'拦路虎'掌着钥匙。"看那洞口，有扇石门，挂着铁锁。云韦笑道："这有何难！"手起锥落，砸断铁锁。推开石门进去，见有十数箱金银。杨钦大喜，便命将金银搬抬上车，一把火烧了清风寨，率众回鼎山去了。

再说"拦路虎"与官兵鏖战半夜，身死于乱军之中，众寇或死或降，全军覆没。常安逼问俘虏，得知寇巢所在，又星夜杀奔清风寨来。寨中早已瓦砾狼藉，焚烧一空。常安心知是杨钦所为，惊悸不已，只管押了俘虏回去，修表向朝廷奏捷。

不出一月，常安因平寇有功，补授辰州知州，上下官兵并有赏赐。一日，杨钦来到常安府上拜贺。常安邀入内堂，待以上宾之礼。杨钦道："大人若许盐枭在治下贩盐，愿抽三分薄利，以谢大人。"常安笑道："这是见外之言。我卖官盐给你，五五均分。"二人大笑。欲知后事如何，且看下回分解。

第十五回

范将军纵兵放火　"小阳春"聚众劫牢

　　话说钟相请愿失败之后，秦松便令禁绝明教，逮捕传教之徒。兵马都监苏弦谏道："明教所以盛行，盖因朝廷赋役繁重，民生困苦。钟相故得借私恩小惠，网罗百姓之心。若令赋税宽减，民免于饥寒之患，又何须严令禁绝呢！"秦松不悦，便以治军不严之由，参了苏弦一本，将其罢免在家，另教参将范通代行其任。范通是秦松心腹之人，为人贪财好利，惯善逢迎，借着禁绝明教之便，大肆鱼肉乡里，掠夺百姓，被他收捕在监者不计其数，寺庙、学堂尽成了监押犯人之所。这些犯人白日被赶去修桥补路，夜晚都关在大牢里受苦，逼着家人出钱来赎，弄得家家破产，人人自危。

　　钟相、杨幺等人自上鼎山以来，终日招兵买马，打造战船。居有月余，彭俊、郎杰商议道："我二人闲居在此，无可效劳，而教徒皆在水火之中。你我何不往鼎州主持教务？"将此主意向钟相说了，钟相道："官府严禁传教，到处捉人，诚恐你二人有失。"彭俊道："正因时势艰危，才要有人挺身而出，振作士气。不然群情疑惧，我教恐一蹶而不复振矣。"

　　二人坚意要往，钟相不好拦劝。众头领乃置酒为二人饯行。杨幺嘱道："二位义兄务必小心在意，倘有危急，切记不可硬拼，'留得青山在，不怕没柴烧'。兄弟自会率人接应。"二人应道："金玉之言，自当谨记。"

话说龙阳县里有一处李家屯，住着三五百户人家，该屯三面环水，只有一条旱路。屯民几乎都信教，是明教一处秘密联络的据点。彭俊、郎杰自离鼎山之后，便来到李家屯上，准备重召旧部，再整旌旗。

却说李家屯里有一个李娃儿，自小是个孤儿，吃百家饭长大，今已年过三旬，家贫不能娶妻，整日做些偷鸡摸狗的勾当。他也曾听屯长说法，将钟相的神位摆放家中，整日里焚香叩拜。后却因一次做贼失手，被主人捉住毒打，将养了半年方痊，自此便不信教了，每向人言："若说钟教主灵验，为何让我做贼失了手？他说要互爱互助，却没人肯把家财分我一厘。"众屯民见他说出大不敬的话来，都把他看成异类，在背后指点议论。李娃儿原本还有些脊骨，平生行窃，只去盗外乡的人家，不盗本屯的民户，如今见屯民都这般待他，益发归怨于明教。因此当官府禁绝明教的布告张贴出来，李娃儿第一个拍手叫好道："乡亲们都被钟相给蛊惑了，只有我与知州大人看得明白。"

这日夜里，李娃儿换上一套夜行衣，照常要去做那没本的买卖。刚出屯口，便见彭俊、郎杰船只到岸，屯长等人在岸上迎着，带进屯里去了。李娃儿虽不认得彭俊、郎杰，但见屯长对二人毕恭毕敬，也知是教中要紧的人物，心下寻思道："这二人多半是教中的头目，又要来此妖言惑众。他日闹出事来，岂不连累了全屯老小？乡亲们都已被明教蛊惑，不足与谋，我只好去同知州大人商议。"想毕，回家换下了夜行衣，星夜投州衙里报官。

秦松闻知消息，即同范通率领八百官军，水陆并进，趁夜围住了李家屯。放哨之人发觉已迟，慌忙报与屯长道："不好了，水路、旱路都已被官兵围住了。"屯长大惊，忙令召集屯民，准备抵敌。彭俊道："不要慌，且问官军为何而来。"

屯长率众来到水边，只见水面上摆列着二三十条官船，船上站满了官兵。屯长喊道："各位官爷，为何黱夜来到此地？"范通道："今有李娃儿来衙告状，说有两名明教头目窝藏在你们屯里，早早交出人来，免得牵连大众。"屯长道："这是没影子的话。我要与李娃儿当面对质。"

李娃儿从范通身后站了出来，叫道："老爹，你莫赖哩。今夜二更左右，我亲眼看见有条小船靠岸，船上下来两人，被你们接进屯里去了。这二人定是教中的头目。"屯长骂道："你这娃子不要忘本，你是吃百家饭长大的，何故却要栽害乡亲？"李娃儿道："乡亲们都被明教给蛊惑了，早晚闹出事来，我劝大家及早回头，免得铸成大错，追悔莫及。"屯长又对范通道："大人，这李娃儿是个偷鸡摸狗的惯犯，因被乡亲们瞧不起，故往衙门里诬告。"屯民们便都附和道："不错，他是个贼，反要诬告我们，求大人将他绳之以法。"李娃儿急了眼道："我虽是贼，却没盗过本屯的乡亲。"屯长道："大人你听，他亲口招承是贼了。"李娃儿急得上蹿下跳，几乎要哭起来。范通道："你们不必争论，今夜官兵来了，好歹要搜上一搜。若二人在屯里，及早交出，从轻发落；若不在时，便是李娃儿诬告。"

彭俊、郎杰在暗处听得备细，与屯长商议道："杨兄弟临行曾嘱，'留得青山在，不怕没柴烧'。想来便已料到今日之事。你我只好出首，以免累及乡亲。"屯长道："乡亲们苦官府久矣，不如就与官军拼了，抛家舍业，一齐去追随钟教主。"彭俊道："不可。官军有备而来，与之力敌，只是送死。"屯长道："二位头领有失，教小人如何交代！"彭俊道："这是形势所迫，情非得已。你让大家暂且隐忍，避免冲突，保全乡亲们要紧。"话毕，来到水边，向官军喊道："我就是明教的头领，请与你们长官说话。"

秦松正与范通坐在同一条船上，听了此言，便让官军摇只小船靠岸，将彭俊绑上，载运过去。彭俊说道："我教宗旨在于劝民行善，无意惹是生非。大人若定说有罪，我与郎杰自甘出首。此事与李家屯屯民无关，望大人明察。"秦松道："只要你与郎杰自甘就缚，余者便不追究。"彭俊道："大人要说话算话。"秦松点一点头，让官兵送他回去。彭俊将上项的话告知屯长，又叮嘱一番隐忍待时之言，便同郎杰向官兵出首。

秦松对范通道："本州先带这两名匪首回去，你留下处理后事。"范通问道："屯民们如何处置？还请大人示下。"秦松道："这些人敢私藏要犯，可知尽已被妖教蛊惑，早晚闹出事来。不杀一，无以儆百。"范通会意，便将几名亲信军官叫来，如此这般吩咐了一回，将官军分为两队，一队守着进出的道路，另一队进入屯中。屯长道："二位头领已经出首，秦大人又已许诺宽宥百姓，官军为何还要进屯？"范通道："只怕你屯里还窝藏着逆匪，我要仔细地搜。"官兵闯进百姓家中，就如狼入羊群，打砸抢掠，无恶不为。屯民忍无可忍，挥起锄头反抗。范通叫道："李家屯屯民造反了。"随即下令官兵行凶。只杀得李家屯上尸横遍地，血流成河。范通怕留活口，又令纵火烧屯。李娃儿欲哭无泪，因冲进屯里救人，被火吞噬而死。

官兵们看着大火烧了半夜，尽皆饱掠而归。范通回到衙门，来向秦松缴令，当堂禀说道："李家屯屯民公然袭击官兵，意图造反，末将无奈，只好将其正法。"秦松叹道："逆匪虽被妖教蒙蔽，到底是我治下子民，理当逮捕，徐图教诲。岂可不分老少，尽皆杀死，让本州背负不仁之名！"因以范通处置失当，罚俸半载。另又教张贴告示，声称屯民是被明教鼓动，造反遭屠。

另说杨幺自彭俊、郎杰去后，唯恐二人有失，差杨钦进城打探。不数日杨钦回来，告以李家屯之事，众头领莫不惊怒。杨幺道："当务之急是先救出彭、郎两位兄弟。"杨钦道："我已打探清楚，州城里有南北两座监牢。南牢里关的都是被逮捕的信徒，北牢里关的都是重犯。两位兄弟俱在北牢。"杨幺问道："北牢里防备若何？"杨钦道："北牢墙垣高大，戒备森严，每日有十数名牢卒、哨兵把守，须持州衙的文书方得出入。"

杨幺寻思一阵，抬眼看了下黄佐，跟着又摇了摇头。黄佐道："杨兄弟，你若有用得到我处，只管开口。我的命是你救的，死也不会皱眉。"杨幺道："我确是有一条计策，却要黄兄受些皮肉之苦。"黄佐道："那还有什么可说，杨兄弟你就讲吧。"杨幺道："好，我若说得不是，黄兄莫怪。"随后如此如此，讲出了那条计策来。黄佐听罢道："好计，却不知要几时动手？"杨幺道："再过几日就是中秋，当夜城门不闭，正好动手。"

闲言少叙。展眼到了中秋，杨钦点选十数名有勇力的好汉，个个带上朴刀，背弓囊箭，扮成猎户模样，押着黄佐来到州城。其时正当黄昏，守卒拦下众人道："你们是什么人？为何携带兵器进城？"杨钦道："我等俱是龙阳县杨家岗的猎户，捉获了在逃的案犯黄佐，特地解送州衙献纳。有劳上差引路，事成愿奉送赏钱。"守卒中一名伍长道："既如此，你们都随我来。"杨钦等人便跟着伍长走街过巷，来到州衙。适值秦松外出，只有通判在堂。衙役入内通禀一回，便带众人进去。

杨钦等人跪在堂下，各自报说了姓名。杨钦道："小人们都是龙阳县杨家岗的猎户，昨晚这和尚来到小人家中借宿。小人见他是个修行的人，留宿在家。恰逢一位进过城的猎户兄弟来探我，一眼认出这和尚正是在逃的案犯。猎户兄弟道：'现今城里面张贴着告示，悬赏三千贯缉拿这和尚到官。你我不可错失了到手的富贵。'小人说：'此人既是穷凶极恶之徒，你我不可造次动手，事若不成，反受其害。不如约齐平日要好的猎户，一同拿他，平分这笔富贵。'猎户兄弟听了有理，便去召集众人。亏得大家协力，将他擒获。"

通判听罢大喜，问黄佐道："你认罪吗？"黄佐道："朱富是我杀的，我是替天行道，藏什么名！改什么姓！"通判见他招认，便令司户支取两千贯钱，赏与猎户。杨钦道："大人，告示上写的是三千贯。"通判道："其中一千贯是税钱。若要时，即刻取走；若不要，一分也无。"杨钦与众猎户商量一阵，回说道："罢罢罢，小人们怎敢与官相争，两千贯就两千贯。"当堂领了赏钱，退出衙门。杨钦取出二十贯钱，谢了为其领路的伍长，又借口想要看灯，暂不出城。伍长平白得了好处，自是欢喜，便不管杨钦等人，自拿钱去买酒吃。

却说通判令在账本上记了笔三千贯开销的花账，便将一千贯与司户并经手之人分了，又令将黄佐脊杖二十，当堂打过，随后换上囚衣，戴上木枷，写成一纸文书，让两名公人押送北牢。

衙门到北牢要经过三条巷子。其时月华初上，城中到处张灯结彩，车水马龙。三人正走到一处巷口，巷子内突然蹿出四名猎户，用匕首抵住公人道："不想死，就乖乖地进巷子。"两名公人惊得呆了，不敢不从。杨钦等人早在巷中等候。两名公人屈膝跪下道："小人们只是奉差办事，不知哪里得罪了好汉。小人们上有老，下有小，求好汉饶命。"杨钦道："我与你们无冤无仇，不害你们性命。只要借你们公服一用。"二人慌忙脱下公服，捧将过来。杨钦让两名猎户换上，随后一刀一个，结果公人。黄佐惊问道："为何要杀他们？"杨钦道："众人担着性命的干系，不能心慈手软。"遂将两具尸体推进一口老井，众人同赴北牢。

北牢是间大院，墙有三丈高矮，墙内有处哨台，尚高出墙垣一尺，哨台上站着一名哨兵。杨钦率众猎户埋伏在巷口，令假公人带着黄佐过去。假公人仰面叫道："今日捕获了在逃的凶犯黄佐，通判大人让将他押送北牢。"哨兵听了，报知狱长。狱长扒开铁门上一扇小窗，看了一回道："把文书递进来。"假公人便从窗口递进文书。狱长验看无误，下了钥锁，打开牢门。两名假公人当即掣刀在手，抢将进去，当先砍翻了狱长。杨钦等人呐喊一声，一同发难。哨兵急要敲起梆子示警，被人一箭射下了哨台。

牢中有十几名哨兵、狱卒，乖觉的藏起两个，其余的尽被杀死。彭俊、郎杰被塞在一间三尺见方、两尺来高的石牢里，双眸紧闭，一身是血。杨钦让两名猎户背着，赶奔南门。街上人山人海，也有立脚看的，也有被撞倒的，乱成一团。众人奔至一处丁字街口，正听一阵叱喝开道之声，通判引着五六十名官兵疾奔而来。杨钦吃了一惊道："官兵来得好快。"

且按下杨钦这头不表。话说这日黄昏，杨幺、云韦也一道进了州城。二人逛了几处店铺，信步赏玩灯火。只见街上搭起山棚，竞陈灯火，金碧相射，锦绣交辉。还有那吞刀的、吐火的、舞狮的、走索的，各色艺人，竞逞奇技，杨幺不住口地喝彩。云韦忍不住道："杨兄弟，你真沉得住气。众兄弟都在拼命，莫非咱们进城只为看灯？"杨幺笑道："倒也不全是为了看灯，我还想去拜访一位故友。"云韦道："去拜访谁？"杨幺道："本州的兵马都监苏弦。"

云韦问道："杨兄弟如何与他有故？"杨幺道："苏弦是累代将门之后，韬略谙熟，善于用兵。昔日方腊起事，朝廷曾调各处兵马助战平叛。各路官军大多不堪一击，唯独苏弦屡屡克捷。我因此留心于他。又因他生性耿直，曾经被同僚暗害，雇用了江洋大盗，盗取其祖传金刀，杀人嫁祸。就在苏弦即将被问斩之际，是我差人捕获大盗，还他清白。"云韦道："既有这段情分，何不就邀他入伙儿？"杨幺笑道："苏弦家世清白，怎肯轻言造反？不过近日他被秦松参了一本，罢免了军职在家。我去拜访他，自有一番远见。"云韦道："我与他又不相识，见他何为？杨兄弟自去做客，我往别处走走。"杨幺道："也好，云兄自便。但请稍戒焦躁，免生事端。"云韦答应道："杨兄弟放心。"

当夜苏弦在庭中摆下一席，正与妻儿饮酒赏月，家丁忽报说杨幺来拜。苏弦心中喜悦，迎出府来，唱声喏道："杨贤弟久不登门，老夫挂怀之至。"杨幺捧手答礼道："小可今夜进城赏灯，思及将军，特来拜望。原怕将军身在军营，不得一见，今日有缘，幸甚幸甚！"苏弦道："原来贤弟不知，老夫已罢官赋闲了。"杨幺故作惊讶道："怎么？将军告老了吗？"苏弦苦笑道："一言难尽，请进府中叙话。"把臂引至庭中，妻儿皆已避去。苏弦乃令家丁洗盏更酌，再整筵宴。

二人分宾主坐下，苏弦一面把盏，一面说道："我素知贤弟大才，屡欲荐你入仕，贤弟总是推辞不肯。莫非真甘心做一辈子渔郎吗？"杨幺道："将军素知小可是闲云野鹤，饭稻羹鱼，足以为乐。所以结交将军，亦属性情相投，非为攀附权贵。况今朝廷不明，官府无道，小可又怎肯入仕！"苏弦道："此言未免过甚。"杨幺道："官府借着禁绝明教之便，侵扰民间，肆行勒索，近日又血洗了李家屯，此非不道而何？所谓：'为渊驱鱼者，獭也；为丛驱雀者，鹯也。'长此以往，天下岂能不乱！"苏弦叹息不已。

二人叙说一阵旧谊，讲论一回时事，谈兴正浓之际，便听墙外喧嚷起来。苏弦唤来家丁问道："你去街上问问，何故喧哗？"家丁去探听了一回，回说道："有强盗袭破北牢，劫走了两名要犯。逃至藏春楼下，被官军截住，正厮杀哩。"苏弦吃惊道："好大胆的强盗，快取我的金刀。"杨幺道："将军意欲何为？"苏弦道："贤弟请恕怠慢，州中有强盗闹事，我要去助兵平乱。"杨幺道："俗曰'不在其位，不谋其政'，将军已然赋闲，何必再管缉凶拿盗之事？"苏弦道："苏某荷国厚恩，久食俸禄，怎肯纵容强人在治下胡为！贤弟少坐，等我事毕便回。"杨幺道："既是如此，我与将军同去。"说话之间，家丁捧上金刀。苏弦绰在手里，赶奔藏春楼下。杨幺并两名家丁各持棍棒，在后相随。

另说云韦自与杨幺分别之后，先去吃了一坛好酒，看了一阵花灯，蓦地想道："我在藏春楼里养着个相好的牡丹，许久不曾去看顾她。今逢佳节，须不冷落。"遂往行院去寻那粉头。老鸨在帘下迎着，慌忙笑道："哎哟，云大爷来得不巧，牡丹自昨日起就病了，大夫不让见人。我另为云大爷寻个好的，保管您称心如意。"云韦道："你这老婆子莫不是骗我！往日我曾花钱包养下她，不许她接会外客。究竟是她水性杨花，还是你见利忘本？今日我定要见她。"老鸨赔着笑道："云大爷，我也瞒不得你，这回不比往日，牡丹接待的是贵客，你我都惹他不起。"云韦道："什么人我惹不起？"老鸨道："是个大官儿。"云韦捏着只拳头道："是官又怎地？他比起湘西的老虎如何！"推开老鸨，便闯上楼去。楼上有十数间客房，云韦挨个踢开，找寻牡丹。

众嫖客被云韦惊动，慌忙遮蔽身体不迭，待要嚷骂，见他凶神恶煞一般，哪敢多嘴！云韦一连踹开七八间门，正见牡丹陪着一位官人吃酒，桌上点支花烛，铺设着一席好菜。云韦大怒，上前把桌子掀了，揪住那官人便打。"砰"地一拳，就打落了一颗门牙。牡丹赶忙来拦，哪里拆解得开！

隔壁房里睡着与那官人同来的客人，正是范通。范通听见这壁厢里嚷动，忙来看望。只见云韦正骑在那官人身上，一双肉掌左右开弓，打得那官人叫苦求饶。范通大吃一惊，抢起一只客椅，向云韦背上便砸。云韦背硬如铁，"砰"的一声，客椅砸得粉碎。云韦愈添怒火，抛下那官人，揪起范通，使一招"霸王举鼎"，高举在半空里，喝一声道："什么鸟人！安敢来暗算我？"范通身不由己，慌喊"饶命"。云韦走出客房，喝声"下去"，便把他往楼梯上一丢。范通跌跌撞撞直滚下去，摔得七荤八素，臂软筋麻，头在下，脚朝天，挣身不起。

老鸨见云韦动起真怒，不敢去救那官人，忙差人跑去州衙报官。通判闻知大惊，忙点起官兵救护。赶到藏春楼下，却正撞上杨钦一行。杨钦不知另有缘故，只道官兵要来拿他，当先发一声喊，冲了上去。官兵猝不及防，立被杀得七零八落，溃不成军。就在即将溃散之时，苏弦赶了过来。

苏弦在军中威望颇高，官兵见了，军心大定，复又聚拢起来，与猎户厮杀。杨钦挺着朴刀，来斗苏弦。两口刀争强斗胜，上下翻飞，看得人眼也花了。苏弦是用刀的行家，斗有十数个照面，杀得杨钦架遮不住。黄佐空自心焦，无奈棒疮未复，难以动武。杨幺心想："一会儿大队官兵赶来，要走可就迟了。只好劫持通判，借以脱身。"正待动手，只见藏春楼里闯出一人，两臂各挟住一名官兵，盘旋挥舞，向人窝里撞去，撞得众官兵前仰后合，如秋风之扫落叶。杨幺喜道："云韦在此，可无忧矣。"杨钦叫道："云兄，不要恋战。"云韦便把腋下两人抛向苏弦。苏弦爱兵如子，揽臂去接，却不想云韦力大，撞得他连退数步，肋骨生疼。于是杨钦居前开路，云韦在后遮拦，一众都向南而走。官兵畏惧云韦，不敢穷追。

夏诚早已率人夺下南门，备齐小船接应。清点头目，不少一人。杨幺因问云韦为何会在藏春楼上，云韦粗将前事说了一回。黄佐问道："那被打的官人怎生模样？"云韦道："四十余岁年龄，倭瓜脸，扫帚眉，长得清瘦，唇下有一绺儿胡须。"黄佐道："此人正是秦松。"云韦顿足道："早知是那狗官，我绝不饶他性命。"众人皆笑。

正要开船，苏弦赶到。杨幺在船上深揖一礼道："苏将军，恕小可无礼，不告而别。"苏弦大惊道："杨贤弟，你怎么与强人混在一起！"杨幺道："将军容禀：我有两位至交兄弟，只因为民请命，被贪官陷在牢中。杨某激于义气，劫了大牢。今晚多承将军管待酒肴，改日再登门拜会。"说罢，令船夫起桨，投东去了。欲知后事如何，且看下回分解。

第十六回

苏都监威宣鹿岛　　秦相公魂丧鲸涛

话说杨幺等人大闹了州城，痛打了秦松，秦松既羞且怒，差快马上奏朝廷，请命剿除杨幺。朝廷因令苏弦官复原职，率军两千，进驻鹿岛。苏弦一面着手修缮营垒，整训水军，一面差人探听义军的虚实。探子报道："贼兵盘踞鼎山，有三五千众，大小战船一百来条。"苏弦闻报大惊，同副将范通商议道："贼兵势大，不可力敌。由你留守鹿岛，我要往邻州借兵。在我返还之前，切不可贸然出战。"范通道："杀鸡焉用牛刀！草寇虽众，皆是散兵游勇，不堪一击。"苏弦道："用兵当以持重为上，杨幺非等闲之辈也。"叮嘱再三，方才动身去了。

军中自有明教线人，将消息报知鼎山。杨幺遂与众头领商议道："我欲趁水军尚且占优，苏弦又不在岛上，主动出击，夺下鹿岛。"众皆称是。钟相便让杨幺挂帅，尽起战船出征。

却说范通获知敌情，登台眺看，只见敌船约有百条，大小各异，而摇旗之士尽皆老弱，阵列散乱不齐。范通意甚轻之，笑谓左右道："草寇舟船虽众，全不知兵。"即命将士登船，准备出战。左右将佐道："将军不记得苏将军临行所嘱了吗？"范通道："苏将军不知贼兵虚实，小心过甚，我堂堂官军，岂有避贼不战的道理！我等自建大功，早日奏捷才好。"因令官船齐头并进，迫近了义军放箭。

义军箭少，掉头而逃。前追后赶一箭之地，义军主船上忽擂战鼓，升起将旗，舱中壮士换下老弱之卒，贴近了官船搏战。官船已在追击中乱了阵脚，被义军穿插进来，登船刃战。官兵久未临阵，骇然奔溃，不能成军。范通见势不好，急命转舵，窜归鹿岛。义军追至岸边，便要蹑后登岛，范通慌令放下滚石。义军被迫少退，未及登垒的官兵却也被砸死不少。杨幺尽夺了官船，令夏诚占住沅江口，提防西路上援军；令云韦为先锋，攻打鹿岛。又令杨钦、黄佐迂回至鹿岛背后，防止官军北窜。

所谓"智者千虑，必有一失"，杨幺首次用兵，不免犯下了"穷寇勿迫，围师必阙"之失。范通见义军勇猛，意欲弃岛，然见退路已被阻断，只好返回壁垒死守。苏弦恰又善打呆仗，打造的壁垒固若金汤。义军衣甲短少，不利强攻，几番冲突，都被乱箭射回。云韦奋锥强上，亦被流矢所伤，退下垒来。

杀至日暮，未能夺垒，又见夏诚方面摇动军旗，向杨幺示警。原来苏弦往澧州借得战船数十，正自澧水归来。只见当先开路的是两辆车船，一名"苍鹰"，一名"赤雀"，乃系巧匠高宣打造，长逾百步，上可奔马，推波踏浪，势若鲲鲸。船侧明桨排布，踏车击水，迅疾如飞；船上拍竿横出，悬以巨石，系以辘轳；另有长枪硬弩，环护周围。原来车船攻守兼备，远攻则用硬弩，近战则用巨石。巨石连着绳索，可以收而复放，用以击打船只，当者立碎。

苏弦赶到战场之后，攻守之势逆转，义军战船接连被车船击沉，将士纷纷跳水逃生。杨幺见势不好，下令鸣金，义军仓皇退去。苏弦见天色已晚，亦不追击，收拢战船，回到鹿岛。苏弦便要治范通违令之罪。诸将劝道："范通是秦知州心腹之人，看他面上，饶恕这回。"苏弦无奈，只得权且记过，命范通赏功恤死。

安顿将士已毕，夜已三更，苏弦回到帐中，坐在灯下寻思："杨幺素有侠名，不想也去作乱。莫非朝廷当真无道？"叹息之间，拈断了数根

139

髭须。一低头，正见腰间挂着那口祖传金刀。他便拔出刀来，细细擦拭，心中又想："此刀曾随先辈杀敌建功，传至我手，已历三世。我苏家受恩深重，理当尽忠报国，死而后已！"一念想通，心下宽慰，于是插刀入鞘，解甲欲寝，忽然却听营外喧嚷起来。

苏弦闻声在耳，一惊站起道："莫非草寇来袭？"急出营帐看时，只见士卒们层层叠叠地聚在范通帐前，口中嚷道："上官只知克扣粮饷，却要我们提头卖命！是何道理！"原来官军中腐朽已极，官差们上下其手，窃取官银。士卒常遭克扣盘剥，怀怨已久。今日战后，有功者无以为赏，战死者无以抚恤。士卒愤怒，聚众讨饷。范通道："你们不要闹事。战胜之后，何愁不赏！"士卒道："眼下不赏，谈何久后！战死也是白死。朝廷发下抚恤，还不知便宜了哪个。"

正闹得不可开交，忽听湖面上一声巨响，大火骤起，蹿天数丈。苏弦吃了一惊，急遣人去问究竟。不久，去的人飞奔回报道："将军，大事不好。有人放火炸毁车船。"苏弦大惊失色，喝令众人道："今有奸细鼓动你等闹事，他却乘隙炸毁车船。若再聚集不散，擅离职守，悉以通敌论处。"士卒们知道利害，渐次散去。苏弦一面令人封锁水岸，一面令抢救车船。未几，又有人报："匠人高宣被几名奸细掳上小船，往东去了。"苏弦急令官兵追赶，未及而还。

忙乱半夜，按住火势，幸喜车船体量庞大，虽有烧损，尚可补救。苏弦又惊又怒，令范通查明奸细报来。范通道："奸细都是明教信徒，一并劫持着高宣去了，未能捕获一个。"苏弦怒道："军中还有多少信徒？给我尽数拘了。"范通道："将军，拘不得。"苏弦道："为何拘不得？莫非你与明教有勾结？"范通道："卑职对明教深恶痛绝，明教亦对卑职恨之入骨，怎么会与之勾结！实因军中将士大半都是信徒，若尽拘来，营中也就空了。"苏弦闻言愕然，那求胜之心荡然皆尽，仰天叹道："军心半已属贼，胜负之数，不待战而可知。老夫只有一死报国了。"

又数日，秦松登上鹿岛，问起战况。苏弦备言义军势大、杨幺有谋。秦松道："此言未免危言耸听。本官听说三日前草寇便被范将军杀得大败而逃。今正当鼓勇乘胜，犁庭扫穴。不知是谁从中作梗，逗留不进？"苏弦道："大军不可贸然出战，一旦失利，贼将再难制矣。卑职已向潭、岳二州邀援，必待其战船赶到，并进合围，庶有胜算。"秦松道："草寇乌合之众，何足畏哉！待我大军一到，敌必望旗震坏。钟相、杨幺之首指日可悬。何必迁延时日，虚耗钱粮！孙子曰：'兵闻拙速，未闻巧之久也。'本官到此，正要激励将士，督战破贼。"苏弦又谏："大人若定要催战，卑职只好舍命出征。但请大人坐镇鹿岛，不可身赴险地。"秦松冷笑道："将军莫拿此言吓我。我不督战，谁肯向前！"

苏弦受人节制，违拗不得，只得尽起鼎、澧两州战船出战。秦松命鼎州军为前军，澧州军为后队，亲自坐镇"苍鹰"，居中调度。官船依次离了鹿岛，舳舻相接，望之如云。秦松大喜，抚髯笑道："军容如此，破敌何难？若非亲临眼见，几为苏弦老儿所欺。只可惜未带上一二琴童歌女，谈笑破贼，岂非快哉！"

进军十里，望见义军旗帜。义军战船一字摆开，船多窄小，又不及官船半数。秦松笑道："此辈真如螳臂当车，蚍蜉撼树，传令苏将军速破此贼。"苏弦坐镇"赤雀"在前，遂命将官船摆开，齐头并进。行至一箭之地，两军各擂鼓喧天，杀声大震。但见：石头与箭弩齐飞，鼓声与涛声并作。义军战无多时，呈露败相，便往背后芦苇荡中退走。官兵便要杀向前去，苏弦急止众军勿迫。

秦松见前军不进，遣使乘小船来见苏弦，问道："将军何不乘胜追击？"苏弦回道："芦苇荡中水雾茫茫，虚实莫辨。请让大人稍候，本将已差人探路。若无埋伏，便可进兵。"使者如言回报。秦松怒道："草寇才被杀败，正宜进兵。放他回去重整旗鼓，岂不把战机贻误！素闻苏弦行事温吞，果然如此。传令让他一鼓作气，全歼草寇，不得迟疑。"使者应诺，再去传令。又过多时，犹不见前军奉命。秦松大怒，传下手令，令将苏弦唤至面前。

苏弦无奈，只得换乘小船，登上"苍鹰"。苏弦向秦松禀复道："卑职正令人探看虚实，大人何事相召？"秦松冷笑道："将军何怯敌至此？"

苏弦道："卑职不惜死，但恐死而无益，反误国家。草寇势强，轻敌必败。"秦松厉喝道："竖子安敢乱我军心！城中传言你与草寇勾结，原来不假。"苏弦大惊道："此必反间之计也。"秦松道："中秋夜里，草寇劫牢之时，你与何人吃酒！"苏弦一怔，哑口无言。秦松道："你今反迹已彰，安敢狡辩！"喝令将苏弦拿下。苏弦叫道："误国之罪，谁能当之！"秦松不理，命将苏弦用牛筋绑了，囚于后舱之中。另教副将范通代帅，赶杀义军。

话说昔日杨幺败归鼎山之后，折兵过半，士气甚沮。杨幺笑道："车船不足惧，我所惧者，唯苏弦耳。可往城中散布苏弦通敌的流言，秦松起疑，必来督战。一旦文官典兵，武将岂当得做主？届时我便有破敌之策了。"未几，奸细掳来匠人高宣，并报知焚烧车船等事。杨幺大喜，礼遇高宣，收在麾下，令他打造车船。临战之日，杨幺又令椎牛犒士，遍赏三军，将士莫不奋臂而请战。彭俊、郎杰请缨道："众兄弟都在死战，我二人岂甘落后！伤虽未痊，已愈大半，但有差遣，必不辱命。"杨幺因许二人从征。杨幺亲率大船诱敌，另将小船埋伏在芦苇荡里。

范通曾经吃过义军大亏，本不敢贸然前进，却因秦松钧旨在上，不敢有违，暗中祷道："乞求上苍眷顾，不会遇着伏兵。"进军至芦花深处，忽闻异响。原来义军将士紧张过甚，发出了兵刃交击之声。范通大惊道："不好，果有伏兵，快快鸣金。"大船转舵谈何容易！官军又少操练，相互碰撞，调度不灵。杨幺见已暴露，索性擂动战鼓，令义军战船冲杀出来。范通叫一声苦，魂魄皆飞。杨钦、黄佐登上"赤雀"，彭俊、郎杰抢占"苍鹰"。云书阻住前军，夏诚把断退路。义军将士莫不前仆后继，奋勇争先。

官军中广布信徒，早已暗相联络，各怀观望之心。既见义军占了上风，便相继头裹黑巾，倒戈来降。秦松惊愕不已，急命举旗向后军邀援。澧州将士本当草寇容易平定，砍下几颗人头，回去请功。谁知前军会败得如此之惨，早就吓得见风转舵，遁走无踪！秦松哭天不应，唤地不灵，眼见着义军杀上船来，急催船夫放下小船，载他逃生。倒戈官军叫道：

142

"趴在船夫裆下的是秦松。"秦松吓得屁滚尿流，催促船夫快走。谁知船夫不为所动，反倒摇着橹棹，迎上义军。只见他从袖中扯出一条黑巾，缠裹在头上，向义军将士一捧手道："好汉，自己人，特来献上秦松。"

一番鏖战过后，官军死了三四百人，投降者一千余众。秦松被郎杰押着来见杨幺，双腿一软，跪在地上。杨幺笑道："我无意害你性命，却怕放你回去，再动刀兵。"秦松慌忙拜道："下官是被都监苏弦蒙蔽，以致冒犯虎威。今已知过，怎敢再来相扰？"杨幺又道："若要放你，须用十万两匹银绢来赎。"秦松道："大王怜见，下官是个清官，筹办不得许多。"杨幺道："你虽沽名钓誉，同僚却都富得流油。你去求借，想亦不难。"秦松道："十万两匹实无，求大王开恩宽减。"杨幺作色道："你是阶下之囚，怎敢讨价还价？"秦松伏地叩首，不敢答言。杨幺道："也罢，我若不依，你定要去侵夺百姓。我便给你宽恩减半，五万两匹银绢，一分也不许少。"秦松听了，只好勉言答应。杨幺让他立下字据，按了手摸，持书笑道："大人若要失信，这通敌的罪名不轻。"秦松忙道："不敢，不敢！大王要几时放还下官？"杨幺道："你先写信去衙门，等银绢交割完毕，我便放你。"秦松道："大王容禀，筹措银绢总需时日，州中却不可一日无主。倘若朝廷追究下来，难免再动干戈，恐于大王不利。"杨幺冷笑道："便有十万兵来，也不过送了给我。"秦松惶恐道："下官失言，罪该万死。但想着妄劳干戈，总是不妥。"杨幺沉思半晌道："此言也非全无道理。这样吧，你再替我办成一事，我便放你。"秦松道："大王有命，莫敢不从。"

正说话间，杨钦、黄佐齐来复命。黄佐见了秦松，举杖要打。杨钦拦下道："贤弟慢着，且听杨兄弟发落。"黄佐道："留这害民的狗官何用！"杨幺令押秦松下去，对黄佐道："黄兄请忍一时之怒。我等水寨草创，钱粮、兵甲未足，尚要韬光养晦。犯不上为杀此宵小，招致朝廷讨伐的大军。因此权寄这颗狗头在他项上，早晚我必取之。"黄佐听了，闷闷无言。

少顷，夏诚、云韦各来献俘。杨幺问道："可曾俘获苏弦？"二人摇头。杨幺道："这就奇了，苏弦忠勇老将，不该临阵脱逃。"云韦道："那老儿只是欺世盗名，若有真本事，也不会吃此败仗。"言犹未了，只见彭俊率人押送着苏弦而来。彭俊道："此老儿不知被谁所擒，用牛筋绑在了后舱里。"

杨幺连忙喝退左右，亲释苏弦之缚。苏弦昂然站立，辞色不挠道："苏某食禄之人，世受皇恩，宁蹈白刃而死，不肯叛国而生。足下若要劝降，望请免开尊口。"云韦怒道："杨兄弟以礼相待，你何不识敬重！"苏弦道："要杀就杀，何必多言！"杨幺道："将军公忠体国，素为小可敬重，怎肯担此杀害忠良之名？且容置酒赔罪，便送将军回城。"苏弦道："此言当真？"杨幺道："小可何必相欺？"苏弦道："若得如此，苏某情愿解甲，毕生不与尔等为敌。"

杨幺因命在舟中具酒，备下肴馔，恭请苏弦上座。苏弦道："败军之将，怎敢居上？"杨幺道："人心所向，如兽之走圹，水之奔穴，孰能敌乎？兵败非将军之罪也。"固请苏弦上座，杨幺自居对席，屏退杂役，亲自把盏。二人且吃且谈，信口讲些朝廷失政、黎庶艰难。杨幺道："将军试看如今世道，是非颠倒，白昼为昏。虽有活国救民之心，其可得而用乎？"苏弦默然不应。

饮至更深，苏弦请辞要走。杨幺道："将军少安毋躁，夜里唤开城门不便，且等天明再行。"苏弦本是性缓之人，便又坐下饮酒。不觉之间，东方渐白，苏弦又道："天下无不散的宴席，贤弟若肯见怜，便放苏某回去。如若不然，便请杀之，苏某亦无所恨。"杨幺道："将军再坐少时。小可命人取还宝刀。"苏弦称谢道："此刀是我祖传之物，若蒙赠还，感恩不尽。"

不久，却见舱外走进一位中年妇人，相对泣下道："将军害苦了我母子。"苏弦失色道："夫人何为至此？"杨幺下拜道："将军容禀，你我饮酒之际，我命杨钦扮作将军，袭破了鹿岛水寨。官兵尽道将军已投敌矣。我又以金刀为信物，赚取贵宝眷在此。"苏弦怒道："既说放我回去，为何又设诡计害我！"杨幺道："我与秦松约定，若能劝降将军，便可让他回城。秦松故献此金刀之计，以绝将军反顾之望也。将军若不信时，一问尊夫人便知。"苏夫人道："正是秦松的亲信持刀来报信。不然，我怎肯随他到此！"苏弦破口大骂道："狗官！出卖同袍，卑鄙无耻！"杨幺道："小可实是好意。秦松宵小之徒，必将兵败之罪委于将军。将军虽欲告老，其可得乎？"苏弦长叹一声，无可奈何，只好投刀归顺。杨幺大喜，命众奏凯而还。

当日鼎山上摆下宴席，众头领相逊入座。钟相居首，杨幺次之，此后是杨钦、苏弦、夏诚、云韦、彭俊、郎杰、黄佐，共计是九筹好汉。另有许多重义轻生之士，济济满堂。宴上飞觞举白，谈饮俱豪。杨幺说道："我闻苏兄有一公子，及冠未娶；恰逢云兄有女，年已及笄。不若由我做媒，结作亲家如何？"苏弦道："婚姻大事仓促不得，且容与夫人商议。"云韦道："商议个屁。你若不要，我明日就把她嫁了人去。"在座众人皆笑。苏弦笑道："我从未见过此等性急的人。"云韦道："我生平最受不得人家温吞。"众皆大笑。

秦松自被放还鼎州之后，胆丧魂消，莫敢进讨。适值朝廷多事，十月以来，金主见中国武备废弛，财富广有，因而挑起战端，侵入宋境，饮马黄河，围住东京。宋主赵佶惊骇不已，趁着金军未到城下，便匆匆地禅位辞朝，带上亲信臣子，前往江南避祸。太子赵桓随后登基，改号"靖康"，起用李纲等忠良为将，保卫东京。宋军将士浴血奋战数十日，虽未能击退强敌，却也不曾折了锐气。赵桓偏又听信佞臣之言，向金乞和。金军统帅眼见东京难以攻破，勤王之师又陆续赶来，便接受了宋主所请，索取五十万两匹银绢过后，引军归北。此后朝廷外患方消，内讧又起。新主赵桓以追究祸首为名，惩治蔡京、童贯等前朝六贼，另要起用亲信臣子。六贼畏罪，怂恿上皇回京与之争权，闹得父子天伦有如陌路。至于内忧外患，反倒无人顾及了。此是后话，不再细表。

第十七回

借江南重修社稷　征北虏再起尘埃

词云：

平生太湖上，短棹几经过。如今重到何事？愁比水云多。拟把匣中长剑，换取扁舟一叶，归去老渔蓑。银艾非吾事，丘壑已蹉跎。

脍新鲈，斟美酒，起悲歌。太平生长，岂谓今日识兵戈？欲泻三江雪浪，净洗胡尘千里，不用挽天河！回首望霄汉，双泪堕清波。

——无名氏《水调歌头》

话表靖康二年，金兵南下，攻陷了赵宋国都，徽、钦二帝被掳，掠取子女玉帛无数，史称"靖康之耻"。一时间朝野无主，天下崩离，伏尸百万，盗贼盈野。国家危亡之秋，幸有宗泽、韩世忠等忠良奋勇死战，阻住戎马，拥护康王赵构登基，这才保全了江山半壁。金人贪爱中国财富，后又倚仗兵强马壮，屡次犯边。这是赵宋王朝的头等大患。

金人为统治汉人之便，用大臣粘罕之策，立降臣刘豫为帝，国号曰"齐"，以开封为都城，下辖河南、陕西之地。刘豫为保全富贵，甘为爪牙，奉金正朔，世修子礼，大肆招纳叛降，攻击宋室。这是赵宋王朝的第二个大患。

又因连年兵戈不解，朝廷四处征兵派饷，百姓们被逼得卖儿鬻女，无以为生，老弱者转死沟壑，丁壮者散于四方，豪强遍地，盗匪如毛。诸寇之中，又以钟相、杨幺实力最盛。二人打起"等贵均贫"的旗号，吞州并县，争帝图王。这是赵宋王朝的第三个大患。

看官，赵宋有此三个大患，何以不亡？只为国难当头，自有忠义之士奋起。便是山野之间、氓隶之伍，亦不乏慷慨悲歌之士，随踵就戮，视死如归。其中最卓著者，当数原太行山严岳所部。靖康年间，严岳率麾下忠义军民奋勇抗金，杀敌无数。宋主感其忠义，降旨招安，令严岳任邓州知州、忠义军统制，华嵩任忠义军副统制，孔岩任通判，曹峰任推官，驻守在邓州前线。

话说到了绍兴三年，国家连年征战，军中的饷粮时有不济。此日华嵩又向严岳抱怨道："朝廷已拖欠了半年的饷粮，兄弟们食不果腹，多有怨言，都说还不如在山上快活。"严岳道："贤弟，你我既已受了招安，就不该再说这话了。"华嵩道："可也不能让兄弟们喝风。我怕长此以往，会有变数。"严岳道："我再修一封书，催促朝廷。"华嵩道："已发了几封书去，曾见有一粒粮来？"孔岩道："朝廷上内外交困，财用不赡，各处官军皆捉襟见肘，如仰甘霖，哗变之事时有发生。坐待困弊，终非长策。我想于今之计，唯有自筹。"严岳道："治下的杂捐已然不轻，若再摊派，怕百姓们难堪重负。"孔岩道："眼下将近秋收，我的意思是借机北伐，因粮于敌。"华嵩道："因粮于敌？倒是一个主意。可城中只有六千军兵，又要担任戍守之责，若要北伐，怕兵力不够。"孔岩道："何不联络襄阳方面，约其共同举兵？"严岳思索道："主意是好主意。未知襄阳方面肯否？"孔岩道："据说襄阳也正闹粮荒，我愿亲去与常安商议。"严岳道："也好，常安若肯答应，我就出兵。"

　　襄阳在邓州城南二百里，是北上中原、南下荆湖的要道，古来兵家必争之地。现任知州名叫常安，系从辰州任上调任而来。其北隔汉水与樊城相望，坐镇樊城的守将正是姚文。

　　孔岩一行来到樊城，正见城门昼闭，戒备森严，如临大敌一般。姚文曾与忠义军并肩作战，识得孔岩，令开城门，迎之入内。孔岩问道："何故白昼关着城门？"姚文道："两日前军中发生哗变，主帅被士卒杀死。常大人怕再生乱，下令戒严。"孔岩问道："因何哗变？"姚文道："只为缺粮少饷耳。"孔岩即向姚文说起联兵北伐、因粮于敌之事。姚文道："此事我做不得主，当与常知州商议。"孔岩道："常大人何在？"姚文道："常大人身染恶疾，正在府中养病。"即令士兵备船，载运孔岩渡过汉水。

　　孔岩进了襄阳，来到常安府上。常安请进后堂，坐起身来会客。孔岩问道："大人贵体如何？"常安叹道："本官所患乃是心疾。军中只为缺粮少饷，将士们多有怨言。三日前军中发生哗变，士卒叛逃，更将主帅杀死。本官守土无方，自觉深愧于朝廷，以致寝食难安，忧思成病。"孔岩道："既是心疾，便当以心药医之。大人不欲将功补过吗？"常安道："罪大弥天，何可补过？本官专待降罪而已。将军若有良方，望乞教我。"孔岩借机讲起北伐之事道："眼下秋收将至，严统制欲与大人联兵北伐，因粮于敌，特差卑职前来商议。望大人熟思之。"常安踌躇道："兹事体大，只怕朝廷不允。"孔岩道："南渡以来，权在诸将，苟利国家，专之可也。"常安正为军粮忧虑，又要将功补过，遂而答应道："我信得过将军，就派两千军马，随同贵军北伐。"孔岩大喜，与之定约。襄阳方面派出正将一员，正是姚文；裨将两员，乃是赵龙、钱虎。

　　话说靖康年间，姚文遭逢家国惨变，自此投笔从戎。辰州指挥使陶晟本是其父姚古旧部，姚文以师事之，随同转战破敌，屡建功勋，拔于走卒，命为战将。绍兴二年，二人分别为正副统制，同归襄樊镇守。

　　陶晟虽是战功卓著，却因曾阿附蔡京、童贯一党，身有劣迹，朝野不容，功大赏薄，常怀怨念。齐主刘豫更啖以高爵厚禄，动摇其心。陶晟本非忠贞之人，渐渐就有了投齐之意。又因军中缺粮少饷，士卒怨恨，遂要鼓动士兵哗变，夺占了襄阳投敌。姚文闻知大惊道："将军为国尽忠，百战而取功名，岂忍一朝捐弃，反为叛类，令子孙后代蒙羞！"陶晟道："宋室待我，可谓薄矣！大丈夫生当乱世，当扬眉吐气，激昂青云，岂可久屈人下，郁郁而不得志！"姚文心知其意已决，又见诸营人马调动，箭在弦上，不容不发，于是横下心来，闯帐行刺。陶晟惊问道："我平素待汝不薄，汝何背恩负义？"姚文道："留君忠义之名，以全始终，正吾所以报也。"言讫，一剑刺死。叛军无首，随之四散。姚文感念陶晟之恩，瞒下了他叛国之罪，只说是被叛变的士卒所杀。

且说姚文奉了出征的命令，领兵两千，北上邓州。行至邓州境内丰乡镇上，却见镇上兵荒马乱，鸡犬不宁。姚文惊问道："此处因何会有兵马？"寻人来问，才知是有官兵劫掠百姓。姚文大怒，下令擒拿匪兵。匪兵有二十几人，夺得数车粮食，正要离去，被姚文军马所围。

匪兵头目怒道："我等是华嵩统制的部下。你等是谁？因何拦路？"姚文道："既是官兵，因何要劫掠百姓？"匪兵头目道："军中乏食，莫非全去喝风！故而向百姓求借。"这时就听有老翁哭道："我的儿，你死命护着粮食作甚，白白丧了性命！"姚文大怒道："有这般求借的吗！"赵龙道："既是忠义军的人，可交由严岳论处。"姚文寻思道："我素闻华嵩护短，交与严岳，必然令他为难。"乃道："你等违背军法，该当何罪？"匪兵头目道："我等出生入死，多有功勋，有罪无罪，还轮不到你管。"姚文道："不正军法，何以令众！"喝令斩之。顷刻之间，人头乱滚。

次日，姚文军马来到邓州。严岳早闻传报，率众出迎，就于城外搭起长棚，摆酒接风，真个是席如流水，歌吹沸天。去年金军犯边，严岳便曾与姚文并肩作战，相救于危难之中。因此于宴上各叙契阔，相谈甚欢。

少间，有名士兵进来，向华嵩耳语数语。华嵩脸色大变，拍案而起道："姚文，你怎敢擅斩我的部众？"严岳吃惊道："贤弟，何故发怒？"华嵩道："大哥问他便知。"姚文道："华兄弟此话何意？我何曾斩过你的部众？"华嵩道："你在丰乡做下事来，我的人亲眼所见。如今竟要抵赖不成！"姚文道："我军行至丰乡，确曾遇到几名劫掠百姓的盗匪，被我捕而杀之，并不知是华兄弟的部众。我闻养兵以保民，未闻养兵以害民者。若是盗匪假扮官军行凶，败坏忠义军的名声，更是罪无可恕。"华嵩被他言语逼住，有口难言，只气得两目通红。严岳恐二人失和，从中解劝道："即便是我忠义军中之人，劫掠百姓，也该问斩。"华嵩无话可说，向严岳一捧手道："我劳乏了，告退。"孔岩、曹峰等人待要劝解，华嵩已离席而去。

严岳道："华兄弟脾性不好，姚兄弟莫要见怪。"姚文道："莫说我不知是华兄弟部众，即便知道，亦不敢因私废公。"严岳道："自然。我等既已蒙受朝廷招安，恩同再造，怎肯再为流寇之事？至于有人私自掳掠，我实不知，如有犯者，定当法办。"姚文道："邓州乃将军治下，岂可涸泽而渔？民心不可失也。"严岳颔首，即于席上重申约法。姚文大喜。次日，严岳便留华嵩守邓州，以姚文军为先锋，亲率大军北上。

大军沿河进发，行有七日，逼近郾城。正当立秋时节，草木黄落，征鸿在野，一望无际尽是野地，上覆白霜，望之如荼。姚文忽然勒住缰绳，笑谓左右道："我与诸位打赌，射那北来头雁。"众人仰头看时，正有雁阵排空。姚文展开袍袖，引箭当弦，觑得端正，扯得弓满，一箭射去，正中头雁羽翼。那雁在空中翻翻滚滚，倒坠下来。空中雁字惊乱，不能成行。众军见了，齐声喝彩。

姚文正喜，忽有探路斥候带箭而归，举手高呼"有警"，未及驾前，坠马而死。姚文大惊，只见远处驰来三骑，见着众军，拨马回走。姚文情知遇见了敌骑，乃令大军勿动，亲率三十骑在后追赶。敌骑一面向北驰走，一面放箭射人。追出数里，复射杀宋兵数人。姚文大怒，加鞭催马，越过宋骑。双腿夹定马腹，一手抽箭，一手执弓，与之对射。射无数箭，一支中颈、一支中心，另有一支射中马臀，三名敌兵二死一伤，尽坠马下。姚文俘获那名伤兵，问其来历。

原来郾城守将姓李名成，本系盗贼出身。国变之时，曾受宋廷招安，拥兵自重。而李成流寇之性不改，每到一处，便要纵兵劫掠百姓，故此兵多悍勇，而百姓苦之。后因纵兵洗劫江州，被岳飞击破。李成大怒，反出江南，投奔齐主。齐主爱其骁勇，拜为大将，令守郾城。近日李成因见秋收将至，遂起意南下而牧马，联合了颍昌守将范通，共率七千军兵，要侵宋境。这范通亦是降将，前文有表，曾于鼎州任职。只因两军皆是沿河而进，故此遭遇相逢。姚文擒获的正是齐军的斥候骑兵。

姚文听罢俘虏之言，便遣一人先回报信，令众人掩藏了尸体，都去一座土丘后面埋伏。时隔不久，便见敌军大举而来。姚文对众说道："你等紧随我的马后，随我冲溃敌军。"众人惊惧道："我等只有三十来人。敌军百倍于我，以卵投石，岂非送死？"姚文道："攻敌不备，其军必溃。溃兵虽众，不足畏也。"言讫，提弓上马，驰下土丘。众人只得上马，随之陷阵。原来大军行进之中并不披甲，猝然遇敌，不免惊乱。

姚文身先士卒，众皆振奋，随之往来冲突，专拣敌军薄弱之处厮杀，有如庖丁解牛，乘虚蹈隙。直待敌军结阵反抗，姚文方率众退出战场，来与后军主力会合。经此一战，宋兵斩将一员，夺旗三面，杀伤五六十人，北兵为之夺气。严岳等人闻知，赞叹不绝。姚文向众讲述了敌情，严岳问道："如今两军遭逢，战是不战？"姚文道："大军远来，未暇休整。不如暂且下寨。"严岳从之。李成自知大军已挫动锐气，亦令就地扎营，严加戒备，不在话下。

当晚，严岳会集诸将，商议破敌之法。孔岩道："敌军有备而来，确是意想不到之事。我军未操必胜，不如退兵。"严岳道："狭路相逢勇者胜。我军劳师远征，未立寸功，动辄退避，岂不要被人笑话吗！况且姚兄弟才胜一场，士气可用，我的战意已决，无须再议。"姚文道："我多曾与李成交兵，熟谙其用兵法度，愿为兄演示阵法，克破此贼。"言毕，令取红豆二两，黑豆二两，黄豆二两，绿豆二两，另有大米若干，撒豆为兵，聚米为河，摆开阵形，穷其变化。严岳大喜道："此乃天赐兄弟于我也。"

次日破晓，两军对圆，隔二百步，临水列阵。宋军在南，阵于水左；齐军在北，阵于水右。宋军以三百骑兵居前，五千步卒列后。齐军以五千步兵居左，一千骑兵居右，另有三百亲兵卫护李成。齐军阵上，李成令范通将左军，吴毅将右军，王德将骑兵。宋军则以孔岩将左军，曹峰将右军，骑兵尽由姚文统率。

只见齐军阵中一将出马，手提大刀，高声叫道："昨日闯入我阵中的壮士是谁？敢与我决一死战吗？"姚文问道："此人是谁？"严岳道："李成有两名落草时的结义兄弟，一名是骑兵统领，唤作'曳尾龟'王德；一名是步兵统领，唤作'抱头鼠'吴毅。二人都是江湖上驰名的好汉，据说有万夫莫当之勇。如今叫阵的便是王德，贤弟不可应战。"姚文笑道："齐兵昨日被我突入阵中，折了锐气，今日点名唤我出战，是要鼓舞士气。我不应战，中其计矣。我虽无十分本事，自问弓马娴熟，自保有余，只不知他的本事如何。"说罢提枪跃马，便出阵前，戟指而骂道："我便是昨日冲阵之人。汝可放马过来，一决生死。"王德骂道："竖子休要猖狂，看我取汝狗命。"拍马抡刀，上前邀战。姚文将枪一抖，纵马相迎。两般军器并举，杀了一个照面。姚文经此一试，便已知对方深浅，拨转马头，又冲过去。就在二马错镫之际，姚文举枪一隔，挑开敌刀，随即摇枪直刺，击其后脑。王德急一俯身，堪堪闪过，兜鍪却已被挑落在地。王德心胆俱裂，不敢再战，伏在鞍上，往本阵而走。姚文也不赶他，勒马笑道："这点本事，何必出来丢人！"

王德羞惭满面，回见李成。李成不悦道："本要鼓舞士气，不想又败一场。"王德道："我非本事不济，本要赚他前来，好用拖刀之计，奈何他不敢追赶。"李成道："如今说这些何用？"王德道："义兄无须丧气，我还有一计，可以破敌。"李成问计。王德道："宋军多是步卒，战马不多。我率百骑邀战。待敌应战，众骑尽出，敌必奔走，阵脚自溃。我就势突入敌阵，兄举大众随之，必能刀劈姚文，阵斩严岳。"李成大喜，依计而行。

王德复出阵前叫道："竖子小儿，汝敢再应战否？"姚文笑道："败军之将，何不知羞！"王德道："为将之能，不在匹夫之勇。你我各出百骑，再决胜负。"姚文道："我岂怕你挑战！但恐你不守规矩，欺我骑少，恃众相争。"王德被他说破，面无惭色，说道："背信之举，我不为也。"姚文欲出，严岳拦道："此人狡诈无信，不可轻往。"姚文道："兄长放心，我自有底。敌若失信，只可令骑兵接应，大军勿动。"嘱咐已毕，点骑两队，共计百人，出于阵前。王德亦出百骑，相向而进。进至百步左右，两军各纵马奔腾，张弓放箭，真有踏破山河之势。一轮箭毕，各抽短兵，白刃相接。往复冲突者三，将士纷纷落马。李成见宋骑冲至己侧，料定战机已到，下令骑兵尽出，上前夹击。姚文骂道："好无耻也。"率众奔本阵便奔。王德意欲阻拦，严岳令骑兵接应。

双方混杀一场，宋骑当先撤退，绕阵往本阵阵后而走。王德本当宋骑一退，必能冲溃其本阵步兵，今者宋军阵脚未动，强要冲阵，恐不能胜。因令尾随宋骑，迂行至宋军左翼放箭，冀图扰乱敌军阵脚，以便大军出击。

严岳早用姚文之计，多布弓兵于左，敌骑一至，迭相放箭。姚文得以重整骑兵，遮蔽阵后。王德战不能胜，败退而归。与此同时，宋军阵上已动，孔岩率领两千左军出战。"抱头鼠"吴毅道："义兄且令左军勿动，我率右军接敌，王兄再率骑兵助战。以众击寡，以骑克步，无不胜之理。"李成大喜，从其计。

孔岩军推进百步，与敌相接，下令转攻为守，以四百人为群，各布圆阵。吴毅驱令步兵摧之，王德率骑穿插放箭，宋阵破散而复合者三，矢及于孔岩甲胄。严岳恐孔岩有失，便要添兵助战。姚文止之道："未可。"少间，敌骑疲惫，姚文道："可也。"严岳乃令姚文率步骑两千助战。李成喜道："严岳分兵，右军已虚，我举左军主力击之，胜之必矣。"乃令范通率军出战。

此举却正中了姚文调虎离山、瞒天过海之计。姚文将行至左军阵前，见敌军主力倾巢而出，并不去救左军，却率二百骑掉头而北，斜刺里直扑李成。李成才将主力派出，身边只有三百护从，事出不备，卫队皆惊，匆忙放箭。姚文冒矢突入，冲溃卫兵，直杀至牙旗之下。李成胆裂，弃军便走，凭仗着坐骑骏健，其去如飞。姚文追赶不及，便拔剑砍倒牙旗，命众高呼道："李成首级在此。"

齐军闻言惊疑，回头看时，果见卫兵溃逃，牙旗倒下，霎时间军心瓦解。王德率骑先逃，吴毅右军并溃。范通急要走时，才知已身陷死地。但见曹峰在前，姚文在后，河水横其左，孔岩蔽其右，真乃上天无路，遁地无门。姚文叫道："顽抗者死，降者不杀。"齐兵遂纷纷投戈跪地。范通无计可施，下马请降。严岳收编了齐军俘虏，令将范通槛送临安论罪。

姚文道："敌军方溃，不可给以重整之机。"严岳乃令姚文率骑追击。姚文衣不卸甲，马不停蹄，追奔一昼夜，斩首数百级，杀得李成一窜再窜，直奔颖昌去了。严岳随后攻克郾城，犒赏三军。

严岳因与诸将商议道："我欲趁机夺取颖昌，何如？"孔岩、曹峰皆以为可。姚文却道："方今朝廷重安内之策，中原非即日可复。更且邓襄之地防备空虚，隐患不小。大军纵使北上得胜，无益大局；不幸战败，满盘皆危。自古道'兵无常胜'，我军北伐是为缺粮少饷，今已略获军资，足以度日，又何必再行险用兵？"严岳闻言默然。

忽一日，有北方消息传来。原来汝州境内有座青龙山，山上盘踞着一支义军，唤作"青龙寨"。近日青龙寨袭击了齐军粮草，齐廷上下为之震惊。孔岩说道："青龙寨寨主苗松起自绿林，为人忠义，足智有谋。若得这支义军为援，收复颖昌不难。"严岳道："青龙寨去此数百里之遥，未知他肯弃寨相从否？"孔岩道："可代为向朝廷请旨，许以招安。"严岳大喜道："便请贤弟修书一封，我即差人送去。"孔岩道："寄书非重贤之道也。我愿亲往招抚。"严岳道："汝州在刘豫治下，路途艰险，岂宜亲往？"孔岩道："不入虎穴，焉得虎子。若非兄弟亲往，怕难说动苗松下山。"严岳思虑再三道："贤弟要带多少人去？"孔岩道："路上多有齐兵关卡，带的人多，必定起疑，反而不便。我只带两名亲兵，乔装改扮了去。"严岳道："不可，我不放心。"孔岩道："不妨事，即使遇着盘查，我也有法儿规避。"说毕，向严岳讲出了一番道理，严岳听罢，才笑起来。因这一去，直教：严统制喜笑颜开，忠义军中添壮士；李将军失魂丧胆，迷踪林内遇强兵。欲知后事如何，且看下回分解。

第十八回

孔荆玉功成险道　李将军落难蒿莱

话说孔岩带上两名精干亲兵，改扮布衣，离了郾城，在途十有余日，来到汝州境内。此日正在路旁酒肆歇脚，见有官兵押解囚徒经过，囚徒或老或少，络绎于途。孔岩问店家道："这些人有老有少，都是平民，究竟所犯何罪？"店家道："只为交不起公粮，犯了穷罪。"孔岩道："朝廷苛捐虽重，去年汝州却是丰年，何以这么多人交不起粮？"店家道："若只皇粮还好。半月前军粮运经汝州，被强人劫去。依照军法，军粮在何处丢失，便由何处的百姓赔付，还能不弄得百姓们倾家荡产吗！"孔岩因问："军粮是被何处强人劫去？"店家道："汝州境内盘踞着两伙儿强人。一处名为青龙寨，一处名为白虎寨，军粮正是被这两处强人劫去。"孔岩便问二寨的所在。店家向他指明了方位，孔岩便同亲兵奔青龙寨来。

话说齐军为封锁青龙寨，命在附近村落修建堡坞，进出的道路上设立暗卡，专一盘查过路之人。三人路经暗卡，正被伏路的土兵拿住。土兵喝问："你们是什么人？为何要去青龙寨？"孔岩道："我们是洛阳遭灾的难民，要来汝州投亲，不想在此迷失了道路。并不知青龙寨在哪儿。"土兵冷笑道："这些话只好同我们堡主去讲。"将三人反绑了双手，押送到三里外一处堡坞之中。

该堡唤作宋家堡，住着数百户人家，外用石墙围着，堡民们各备军器，设岗放哨。土兵将孔岩等人押见堡主，禀道："这三人路过暗卡，被小人们拦住。盘问起时，他们只说是遭灾投亲的难民，走错了道路。小人们不敢妄断，押来与堡主论处。"宋堡主坐在堂上，盯着孔岩道："说吧，你们是什么人？"孔岩道："我同这位兄弟已经说了，我们是来投亲的难民。"宋堡主冷笑道："投亲投到青龙寨来？这番话只好骗鬼，给我搜他的身。"土兵上前按住三人，里里外外搜了一回，从孔岩怀里搜出一纸文书，递上给宋堡主。宋堡主冷笑道："这必是通匪的文书了，且看你如何辩解。"拆开文书看过，宋堡主变了脸色，忙站起身斥退土兵，下堂为孔岩解绑，改容笑道："哎哟，将军恕罪。何不事先差人来说一声，好让小人有所准备。"

看官想必疑惑，宋堡主何以前倨而后恭？原来宋堡主看的那张文书有个来历，正是从叛将范通身上缴获的官凭，孔岩等人过关无阻，多凭此物。宋堡主解了孔岩绳绑，请他上座。孔岩示意屏退闲人，向宋堡主道："青龙寨匪盘踞此处，屡生事端，不久前更劫夺了朝廷的军粮，圣上十分震怒，因令我部克期荡平。我素知青龙寨地形险固，易守难攻，特此先来踏查一遭，以便大军进剿。因事关军机，不想让外人知道。"

宋堡主道："好、好，青龙寨为祸一方，嚣张已久，小人屡次向朝廷请兵，解民倒悬之苦，如今总算是盼来了将军。将军放心，只要大军一到，小人必全力配合。"孔岩问道："青龙寨可曾侵扰过你们？"宋堡主道："小人在青龙山下安排有岗哨，寇兵一出，就令堡民们退入堡坞，闭门自守，没让他们占到过便宜。"孔岩道："甚好。青龙寨距此多远？有多少人马？如何进山？"宋堡主道："此地向东十里便是青龙山，山行十里，即至青龙寨。寨中共有五千余名寇兵。进山有一条大路，一条小路。将军若要进山，我带上几名土兵护送。"孔岩道："人多不便，就不劳护送了。"宋堡主道："青龙寨地形复杂，且又布有暗哨。往常也有官兵进山探路，大多有去无还。我的这些土兵都是本地百姓，熟识路径，正有用处。"孔岩心想："我若执意推拒，只怕令他起疑。且先答应，进山再说。"因道："那就全听堡主安排。"宋堡主道："这是分内之事。"即命堡民准备茶饭，款待三人。饭罢，宋堡主点唤了六名土兵，陪同孔岩进山。

一众沿小路而进，兜兜转转，绕过两道山梁。只见眼前出现一处开阔的高地，四面用寨栅围着。朝南有条大路，开着一处寨门，寨门上插着青龙旗帜。宋堡主手指着寨旗道："那里便是青龙寨了。"孔岩点头道："果然险峻。你们在此等我，我再上前看看。"宋堡主笑道："将军既要探查虚实，何不就进寨里看个仔细？"孔岩怃然道："如何进得寨里？"宋堡主手捋须髯，呵呵冷笑。孔岩观其神色，预感不妙，只见众土兵突然发难，将孔岩并亲随按倒。孔岩怒道："这是什么意思？"宋堡主道："一会儿你就知道。"众土兵从背包里取出备好的套索，将三人反绑了双手，推赶往青龙寨里。

孔岩大感不解，又走一里多路，草丛中跳出十几名头裹青巾的寨兵，拦住了前后去路。为首的喝道："站住，什么人！"宋堡主满脸堆下笑道："赵兄弟，不认得我了吗？上回你路过我堡上，咱们还一起吃过酒。"姓赵的笑道："原来是宋堡主，有些日子不见了。今日上山为何？"宋堡主道："有要紧的事。我们捕获到一名齐军的将官，要来解投大寨。"姓赵的道："齐军的将官？为何会在这里？"宋堡主道："据他口述，前因大寨劫夺了军粮，齐主震怒，要发兵进犯。他正是统兵的将领，吃了熊心豹子胆，孤身前来探路。我见兹事体大，不敢自专，特献与苗寨主论处。"姓赵的道："既如此，你们都随我来。"

原来青龙寨周边的堡主早被苗松收为己用，明面上拿着齐廷剿匪的专款，暗地里却在为义军做事。孔岩等人自寨北小门进寨，来到了议事堂前。苗松正与几名头目在堂上议事，闻说禀报，让进堂来。宋堡主进堂跪下，呈上官凭，禀说前事。苗松冷笑道："好奸贼，胆子不小，竟敢孤身犯险，窥我路径！快说，你们有多少人马？"孔岩打量苗松，只见他青巾玉面，朗目长须，轻摇羽扇，甚有风仪。孔岩答道："大军数万。"苗松道："大军数万？你想吓我？军在何处？"孔岩道："正在颍昌与敌对垒，早晚就要打破开封。"苗松道："敢情是个疯子！"孔岩道："苗寨主当我是何人？"苗松冷笑道："你的官凭上写着名字，还来问我？"孔岩道："我另有一封书信，要呈与苗寨主。苗寨主一看便知。"苗松道："书在何处？"孔岩道："就在我身上，为我送了绑，即刻取来。"宋堡主道："此人奸诈，寨主不可轻信。"苗松冷笑道："我还怕他跑了不成？来人，给他松绑。"孔岩被人去了绑，便自解开上衣，取出一颗蜡丸，蜡丸内正藏着严岳写给苗松的手书。

苗松接书看过，肃然起身道："莫非足下便是人称'小周郎'的孔将军？"孔岩道："不敢当，在下正是孔岩。"苗松连称"失礼"，上前拜道："苗某早慕贤弟之名，愿识荆玉久矣，只恨无缘奉谒。今日一晤，大慰平生。"孔岩慌忙答拜道："严统制亦久仰寨主高义，特让我来拜问。"苗松道："路途迢迢，何以克当！请贤弟先去侧室更衣，容我备宴相款。"孔岩称谢退下，自有仆从服侍更衣。

苗松拿钱赏了宋堡主，打发下山去了，又唤来寨中几名头目，备宴相陪。孔岩更衣过后，再赴宴席，愈见得容光焕发，神采奕奕。苗松大喜，邀请孔岩上座。孔岩再三谦让，坐于下首。孔岩道："严统制久闻寨主忠肝义胆，智计超群，早有结纳之心，只恨云程阻隔，无缘拜会。如今我军兴师北伐，同心雪恨，赖有将士思奋，幸克郾城，李成奔命，范通束手，光复故土，在此一时。严统制欲请寨主出山，共襄义举。未知尊意如何？"

苗松看了众头目一眼，踌躇道："我等固有击贼之心，奈何颍昌路远，少留兵则不足以守，多留兵又不足以行，事在两难。"孔岩道："寨主岂无招安归宋之心吗？"苗松笑道："我等早年因痛恨贪官枉法，落草为寇，今已做惯了豪强事业，不想再受人拘管。"孔岩道："绿林中的事业岂有了局？众兄弟尚且年壮，不以征战为苦，一旦老迈，谁来奉养？当此国家用人之际，何不及早抽身，谋条去路！"座中一名头目道："我的父母就是被贪官冤害而死，现今他尚在朝廷中身居显位。为人子者，誓不与共食禄也。"孔岩道："尊兄真乃孝子。然则何朝未有奸臣？何人未有恩怨？岂可因一二小人之过，遽尔迁怒朝廷，置国家大义于不顾？"那头目道："此言差矣。莫非在此不能抗金报国？"孔岩还待再说，苗松笑言打断道："招安的事容当后议，今日是为贤弟洗尘，饮酒为主。"众头目心领神会，各自把盏劝酒。孔岩只好打住话头，一一回敬。当晚吃得尽醉而终。

次早，苗松陪同孔岩观看山寨景致，果见得营盘坚固，人马雄强。二人登山渡岭，转壑盘溪，赏玩半日，坐在亭中歇脚。孔岩便又提起招安的话头。苗松道："众兄弟居此日久，难免有恋栈之心，舍不得抛此故业。"孔岩道："非是兄弟夸口，当初我与严统制在太行山上立寨，险峻处胜此十倍。丈夫当以天下为家，岂可恋恋一隅？"苗松叹道："此言是也，再容商议。"

一连三日，苗松终日追陪，全无厌倦，只不愿提及招安之事。孔岩忍不住问道："严大哥朝夕望报，盼苗兄速赐回音。若是另有顾虑，不妨明讲。"苗松叹道："实不相瞒，我听说朝堂上多是妒功害能之辈。我等出身绿林，面颊上多刺金印，纵使招安，也怕受朝廷轻慢，自取羞辱。"孔岩道："甘宁、李勣皆是起自绿林，遭逢乱世，终成大将，青史上至今传名。方今天下大乱，正英雄用武之时也，丈夫归国，何患功名不立！"苗松将须颔首，心下已有了八分允意，便命人召集头目，公议此事。忽有寨兵飞奔来报道："寨主，不好了。凤钟从南面大路上杀过来了。"苗松大惊道："快去传唤诸位头领，点起人马，准备厮杀。"

孔岩问道："苗兄，莫非是齐军来犯？"苗松道："不是齐军，是我的一个对头。"孔岩因问："凤钟是何许人也？"苗松道："凤钟是我朝武举出身，因其性格强横，不容于人，致被上官坑害，下在大牢。此后被其部众救出，一同杀了上官，反上山去。现今在此地八十里外白虎山上立寨，麾下有三五千人马，竖起一面义旗，打劫度日。我两家原本唇齿相依，互有默契，齐军攻我，则彼救；攻彼，则我救，齐军因此不敢进犯。不想一个月前，有齐军押送军粮过路，被我两家看上。杀败齐兵之后，便为军粮归属起了争执。我若在时，也不至于反目成仇。事巧我正不在，兄弟们恃勇好胜，将粮夺去，还杀伤了凤钟的部众。凤钟是有仇必报之人，当即向我下了战书。我欲讲和，差人赍重金求见，他却打伤了使者，不肯善罢。现今兵临城下，必是为报仇而来。"孔岩道："如此说来，凤钟也是位抗金的义士。愚弟不才，愿往阵前调停。若得化干戈为玉帛，共聚大义，岂不是好？"苗松道："我也久有和好之心，奈何凤钟不许。"孔岩道："不妨，请苗兄为我殿后。"

二人并马来至寨前，只见寨众们正磨刀砺斧，准备厮杀。南面大路上旌旗招展，摆开着一支军马。一面白虎旗下簇拥一人，生得金黄面皮，两道白眉，骑一匹雪白马，担一柄金蘸斧。苗松道："白虎旗下的便是凤钟。"孔岩点头道："有劳苗兄为我压阵，我去讲和。"苗松道："刀剑无眼，请贤弟披甲再行。"孔岩笑道："我要讲和，披甲何为？苗兄放心。"说毕，打马下关。

凤钟军正在剑拔弩张之际，见有人来，一箭便射了出去。孔岩侧身急闪，箭矢贴着肩头过去。苗松大惊道："贤弟快回。"就要派出盾兵接应。孔岩虽也心惊，面色不改，横右臂作势一拦，举起左手叫道："我是邓州通判孔岩，请与凤寨主说话。"

众人见他手无寸铁，不再放箭。阵门开处，凤钟出马，扬鞭指道："你就是人称'小周郎'的孔岩吗？"孔岩在马上欠身施礼道："此是绿林朋友们谬称，在下愧不敢当。"凤钟问道："你为何会在此处？"孔岩道："我因奉忠义军严岳统制之命，联络北方义士，共图北伐。凤寨主同在拜会之列。天幸在此遇见，正省我一番奔走。"凤钟道："我也久闻忠义军的大名。等我杀败苗松，便去投靠。"孔岩道："苗寨主情愿结盟，在下已许之矣。"凤钟道："有我无他，有他无我。我今日来不为做客，是要与他见个雌雄。你可速回，唤他来决一死战。"孔岩道："同是抗金义士，唇亡齿寒，岂可相残？"凤钟道："我本有心与他修好，他却背信弃义，以多欺寡，夺我军粮，杀我部众。我要为兄弟们报仇。"孔岩道："此事我已问明，那日苗寨主事巧不在军中，致生误会。过后即愿送还军粮，并馈重金赔付。"凤钟道："重金就能买我兄弟们的命吗！若想让我罢兵，就交出那日下令夺粮的头目。"孔岩道："凤寨主可曾想过，一旦交兵，又将有多少将士送命？冤冤相报，何时是了？国恨家仇，还报不报？"凤钟道："战端是他挑起，罪岂在我！我不想听这些大道理。请你避开，勿复多言。"孔岩还待再说，凤钟拨马回阵去了。孔岩无奈，只得回见苗松。

苗松怒道："凤钟如此无礼，莫非我当真怕他？"孔岩道："苗兄且忍一时之怒，我已有招抚之策了。苗兄但教谨守关口，勿与争锋。不出数日，管教凤钟卷甲来降。"苗松问道："计将安出？"孔岩道："天机不可泄露，请容事成之后相禀。"苗松见他胸有成竹，定有妙计，且又不愿与凤钟交兵，便令人高挂起免战牌，不许出战。当晚，孔岩唤来两名随行亲兵，各授锦囊，吩咐如此。二人连夜从小路下山，分头去了。

凤钟归阵之后，即令部众进军。山上打下檑木滚石，军不得前。凤钟知其险固，不再强攻，改命焚烧山下庐舍，捣毁良田，逼迫苗松下山与之决战。青龙寨兵群情激愤，纷纷请战。下令夺粮的头目站出来道："寨主若是怕了他，就割下我的首级送去，求他退兵。"苗松拍案而起道："凤钟欺我太甚，我今一忍再忍，他却变本加厉，真当我可欺不成！"孔岩再三苦劝道："苗兄再等一日，吾计便当成矣。"苗松道："我退一尺，他进一丈，明日就要挖我阵亡兄弟的坟墓了，我将何颜面见众人！"孔岩道："明日凤钟再不退兵，可斩我首以谢大众。"苗松道："此事是我与凤钟的恩怨，与贤弟无关。如今纵使他想求和，我也不肯答应。"说毕，披挂上马，便要下山。孔岩复横身拦于寨门前道："苗兄定要下山，可践我残躯而过。"苗松道："贤弟，你又何苦如此！"孔岩道："若能为两家解和，孔某死不足惜。"苗松叹口气道："我便看在贤弟分儿上，再等一日，若明日凤钟不退，我便发兵，望贤弟勿再拦我。"孔岩道："凤钟再不退兵，我愿横刀谢罪于前。"

次日一早，斥候来报："凤钟已连夜退兵去了。"苗松疑惑，请来孔岩询问。孔岩如释重负道："吾计成矣。"苗松道："愿闻其详。"孔岩道："我差人持范通官凭前往汝州，具言你两家交恶，白虎寨中空虚，可趁此机围剿，夺回军粮。齐军向白虎寨用兵，这才逼迫凤钟退去。"苗松闻罢顿足道："贤弟虽欲助我，却是害我。古语曰：'兄弟阋于墙，而外御其侮。'我与凤钟乃是私仇，与齐乃是公恨。义士闻知，必然齿冷。"孔岩笑道："苗兄真乃深明大义。我恐苗兄不肯行此计，才未先告。我并非要陷苗兄于不义，实则另有补救之方。"苗松道："如何可以补救？"孔岩道："齐军大举而出，汝州城内必定空虚，苗兄何不趁机攻取？纵使城坚难克，围点打援，亦可获捷。此乃围魏救赵之计也。"苗松然之，用其计。

汝州城兵马虽少，城墙却颇坚厚，义军短少攻城器具，不能立拔。当日黄昏，出征白虎寨的齐兵果然回救。苗松用孔岩之计，改而围点打援，大破敌军，斩敌主将于马下。苗松大喜，尽夺辎重而还。

另说凤钟回到白虎寨中，只见房舍烧残，瓦砾遍地，妻儿失散，老母无踪，心中苦闷不已。寨兵忽报："老夫人与夫人回来了，俱安然无恙。"凤钟忙问："人在哪里？"寨兵道："已到寨前。"凤钟大喜，出寨迎着母亲，哭拜于地。老夫人道："多亏有位义士报信，让我们提早弃寨藏身。我儿不可怠慢了他。"凤钟即命唤那义士出来，约为兄弟。义士忙道："愧不敢当。小人是孔岩将军帐下亲兵，奉其将令送信。"凤钟始知齐军是孔岩招至，转而怒道："孔岩无礼！我要提兵讨教。"老夫人道："若非人家手下留情，你我母子岂有再见之日？"凤钟怒火少熄，乃命人修缮房屋，重整故业。

次早，寨兵来报："苗松、孔岩已到寨前，声称要见寨主。"凤钟道："带了多少兵马？"寨兵道："只带有几名随从，并无兵马。"凤钟已知二人攻打汝州、枭敌主将一事，略一踌躇，迎出寨前。孔岩拜道："前者围魏救赵，出自在下之谋。情知冒犯，特来领死。"凤钟慌忙答拜道："前者凤钟失礼，已知过矣。情愿一同归附，共讨逆贼。"孔岩喜道："二位寨主合力破敌，枭敌主将，是北伐第一功也。"苗松、凤钟叹服。

严岳得知孔岩招纳二将，又添了上万军马，喜不自胜，便欲攻打颍昌。诸将皆跃跃欲试，唯独姚文沉默不语。严岳问道："贤弟何以不发一言？"姚文道："我固知劝阻义兄无用，故而不语。"严岳不悦道："贤弟不肯北上，便请留守郾城，我自率军去取颍昌。"

颍昌城内只有三千齐军，李成自经前败，已然落魄丧胆，闻知严岳北上，下令敛兵入城。过去旬日，却不见敌兵进犯。李成心中纳罕，遣人出城哨探。哨兵回报道："严岳在城南十里处傍林下寨，并命分兵四出，往乡下田间刈麦。"王德道："严岳托名北伐，实为劫掠，义兄若坐视不埋，只恐朝廷失了敬重！"李成摇头道："我近日请术士卜了一卦，言道出战不吉，还是固守的好。"吴毅道："大哥，术士之言不足为信。量那严岳不过数千兵马，既已分兵，营中必虚。趁夜袭之，何愁不胜？"李成见他所言有理，令哨兵再探再报。不久，哨兵回说道："敌营灶火稀少，兵必不多。"李成大喜，决心劫寨。

当晚，李成令吴毅留守，自率大众出城，浩浩荡荡，杀奔严岳大寨。将及寨内，见严岳军弃寨而走，避入林中。王德道："敌兵窜走，可知兵少无疑。"李成大喜，命众追赶。林中有条大道，多见宋军委弃的旗帜、铠甲。李成、王德下令勿拾辎重，只管督促兵马趱行。行至林深之处，却见严岳单枪匹马立于道上。严岳笑道："李成小儿，中吾计了。"李成大惊，急止众军欲退，骤闻林中鼓响，左有孔岩，右有曹峰，两肋里撞来。凤钟另率一支军马，拦住去路。李成大惊道："何言宋军兵少！"

原来苗松曾向严岳献计："我军长于野战，不善攻城，李成龟缩不出，实难攻克。将军可趁其未知我军虚实，令人分兵刈麦，示以大寨空虚。另在林中埋伏兵马，专待李成劫寨。"严岳问道："何以知李成必来劫寨？"苗松道："我军刈麦，李成绝难坐视。即便不来，我军载粮而归，亦有所获。"严岳大喜，依计而行。

话说齐军陷在林中，三面俱是敌兵，李成叫苦道："早说出战不吉，果然也。"王德对李成道："义兄休慌，只管向前，活捉严岳。"李成从之，杀向前去。严岳拨转马头，往林间小路走了。大路上布满苦竹签、铁蒺藜，坑得齐军人仰马翻，呼天号地。李成苦不能前，背后追兵又迫，只好舍弃大路，转奔小路而走。

　　该林唤作迷踪林，方圆数十里，夜色深沉，不知其际。齐军丢盔弃甲，到处窜逃，真个是父不顾子，兄不顾弟。直至喊杀之声渐遥，齐军人马已失散大半。李成勒住马道："此是何处？"王德道："只顾乱走，哪知路径！我听东面似有水声，可先去取水解渴。"李成即率众投东而行。行无半里，果见一溪。军士口干舌燥，争奔溪边饮水。对岸忽有人问："你们是齐军，还是宋军？"齐军惊愕，不敢答言。李成诈言道："是宋军。"对面道："口令。"李成哪里晓得口令，攀鞍上马，策马便奔。对面叫道："是齐军，放箭。"一时间箭如骤雨，疾射而来，齐兵尽皆獐奔鼠窜。

　　李成狂奔数里，汗湿马背，勒缰回顾，仅余二十余骑，王德亦已不见。亲兵问道："将军，往哪里走？"李成顾盼一阵，一拍脑袋道："有了。"翻身下马，自怀中取出蓍草，就地摆开，卜算了一卦，指向西道："往这边走，准没有错。"一众遂向西行。走无多路，就见迎面撞出一军，正是凤钟所部。齐兵尽皆叫苦。李成道："都不要慌，看我答话。"须臾，宋军近前。李成抢先问道："你们是宋军，还是齐军？"对面答道："是宋军。"李成道："口令。"对面道："月黑风高夜。"李成笑道："自己人，不要动手。"对面道："该你报口令了。"李成心慌道："不好，还有下句。"把马一拨，率先便逃。凤钟叫道："好奸贼，放箭，不要让他走了。"

　　李成慌不择路，狂奔数里，兜鍪、披风俱已不见。所幸者摆脱追兵，所苦者从骑尽散，风声鹤唳，草木皆兵。李成心道："我若再走大路，必被宋军捉住，命不保矣。"因而下马解甲，潜身在蒿莱里行。正是福无双至，祸不单行，草丛中忽然舒出两把挠钩，将他掀翻绊倒。几名士兵跳出草丛，拿刀比着他的脖子喝道："你是宋兵，还是齐兵？"李成战栗道："是、是宋兵。"士兵道："口令。"李成道："月黑风高夜。"士兵笑道："原来是自己人。看你有马，莫非是个将官？"李成忙笑道："不是，不是，我是一名传令的铺兵，只为天黑，不辨道路，与大军失散了。不知咱们捉获李成没有？"那名士兵不答其言，转头对同伴道："快去报知王将军，捉获一名宋军的铺兵。"李成道："怎么？你们是齐兵？误会了，我是你们的将军李成。"士兵冷笑道:"好奸贼,真个会见风使舵,顺水推舟,给我打他。"众人拳脚齐上,直打得李成七窍生烟,满面流血。

不久王德赶到,喝止众兵,借着月色看时,认得正是李成。王德慌忙斥退士兵,扶起他道:"义兄,怎么是你!"李成惊魂甫定,放声哭道:"贤弟若是迟来半步,为兄的性命休矣。贤弟,你怎在此?"王德道:"我被宋军截杀两场,十停人马去了九停,只好同众人潜身在此。我派这些人在外放哨,指望着捉获一两名落单的宋兵,问明口令,才好逃生。谁知有目无珠,误伤了义兄。"喝命道:"将这几个不长眼的砍了。"那儿名士兵慌忙跪下道:"将军饶命,小人们实在冤枉。"李成待下倒也宽大,说道:"罢罢罢,今日是我走了霉运,害得你们跟我受苦。咱们先逃出去要紧。"几名士兵叩谢不迭。

王德问道:"义兄,眼下如何是好?"李成道:"宋军必会在来路上设伏,颍昌是回不去了。你我只好径行北上。"王德道:"三弟尚在城中,守兵寡少,何以御敌?"李成道:"我三兄弟心意相通,岂会不明就里?三弟见机最快,既知我二人战败,必先已弃城走了。哪里会顾你我!"王德道:"言之有理。"一众便寻小路出林,逃奔东京。

李成等人苦无粮草,于是一路洗劫北上。李成又令将百姓的头颅砍下,悬挂马前,逢人便说是杀获的首虏,向齐主掩败为功。齐主为其所惑,竟不问罪。

吴毅听闻李成大败,生死不知,连夜便弃城而走。严岳兵不血刃地占了颍昌。因他北伐以来连取两城,声威大震。大河南北的各路义军赢粮景从,渐集四万之众。汝州、信阳等地不战而降。严岳一军若狂,以为东京旦夕可复,一面修书向朝廷奏捷,一面传檄四方,邀军助战。毕竟北伐能否成功,且看下回分解。

第十九回

迎汉使华嵩受辱　拒胡兵严岳逢灾

话说华嵩留守邓州，逐日宴饮为乐。每有前方捷报传来，便常叹息不乐。主簿杜能不解道："严统制连战皆捷，将军何为不乐？"华嵩道："但恨诸将建功，独我无功可建耳！孔岩、曹峰足智有谋，姚文在郾城立下大功，近又有苗松、凤钟来投，此皆英雄之辈。来日论功，岂非后来居上？"杜主簿笑道："严统制与将军是生死之交，义气深重，故将此留守重任相托，岂是旁人可比？"一番劝慰，华嵩方才释怀。

忽一日，杜主簿报道："将军，喜讯。因我军北伐大捷，圣上龙颜喜悦，升任严统制为京西招抚使，特派来使节嘉奖。"华嵩道："消息确否？"杜主簿道："确信无疑。明日使节就要路经邓州，已差快马先报信来了。"华嵩又问："使节是谁？"杜主簿道："使节名叫秦松，曾担任过鼎州知州。只因遭逢钟相、杨幺之乱，被朝廷责以治盗无方，罢归乡里。此后五六年间，自号'北山先生'，在乡讲学。直至秦桧拜相，秦松认作同宗，这才重获起用。"华嵩道："秦桧结党专权，阻塞贤路，乃朝中佞臣之首。秦松攀枝附叶，必非善类。就让他在驿馆居停一晚，早早北上去吧。"杜主簿道："将军差矣。常言道：'宁罪君子，勿罪小人。'倘若招待不周，恐为秦松忌恨，妨功害能，贻误大事。"华嵩思之有理，乃令人洒扫西园，以为秦松下榻之处。

次日黄昏，果见秦松坐乘华轿而来，身前身后伴有十数名轿夫随从。华嵩、杜主簿等人都在城外迎候。须臾，轿子落定，华嵩唱喏道："忠义军副统制华嵩、邓州主簿杜能等文武官员，恭迎钦差大人。"秦松自寻思道："早闻华嵩等人都是绿林草莽，不识礼数，我乃天子使臣，不可失了朝廷体面。"因问道："今晚本官在何处下榻？"华嵩见他不肯下轿还礼，心头大怒，恨不得便拆了轿子，揪他出来。杜主簿道："回大人，今晚在衙内西园下榻。卑职等已在北楼摆宴，专为大人接风洗尘。"秦松道："那就走吧。"杜主簿乃令士卒开路，将秦松迎进城中。

北楼上摆开宴席，恭请秦松入座，邓州的文武官员列座满堂。随从人等都在别院管待。杜主簿举盏祝道："秦大人不辞舟车劳顿，远来为北伐助威，实壮我三军士气。卑职等共敬大人一杯。"秦松道："本官为天子办事，不敢辞劳。只是北伐一事，确欠斟酌。"华嵩道："大人此话怎讲？"秦松道："试问北伐之初，可曾向朝廷请旨？"华嵩道："未曾。"秦松道："未曾请旨，径自出兵，岂非目无朝廷？"华嵩道："朝廷偏居江南，山高路远，若是事事请旨，难免贻误战机。"秦松冷笑道："幸而此次出兵得胜，圣上宽仁大量，既往不咎。倘若战败误国，谁当其罪！"

华嵩尚要争辩，杜主簿道："秦大人之言未尝不是。幸托圣上洪福，我军北伐以来，无往而不捷，也算是为国家扬眉吐气。"言毕，自桌下捧出一盒金条，陈于秦松案前。秦松道："此是何意？"杜主簿笑道："些许土产，不成敬意。略尽区区东道之谊。"秦松正色道："本官一心秉公，怎肯要你们的不义之财？"华嵩闻言大怒，将酒杯重重撂在桌上道："大人不要便罢，怎说是不义之财？我等虽出身绿林，自受招安以来，一心遵守王法。金银财帛，莫非取之有道，怎受得这般污蔑！"杜主簿忙道："都怪卑职愚鲁草率，大人恕罪。"忙将金盒撤了下去。

华嵩问道："圣上此次嘉奖几人？"秦松道："我只知册封严岳。"华嵩道："从征将士莫非无功？"秦松道："有功与否要看斩获的首虏，岂可凭着虚言评定？"华嵩道："大人怀疑我等虚报军功吗？"秦松道："并无此意。"华嵩又问："除去赏官，朝廷肯调多少军马助战？"秦松道："方今民变四起，又要剿匪，又要防边，哪还有官军可供调用？"华嵩道："难以添兵，想必可以助饷？"秦松道："南渡以来，男不暇耕，女不暇织，各处军民都在节衣缩食，哪里有钱助饷？"华嵩道："朝廷不肯添兵助饷，怎望北伐成功？"秦松道："圣上以为，规复中原并不急在一时。刘齐乃芥藓之疾，民变才是膏肓之患。"杜主簿见二人始终难以说拢，笑言打断道："大人，将军，今日是洗尘之宴，咱们不谈国事如何？"二人各冷笑一声，不言语了。众官面面相觑，俱各无言。

正当此时，忽有袅袅的琴音传至席间。秦松是雅好音律之人，不觉闭上双目，在案上叩指合拍。杜主簿等便都放下筷子静听。秦松倾听一阵，忽蹙眉道："曲中有个误处。"杜主簿忙笑道："大人真才子也，我等粗人，哪里省得！"秦松道："弹琴之人是谁？可否邀出一见？"杜主簿道："是华将军的妾室翠儿姑娘。"

华嵩便令丫鬟请出翠儿。但听一阵环佩叮当，从后堂款步走出一个美人儿。只见生得面灿朝霞，肤如白雪，眉弯新月，发挽乌云。华嵩道："给秦大人敬酒。"翠儿便高擎玉盏，上前施礼。秦松见她生得如蕊宫仙子一般，早已是魂不守舍，慌忙接盏，一饮而尽。只可惜看犹未足，华嵩即教翠儿退下，环佩杳然，音容俱泯。

众官复敬酒数巡，秦松却已是兴味索然。杜主簿恐他在途劳顿，便主张早早散席，送他往西园下榻。随从人等用过晚饭，自去城中取乐。安排已毕，杜主簿回见华嵩。华嵩道："今日之事如何？"杜主簿道："秦大人虽则傲慢，不过住这一晚。将军何必与他计较！"华嵩冷笑道："此人何止傲慢，我看他是道貌岸然。席上见着翠儿时，两眼都看得直了。"杜主簿低一阵头，忽道："下官有句话，不知当不当讲。"华嵩道："什么话？要讲就讲。"杜主簿道："下官讲了，还请将军不要动怒。"华嵩道："我不动怒，你讲就是。"杜主簿道："秦大人想、想讨去翠儿姑娘为妾。"华嵩勃然怒道："他是怎么说的？你给我一字不落地讲。"

　　原来秦松自从在席上见了翠儿，心中便念念不忘，在去西园的路上，问杜主簿道："弹琴的翠儿姑娘是何身世？"杜主簿道："原是官宦人家小姐。"秦松道："既是官宦小姐，怎肯嫁与华嵩为妾？若非威逼强娶，便是掳掠上山的吧？"杜主簿赔笑道："那都是过往的事了。"秦松叹道："可怜如此佳丽，竟会这般命薄。本官若得此女为伴，琴瑟唱和，以娱暮年，才不枉了一世读书。"

　　华嵩听罢杜主簿之言，气得牙关紧咬道："无耻老贼，欺我太甚！"杜主簿道："将军息怒。他不过贪爱美色，我另寻女子送他便是。"华嵩道："不要理会，看他如何。"杜主簿告退。当夜无话。

　　次日一早，杜主簿火急来见华嵩道："将军，出事了。"华嵩尚在床上，闻有急报，起身出来，忙问："莫非有前线的消息？"杜主簿道："不关前线的事。昨夜秦大人的随从在酒楼吃酒，一言不合，与我军士兵动起了手，被一刀砍断了手臂。秦大人闻知大怒，定要讨个说辞，不然他就不走了。"华嵩问道："二人何故斗殴？"杜主簿道："那随从也是欠了口德，说咱们的士兵都是强盗。"华嵩道："狗东西，活该把他打死。秦松要我怎样？是出钱赔偿，还是交出士兵？"杜主簿道："二者恐都不济。"华嵩道："却要如何？"杜主簿道："秦大人暗示下官，除非将翠儿姑娘送他，他才罢休。"

　　华嵩听了此言，禁不住怒发冲冠，回房取了腰刀，向外便走。杜主簿慌忙拦住道："将军意欲何为？"华嵩道："我要杀了那老贼。"杜主簿道："不可，不可。严统制眼见就要收复东京，功标史册。将军岂忍因一时之愤误了大事！"华嵩道："我将爱妾送人，就不怕英雄耻笑？"杜主簿道："兄弟如手足，女人如衣服。翠儿不过是个妾室，谅一美色，何求不得！万望将军三思，以义气为重。"华嵩被杜主簿死命抱住，不得挣身，才慢慢地平复下来，想了一阵道："我去问翠儿肯是不肯。"

　　翠儿方才起身，正对着鸾镜梳头，忽见华嵩提刀而入，先自吃了一惊。华嵩道："秦大人有心纳你为妾，今托杜主簿来做冰人，你的意下如何？"翠儿慌忙跪下道："将军何出此言？莫非奴家有过？"华嵩道："这是秦大人好意。你说实话，我不怪你。"翠儿道："妾闻忠臣不事二主，好女不嫁二夫。妾既已失身将军，怎肯改嫁！"华嵩怒道："什么叫'失身'于我！每日里茶饭绫罗，我可曾亏待了你吗？"翠儿忙道："奴家失言，求将军恕罪。"华嵩在屋中踱步数回，丢刀在地，缓下辞色道："秦大人是饱学宿儒，妻又亡故，中馈乏人，你嫁给他，少不得锦衣玉食，爱护温存。我再问你一遍，肯是不肯？"翠儿举袖掩面，垂泪不语。华嵩道："你不说话，便是默许？"翠儿泣道："妾身命若浮萍，全凭将军做主。"华嵩道："好，你起来吧。打扮好了，我好为你送行。"翠儿再拜敛泪，起坐梳妆。眼见她淡扫胭脂，轻描眉角，挽弄云鬟。华嵩冷笑不止，暗中把腰间玉带解下，猛地便往翠儿喉上一勒。翠儿登时花容失色，两腿乱蹬，"啪"的一声，把鸾镜踢碎在地上。

杜主簿闻声闯入，见翠儿粉颈低垂，已是香消玉殒。华嵩道："你去告诉秦松，就说翠儿誓死不从，寻了短见。他若还想讨要翠儿，就把尸体扛了去吧。"杜主簿呆怔良久，作声不得，只好依言报与秦松。秦松大惊道："这话传出去可不好听。杜主簿，千万替我保密，我不曾讨要过什么翠儿。拜托，拜托。"更不问随从之事，匆忙北上去了。

另说姚文驻守郾城，闻知严岳攻克颍昌，心中一则以喜，一则以忧。喜的是义军又立新功，忧的是严岳战胜而骄，终将取败。因此修书一封，为他指陈形势，力阻大军北上。数日之后，严岳寄来回书，邀他往颍昌相见。姚文正欲面谏，便留赵龙守郾城，带同钱虎赴会。

话说姚文来到颍昌城外，只见义军诸营环城而立，各色旌旗招展，遮天蔽日，有若七彩之云。严岳迎出城外，执其手道："若论用兵之能，军中无有过于贤弟者。却因贤弟阻我北伐，让你留守郾城，错过了建功机会。今乘累捷之势，指日便可收复东京。任重功宏，贤弟勉之。"姚文谏道："兄长听我一言。齐军尚拥数万之众，北方更有金兵支持。我军孤悬在外，背后无援，若再进兵，祸将立至。"严岳道："我已传檄诸军，邀其同来助战。"姚文道："诸军忙于剿匪，无暇北顾，且又忌我功劳，怎肯便来？"严岳道："纵使援军不来，我有四万义军，足以一战。"

姚文道："义军乌合，旗帜不一，以乱击整，何以取胜？"严岳道："昔日郾城之战，岂非以弱胜强？"姚文道："以弱胜强，鲜也；以强胜弱，常也。故善战者无智名、无勇功，以其先胜而后求战，立于不败之地也。岂可希冀侥幸，而轻三军之命呢？"

严岳战胜而骄，哪里听得人耳，因怒姚文不从己意，便又让他留守颍昌，征调粮草，以供军需。一面令孔岩、曹峰率军五千，佯攻洛阳，以分敌军兵势；一面亲率大军三万，号称十万，前驱猛进，屯驻朱仙镇上。

齐主刘豫闻说严岳屡战克捷，直杀到东京城下，方知李成杀良冒功之事，召来李成骂道："汝为大将，失守城池，以致敌军至都下，该当何罪？"李成道："草寇啸聚四方，遍布草莽，官军东奔西走，剿灭不暇。末将所以诈败于敌，正要聚而歼灭，毕其功于一役，此乃深远之计也。望吾主明察。"齐主闻罢，转怒为喜道："若能尽歼寇类，保我帝业不失，则富贵与将军共也。"李成因用事如故，一面召集齐兵勤王，一面向金求助。

旬月之间，渐渐齐兵四集，而宋援不至。苗松见形势转劣，亦劝严岳退兵。严岳虽不无忧虑，却怕无功而返，贻笑于人，故又踌躇逗留下来。义军中有一勇士，姓牛名皋，乃是汝州人士，世乱以来，建造堡坞自守，乡民多赖保全。严岳北上以来，牛皋起兵响应，是北伐诸路义军之一。牛皋向严岳进言道："敌援将至，何不退兵？"严岳道："昨日李成派人下了战书，约我三日之后决战。我已许之，不可失信。"牛皋道："兵者诡道，何信之有？孙子云：'善战者，致人而不致于人。'今者攻守由人，是取败之道也。"严岳不听。牛皋乃愤然离帐，仰天叹道："严岳刚愎自用，三军将无噍类矣。"当夜即引自家兵马而去。严岳闻知大怒，便要派军追赶，治其临阵脱逃之罪。苗松止之道："众军以义聚合，不可以军法问罪。"严岳方止。

三日过后，敌援到来，四面张网，围困宋军。李成亲率大军三万，与严岳决战于朱仙镇外。严岳分兵一万，防备其余三面之敌，自率将士两万，迎战李成。大军傍林列阵，严岳自领中军，苗松将左军，凤钟将右军，林中埋伏下八百骑兵。约定接战之后，大军诈败徐退，诱敌入伏，随后再命骑兵出击，攻其侧翼。待敌惊乱，严岳即率大众反扑，冲垮敌阵。但要击溃李成主力，敌虽四面围困，无足虑也。

另说姚文留守颍昌，心思却无日不在前线。交战前夕，探马奔回，告以严岳军阵部署。姚文大惊道："谁为主帅谋此计者！"钱虎道："想是敌众我寡，只得用奇。莫非不妥？"姚文道："主帅未曾将兵过万，不知大军转阵之难。我军以义而合，号令不一，一旦后退，立成溃败。此苻坚所以败于淝水也。"钱虎道："如之奈何？"姚文道："事已急矣，钱兄守城，我去接应主帅回来。"便忙点起骑兵，赶赴朱仙镇上。

北上途中即闻宋军败耗，战况正如姚文所言。严岳被杀得大败亏输，苗松、凤钟尽皆失散。更有甚者，守备南面的一部义军闻败先逃，致令大军藩篱失去，退逃之际，又中埋伏，全军覆没。严岳膝中一箭，几不得脱。幸亏姚文及时赶来，将他救下。严岳羞愧无地道："悔不听贤弟之言，致有今日之祸。"姚文道："兄长节哀，理会眼下要紧。"因将严岳扶到车上，载之而行。

一众回到颍昌，清点人马，不足两千。姚文与严岳商议道："敌势方锐，颍昌必不可守，只好弃城。"钱虎因请将城中多余的粮草焚尽。姚文道："粮草皆自各处征调而来，一旦焚尽，百姓们如何过冬？"钱虎道："若不然者，尽资敌矣。"姚文长叹不已，卒令烧粮。

一众弃城而南，逃奔鄢城。尚有十数里路，只见一众敌骑赶着赵龙而行。赵龙遍体血污，大声喊道："姚将军救我。"姚文急令步卒环车为营，将严岳围护在垓心，自率骑兵与敌搏战。齐骑是由王德率领，计有五百余骑，宋骑只有百余，寡不胜众。幸赖姚文弯弓放箭，射中王德坐骑，王德惊走，众骑都退。姚文因问赵龙何以至此。赵龙泣道："我不知前线战败消息，被王德假冒友军，袭占了鄢城。我只身杀出重围，逃奔至此。请治我失守城池之罪。"姚文道："大军溃败，鄢城势所难守。不必说了，早回邓州要紧。"

　　众人迤逦南行，凄风苦雨，备尝艰辛。王德虽一时惊退，主力并未受损，遂发挥骑兵之长，往复袭击。宋军夜不释甲，风鹤惊心，多有将士夜半而逃。行数百里，将至南阳，众皆叹道："'匪兕匪虎，率彼旷野。'我等今可复为人矣。"严岳道："我率六千将士北上，大多生往死还，有何颜面再见父老！"姚文正欲劝解，忽见南阳城下尘头大起，一支军马如飞而来。众皆惊恐道："我命休矣。"直待来军近前，才见是华嵩的援军赶到。严岳悲喜交并，泪落如泉。华嵩道："胜败乃兵家常事，兄长不必灰心。"遂将严岳迎进南阳，在府衙下榻。

　　严岳向华嵩讲说了前线之事。华嵩屏退左右，向他说道："义军遭此挫折，无力再战，齐军南下已无后顾之忧。邓、襄二城兵微将寡，如何能够抵御？"严岳道："是我失计，悔无及矣！"华嵩道："此事未可全怪兄长，倘若朝廷增兵派饷，北伐未必不能成功。于今之计，未若投齐。"严岳大惊道："贤弟何言之鄙也！"华嵩道："我见宋主昏庸寡德，全无中兴之意，更兼奸臣当道，嫉害忠良。我等出身绿林，更是备受轻慢。不若齐主唯才是举，肯于推诚以待。李成本一宵小反复之徒，犹得委以重任，况你我乎？所谓'良禽择木而栖，贤臣择主而事'，做不得伯夷、叔齐，可为管仲、魏征。若不然者，打破城池，玉石俱碎。身死埋名，又何足道！"严岳道："是何言也！我平生以忠义为本，宁为玉碎，不为瓦全。"华嵩道："兄长不听良言，必遗后悔。"言罢，领兵出城，自回邓州去了。姚文闻知大惊，进见严岳道："华嵩为何出走？"严岳默然不答。

　　次日，严岳怕华嵩投敌，迫不及待要回邓州。姚文劝阻不住，只得启程。华嵩早令关闭了城门，不放出入。严岳在下叫门，华嵩登城应道："我为保全将士，已决意降齐。兄长若再执迷不悟，自请南行。"严岳痛心疾首道："哪怕邓州不保，朝廷问罪，你我还可上山落草，何至于要去投敌？"华嵩道："兄长有为兄弟们的前途想过吗？我的话已在昨夜说尽，兄长可三思吾言。"姚文暗操弓矢，意欲杀之，严岳忽然痛叫一声，箭疮破裂。姚文急来看他伤势。严岳叹道："我不忍见兄弟相残，由他去吧。"

姚文无可奈何，遂命弃城而南。

当夜宿营于野，士卒逃散殆尽。王德却又率骑追至。严岳自知难脱，对姚文道："因我不听良言，以至今日，非但误军，更且误国。兄弟突围之后，当早传信四方，防备齐兵南下，庶可赎我之罪也。"言毕，引刀自刭，血溅甲衣，时年四十五岁。

姚文抚尸痛哭，悲愤不已，提枪上马，杀出围去。回顾从者，仅余赵龙、钱虎二骑。姚文便让二人分头借兵，自己弃了甲胄，驰赴襄阳送信。欲知后事，且看下回。

第二十回

沙老大贪财卖友　常知州报国捐骸

话说姚文突围之后，奔赴襄阳送信。战马却早在突围时负了箭伤，狂奔半日，累毙于途，将姚文掀下马来，伤了脚踵。姚文举目一看，四面尽是荒郊野岭，不见人烟。略歇一阵，只好负起包裹，忍痛而行。

挨有数里，前见一溪，溪不甚阔，深无数尺，泠然作响，有如鸣佩，夹溪生着许多参天古木，蔽日遮云。姚文不觉精神一振，伏向溪边饮水。再要将水囊灌满，忽听得一声马鸣。原来就在不远处一株大树下，拴着一匹白马，马上鞍鞯齐备，却无主人。姚文见了又惊又喜，心想道："此马不知是被谁遗弃？莫非天意要惠赐于我？"一念至此，烦虑全消，便即走至马前，松放缰绳。

不想就在此刻，大杨树后悄然转出一人，"砰"地一拳，将他撂倒。姚文急要奋身还击，又被那人抢上一步，用膝盖顶住胸口。看那人时，生得方面阔口，暴眼长须，身长八尺有余，年龄在四旬上下，提着一只拳头喝道："好贼儿，怎敢盗我的马！"姚文道："我不知是你的马。"那人冷笑道："人赃并获，怎可抵赖。"说时，便夺过了姚文包裹。姚文才知遇见了强人，心道："这正是塞翁得马，焉知非祸。只恨我再也到不得襄阳。"

那人将包裹倒提，衣服、银两纷纷掉落，内中有张黄卷，正是朝廷册封严岳的诏书。那人捡起看过，问道："严岳是你何人？"姚文道："是我何人，与你何干？"那人道："莫非你是驻守颍昌的姚仲英吗？"姚文奇道："你从何得知？"那人长笑一声，扶起姚文道："我早听说严岳有位好兄弟，是青年才俊，智勇双全，原来便是贤弟。这真是大水冲了龙王庙，自家人不认识自家人。"姚文启问那人姓名，那人答道："俺叫牛皋，汝州人也，严岳北伐之时，也曾举兵响应。却因严岳不肯纳我良言，料定他必然误事，故而离去。此后严岳战败，义军溃逃，我为救出被困义军，与敌血战，部伍们都在此战之中失散，我也落得一身是伤。我怕齐军趁机南下，便要赶往襄阳报信。无奈身无分文，又乏干粮，困顿在此，这才动起了打劫的心思。"

姚文听他讲罢，与之拜揖答礼，席地而谈。姚文道："李成兵威正盛，趁着襄阳空虚，必要南下。襄阳若失，则我大宋江防危矣！我已派出两名兄弟往邻州求援，却怕诸军怯战，未有当其任者。"牛皋道："看来只好上报朝廷，请令调兵。既有兄弟送信往襄阳，我便往江东借兵去了。"姚文道："也好，兄往江东，弟往襄阳，各尽其力。"牛皋便将包裹归还姚文，并赠马匹，姚文回赠了银两、干粮，二人分袂，各自登程。

暂不表牛皋去往江东。且说姚文到了襄阳，入见常安，告知北方战事。常安道："本州已闻严岳败绩，不想华嵩又已降敌。如今城内空虚，军无大将。本州唯恐齐军南下，襄阳不保，未尝一日可得安枕也。将军此来，真乃天助！"姚文道："齐军南下只在早晚，大人不可无备。"常安道："襄阳城中只有一千守军，依将军之见，宜守宜弃？"姚文道："襄阳乃长江锁钥，荆湖屏障，如何可弃？襄阳城阻山带水，易守难攻，但要大人意志坚决，将士上下同心，虽有百万之众，亦不足惧。"常安道："襄阳存亡，全仰将军矣。"姚文因请常安开放府库，张榜募捐。数日之间，筹得商贾士民钱钞二十万贯，用以募兵三千。姚文随即着手布置防务，整训新兵。

襄阳城北临汉江，眺望樊城，三面掘有护城河，宽百余步。城周十五里，墙高四丈有余，建有东西南北四座城门。姚文只因兵力捉襟见肘，又无亲信将领可以独当一面，遂下令弃守樊城，巩固襄阳。姚文又向常安建言："敌军虽众，无船不可渡江。宜将民船征为军用，统一监管，勿资敌也。"原来江上民船皆归船帮管理，计有百条之众。每逢战时，商货紧缺，物价腾跃，船帮靠着出城进货日进斗金，谋取暴利。常安本是个爱财如命之人，一者多受船帮贿赂，二者在买卖中占有分成，故不从姚文之谏。

不出旬日，北面风声日紧，鼙鼓频催。李成率步骑八万，号称二十万，大举南来。军中闻知消息，皆言襄阳必不可保，人心惶惶，逃兵日众。姚文捕获数人，下令枭示。逃兵叫道："知州大人尚欲弃城，我等徒死何益！"姚文道："此话从何听来？"逃兵道："若不然者，知州大人为何先运家私出城？"姚文将信将疑，径至常安府上，问其有无。常安支吾道："数千未练之兵，怎当得二十万虎狼之众！"姚文作色道："大人为一州之长，守土之责至艰至重。将士们尚且誓死守城，大人岂忍独去！朝野闻知，亦是死罪。"常安惶愧道："将军息怒，本州一时失智，出此下策。今已决心守城，再不走了。"姚文便请常安至军中，晓谕将士，军心略定。

又数日，李成兵临汉江，北踞樊城，逼令民夫砍伐树木，备办船只。降将华嵩献计道："船帮帮主沙老大贪财好利，且与末将有故，但教啖以重赂，必肯率船来降。"李成大喜，即令华嵩往为说客。当夜，华嵩乘一轻舟，在汉江上游某处登岸，露宿一晚。次日午后，改扮作樵夫，自西门进城。

沙老大正在船上与几名头目商议贩货之事。沙老大道："我已知会当值守将，今夜三更打开水门，放船出去进货。据说李成大军已抵汉江，你等务须小心在意。"一头目道："帮主放心，李成才到汉江，并无舟楫。我等运货，多不过五六日便回，定然稳当。"正商议间，门人报说："岸上有一樵夫求见，说是帮主故人。"沙老大道："我哪里有樵夫朋友？回

177

说不见。"门子道："他说有要紧的生意商量，请帮主务必见他。"沙老大闻言起疑道："早年我曾在中山遇狼，被一樵夫所救。后来得知，他原是隐姓埋名的大盗，官府悬赏三百贯购他首级。我因趁他睡熟之际，割下首级送官。他还有个儿子，年方七岁，我要斩草除根，却被他逃了出去。莫不是那小儿长大，向我寻仇来了？"众头目道："如若是他，倒要小心，帮主不宜亲去，待我等绑了他来。"沙老大道："诶，也未必便是此人。我先去看看是谁。"遂在衣襟内藏把匕首，上岸见客。

华嵩正站在一株大槐树下，向沙老大一捧手道："沙老兄，好久不见。"沙老大大惊道："华嵩，你已投敌，怎敢再来见我？"华嵩道："李成拥兵二十万，虎踞樊城，即日起伐木造舟，不过半月，亦可渡江。成败之势，沙兄难道看不出吗？"沙老大道："你究竟要说什么？"华嵩道："李将军任贤用能，唯才是举，沙兄若肯弃暗投明，率船归顺，李将军必待以上宾之礼，另出钱十万贯为酬。"沙老大道："沙某虽是一介匹夫，亦知忠义之理。怎肯轻言叛国？"华嵩道："十五万贯。"沙老大笑道："常知州也是我要好的朋友……"不待说完，华嵩叠起两根指头道："二十万贯。"沙老大许之。

送走华嵩，沙老大回到船上，令两名亲信在外把守，便将投敌之事与众头目说知。众头目多有允意，唯独一名白衣头目力言不可。又一黑衣头目道："自古顺天者逸，逆天者劳。李成军兵二十万，投鞭断流，如何可挡？城破之日，玉石俱焚。趁着齐军战船未备，我等归降，必受重用，正是转祸为福之道。"白衣头目怒道："我等生是宋人，死是宋鬼。卖国投敌，岂不怕受人唾骂吗！道不同，不相为谋。"推案而起，便要下船。沙老大道："且慢，再容商议。"一面说时，一面将目光一扫。众头目会意，齐将白衣头目拦下。白衣头目道："你们要干什么！"沙老大道："顺我者昌，逆我者亡。"自衣襟内擎出匕首，一刀刺进了白衣头目胸口。

众头目俱吃一惊。沙老大道："当断不断，反受其乱。你们全都补上一刀。"众头目相看一眼，只得从命，唯有一名灰衣头目不肯动手。沙老大瞪着他道："你也来补上一刀。"灰衣头目慌道："杀人的事，我干不来。"

沙老大厉声道:"补上一刀,又有何难!莫非你想告密!"灰衣头目自知形势逼人,不能由己,只得战战兢兢接过匕首,在白衣头目要害补了一刀。沙老大道:"如今咱们都在一条船上,翻了船,谁也难逃。"众人道:"我们全听帮主示下。"沙老大因与众人约定:"事成之后,帮徒各分两百贯钱,大小头目按阶领赏。"众皆允诺。

商议已定,众人分头准备。沙老大来到知州府上,对常安道:"今夜小弟要出城进货,求大人写封放行的手书。"常安道:"运货是寻常之事,我早同守将有过交代,何必再讨手书?"沙老大道:"今时不比往日,姚将军戒令森严,若无大人手书,守将不敢放行。"常安不知是计,便为沙老大写下手书道:"今夜有沙老大出城运货,望开启水门为便。常安,十月十二日。"沙老大看毕大喜,谢了常知州,怀揣手书而去。

当夜三更,沙老大尽起帮中民船,鱼贯来至城北水门之下。守将道:"不是说只有五条货船出城?"沙老大道:"常知州说,李成不日就要建成水军,再想进货可就难了。因让我此回多进货物,以免短缺。请将军即刻开城放行。"守将道:"此事恕我不能做主,须报与姚将军知道。"沙老大道:"姚将军大得过常知州吗?我有常知州的手书。"守将看过手书,说道:"虽有手书,却未写明船只数量,我还是差人禀问再说。"沙老大道:"天色已晚,何必再去惊扰大人?我只怕耽搁久了,被姚将军知悉,过来阻挠,我这上万贯的生意可就完了。这其中还有常知州的分成。常知州不便责备姚将军,能无怪罪于足下?"守将听罢,踌躇不决。沙老大又道:"我再送五百贯给当值的兄弟们买酒,万望周全则个。"守将素知沙老大与常安交厚,且又贪爱钱财,下令放行。

沙老大率众出了水门,下行半里,忽命众船转舵,驶向北岸。帮众哗然道:"北岸是齐军地界,我等去北岸作甚?"沙老大早在各条船上安排有知情的亲信。亲信们各自擎刀在手,大声喊道:"襄阳城势孤援绝,旦夕不保,一旦城破,玉石不分。今者帮主为我等谋求生路。到了北岸,各有重赏。有不从者,便是公敌。"帮众面面相觑,只得随往。

宋军守将望见民船北驶,自知中计,顿一阵足,疾奔常安府上求庇。

守城将士中亦有姚文亲兵，早来报知消息。姚文大怒，提剑而起，赶在常安府前拦下守将。守将面如土色，跪下求饶道："开城非是末将本意，末将有知州大人手书。"姚文索来手书看过，收在袖中，厉声喝道："此书分明伪造，怎敢透过上官！你身担守城之责，竟尔玩忽职守，私相授受。资敌之罪，万死尚轻！"说毕，拔出宝剑，挥为两截，提其首级，入见常安。常安震恐道："李成得船，如虎而添翼也。"自此胸口闷疼，不能理事，军政之权尽委姚文。

李成既得船帮相助，任命华嵩为水军统领，沙老大为水军副统领，连日督造战船，准备渡江。姚文不肯坐视敌军壮大，连夜出其水军夜袭。华嵩令藏船于港口之中，沿岸多设弩炮，抵敌宋军。一连数日，往而无功。姚文日夕忧闷，不得良策。忽一夜，南风乍起，始而吹皱水面，继而掀浪扬波。姚文喜道："此乃天助我也。"下令点起战船，悄至北岸。又令选小船数十，满载茅草，顺风举火，推向敌营。岂料谋事在人，成事在天，火方燃起，风忽转向，火龙摆尾，反烧宋船，照耀得水面皆红。华嵩趁乱出击，杀得襄阳水军几乎覆没。姚文须发烧残，仅以身免，回到城上，怒掷兜鍪于地道："莫非天意要亡襄阳！"

不出旬月，李成已坐拥战船二百余条。沙老大道："襄阳水军覆没，将士寡少，我以好言劝说，彼无不降之理。"李成大喜，令为说客。沙老大因率战船渡江，逼近襄阳北门。姚文闻警，登上城头。沙老大道："城上姚将军听着，自古识时务者为俊杰。李将军虚心纳贤，不记旧恶。君若幡然改图，不失荣华富贵。无为坐困孤城，玉石俱碎。"一言方毕，只见水门打开，放出三条小船。沙老大喜道："此必是宋兵牵羊系颈，出来纳降！"怎知小船上载有火药，姚文出钱三百贯，招募敢死之士，舍命来炸敌船。随着三声巨响，水波震荡，木屑横飞。沙老大当场就被炸死。姚文随即一声令下，弩箭齐发，齐军慌忙转舵而逃。姚文苦无水军，不能追赶。

李成大怒，下令攻城。华嵩再率水军逼近城下，遥相放箭。吴毅率步卒自下游登岸，攻打西门。一时间敌矢若云，雨注城中，城楼屋瓦，莫不受箭。常安为了激励将士，亦且登上城头。谁想见了敌军势大，反吓得心胆俱裂，瑟瑟地藏于女墙之下。姚文恐怕伤及士气，命人背下城去。

赖有宋军死守，攻城一日，城不能拔。李成命将士卒分为三队，每日里轮番攻打。姚文随才部署，应对裕如。鏖战月余，死以万计。

李成见襄阳城久攻不克，萌生退意，华嵩进言道："襄阳自昔哗变以来，未曾添兵，北伐之众又多战死，计其守军，不过一二千人。况其矢石已渐渐不济，必待我军近城而后战。破城止在今日，将军何故退耶！"李成听了有理，复将蓍草取出，占了一卦，卦象曰"吉"。李成大喜，乃命以牛酒犒军，晓谕诸将道："宋军势孤援绝，已是强弩之末。我适才占了一卦，今日就是城破之期。城破之后，许将士屠城三日。玉帛子女，皆恣尔等快活也。"将士闻言踊跃，振臂山呼道："不破此城，誓不回头。"

李成于是亲率战船，再逼北门。宋军赶造铁锥数十，沉于浅水。敌船近岸，触锥难行。姚文令放火船撞去，齐军用弩箭射沉。李成又差小船载运士兵登岸。姚文遣兵出城，击其未济。齐军不顾敌我，乱箭射来。宋军无奈，退回城中。齐军伤亡虽也不少，却已抢占了滩头，搭建云梯，推临城下。李成又下令道："先登者受上赏，钱万贯，爵三级。"齐兵遂前仆后继，舍死登城。

城北血战未已，城西又来告急。原来西门已被吴毅攻破，守军退而巷战，派人邀援。姚文检点兵马，再无援兵可派，仰天叹道："有心杀贼，无力回天，以身殉国，今日是也。"士兵忽叫道："将军快看，那里不是援兵来了！"姚文急往江面上看时，果见汉江上游出现了宋军旗帜。

原来赵龙辞别姚文之后，即往四处借兵，诸军皆言未有圣旨，不肯移调，弄得他焦头烂额，愤满胸臆。半月之前，赵龙来到均州，请发援兵。均州知州起先不肯，赵龙便在衙前整整跪了三日，过往之人无不咨嗟。知州害怕传扬开去，担上见危不救的罪名，不得已而发兵。

均州都监姓范名达，乃是败军之将范通胞弟，此日率军两千，来到襄阳城下，只见两军恶战正酣，杀声动地，而漫江蔽野尽是齐兵。范达惊愕道："早不说齐军如此势大！"赵龙道："我若早说，将军如何肯来？如今已到城下，便请速速进兵，以救襄阳之急。"范达道："敌我悬殊，送死何益！我当速将军情报与知州大人知道，死守均州要紧。"竟不顾赵龙哀恳，一箭未发，回转均州去了。

守军望见援军遁走，相率灰心。常安此日亦在城上，见了将士们舍生忘死，愧悔不已道："今日城破，罪皆在我。常某素无胆量，倘或被俘，徒增辱耳。因此宁先赴死，以尽臣节。"姚文凄恻道："事不至此。我令人保大人突围。"常安摇头拒绝道："我本庸才误国，死不足惜。况不善骑，反累大众。还望将军留下有用之身，以为报国之用。"言讫，纵身一跳，坠城而死。

姚文慨叹不尽，回看将士，面皆土色。须臾，传令兵又报："西门守军溃散，敌已大举进城。"姚文自知败局已定，乃令全军弃守，自南出城。原来李成用华嵩之计，围城阙一，并未攻打南门。宋军退至南门，才见城门已被难民堵塞。将士们便要杀人开路，姚文急止之道："是我力主守城，陷民至此，岂忍再伤残百姓？你等弃了衣甲，混迹百姓当中，逃命去吧。"将士问道："将军意欲何往？"姚文不答，兜转马头，转奔城西。

第二十一回

屠坚城街横虎豹　避兵锋路遇狼豺

话说襄阳城失守之后，姚文令将士自南门逃生，自己却抱定死志，单枪匹马，转奔城西。吴毅已将士兵纵去掳掠，不分军民，杀人如草。姚文杀死了两名落单的齐兵，正望见吴毅麾盖，挺枪纵马，杀向前来。吴毅猝不及备，被姚文一枪刺死。姚文跳下马，割下其首级。

齐兵见主将阵亡，方才大声惊呼，四面拢来。姚文将头颅向人丛中一抛，重又上马，四处冲杀。齐兵愈聚愈众，围困重重，近处的举枪搠人，远处的放箭射马。"扑通"一声，战马倒地，姚文急就地滚身起来，拔剑乱砍，杀得目皆赤色，血盈铠甲。直杀到一座小桥之上，姚文喝道："不怕死的过来。"众兵皆被震慑不前。姚文自知力已将竭，因而纵身一跳，跳入水中，"扑通"一声，没了踪迹。齐兵盯看水面良久，不见动静，交相议论道："他身上穿着甲胄，定已沉到水底，如何能够活命？"遂而弃之不管，自去掳掠平民。

却说姚文沉下水去，被冷水一激，清醒过来，就在水中割断皮条，解去甲胄，慢慢地浮将上来，出水之时，恰正藏身在桥洞之间。敌兵看不到他，各自散去。经这一番死里逃生，姚文死志已灰，求生之念复炽，简单包裹住伤口，直等到天色昏暗，才湿漉漉地爬上岸来。街上到处尸骸枕藉，都是被杀死的百姓。姚文已是筋疲力竭，自知再遇敌兵，定然无幸，因而挣起身来，逃进一间废宅藏身。

齐兵一连屠城三日，方始封刀。收殓尸骨，筑为京观。李成曾经悬赏千金，求购姚文首级。将士贪赏，争献首级者不下十数，大多血肉模糊，莫能辨认。李成不知姚文生死，求购之心遂殆。城中大灾之后，疾疫兴起，姚文就寄寓在废宅之中，每日以布遮面，自称中瘟，齐兵皆避之不暇，更无人盘问底细。

襄阳城自经屠戮，已是十室九空。齐兵将幸存者登记造册，除去病残之人，都逼着去做苦力，鞭死累死者又不知几何。姚文养伤半月，伤口渐痊，因盘算着南下投军。其时天已酷寒，青壮多被派到城外的山上砍柴。姚文便乔装改扮一番，谎称瘟病已痊，随众出工，到了城外，又趁着监工不备，夺路而逃。

邓襄失守之后，唐、随、郢、信阳等州随之尽陷。一时间川陕路绝，江湖震动。齐主拜李成为兵部尚书，全权部署南征。李成一面遣使与杨幺缔盟，一面休整兵马，只等来春草长，大举进兵。

姚文逃出襄阳之时，正当郢州新破，到处都是南逃的难民。姚文便与众难民作了一路。草行露宿，非只一日。一日正行之间，身后有数十骑溃兵驰至，围住众人，扬刀叱喝，逼索钱粮。姚文骂道："你们身为官兵，不能守土，反来欺凌百姓，良心安在！"溃兵大怒，围殴姚文，打得腹背带伤。难民们跪在地上，莫敢抗争，任由溃兵掳掠而去。

经此一事，难民们尽皆断粮，只有靠着挖掘地鼠、啃食草皮充饥。饿得走不动的，只好坐地等死。悲苦之状，不可尽言。一日清早，众难民路经一座岭下，见岭上密林遮日，黯淡无光，枭鸣不绝，阴风阵阵，众人皆有畏惧之意。一名妇人说道："此岭唤作猛虎岭，常有恶虎出没吃人。当年我的公公、丈夫、儿子便都命丧虎口。"众人闻罢，俱不敢前。有胆大的道："我等人多势众，何惧一虎！但教群起而攻之，虎必走矣。"众人思之有理，便各就地捡些石头、木棒，仗胆而行。

　　走了一里多路，忽有人喊道："不好，真个有虎。"到底是虎威慑人，众人听到这话，哗然一声，掉头便逃。那虎却口吐人言道："你等休怕，都不要走。"众人惊疑回头，只见一座大磐石后转出一人，身穿着虎皮袄，手绰着一支钢叉，适才所见的假虎正是此人。少刻，大磐石后又陆续转出十数条汉子，各持刀叉棍棒。难民们一齐跪下道："好汉，我们都是北面来的难民，钱粮已被搜刮净了。求好汉们见怜，饶恕残生。"

　　那穿虎皮袄的汉子道："你们都不要怕，我们并非强人，而是明教杨大王麾卜的义士，专一替天行道，劫富济贫。你们既从北方来，可知北方的战事吗？"众难民道："我们南逃时，郓州已经失守。北兵甚是凶恶，但有抵抗，便要屠城，老少都不放过。不知朝廷还守不守得住？"汉子道："狗朝廷这回算是完了。只有杨天王能够普救大众。你们肯投入杨天王的麾下吗？"众难民道："我们只想有口饭吃，投谁都不要紧。"汉子道："投入杨天王麾下，何愁没有饭吃！今日午后便会有人送粮，谁都不少。"难民们闻言雀跃，纷纷下拜道："杨天王真乃活菩萨也。"

　　那汉子便让难民都进林子里去，坐等分粮。姚文跟进林中看时，只见地上密密匝匝、三五成群地坐满了难民，不下一二千众，妇孺坐在前面，壮士坐在其后，肩上各搭着一只空布袋。众难民都饿得前胸贴着后背，谁也没有力气说话。姚文忍不住问："午后是杨天王派人来送粮吗？"那汉子道："不必多问，少不了你的。"

　　坐等半日，日已当头，难民们都已饿得焦躁，不住口地催问道："杨天王派来送粮的会不会走错了路？"穿虎皮袄的汉子答道："不会错，再等一等。"在前放哨的忽然飞跑回来道："来了，来了，大家准备。"难民们大喜，都要起身观瞧。穿虎皮袄的汉子道："噤声，噤声，全都坐下。你们听我讲，一会儿粮食一到，动手就抢，抢到的都是自己的。"

　　不过一刻，只见南面尘头起处，迤逦走来一队官兵，押着十数辆粮车过路。穿虎皮袄的汉子一再令众人勿动，直等粮车推入林子深处，他忽然跳上磐石，振臂喊道："大家上呀！"难民们应声而起，蜂拥地冲向粮车。官兵退避不及，喝止不住，又见妇孺当先，不好行凶，纷纷横拖枪杆来拦。难民们饿得急了，哪里阻拦得住！不久便撞开官兵，推倒粮车，你推我搡，你争我夺，有如蝗虫过境，饿虎扑羊，顷刻间将粮掠尽。地上横尸百具，多是被打死踏死的妇孺。

姚文被难民裹挟，不能自主，遭人践踏，昏了过去。再醒来时，难民、官兵俱已不见，思及前事，叹息不已。姚文不禁旧疾复发，心想："诸军腐败无能，我去投军何益！不如先寻一清静之地，把病养好再说。"便挣扎着从死尸堆里爬起，在地上一粒粒捡起余粮，兜有一包粮米，下了猛虎岭，往南而行。

岭南依旧是重峦叠嶂，深山老林，姚文不识路径，兜兜转转，走的尽是崎岖鸟道，而行处越发荒芜。姚文心想："只怕我走错了路，来到这荒无人烟的去处。若再见不到人家，只好等着饿死。"复行数里，忽闻水声，举目看时，只见不远山崖上悬挂着一条瀑布，如风吹白练一般。姚文虽则疲惫，也觉精神一振，取道至山崖下面，览其胜景。而行之愈近，愈觉水声震耳。瀑布下轰雷喷雪，水流成溪，沿岸生着许多丛竹野菊，无数蜂蝶盘旋上下。瀑布旁石崖上又有一穴窈然，透着光亮。姚文心甚奇之，暗想："莫非洞里别有一番景象？"于是攀上石崖，自穴而入。那洞穴深数十步，才可通人，穿洞而过，豁然开朗。只见群山环抱当中，竟有一带平谷，阡陌交通，屋舍俨然。姚文大喜道："此非陶潜笔下的桃花源吗！"

其时天已向晚，阡陌上不见行客。姚文走到一户门前，叩门乞宿。应门的是名青年妇人，怀里抱一幼婴。姚文施礼道："我是外面逃难来的人，数日里未曾进食，不知女主人肯否行个方便，垂救残生。"女主人将他上下打量，说道："今岁年成不好，家中也没有余粮了。"这时就听那婴儿啼哭，女主人道："看，孩子又饿了。"姚文道："唔，我这里有一包米，相烦女主人借锅煮煮。"女主人道："既如此，你进来吧。"

姚文谢过，走进屋中。女主人将婴儿背在背上，去后厨煮上了粥。不久粥熟，端了上桌。姚文让女主人吃，二人各吃了一碗。姚文问道："不知此处唤作何名？"女主人道："唤作赵家庄。"姚文又问："是几时立庄？"女主人茫然不解其意。姚文细看她的衣着，却与今人无二，暗笑道："是我异想天开了。"女主人并未在意，说道："我今早听庄里人讲，官府又要征兵。莫非前线吃了败仗？"姚文点头道是，心中叹道："我只当此处是避秦之地，原来也难免征兵。可真是'任是深山更深处，也应无计避征徭'。"又问："尊夫不在家吗？"女主人道："拙夫半年前被强征入伍，已经战死在沙场上。"姚文感慨不已，吃过了粥，便请告辞。女主人道："天已晚了，客人有何去处？何不就在此宿上一晚？"姚文道："女主人寡居，却怕不便。"女主人道："先夫生前最是乐善好施，如若让你去了，倒要怨我。"姚文本非拘于细谨的人，见女主人并不介意，便称谢道："多感厚意，天幸我穷途之际，遇着好人。"

当夜姚文睡在客房，心内寻思道："此处虽非避秦之地，乡民却有好客之风，明日我何不去见见村长，请他容我久居。"姚文连日来风餐露宿，朝不保夕，今得贴背安枕，不久便沉沉入梦。正在睡里，忽听女主人叫道："快来人，我的家里有贼。"姚文一惊坐起道："若非女主人好心收留，我哪得安身之所？此恩不可忘报。"披衣起来，赶出院去拿贼。那贼左右顾盼，正要逾墙而走。姚文大步赶上，按倒在地道："该你这贼儿晦气，遇着我在这里。将你拿送村长，正好做个见面礼。"那贼道："放过我，盗来的财物给你。"姚文道："你当我是何人，岂肯要你的贼赃！"一面说，一面扭过贼脸来看，一看之下，大吃一惊，只见其人竟形似自己。正待问个详细，恍然惊觉，乃是南柯一梦。

姚文坐起身子，擦拭着冷汗道："想是我连日奔波劳苦，神思紊乱，因有此梦。"恍惚之间，又听女主人叫道："好心人，快帮忙捉贼。"姚文心道："不好，适才不是虚听，女主人家真个有贼！"遂忙披衣下地，出门拿贼。一脚才迈出门口，便不知被谁绊了一跤，摔出门外。又听一声呐喊，扑上来四五条汉子，将他按在地上，反绑了双手。姚文一连饿了几日，手脚皆软，不能反抗。抬头一看，只见院子里点着十数支火把，挨肩叠背地站满了人。忽听一人喊道："保长来了。"众人便都向两旁让开，留出一条通道。一名老汉走进院里，冷冷地笑道："好个胆大包天的贼。”

姚文道：“我不是贼。你们拿我作甚！”保长道：“你不是贼，为何要私闯民宅？当众遭擒，还不认罪！”姚文道：“我是落宿的客人。有女主人可以作证。”女主人却指着他道：“我是贞洁烈妇，岂肯容留男子在家？他是翻墙进来的。求乡亲们为我做主。”姚文听罢，目瞪口呆。保长道：“你还有何话说？”姚文道：“见了官，我自有话说。”保长道：“你要想清楚，若去见官，少不得三推五问，严刑拷打。定了罪，少不得刺配充边。”姚文听着话有蹊跷，问道：“莫非可以私了？”保长回头问道：“赵宽在吗？”一名瘦小老儿走出应道：“小人在。”保长又对姚文道：“想要私了，也不甚难。昨日官府里紧急征兵，各乡各保都要响应。你若肯认作赵宽家的儿子投军，此事也就罢了。如若不依，只好送官法办。”姚文此刻方才清醒，情知不是梦了，心想：“原来他们是要捉我这个外乡人充丁。”便笑道：“我不肯认人作父，你们把我送官去吧。”保长道：“这厮是个刁贼，把他吊起来，先打半死，再去送官。”众人便要吊起姚文，姚文忙道：“且慢动手。我若答应投军，可否先吃上一顿饱饭？”保长道：“此事不难。”姚文道：“好汉不吃眼前亏。投军就投军，胜过饿死。”

保长见他答应，下令松绑，拥至赵宽家中。赵宽父子忙着宰了家中下蛋的母鸡，借东邻的米蒸上饭，款待众邻。姚文且将从军的事抛在脑后，乐得吃个饭饱。赵宽自觉有愧，拣好菜夹他碗里，赔话道：“我这孩儿虽不成器，毕竟是自家生的，舍不得他去送死。好心人，等你上了战场，我每日为你烧香念佛，让你大难不死，还当将军。”姚文道：“等我当上将军，一定征你儿子入伍，让他冲在最前。”赵宽道：“阿弥陀佛，那时候将军不该感激我吗？”姚文道：“我正是感激你。我让他冲在最前头立功，也当将军。”赵宽愧得满面通红，不再说了。席散之后，保长又让将姚文的双手绑上，锁进赵宽家的东厢房里，准备到了天明送官。闹到四更，众邻才渐渐散去。

姚文睡够半个时辰，醒来时东方未明。姚文寻思道：“往日我要投军，不知去处；如今改变主意，却又被人抓丁，思来当真可笑可恼。不如设法脱身，让他们落个白忙。"原来早在吃席之时，姚文便故作失手，打翻了一只饭碗，暗将一块碎瓷片藏在袖里。当下摸出瓷片，割断绳绑，穿了鞋子，下地推门。门窗都已自外锁住，不能推开。姚文便喊："开门，我要净手。"

少刻，赵宽的粗蠢儿子过来，骂骂咧咧道："这么多事，一早不让人安生。"下了外面钥锁，推门进来。姚文早已隐身在暗处，往他后颈上一拳，将他打昏在地。姚文便要将他绑上，又听赵宽叫道："我儿，不要打骂他。他要代你上战场，是你恩人，伺候他也是应当的。得方便处行个方便。"边说边走过来。姚文故技重施，隐身门后，等到赵宽进来，用绳勒住其喉，冷笑道："看你年长，我不打你。若要喊叫，父子的性命都休。"赵宽惊得呆了，不敢不从。姚文便将父子二人绑在一处，锁了房门，心中想道："他们强说良人是贼，我索性便做一回贼。"又走去正屋里面，寻些器皿细软，打作一包拴了，换上一套衣服、一双麻鞋，拽开大步，离开了赵家庄。

一日姚文行至辰州境内，忽想起不远有处云霞山，隐士周侗居于此处。姚文心道："我一心要寻静养之地，如何忘了这里！"原来姚文当年游历江湖，曾患重病将死，被隐士周侗所救。周侗在年轻时做过东京御拳馆教师，文武双全，名重天下。只可惜朝廷上士因嘱举，政以贿成，终其白首，未得寸进，最终心灰意懒，挂冠而去，结庐在云水之间，每日里悬壶济世。

姚文行至山下，正见山头被白雪覆着，山腰以下草木犹青，一条小路遥遥通上山去。姚文追着野兔走了一程，便来到杏林岭上。岭上有茅屋数椽，用一带短篱围住。门扉双掩，挂着一只木锁。姚文心道："不知周前辈是外出未归，还是已迁去了别处？"信步走到后山，只见乱蓬败草之中，隆起坟茔一座。坟前立一墓碑，摆些祭物，墓碑上刻写着"周侗之墓"。

姚文不禁感慨："原来周前辈竟已仙逝了。可叹医能治病，不能延生也。"纳头拜上三拜，黯然神伤。背后忽有人道："你是谁人？因何拜我祖父？"姚文回头看时，只见眼前站着一位壮士，年龄不过二十来岁，生得样貌丑陋，鼻孔朝天，背上挂张雕弓，肩上扛只野兔。姚文道："是诚儿。"那壮士闻声大惊，慌忙丢下雕弓，抛了野兔，抱住姚文拜道："姚大哥，怎么想起来看我！"姚文道："快起来，让我看看，几年不见，长这么高了。"原来此人正是周侗之孙，名叫周诚，年方一十九岁。

周诚见了姚文大喜，手挽其臂，邀入舍中，磨刀霍霍，烹煮野兔，再烫上竹叶酒来。二人把盏道故，青衫湿了数回。周诚问道："姚大哥此来要住多久？"姚文道："我的旧疾复发，本想来静养两月，并向周前辈讨教救国安邦之道。不想周前辈竟已仙逝，这般无缘。方今四郊多垒，国步艰难，非甘久居此也。"周诚听到此处，蓦地想起一事，便放下手中之箸，走进卧房，翻箱倒箧一回，捧出数卷书稿。姚文奇道："这是什么？"周诚道："这是祖父生前所著，嘱我有缘之时，交与忠臣良将。"姚文拍去书上灰尘，翻看时，但见洋洋洒洒数十万言，尽是治国用兵之道。姚文喟然叹道："用兵如用药，医病如医国。周前辈抱经天纬地之才，可叹生不逢时。悲夫！"正是：却将万字平戎策，换得东家种树书。

第二十二回

悲陆沉姚义北上　知天命黄佐西来

话说姚文在云霞山上静养数月，渐渐雪尽春回，天气转暖。姚文病体已痊，萌生去意。周诚道："我自小长在深山，不曾见过世面，更不愿与姚大哥寸步分离。姚大哥既要下山，肯否带携我一宽眼界？"姚文道："正乃求之不得。"二人遂打点起行李，锁了房门，下山投军。

许久不闻世事，天下又多变故。年初，神武后军统制岳飞上《乞复襄阳札子》，自镇江西进，大破李成，一举克复襄阳等六州之地。姚文路途闻知，喜不自胜道："我早闻岳飞奋起寒微，军威素著，不期竟善战至此。诚儿，你我有去处了。"

在途旬日，来到襄阳，只见城南正扎着一座营盘，旌旗在望，气势雄浑。二人来至辕门，姚文问军士道："此处是岳将军军营吗？"军士答道："岳将军现在城中，此处是牛先锋军营。"姚文道："请问这位牛先锋唤作何名？"军士道："讳名一个'皋'字。"姚文喜道："我与牛先锋乃是相识，烦请通禀一声，就说姚文求见。"军士道："今日牛先锋不便见客，客人可改日再来。"姚文只当他索贿赂，便去腰包里摸出了一把铜钱。军士忙道："使不得，岳将军军纪严明，私受贿赂，要打一百军棍。非我不肯为客人通禀，实因牛先锋正在军中摆擂，不得见客。"姚文奇道："摆擂为何？"军士道："牛先锋说，若有谁能在擂台上打倒了他，不管新兵老兵，当即封为百夫长。军士们贪看热闹，都往校场去了。我因当值，不得前去。"姚文笑道："原来我正来得不巧了，只好改日拜会。"

说话之时，恰逢一队骑兵归营。骑兵统领见了姚文，慌忙滚鞍下马道："姚兄弟，你……你没死？"姚文一看，却是赵龙。姚文喜道："赵兄怎在此处？"赵龙道："昔日兄弟守城，我未能借得援兵，心里老大愧恨。后闻岳将军进军襄阳，我便往军中自荐。岳将军怜我忠勇，让我做了牛先锋的副官。我当兄弟已在襄阳战死，不期尚在人世，真乃天幸也。"姚文叹道："襄阳之事，不堪再提。我与牛先锋亦是故交，正想见他一面。"赵龙笑道："牛先锋正在校场上摆擂，兄弟如若有兴，可同去看看热闹。"姚文道："正有此意。"三人走进军营，径往校场上来。

只见校场当中搭建着一座擂台，四角上各插一面旗帜，上书"比武招贤"四个大字。擂台四面人山人海，站满了军士。赵龙一来，便即有人让路，请到前排。姚文往擂台上看时，正见牛皋与一名壮士角力。那壮士身矮体胖，足有三四百斤，而手脚灵活，又甚敏捷。台下军士指点议论道："小孟贲天生神力，谁知也奈何不得牛先锋。"那小孟贲眼见跌不倒牛皋，便把他推了开去，又一矮身，要抢抱牛皋两腿。牛皋料敌在先，向后一撤，右肘趁势向下一擂，小孟贲应手而倒。牛皋便翻身骑坐上去，用双臂锁扼其喉。小孟贲不能脱困，只得拍地认负。台下登时喝彩如潮。牛皋哈哈一笑，扶起了小孟贲，请下台去，向众又问："谁再上来比试？"牛皋已连胜了数场，众军士自知不敌，你推我让，无有应者。

姚文对周诚道："诚儿，你自少习武，本事也不差了，何不就向牛先锋讨教讨教？"周诚忙摇头道："我只粗习武艺，还差得远呢。哪里是他对手？"姚文笑道："不试试，怎知就不是对手？况且他是成名的将军，你是无名的小卒，败了也不丢人。"牛皋又在台上叫道："哪个有本事的好汉，快请上来赐教。"周诚兀自迟疑，姚文却把他向台前一推，直抢出三五步远，到了擂台下面。

　　牛皋低头一瞧，笑道："小兄弟，快上来。"众军士见了，便跟着起哄叫好。周诚还待退缩，被众军士推了上去。牛皋问道："小兄弟，你是哪个营的？"周诚见台下人多，搔首无措道："我……我是新来的。"牛皋笑道："不管新兵老兵，只要打赢了我，你就是百夫长。"周诚看向姚文求援，姚文却正侧着脸与赵龙说话，似乎心思全不在台上。台下有人看出了周诚的窘况，在人群中起哄道："看他那羞怯的模样，倒像是个姑娘。""他不会是想临阵脱逃吧。"众皆大笑。周诚"腾"地脸颊通红，只想找个地缝钻进去。牛皋道："小兄弟，不要怕，把头抬起来，使出你的本事。"

　　周诚眼见无路可退，只好在心内暗擂鼓助劲，左足跨上一步，右手就是一记冲拳。牛皋道一声"好"，举臂来拦。不想周诚那拳又快又稳，牛皋意下轻敌，竟未能将那一拳架开，正被打在了肚皮上。牛皋应急亦捷，疾向后倒退两步，化解拳势。说时迟，那时快，周诚如影随形，右足紧跟上去，左手又是一记勾拳，在牛皋下颚上正着，"咚"的一声，牛皋仰面栽倒。

　　台下静默半晌，军士们齐声惊呼起来。周诚忙要搀扶。牛皋摇摇手，自己坐了起来，低着头，把两颗牙吐在掌心，连咳带笑道："小兄弟，真有你的。即日起你就是百夫长了。"周诚忙摆手道："不，不，我做不来。"牛皋道："怎么做不来？"周诚道："我没做过，岂不误事！"牛皋道："我又非天生就会做将军。"这时姚文在台下笑道："牛老兄，你就不要难为他了。"牛皋见是姚文说话，喜得跳起身道："兄弟，你没死！我想你得很呢。"姚文笑道："多谢老兄挂怀，我还没死。"牛皋大喜，便让围观的军士散了，请姚文回帐叙谈。

　　次日，牛皋向岳飞引荐姚文。岳飞欲知其经纬如何，咨以时事。姚文对曰："国家所足深虑者，在于金人、刘豫、杨幺。我军南渡以来，西有秦岭之限，东有江淮之阻，北兵来犯，保守不难。杨幺割据洞庭，为患方深，当先抚定。望将军假数年之期，勤修战备，早务屯粮，养精兵十数万，联络义军，然后北伐。刘豫无道，必不能守。金援若至，据城击之。两河之民，谁无义愤？檄文到处，上下同心。使敌进无抄掠，退有邀击，粮道屡绝，士心不振。将军再择机决战，一毕其功。尔后提兵雁北，捣破黄龙。振大宋之天威，复汉唐之旧界。岂不壮哉！"岳飞称善。

彼时六州饱经战火，宅舍荒芜，田园毁弃，不复闻鸡犬之声。岳飞军中正少理政之才，因令姚文代理邓州政事。姚文走马上任，开衙治事，安抚百姓，捕杀盗贼，设立义仓，救助孤寡。凡有流亡来归，无偿授予土地。不过半载，州中商旅渐集，府库渐充，而民始知生之乐也。

次年春，朝廷拜岳飞为荆湖制置使，率军南下，进剿杨幺。姚文经由岳飞举荐，拜为荆湖北路转运判官，调拨钱粮，随同平叛。

原来靖康之变以来，明教教主钟相举起义旗，分封杨幺、杨钦、夏诚、云韦、苏弦、彭俊、郎杰、黄佐为八大柱国，在洞庭湖中伐木为船，垒土为寨，建寨七十余处，陆耕水战，屡破官军，相继攻占了鼎、澧、潭、岳、辰等五州之地。此后钟相病殁，众柱国又推举杨幺为首，号为"天王"。

岳飞令牛皋、姚文率军五千为先锋，攻取澧州之地。其时云韦守澧州，苏弦守鼎州，云韦一面闭城固守，一面向苏弦求援。姚文自请率骑三百，前去阻援，反复袭扰，并不恋战，苏弦用兵谨慎，不敢冒进。牛皋又令将士薄城叫骂，激怒云韦。云韦不胜其愤，出城交战，遂被牛皋所破。云韦、苏弦被迫退守鼎州。云韦怪苏弦失期，迁延不救；苏弦怪云韦浪战，不据城池。杨幺只得亲赴鼎州调和二将，并督战守。岳飞令牛皋在鼎州城北六十里下寨，做出攻打鼎州之势，却又教坚营勿动，不许进犯。

且说杨幺在鼎州屯集重兵，要与岳飞决战，等经半月，不见宋军索战。杨幺便疑其主力不在此地，令苏弦率军五万，进攻宋寨。牛皋闻之，便要退守澧州。姚文道："岳将军已将主力调往岳州，我一退后，虚实尽为敌知。非但澧州难守，岳州亦将有备。不若摆下空城之计，另教赵龙袭击鹿岛。鹿岛是沅江入湖之处，杨幺闻报必惊，苏弦之军自退。"牛皋问道："如何摆空城之计？"姚文道："此处东南有一山丘，可以眺看营中。我军营门大开，苏弦必不敢进。我请领一支兵马前去丘上埋伏，倘若苏弦登丘窥营，擒之可也。纵彼不来，亦可自上袭击，寇必惊乱。"牛皋大喜，从其计。

次日午后，义军大举而来，只见宋寨寨门大开，不张旗帜。苏弦果然心疑，令将士原地待命，自率数十轻骑登丘眺看。姚文早率五百军士埋伏在乱石长草之间。眼见苏弦就要入伏，不想一阵风过，恰恰吹倒了山上茅草，露出了官军旗帜。苏弦大惊，回马便走。姚文急命出击，只斩得亲兵数人。姚文暗叫可惜，随即命众呐喊，俯冲敌阵。牛皋在寨中望见，同率军马杀出，两下里夹击义军。只见牛皋身躯伟岸，美髯及胸，披着绿袍，骑乘赤马，舞一口青龙偃月刀，横冲直撞，跃马当先。义军大惊道："此乃关公爷爷，不可犯也！"遂而争相退走，阵脚大溃。宋军趁乱砍杀，逐敌数里而还。

苏弦败退十里，稳住军马，转启疑窦道："敌营若果是兵多将广，何须故弄玄虚？不若重整旗鼓，与他再战。"麾下参将道："士卒以为敌有神助，尽皆灰心。可请祭司登台作法，以释众疑。"苏弦从之，令设祭台于军中，台上竖起黄旗。祭司披头散发，登上祭台，手舞着桃木剑，念念有词。正作法时，一阵风过，吹倒黄旗。众军大惊，以为不吉，苏弦乃不敢进。当夜赵龙又率骑袭击了鹿岛，焚烧寨门而去。杨幺只当敌有奇谋，急命义军回城。进军之议遂寝。

原来岳飞用"偷梁换柱"之计，令牛皋牵制住杨幺主力，自己却率主力东向，袭破夏诚，克复岳州。消息传至鼎州，诸将皆惊。苏弦道："我军连遭败北，已然挫动锐气。不如转入湖中休整，暂避其锋。"杨幺从之，下令舍弃城池，退归水寨。

岳飞缺乏舟楫，不能进取。姚文建言道："破贼以攻心为上。我闻钟相殁后，各柱国拥兵自重，其志不一。与其费力打造战船，不如厉行禁湖，待其自毙，然后间可入也。"岳飞从之，令姚文主管禁湖之事。姚文为百姓择定新址，营邑制里，浚其河流，通其道路，以为耕作生活之便，然后徙沿湖之民。百姓相率从之，不以离乡改业为苦。

是年五月，黄佐来降。原来黄佐早有归宋抗金之心，言于杨幺，杨幺不从，由此二人生隙。此后黄佐欲行兵谏，又被杨幺获知消息，袭破水寨。黄佐突围之后，即率残部降于岳飞。岳飞接见黄佐，温言抚慰道：

"足下弃暗投明，善莫大焉。我欲以德服众，不愿临以兵威，未知贵教中谁可劝降？"黄佐道："杨钦与罪将私交最厚，罪将愿往劝降。"岳飞大喜道："杨钦坐据鹿岛，战船众多，若彼先降，杨幺之覆败可期矣。"黄佐道："罪将尚有一事相求，恳望将军俯允。"岳飞道："但讲无妨。"黄佐道："若使明教之众归顺朝廷，还望将军赦其前罪。"岳飞道："此辈皆我大宋子民，走投无路，以至于此。虽有过犯，未必无由。若可抚定，本帅岂忍妄杀一人。"言罢，折弓为誓。黄佐拜谢道："若如此时，罪将肝脑涂地，在所不悔。"

姚文闻之，自请同往，以示官军诚意。岳飞许之。姚文、黄佐因自鼎州启程，驾条小船，沿着沅江而下。行无一里，江岸上有人叫道："姚大哥，等一等，为何不带我去？"叫喊的正是周诚。原来姚文自知此行凶险，并未邀他同往。周诚闻知消息，便即马不停蹄赶来。姚文眼见他已到此，难以劝退，只好将船拢岸，载之同行。

时值大雾弥江，阴风阵阵。沅江两岸做了多年战场，白骨成堆，真如鬼域。但见：

凄风冷冷，江雾蒙蒙。凄风冷冷，宛如野鬼去投胎；江雾蒙蒙，还似阴兵来借道。无名尸堆于岸上，骷髅头聚向船边。或为膝前爱子，辞白发先赴泉台；或为梦里征夫，负鸳盟竟投死地。百里不闻村犬吠，千家皆有未归魂。

三人行有半个时辰水路，黄佐道："此处已离鹿岛不远，前路上必有水军盘查。若被杨幺耳目得知，其祸不小。此间江畔正有一座破庙，咱们可往庙中少歇，俟得天晚进寨。"姚文道："此言甚当。"三人便将渔船拖上岸来，藏于庙后。进庙看时，佛像、香案俱遭捣毁，狐来兔往，触目荒凉。三人略事洒扫，便倚靠着殿柱小憩。

姚文神思倦怠，不觉睡去，正在梦里，有人唤道："公子，醒一醒。"姚文奇道："是谁唤我？"那声音道："公子还记得书童赵平吗？"姚文心想："赵平是我少时伴读的书童，怎会在此遇见？"正疑惑间，那声音又道："公子，我早已不在人世了。今日是我的亡魂来见你。"姚文更觉惊异道：“你是因何亡故？”

赵平长叹一声，凄然讲起道：“此事说来话长。靖康二年，东京城被金兵攻破，到处烧杀。我父子怕遭兵祸，于是离开东京，一路南逃，逃回了南方老家。想着老家还有一亩薄田可以耕种，一间老宅可以容身。不想因我们离乡日久，田宅都已被保长占用了。我们手里又拿不出地契，只好央求着乡邻作证，求告保长开恩，费尽口舌，也只要回了那间老宅。可也就平静了三五个月，便逢着天子点兵，我父子二人都被强征入伍。”姚文打断道：“你家中又无兄弟，为何会征父子两人？当地是怎样征兵？”赵平道：“同是大宋国土，征兵有何不同？各州各县实行保甲之法，将征丁名额层层分派。先由百姓自愿参军，若不足数，便再由保长抽签选丁。”姚文道：“莫非你家恰巧被抽中两签？”赵平苦笑道：“保长抽签，其实易做手脚。但凡有钱有势、与保长沾亲带故的，一百年也难抽中。我父子因向保长讨要田宅，得罪了他，又因是回乡不久，根基不深，才会被连中两签。可怜我父子入伍之时，我的浑家方才诞下一子。”

姚文叹息了一回。赵平又道：“中签之后，我们便被保长送往县城。县城里早已聚集了各乡征来的壮丁。官差将我们套上绳索，押去前线，一路上鞭扑敲打，待若囚徒。有受不了苦的逃走，被官差捉住，就地给正了法。走了七八日之久，我们被带到武陵，说是明教义军将至，逼令我们守城。城里早已是人心惶惶，富户、官吏都已走了，留下的士兵商议着开城投降。后来才知，消息乃系误传，至多只来了十几名探路的骑兵。而我们已经打开城门，义军就兵不血刃地占了武陵城。”

姚文问道：“贼兵到后如何？”赵平道：“义军进城之后，杀了不少的人。起先是杀官吏，其后是杀士绅，再后是书生、术士、僧侣，夺得的钱财充公。我父子被告知‘等贵贱，均贫富’的道理，便翻身成了义军。我们因善于养马，成了马夫。每日盼着义军多打胜仗，早日建立天国。这样过了两载，有一日，一名马夫不小心放丢了一匹马，回去后，竟被上官活活地打死。我父子看在眼里，大受震动。我与父亲商议道：‘家中尚有妻儿，何不归去团聚？胜似在这里担惊受苦。’父亲道：‘只怕保长不容你我。'我说：'大不了带上妻儿远走他乡。'父亲答应。我们便借着放马的机会逃走，回到了家中。"

赵平叹了口气，接着讲道："回家正当深夜，鸡犬无声，我与父亲悄悄溜进家门。正要召唤浑家起来，却见一道人影从她房中溜出，翻墙跳了出去。我气急质问浑家。浑家支支吾吾，哭哭啼啼，禁不住我一再逼问，这才道出原委。原来她早已被保长霸占了也。浑家说道：'他说你已经在沙场战死，苦苦地守寡无益。家中没有男人，公差又昼夜来催钱谷，我不从他，只好同你的孩儿饿死。'听她讲罢，我竟一句话也责备不出。浑家却自觉羞愤难当，趁我不备，投井死了。"

赵平泫然良久，接着讲道："当时父亲劝我：'事已至此，且顾眼下。保长必不能再容你我，只好离开此地，另作商议。'我便抱起孩儿，意欲出走。谁知才走出巷口，便被众乡邻围住，要将我父子送官。父亲跪下哀求，众邻却道：'放你父子走了，谁去投军？'说毕，便将我们赶回家中，轮班看守。父亲自知难以脱身，对我说道：'你我若同去军中，孙儿交谁照看？势必要断绝了我赵家的血脉。我有一策，可以保全。'只见他取来一束灯草点燃，用烟熏瞎了自己双眼。次日官府问起，他便只说是哀哭所致，依律才得免征兵。"

姚文哀叹许久，又问："你是怎么死的？"赵平道："我被押到军所之后，被逼与义军交战。那时大雾弥江，正如今日，官军中了埋伏，纷纷溃退。就在我后退之际，不幸被督战长官射死，因此上弃尸江畔，骸骨难收。"姚文叹道："宁为太平犬，莫为乱世人。听你讲罢，纵木石人也当落泪。你的尸骨现今遗落何处？我会代为收殓。"赵平道："尸骨已朽，何足道哉。我今来见公子，是想将父子性命相托。我父双目已盲，小儿年龄尚稚，不知正在何处忍饥号寒！公子若得有缘遇见，还望念及旧谊，施以援手。赵平生当结草，死当衔环，誓不忘公子之德。"言罢，俯伏在地，泣不能仰。姚文道："不必多言，这是我分内之事。"赵平再拜道："公子保重，赵平去矣。"姚文尚欲挽留，赵平之魂灵已杳。恍然惊醒，知是一梦。

第二十三回

杨姑娘擒来壮士　吕护法掳去裙钗

话说姚文梦中惊醒，不禁喟然长叹。黄佐问道："兄弟做噩梦了吗？"姚文道："梦见了一位故人。黄兄，我已睡了几时？"黄佐道："天色就要黑了。"姚文道："为何不见诚儿？"黄佐道："他说睡不着，想出去走走。"姚文道："此处离贼寨不远，倘或遇着贼兵就不好了。咱们找他回来。"

原来周诚最是个心慈不过的人，一路上见许多枯骨曝露野外，心头老大不忍，便推事故走出庙去，寻思着掩埋枯骨。他先动手挖出几处坑穴，再用茅草裹住尸骨，掩埋进去。

正在此时，江面上驶来了一条义军的巡江快船。船上之人发现周诚，便悄悄地将船拢岸，从船上跳下十几名持刀的汉子，一步步逼近周诚。周诚一心在尸骨上，全然无备，忽觉脖颈一凉，已被人用刀架住。周诚慌道："我……我是好人。"众汉不由分说，反扭了周诚双臂，押着来到船头。

众人头领是名戎装少女，生得明眸善睐，面灿朝霞，十分美貌，腰间悬挂着一双宝剑。周诚两眼发直，已是看得呆了。众汉喝道："小子无礼。"周诚霎时红了脸，赶忙低下了头。少女开口道："你是哪里来的奸细？"周诚道："我是过路的，不是奸细。"少女道："胡说。江面已被官军封锁，若非奸细，怎得过来？"周诚本就不善言辞，登时哑然无对。少女道："没话说了吧？一刀砍了，丢进江里喂鱼。"周诚心想："我与她无冤无仇，为何就要杀我？"心中一急，使出蛮力，挣脱出两只拳头，抡将起来，打得众汉连声惊呼，退避不迭。

少女见周诚本事高强，心下称奇，喝止众汉道："全都退下。"众汉闻声退后。少女跳上岸来，捋起了袖子道："让本姑娘来教训他。"周诚道："我不与你动手。"少女道："你莫非看我是女儿身，不屑动手吗！告诉你，我可打倒过许多好汉。"周诚道："我绝无这个意思。你我无冤无仇，何必见了面就要动手？"少女道："呸，你是朝廷的奸细走狗，怎说是无冤无仇！不要多说，看拳。"进步欺身，一拳就打了过来。

周诚见那拳打来，只得退避。少女跟上一步，又是一掌。这一拳一掌干净利落，拳尚未落而掌已先发，可谓出手迅猛。周诚退避不及，忙使一招"斜步单鞭"应对，用右手沉挂其臂，左掌击其面门。少女掌快，周诚的掌更快，"啪"的一声，就结结实实打在了少女脸上。众汉叫道："小子偷袭。"周诚也想不到会轻易便打到了她，大是懊悔。少女从未受过这等挫辱，勃然大怒，掣出腰间两口宝剑，便向周诚砍来。周诚不敢大意，双手齐出，恰握住少女一双玉腕，趁势一捋，夺下宝剑。同时足起，将少女蹬出了丈余。原来武技之中，以空手入白刃最难，这是周诚苦练十年的绝技。

众汉见状大惊，一齐挺刃救护。周诚本当趁机擒下少女，借以脱身，他却临阵心软，将双剑弃之于地，向少女赔起罪道："我不是有意伤你。"就在这时，几口刀又架在了他的项上。众汉道："少主，你一声令下，我们就让他骨肉为泥。"少女羞怒满面，忍了又忍道："不要杀，带回去。"众汉应一声"是"，便将周诚绑了，押上快船。

却说姚文、黄佐出门找寻周诚，恰见他被人掳去。姚文急得捶胸顿足道："是我将他带下山来，如今有失，悔之何及！"黄佐道："兄弟休慌，劫走他的是我义兄杨钦之女。事不宜迟，咱们即刻赶去救人。"二人便忙抬出渔船，登船追赶。

前船顺流而下，去势甚疾，一路追至鹿岛水寨，眼见着船只驶入了小港。其时日已沉西，寨中陆续点起灯火。姚文道："咱们进寨去见杨钦。"黄佐正要说话，前面弯路上摇出一只船来，黄佐见了忙道："兄弟，快藏起来。"姚文见他说得惶急，无暇多问，便同他把小船摇到树荫影里，藏在暗处窥看。

只见来船上载有八人，皆着锦衣。船夫在船头摇桨，两人举火照路。船尾站一俊逸之士，年在四旬，形如鹄立，手摇折扇，背负着一对护手双钩。姚文心想："这些人衣着华丽，却与义军粗布褐衣迥异。"存想之间，那船驶入小港，寨内有人出来迎接。黄佐道："背负双钩的是护法右使吕渊。"姚文问道："何为护法右使？"黄佐道："钟教主病殁之后，杨幺为专己之威，在柱国之下设立护法二使：左使何浩，掌管卫队亲兵；右使吕渊，掌管天牢刑狱。二使的位次虽在柱国之下，却可便宜行事，不俟报闻。吕渊原是教中祭司，因其用法严酷，深为杨幺重用。专一罗织罪名，杀戮异己。又在各寨中广布耳目，探听隐秘。昔日我曾欲行兵谏，正是被他密告杨幺。"姚文道："原来如此。我想吕渊此来必非无故。"

原来吕渊正为黄佐一事而来。杨钦闻说传报，迎入智慧堂里。叙礼已毕，吕渊问道："黄佐叛教之事，杨兄有无耳闻？"杨钦道："我也是不久前得知此事。"吕渊道："我素闻杨兄与黄佐是换命的兄弟。倘若相遇，却当如何？"杨钦道："杨某一心秉公，从无私交。我与黄佐交好，乃属同道之谊。黄佐既已叛教，还有何交情可讲！"吕渊笑道："天王固知杨兄忠勇，特差吕某宣谕。"杨钦闻言起身，拱手听谕。吕渊亦起，取卷来读，谕曰："柱国杨钦素秉忠义，智勇过人。入法以来，立功最著。特加封太尉、护国公。望期善始克终，勿负重望。"

杨钦捧诏称谢道："杨某过蒙天王爱重，必不辱命，往后还要吕护法多在天王面前美言。"吕渊笑道："杨兄太过抬爱我了。天王与兄肝胆相照，岂是区区在下可比？"杨钦道："杨某常年镇守鹿岛，不得与天王共处朝夕。难免会有些流言蜚语，离间我君臣之义。是所谓孝子疑于屡至，市虎成于三夫。杨某不可不虑也。"吕渊道："杨兄尽管宽心。天王至圣至明，目光如炬，绝不会被谗言所惑。兄弟此来，除去宣谕，另有一桩喜事相告哩。"

杨钦问道："敢问是何喜事？"吕渊道："不知令爱芳龄多少？"杨钦道："正当十七。"吕渊道："正所谓男大当婚，女大当嫁，天王欲认令爱为义女，代为择配。不知尊意如何？"杨钦道："此乃天王洪恩，杨某感承不尽。"吕渊道："既如此，便让令爱收拾一下，即刻同我回拜天王。"杨钦道："怎么？今夜就要走吗？"吕渊道："这是亲上加亲的美事。莫非杨兄有何顾虑？"杨钦道："吕护法想必知道，梦蝶虽是我的养女，相待却胜过亲生。数年来相依为命，未尝有一日分离。"吕渊笑道："杨兄此言差矣。莫非终日守着女儿，让她终身不嫁？"

说犹未了，杨梦蝶推门闯入道："不劳天王费心，我已选中良配。"吕渊闻言一怔道："此人是谁？"杨梦蝶道："我的事不用你管。"杨钦道："放肆，不可对吕护法无礼。"吕渊笑道："非是我要过问，是天王要为你择配。你若妄言，欺上之罪不轻。"杨梦蝶道："我不说谎。"杨钦道："梦蝶，你先退下。"杨梦蝶道："爹，我不要别人为我择配，要嫁就你嫁了去。"杨钦喝道："说的是什么话。还不下去。"杨梦蝶又急又气，瞪了吕渊一眼，摔门去了。

杨钦道："梦蝶自小被我宠坏了，吕护法请勿见怪。"吕渊笑道："杨太尉说的是哪里话，我怎会与晚辈计较。不过她说已有良配，未知真假？"杨钦道："此事我尚不知情。或是已有心许的人，尚未向我提及。"吕渊道："婚姻大事当由父母做主，杨兄不知，便如没有。天王翘首期盼之至，还望杨兄善体用心。"杨钦笑道："我最愁梦蝶生性骄蛮，嫁不出去，天王肯为她择配，岂有不愿之理！吕护法且在寒寨宿上一晚，容我唤她来问一问。若是果有意中人了，正是美事，吕护法也好回去交差。若是气话，再来商议。"吕渊道："那么就一言为定。"杨钦便唤侍从熊四进来，令将吕渊等人带去大力宝殿安歇。

杨钦正要传唤女儿问话，亲信杨六到堂，附耳低言道："黄佐来了。"杨钦大吃一惊，屏退闲人，问杨六道："来了几人？"杨六道："只有两人，另一位是岳飞的使者。"杨钦道："带他二人进来，莫让旁人看见。"少刻，黄佐、姚文入内。杨钦迎上前道："贤弟来得不巧。吕渊正在我的寨里，倘若被他撞见，一场祸事不小。"黄佐道："义兄，梦蝶擒来那壮士何在？"杨钦不解道："什么壮士？"杨六道："寨主容禀，少主今晚拿住一名奸细，关在了地牢里。"黄佐道："此人是与我同来的兄弟，请义兄手下留情。"杨钦道："杨六，你去告诉梦蝶，不许为难那壮士。"杨六领命而去。

杨钦便请黄佐、姚文坐下，叹一声道："贤弟之事做得拙了。今来此处，是要我替你向天王求情吗？"黄佐摇头道："非也。"杨钦又道："若不然者，贤弟便当远走高飞，离开这是非之地。非我不肯收留，寨中耳目众多，诚恐误了贤弟。"黄佐道："义兄，我已归顺了岳飞。"杨钦怫然道："你既已叛教投敌，何必再来见我？"黄佐道："我来劝义兄归正。"杨钦道："此话不当讲。杨某受天王知遇之恩深重，粉身难报，岂有负恩反叛之理！"黄佐道："我此行正是为了诸位兄弟。岳飞已许我宽恕众人前罪，招安之后，抗金保民，不失为英雄事业。倘若执迷不悟，身死名败，悔之何及！"杨钦道："我等兴起义兵，志在吊民伐罪，等贵均贫，何罪之有！大事未成，岂可中道退悔，背弃前盟？"黄佐道："此一时，彼一时也。金贼入寇以来，烧杀抢掠，罄竹难书。凡我族类，莫不枕戈吞声，思雪此恨。外患方深，不可再自相攻战了。"杨钦道："且等灭宋之后，讨之未晚。"

姚文冷笑道："杨幺屡战屡败，自保尚难。将军妄言灭宋，岂非自欺？"杨钦道："岳飞兵马再强，不谙水战，能奈我何！"姚文道："外无强援，内乏粮草，不出半载，内乱必生。古有不战而屈人之兵者，斯之谓欤！"杨钦道："汝为岳飞军中说客否？不怕我杀你祭旗！"姚文笑道："我既敢来，便已将生死置之度外。我只怕将军自顾不暇耳。"杨钦道："此话怎讲？"姚文道："将军手握雄兵，坐据鹿岛，岂能不为杨幺所忌？吕渊此来，必欲有质。"杨钦闻言一惊，面上改色。姚文鉴言观色，便知说中，继而言道："杨幺坐困湖中，覆亡可待。先降者受上赏，后至者受显诛，自然之理也。君若委质，恐难完璧而还。"杨钦闻言默然，久而言道："请二位留宿寨中，容我思量。"姚文道："临事不决，必遗后悔。"杨钦道："明日当有所报。"此时杨六已传话回来，候在堂中，杨钦便让杨六送二人下榻就寝。

杨六将姚文、黄佐安排在清净院中就寝，再三嘱道："二位可早安歇，不要外出走动，恐被吕渊耳目知悉。"姚文问道："吕渊住在何处？"杨六道："客人问此作甚？"姚文道："只怕撞见。"杨六道："吕护法宿在大力宝殿，一南一北，不会撞见。院子前后都是寨主亲信之人，二位大可放心。"姚文道："多谢了。我那被擒的小兄弟，还望费心照看。"杨六道："寨主既有吩咐，必保无虞。"说罢去了。姚文对黄佐道："咱们趁夜去杀了吕渊，杨钦无不降之理。"黄佐惊道："兄弟好大胆子！吕渊武艺高强，又有护从戒备，单凭你我二人，如何下手！只怕弄巧成拙，反为不美。"姚文寻思有理，也就作罢。

二人吹灯睡下，姚文又道："我闻杨钦有个女儿，诨名唤作'胭脂虎'，劫去诚儿的莫非是她？"黄佐道："不错。她本名叫作杨梦蝶，是杨兄的养女，自少拜在何浩门下习技，嗜武成痴，善使双剑，十分自矜。自谓恩师以下，唯她一人而已。梦蝶曾在鼎山之上摆擂招亲，声称若有哪位英雄少年能将她打倒，不论俊丑，都肯下嫁给他。梦蝶生得还算貌美，登台的子弟不计其数，却都是乘兴而来，败兴而去。"姚文心下思量："杨钦若肯归降，她与诚儿倒是一对。"又问："不知她的性情如何？"黄佐道："因是杨兄自小溺爱，不免有些娇蛮。"姚文摇头道："若是娇蛮也就罢了，诚儿朴实忠厚，怕要吃亏受气。"黄佐道："兄弟，你说什么？"姚文正要答话，忽听叩门之声甚急，二人便都打住话头。黄佐问道："是谁？"外面应道："杨钦。"黄佐与姚文对视一眼，披衣起来，下地开门。却见杨钦面色凝重地走了进来。

原来杨钦送走二人之后，思忖着姚文之言，难以下定决心。忽有侍从熊四来报："寨主，不好了。吕护法带走了少主。"杨钦大惊道："什么！好个大胆的吕渊！他留下什么话吗？"熊四道："留下一封书信，寨主请看。"杨钦夺过书信展开，只见写道："太尉杨钦亲启：弟闻尊兄已获黄佐，幸甚慰甚。望以三日为期，函其首级，送赴鼎山，以慰天王悬盼。弟有急事，未及面辞，携令爱先行一步矣。吕渊顿首。"熊四道："寨主，只有杀死黄佐，方能救得少主回来。"杨钦道："事到如今，别无法子，在前引路。"二人遂一前一后，往清净院来。

且说杨钦见了黄佐，让他看了吕渊书信。黄佐叹道："我命本是义兄所救，能换梦蝶一命，是所甘心。只求义兄放过我的同伴。"熊四道："寨主，一个也不能放。此人定是官军奸细。"杨钦道："你怎知他是奸细？"熊四道："小人猜的。"杨钦冷笑道："我再问你，你怎知黄佐住在此地？"熊四呆了一呆，哑口无言。杨钦"嗖"地掣出刀道："枉我平日里待你不薄，为何要忘恩负义！想死，你就不招。"熊四慌忙跪下道："寨主饶命，小人实说。小人确是吕护法的人。只因在堂外偷听到寨主与黄佐说话，密报给吕护法，吕护法这才决心带走少主。小人罪该万死，求寨主开恩，让小人将功赎罪。"杨钦道："寨中还有多少吕渊的人？"熊四道："小人知道的还有三人，其余的不尽知道。"杨钦道："写下三人的名字，我就饶你。"熊四唯唯答应。杨钦唤亲兵进来，押他下去。

黄佐道："杨兄待要怎地？"杨钦叹道："我曾失去过一个女儿，不能再抛弃梦蝶。"黄佐道："明白了。义兄便请动手，兄弟死而无怨。"杨钦道："我又怎忍动手杀自己的兄弟？"黄佐听了，便去他手里夺过刀来，要横刀自刎。姚文抱臂拦下道："且慢，三日之期尚早，何不想个补救之方？"杨钦道："有何补救之方？"姚文道："不知吕渊走了多久，能否赶上？追赶不及，再做商议。"杨钦如梦初醒道："就依此言。两日内若得梦蝶安然回来，我便降宋。"

话说当日杨梦蝶擒获周诚之后，蓦然动起心思道："当初我曾立誓，要嫁给一位武艺出众的英雄少年，可惜时至今日，未得良配。这小子能够夺去我的双剑，虽属侥幸，毕竟本事不俗。莫非我的姻缘在他身上？"

因问起周诚的姓名年甲，有无婚配。周诚红了脸道："我叫周诚，年当二十，未曾婚配。"杨梦蝶心中暗喜，一回寨里，便令将周诚押下地牢，来同杨钦商议。其时吕渊正在堂中，向杨钦说起择配之言，杨梦蝶大怒道："我的婚事我会做主，岂容他人置喙！"因此闯进堂中，闹了一场。此后被父亲叱出，杨梦蝶心想："只怕吕渊要以天王名义逼我。看来我的婚事只可急图，不可缓办。我先立威，让周诚怕我，然后事无不成。"想毕，来到地牢。

周诚已被缚住手脚，高高地悬吊在梁上。杨梦蝶掇条杌子坐下，对牢头道："去找来两名贪官行法。"牢头便令两名牢卒搬来一只大鼎，在下面架起干柴。周诚忍不住问："什么是行法？"杨梦蝶道："一会儿你就知道。"

少刻，鼎中水沸，热气腾腾。又见牢卒们押来两名遍体血污的囚徒。杨梦蝶道："此二人有何过恶？"牢头答道："左首的唤作张典，是鼎州通判，在任时贪赃枉法，百姓们都唤他作'赛穷奇'。右首的这个唤作李范……"说犹未了，杨梦蝶打断道："做官的都是一丘之貉，纵使排头杀去，也没一个冤枉的。不必讲了，即刻行法。"牢头便唤四名牢卒进来，抓住张典四肢，"扑通"一声，投入水里。哀嚎声登时响彻地牢。牢卒们又要烹杀李范，周诚叫道："你们住手。"

杨梦蝶站起身，走到周诚面前道："你今日得罪了本姑娘，罪不容诛。本姑娘可怜你一身好武艺，指给你一条生路，如何？"周诚坠泪道："你为何要残害他的性命？"杨梦蝶道："贪官污吏死有余辜，不杀尽了，这世道怎得清明？"周诚道："莫非活活把人烹死，就是清明世道？"杨梦蝶大怒，唾其面道："我好心要救你，你却冥顽不灵。该杀！"牢头听了，对牢卒道："拿他行法。"杨梦蝶喝道："住手，谁让你胡来！"牢头忙道："快退下，是小人造次了。"

杨梦蝶又对周诚道："我把话挑明了说吧，本姑娘看上了你。你若肯入赘我杨家为婿，我便为你松绑，往后和颜悦色地相待。若不然者，先将这狗官烹了，再来烹你。"李范听了这话，跪下哀求道："小壮士，你就答应了吧。这位女大王天仙一般模样，打着灯笼都没处找去，莫非还配不上你！这是你几辈子修的福气。"

周诚犹疑未答，却听一个声音笑道："侄女的眼光属实稀奇，教中那么多青年才俊你看不上，单单看上了这么个丑小子！"杨梦蝶猛一回身，才见吕渊不知何时进了地牢，身后还跟着几名护从。杨梦蝶又惊又怒道："大胆吕渊，这是我鹿岛的地牢，不是你的天牢，岂容你随意出入？"吕渊道："我是奉了天王的旨意办事，哪里不能出入？"杨梦蝶道："你来要做什么？"吕渊道："天王要你同我回去。"杨梦蝶道："我不同你回去。"吕渊道："只怕如今由不得你。"杨梦蝶道："你要怎样？"吕渊面上冷笑，暗中背手去取双钩。

杨梦蝶急掣双剑道："大胆吕渊！天王尚要敬我三分，你是什么东西，竟敢这般无礼！"牢头听着话不对头，便要溜出去报信。早有吕渊的护从把住门口，只一拳，打倒了牢头。杨梦蝶大怒道："吕渊，今日不是你死，就是我亡。"抡起双剑，向吕渊迎面便砍。吕渊挥动双钩来迎，冷笑道："往日只是人家让你，你怎敢在我面前卖弄！"

周诚虽恶杨梦蝶残暴无理，见她遇险，毕竟心内担忧，喊李范道："大叔，快帮我解开绳子。"李范心道："傻小子，我还管得你哩。"爬起身来便走。不想一脚正将鼎架踢开，轰然一响，那鼎倒塌下来，砸断了李范脊背，吐一口血，一命呜呼。

再说杨梦蝶与吕渊交手，数十合未见胜负。若论真才实学，吕渊无疑技胜一筹，但他意在生擒，难免瞻前顾后。杨梦蝶盛怒之下，却在以性命相搏。吕渊的护从已将众牢子打倒，苦于牢房窄小，不能夹攻。吕渊自知多耗一分，便多一分变故，忽然心生一计，抽身便走。杨梦蝶杀红了眼，箭步直追。吕渊命护从道："杀死监里那小子。"护从于是闯进监中，要杀周诚。杨梦蝶回救不及，忙叫道："不要杀他。"

吕渊道："不杀也行，除非你跟我走。"杨梦蝶略一踌躇，已被吕渊夺下一剑。杨梦蝶疾退两步，横剑于颈道："你若杀他，我就自刎。"吕渊道："你又何必如此。我带你去见天王，并无歹意。你若心疼他，我便饶他一命。"杨梦蝶想了一阵，弃剑于地道："好，我跟你走，去向天王讨个公道。"吕渊大喜，命人将她绑了，押出地牢。地牢不远便有一处小港，泊着几条渔船，熊四已将看守支开，登船离寨，并无所阻。

周诚感念杨梦蝶舍己救护之情，两臂上使出蛮力，"砰"的一声，把绳崩开，摔落在地。周诚便就地上捡起一口宝剑，赶出地牢。吕渊一行正自登船远去。周诚便也跳上一条小船，解了缆绳，撑篙要赶。他却不十分会水，只把那船撑得原地乱转。

正当心焦无措之际，听人喊道："谁在撑我的船！"周诚回头一看，只见寨里走出一名须发半白的老汉，径奔小港而来。周诚情急生智，不答其言，等到老汉走近，将他一把拽上了船道："老伯，帮我赶上前面那条小船。"老汉吃惊道："你是哪位？"周诚把剑往他项上一横道："得罪了，快赶。"欲知后事如何，且看下回分解。

第二十四回

"小阳春"诚邀众客　周少侠艺冠群才

　　话说吕渊一行登船离岛，天方放晓，驶至鼎山。鼎山方圆十里，中峰隆起，四面空阔，义军据以设立东、南、西、北四寨，各有三五千人把守，每寨设置守备一名，总理寨务，位在三品。吕渊等人自南寨登岸，来到守备衙门，对南寨守备张范道："我要去面见天王。你把要犯关进地牢看管。"张守备应道："吕护法放心，包在下官身上。"原来二人品级虽同，地位迥异，护法二使是天王近臣，不可等而视之。

　　送走吕渊之后，张守备唤来典狱李典，交办此事。李典狱道："大人，她可是杨柱国之女。"张守备道："我知道。这是吕护法的法旨。"李典狱道："敢问大人，她犯的是死罪还是活罪？"张守备道："吕护法走得急，本官未暇多问。关入地牢，想必不是死罪。"李典狱道："若非死罪，大人却要三思而行！"张守备道："此话怎讲？"李典狱道："大人试想，杨柱国位高权重，天王尚且让他三分。他女儿又是有名的'胭脂虎'，何曾受过委屈？若是犯下死罪还好，若是活罪，改日放回去，怎肯善罢甘休？吕护法自有天王关照，大人靠谁保全？"张守备大惊道："若非你说，险些误了性命！却要如何是好？吕护法的法旨我也不敢违背。"李典狱道："吕护法的意思是将她留在寨里。卑职请将她请去典狱衙门，好吃好喝地管待，只不许离开罢了。既可讨好杨柱国，又不违背吕护法法旨。"张守备喜道："好主意，就照此法去办。但要严加看管，不得有失。"

商议已定，李典狱将杨梦蝶带回典狱衙门，请进后堂管待。杨梦蝶道："为何不带我去见天王？"李典狱赔着笑道："姑娘息怒，卑职也是奉命行事，做不得主。敢问吕护法为何把姑娘绑来？"杨梦蝶道："谁知他听信了什么谗言，还不快给本姑娘松绑！"李典狱道："卑职为姑娘松绑不难，却怕姑娘要走，惊动守卫，卑职的命就难保。"杨梦蝶道："你放心，吕渊若不给个说辞，本姑娘还不走呢！"李典狱道："如此最好。"便给杨梦蝶松绑。杨梦蝶正没出气的地方，兜脸一个耳刮子，便扇了李典狱一个趔趄。李典狱也不着恼，笑道："若能让姑娘出气，再打我几下无妨。"

杨梦蝶笑道："你还算是个老实人，唤作什么名字？"李典狱道："卑职唤作李典。"杨梦蝶道："我见你一脸麻子，倒像一头花豹。"李典狱笑道："卑职当劫匪时，原本有个绰号唤作'金钱豹'。"杨梦蝶道："'金钱豹'？嗯，听着就不像好人。自己掌嘴吧。"李典狱二话不说，便自掌嘴。杨梦蝶见他卑躬屈膝，倒也有趣，呵呵笑了两声，气便消了大半。李典狱道："卑职还有些公务处理，不能久陪着姑娘。我给姑娘安排两个听使唤的人，若不得用，再来唤我。"杨梦蝶道："看你识相，我就不与你计较了。干你的事去吧。"李典狱唯唯而退。两名丫鬟正在堂外掩口窃笑，见他出来，慌忙跪倒。李典狱道："好生伺候着杨姑娘，打不许还手，骂不许还口，若有分毫怠慢，仔细我扒下你们身上的皮。"丫鬟们唯唯答应。

另说周诚逼着老汉追赶吕渊，行有十数里水路，前船渐行渐远，终于消失在烟水之间。周诚急道："老伯，那船去得远了。"老汉道："老儿只有一个人撑船，累死也赶不上。斗胆请问壮士，为何要赶那条船？"周诚道："杨姑娘被人掳走了，就在那条船上。"老汉道："你说的杨姑娘是我家少主吗？"周诚道："不错，我听寨里的人称她少主。"老汉又问：

"她为何被人捉去？"周诚道："这话我一时也说不明白。吕渊要把杨姑娘带去鼎山，杨姑娘不肯，就动起了手。吕渊用我性命要挟，杨姑娘方才就范。"老汉道："鼎山是我明教的总寨，屯驻着两三万士兵。壮士本事再高，也休想救出人来。"周诚道："我也没有多大本事，但杨姑娘是为救我被掳，我不能不去救她。"周诚想起那个明艳少女，就禁不住脸颊通红。老汉道："难得壮士如此义气。老儿本是该死的人，亏得杨柱国救了性命。如今少主有难，敢不尽心！"

周诚奇道："老伯为何说是该死的人？"老汉道："老儿姓胡，原是桃源县里的讼师。本教攻占县城之后，让百姓揭举官绅。有人指认老儿曾为富豪打官司，将老儿游街示众。这倒还罪不至死。老儿平时又好议论，在听祭司讲法的时候，因说了句'天王也是人，怎会没有错处'，不想被绣衣听去，定了个大不敬的罪名，险些就被活埋。亏得杨柱国说，寨里也要几个识字的人，才免了老儿死罪。老儿自此当上了邮差。但凡鼎山、鹿岛两地家书，都是老儿捎送。"周诚道："随口说句话就要活埋，也太没道理了。"胡老汉忙道："诶，再不要说这话，亏得此间并无六耳。都怪老汉多嘴，天王是不会错的。"

日上三竿时候，船到鼎山。胡老汉道："上岸会有守军盘问，都由老儿答言。只是你带着兵刃不便，只好丢进湖里。"周诚心想："此剑本为一对儿，乃是杨姑娘心爱之物，丢弃了岂不怪我？"又一转念想道："如今救人是急，旁事也顾不得了。改日我再赔她。"遂而弃剑于湖。不久，二人登上北岸，果有守军盘查。胡老汉去腰间摘下一块腰牌，递与守军。守军问道："与你同来的是谁？"胡老汉道："他是老儿的侄子。老儿年迈了，往后要靠他送信，故先带来熟悉路径。"守军又在二人身上摸索一番，见无违禁的利器，放进寨里。

周诚问道："寨中的监牢在哪儿？"老汉道："鼎山有东南西北四座寨子，此处是北寨。四寨各有一座天牢、一座地牢，却不知杨姑娘在哪儿。"周诚又问："天牢如何？地牢如何？"老汉道："天牢是吕护法管，地牢是各寨的典狱管。俗话说，'进地牢，少层皮；进天牢，死无疑'。"

周诚道："不好，杨姑娘是被吕渊带走的，想必关进天牢去了。"老汉道："也不尽然。关进天牢要有天王的明旨，并非吕护法可以妄为。"周诚道："我想起来了，杨姑娘说要去见天王。天王在哪儿？"老汉把手一指，道："在光明顶上。"周诚顺着所指的方向望去，只见山巅上建着一座殿宇，金碧辉煌，光彩夺目。周诚又问："如何能够上去？"老汉道："上山只有南面一条大路，沿途设有三道关卡，若无腰牌，休想上去。"周诚道："老伯不是有腰牌吗？"老汉道："腰牌要分三六九等。我这腰牌只能进寨，上不得山。"周诚想了一会儿，道："老伯先去送信，把腰牌给我，我再另想法子。"老汉道："也好，你自己小心。我送完信，还在这里等你。"

周诚取了腰牌，辞别老汉，迤逦往南山脚下。只见身旁陆续有挑夫过去，如赶集市一般。周诚紧走两步，赶上一人问道："大哥往哪里去？"挑夫边走边答："往光明顶上。"周诚听记在心，又走百来步远，正见一名老挑夫坐在大杨树下乘凉，身前放一担子，两端担着木桶。那老挑夫年过六旬，身材消瘦，满脸上沟壑纵横，背驼成了一张弓，两只手有如枯木。周诚上前问道："老伯挑的是什么？"老挑夫道："好酒。"周诚道："是要挑上山吗？"老挑夫道："自然是挑上山去。今日天王宴请客人。"周诚道："这山足有百丈来高，挑上去怕不容易。老伯年岁不小，怎么还干苦力？"老挑夫笑道："挑酒是干净差事，老儿怎敢抱怨？山上的剩菜残羹、大小粪便，哪个不要人挑下来？老儿原是挑粪的，挑了几年，长官怜见，才许挑酒。"周诚道："我替老伯挑上去吧。"老挑夫道："怎么好劳烦你？"周诚道："我年轻，有的是力气。"老挑夫笑道："小伙子，我看你没说实话。"

周诚只当被人识破，心中慌乱，言语结巴道："我……我……"老挑夫又道："我猜你是想去开开眼界。"周诚摸一摸头，傻笑道："被老伯猜中了。"老挑夫道："按照规矩，挑酒是不许换人的。但我见你憨厚老实，不是歹人，我便担些干系，成全你一回，我也落得轻省。把你的腰牌给我看看。"周诚赶忙递上腰牌，老挑夫看了，便把自己的腰牌与他换过，说道："若有人盘问起你，你就说是新来的。下山之后，咱们再把腰牌换回来，我就在这里等你。"周诚喜道："多谢老伯。"老挑夫又嘱道："切记不要弄丢腰牌，我须担着罪过。"周诚答应，挑起担子，上山去了。

山有百丈来高，路用石阶铺就。周诚扛着担子，拾阶而上，正见一顶轿子从旁抬了过去，轿内坐着一名苍髯老儿，四名轿夫累得吭哧气喘。周诚心想："老伯说今日天王宴客，坐轿子的想必便是客人。"那三重关上各摆着檑木滚石、硬弩强弓，上百名蓝衣健卒把守要道。每过一关，都会有人查验腰牌。周诚愈走愈是心惊，暗想道："纵使寻着了杨姑娘，我又如何救她下山！"

连过三关，来到光明顶上。只见光明顶是一片水磨也似平地，平地上起造一座光明堂，屋瓦系黄金打造，殿柱是白玉雕成。堂前立着一面杏黄旗，上书"等贵均贫"四个大字，在风中招展不定。另有二十名铁甲卫士守在堂前。周诚便要担酒入内，卫士喝道："你是新来的吗？不懂规矩？"周诚立住脚步，不知所措。只见光明堂内走出两名绣衣侍者，接过酒桶，搬进堂中去了。卫士又道："张望什么？还不快走！"周诚暗地里叫苦，原来白白辛苦一遭，竟连堂门也难进去。想再盘桓一阵，又怕卫兵起疑，只好下山。

走在半路上，周诚忽想："正面难以进去，不知山后如何？"左右一看，恰巧无人，周诚便转身钻进丛莽，揽葛攀藤，转到北面。山后是悬崖壁立，如刀削成，松柏皆生石缝之中，哪有路径？这却难不倒周诚。他常年在山中采药狩猎，登山跳涧，捷若猿猱。当下手攀松柏，轻蹬巧蹿在那云雾里行。

费时不久，攀上崖岸，只见沿崖垒着一带院墙，墙有两丈高矮，红泥涂就。周诚一个垫步拧腰，扳住墙头，探头往内看时，正是光明堂的后院，栽满了奇花异草、松竹芭蕉，一片浓翠之中，露出屋檐数角。周诚见院内悄寂无人，便使一招"平沙落雁"式，轻轻地翻身跃入。却不想两名青衣侍者正在埋头灌园，只被草木遮蔽了视线。周诚一跳下来，三人就相互看见了，六目相对，全都怔然了半晌。周诚当先醒悟过来，手起一拳，殴倒了一名青衣，而另一人却已叫嚷起来。

原来此日杨幺宴请了夏诚、苏弦、云韦、彭俊、郎杰五位柱国，共商黄佐叛教之事。周诚路上看见的客人正是苏弦。苏弦一进客堂，便听云韦埋怨：“苏老儿，今日你又来迟。几时能够改掉你的慢性子？”苏弦道：“老亲家，你若能改掉你的急性子，我也就跟着改了。”夏诚笑道：“二位老哥还是一见面就要斗口，莫非是积年的冤家？如今都已白发多过黑发，竟还是旧性不改。咱们不要争，都听天王示下。”

杨幺笑道：“在座并无外人，咱们还是以兄弟相称。想当初水寨草创之时，我众兄弟朝夕聚首，何等义重情深！如今各掌一方水寨，经久不见，莫非就生分了？”云韦道：“天王这话说得正是。云某身虽阻隔，却无时不在思念天王。”杨幺长叹道：“众兄弟若都能一体同心，又何愁官军围剿。”云韦道：“黄佐的事我有耳闻，天王但请宽心，哪怕他当真降了岳飞，也掀不起什么大浪。早晚我必将他擒来，交由天王处置。”杨幺道：“黄佐本是你我换命的兄弟，想不到竟会投敌，我每思及，痛心疾首。莫非是我做错了什么？哪怕我有错处，都是自家兄弟，何不当面向我提呢？”云韦道：“这不是天王的过错，是他黄佐忘恩负义，背弃盟言。”杨幺道：“可如今看来，背弃盟言的不只是黄佐。”云韦惊问道：“另有何人叛教？”杨幺道：“当初我等兄弟结义，共是九人。如今教主归天，黄佐反叛，堂上还有何人不在？”众柱国环顾一眼，齐声道：“杨钦！”

杨幺道：“我不知杨钦是否叛教，但他窝藏黄佐确凿无疑。”夏诚道：“杨钦占据鹿岛，广有战船。若真叛教投敌，非同小可。”杨幺道：“若只杨钦要反，我也不惧。我只怕教中人心不一，守备们各怀异志。”夏诚道：“杨兄弟怕是过虑了吧。”杨幺道：“我等建寨七十余处，便有七十余名守备。杨钦受恩最深，犹且首鼠两端，怎保得各寨守备尽皆忠义？”众柱国闻言在理，各自点头。杨幺又道：“这几日我冥思苦想，总算想出了症结所在。杨钦、黄佐所以足虑，是因二人在一方水寨经营太久，蒂固根深。以致斯人一反，举寨投敌。若使各寨守备调换水寨，咱们不就可以高枕无忧了吗？”

众柱国相视一眼，默默无言。杨幺道："诸位若有高见，不妨直陈。"苏弦道："我曾统领官军二十载，深知其中之弊。弊之大者，莫过于兵不识将，将不识兵。方今大敌当前，正是将士用命之时，私以为调换水寨不妥。"云韦道："难得我与苏老儿想到一处去了。"彭俊更说道："天王若有疑虑，我请自解兵权。"夏诚道："彭兄弟这是什么话。天王又不是有心疑你！"彭俊道："在我寨里布置暗探，又是为何？彭某生性磊落，见不得这些伎俩。"一言讲罢，席上为之一冷。彭俊自知说得重了，又道："彭某只是性直口快，对天王并无二心。唐突之处，请天王海涵。"杨幺面寒如铁，缓缓地道："今日请众兄弟来，是为商讨对策，共济时艰。调换水寨的事，我不过提个建议。若都以为不妥，便先搁置不谈，不必为此伤了义气。"夏诚道："天王所言正是。当此存亡之际，理应平心论事。"云韦、苏弦皆道："不错，大敌当前，不可自乱了阵脚。"

杨幺便又说道："咱们且说当务之急。官军禁湖已久，教中财用日亏。坐吃山空，毕竟非计，最要紧的是筹措钱粮。诸位兄弟有何良策？"苏弦道："筹钱之道无非开源、节流。从节流上讲，理当由各位柱国、守备身体力行。老亲家，你偌大年纪，还娶五房妻妾，成何体统？此辈不蚕不织，衣必文采，食必粱肉，非节财之道也。"云韦怒道："我一家数口吃得穷吗？大半辈子出生入死，娶几个女人算什么？要我说，钱不是省下来的，还要在开源上想主意。"苏弦道："老亲家有何高见？"云韦道："开源莫如加赋。"苏弦道："加赋也要思民堪受。"云韦道："再者就卖官。"苏弦道："若买官的尽是庸碌之徒，岂能不误大事？"云韦怒道："苏老儿，你怎么总是与我作对？"

夏诚道："云兄息怒，苏兄莫争，我有一个主意，正是从卖官这条路子上想来的。"云韦道："你讲。"夏诚道："我的意思是造些神迹出来，让祭司广为宣扬，鼓励信徒纳捐，名字就叫作'赎罪钱'，如何？"云韦笑道："还是你有法子，果真胜过卖官。"不料彭俊却正色道："我不同意。我等入法，是要光大教旨——等贵均贫，岂可愚弄信徒，借以敛财？钟教主泉下有知，必难瞑目。"云韦道："兄弟不知变通。若无钱粮维持，上下解体，谈何光大教旨？"郎杰道："我的意思与彭兄一样，此事断不可行。我宁可殉道而死，不能背誓而生。"郎杰生平寡言，言必掷地有声。夏诚、云韦俱各张口无言。

杨幺见众人吵成一团，面色阴晴不定，忽听后院里有人嚷道："快来人，捉拿刺客。"堂上众人齐吃一惊。云韦道："怎么，刺客跑到光明顶上来了？"杨幺冷冷地笑道："我倒要看看，是谁吃了熊心豹子胆，敢在光明顶上放肆。"说罢拍案而起，走来后院。

话说周诚打倒两名青衣之后，夺刀而走，正被赶来的亲兵统领何浩拦住，二话不说，交上了手。那何浩本是江东好汉，生得身长八尺，虎项魁头，善使一双铜锏，武艺出众。曾因打死官长，流落江湖。又不幸盘缠用罄，到处难投。他却不肯昧了良心，去做那锥埋剪径的勾当，只好当铜卖马，续得残命。杨幺遭际此人，爱其磊落，解衣推食，待若国士。何浩感激，遂许驱驰。此后明教举起义旗，攻城略地，何浩退必殿后，攻必先登，立下了赫赫战功。杨幺用为护法左使，掌管卫队亲兵。

周诚急于脱身，使出了平生本事，而何浩亦非等闲之辈，一时间战他不倒。吕渊闻声而至，又来夹攻。周诚只得抖擞精神，力敌二使。三人从后院打到前堂，呼喝之声不绝于耳。众柱国都是习武之人，见了这场好斗，莫不啧啧称奇。苏弦道："老亲家，你素日常自夸手段，不知比起这少年如何？"云韦道："可惜我的铁锥不曾带来，不然就与他较量较量。"苏弦笑道："俗话说：'有了存孝，不显彦章。'老亲家还是不要出手，免得误了你一世英名。"云韦听了大怒，便从卫士手里夺过口刀，要下场与周诚比试。杨幺道："云兄一世豪杰，何必与竖子争雄。"喝令："卫士上前，拿下刺客。"十数名铁甲卫士早已赶到，奉了号令，一齐动手，铁甲重重，四面裹住。周诚苦无三头六臂，立被众卫士夺了兵刃，缚住手脚，带至杨幺面前。

杨幺道："何人指使你上山行刺？"周诚道："我不是刺客，是来找杨姑娘。"杨幺道："找什么杨姑娘？你当我这光明堂是窑子吗！"众人大笑。吕渊道："这就是杨梦蝶看上那小子，不想竟追到了这里。"杨幺又问:"寨内有何人接应?"周诚道:"我自己来的,没人接应。"杨幺冷笑道:"莫非我的侍卫都是摆设?没人接应就想上山?"卫兵道:"我见过他,他是担酒上来的。"杨幺随即下令搜身,寻获腰牌,追查到老挑夫,立斩不赦。吕渊又道:"卫队是何浩掌管,防范不周,难辞其咎,卑职请治其罪。"彭俊、郎杰求情道:"何兄素来忠勇,多有战功,望乞天王宽恕。"杨幺道:"功是功,过是过,如若不罚,何以令众!"因命鞭之四十。何浩自甘领罚,并无怨恨。

杨幺便命将周诚押下山去,与杨梦蝶关在一处。吕渊问道:"是否将二人打入天牢?还请天王明示。"何浩问言色变道:"求天王重责我,饶恕小徒一命。"杨幺冷笑道:"若是求情有用,何不去求杨钦来见我!"何浩道:"杨钦若知女儿有失,岂能不反!"杨幺思之有理,说道:"且先关进地牢,待三日限满,再看如何!"毕竟周诚与杨梦蝶性命如何,且看下回分解。

第二十五回

"翻山鹞"奇功再建　杨天王霸业沉埋

话说吕渊将周诚押下山来，投入地牢，向张守备询问起杨梦蝶，才知关在典狱衙门里。吕渊大怒道："杨钦已有叛教之心，所以不反，只顾虑着一个女儿。误了大事，你们有几颗脑袋够砍！"张守备失色道："是李典狱为我出的主意。吕护法息怒，我即刻将她投入地牢。"二人赶到典狱衙门，李典狱慌忙迎着。吕渊抬手就是一个巴掌，扇了李典狱一个趔趄。张守备道："杨梦蝶在哪儿？"李典狱捂着脸道："在后堂。"吕渊、张守备便奔后堂。杨梦蝶正仰卧在一张软椅上歇着，两名丫鬟跪着给她捶腿。杨梦蝶见了吕渊大怒，"腾"地从椅上跳起，迎面就是一拳。吕渊略退一退，接住其臂，趁势一个过肩摔，掼倒在地。随即喝令将她绑了，投入地牢。

地牢里晦暗无光，鼠蚁遍地，马桶放在墙边，散发着矢溺之气。杨梦蝶气愤难当，骂不绝口。吕渊害怕要犯有失，特地从天牢里调来一名绣衣。原来天牢的牢卒皆穿绣衣，故以绣衣代指。绣衣见杨梦蝶骂得厉害，有心给她些厉害看，恶狠狠道："你有种就接着骂。"杨梦蝶瞪着眼道："本姑娘不是被吓大的。等我出去，让你们全都人头落地。"话音未落，鞭子先已落了下来。杨梦蝶"哎哟"一声，喊了声疼。绣衣鞭下不停，一鞭下来，就是一道血痕。杨梦蝶越打越骂，绣衣越骂越打。杨梦蝶实在忍不住疼，只得住了口，蜷着身子，向壁饮泣。绣衣道："我让你哭。"一鞭接着一鞭，打得哭也不敢哭了。

傍晚，李典狱依例查监。牢头将牢卒点齐，恭听训示。李典狱道："你们竖起耳朵听着，今日新来的两名要犯关系重大，非同小可，不能有分毫闪失。"牢头道："大人放心，地牢里铜墙铁壁，他二人插翅难飞。"李典狱道："不怕有外贼，只怕有内鬼。牢卒们都可靠吗？"牢头道："可靠。都是小人知根知底的兄弟。"李典狱道："可靠就好。这几日要辛苦你们，我特地备下了好酒犒劳。"便命四名亲随担着好酒进来。牢头道："哎哟，多谢大人了，这都是小人们分内之事。"李典狱道："让他们吃酒吧，你同我去看看要犯。"

众牢卒分发了美酒，自有人拿去孝敬绣衣。牢头陪着李典狱巡看牢房，转过了两道弯，来到了杨梦蝶监外。只见杨梦蝶遍体是血，蜷缩在角落里发抖。李典狱道："她是怎么了？"牢头悄声道："吕护法派来的绣衣将她好一顿打，卑职又不敢拦。"李典狱道："打坏了可不得了。打开监门，我去看看。"牢头道："吕护法走的时候吩咐，只有绣衣才能打开牢门。"李典狱道："你是听吕护法的，还是听我的？"牢头为难道："大人，绣衣还在牢里看着呢。"李典狱道："我看你是想攀上高枝，另谋高就吧？"牢头道："小人岂敢，岂敢！"李典狱道："这也怪不得你，谁不想去天牢里当差。"牢头见如此说，连忙赔着笑道："小人惶恐，惶恐，小人只听大人的。"说时，取出钥匙，去开监门。李典狱道："这就是了。有人怪罪下来，自有我呢。"牢头笑道："是，是，小人多感大人的栽培，唯大人马首是瞻。"而就在将要打开监门之际，牢头忽觉身子剧痛，刃透前胸，一柄钢刀贯穿了他的腹背。李典狱面色阴冷，正是行凶之人。

牢头笑容僵住，垂头跪倒。李典狱掣出刀来，走进监中。"扑通"一声，牢头的尸身倒下。杨梦蝶忽叫道："不要打我。"李典狱忙道："杨姑娘莫怕，卑职是杨柱国的人。先前不知原委，不敢私放姑娘。适才得获杨柱国的密信，这才出手解救。卑职来迟，让姑娘受委屈了。"一面说，一面给她割断绳绑。杨梦蝶定神看他一眼，恐惧之色少褪，猛然间夺过刀来，跑出监去。

众牢卒都已饮了李典狱带来的毒酒，横七竖八躺倒一地。李典狱赶出监门看时，只见杨梦蝶手挥钢刀，在绣衣的尸身上乱砍。李典狱拦下道："姑娘住手。此地不宜久留。"杨梦蝶才丢了刀，放声大哭。李典狱又令将周诚救出，对二人道："我送二位离岛，请二位照我计策而行。"说罢，让亲随取出两口麻袋，让二人钻入其中，拴束紧了袋口，戳破一孔透气，又在麻袋外面涂抹上人血。众人便假作抛尸，将二人抬出地牢。

南寨湖岸旁有处土坡，原名"买骨坡"，取燕昭王"千金买骏骨"之意。后来但凡牢里打死的人，都被抛尸在此，白骨相望，人踪罕至。教众唤得口熟，改唤作了"埋骨坡"，逐渐地忘其本意。李典狱将杨梦蝶、周诚带到埋骨坡上，另有亲信之人已在坡后备下船只。一众便要登船离岛，有人忽在背后喝道："全都站住。"众人回头看时，却见是何浩赶了过来。

原来何浩思及爱徒，私去探监，恰见到牢卒们尸横在地。何浩情知有变，循着血迹，追踪而来。李典狱等见了何浩，尽皆失色。杨梦蝶忽放悲声道："师父真想要徒儿的命吗？"何浩是有情重义的丈夫，伫立当地，不能答言。李典狱见他并无动手的意思，便将杨梦蝶拉上小船，催令船夫快走。何浩如梦初醒，向前迈出了一步，待要喝止，终究硬不下心肠，眼睁睁看着小船离岛，渐渐远去。

不久，杨钦举寨降宋。岳飞随即修书一封，劝降杨幺。杨幺大怒，点起雄兵，要夺鹿岛。岳飞叹道："杨幺终不肯降，只有靠武力平定。"杨钦因献策道："杨贼水军厉害，全仗车船。欲破杨贼，唯有先破车船。但要如此如此，这般这般，杨贼必为擒矣。末将愿为前驱，立功报效。"岳飞许之。

数日之后，杨幺聚集水陆军兵五万，号二十万，来夺鹿岛。宋军以杨钦为水军主将，牛皋为陆军先锋，共计军兵两万迎敌。杨钦择定险要之处，把战船层层排开，横绝水路；牛皋于夹岸摆开步卒，多设炮弩，与水军互相为援。午牌时分，两军交战。义军战船雁翅排开，以艨艟当冲，舲艎为翼，车船居中，杂以鳅船、斗舰，浩浩荡荡，望若垂天之云。杨幺以彭俊、郎杰为水路先锋，云韦、苏弦为陆路先锋，水陆并进。两军始以石炮、箭矢遥击，继以拍杆、撞角相撞，再以长枪、刀盾相搏，鼓声与涛声激荡，如山崩地裂，如奔走败马，哀号泣鬼，杀声震天。

杨幺坐镇"苍鹰"观战，忽生感慨道："想当初我军草创，兵甲不足，官军数倍于我，又有车船为助，而终遭败北。何也？"吕渊道："天王知人善任，用兵有方，岂是官军中酒囊饭袋可比？"杨幺摇头道："若非兄弟们众志成城，将士们舍生忘死，如何能够取胜？谁知今日，却落得个手足相残！可叹天下之交，多如张耳、陈余。可同患难，不可同富贵也。"

血战半日，湖面上漂满了断板、浮尸。其时郎杰将左军，彭俊将右军。彭俊欲先克敌，亲以锥形入阵，主船"黄鹄"遂受重创，湖水倒灌，其势将沉。将士皆劝彭俊弃船。彭俊喝道："旗帜所在，岂可轻弃。敌军主船就在不远。与我全速冲锋，撞沉'赤雀'。"原来杨钦主船名曰"赤雀"，居于阵后。杨钦忽见"黄鹄"突入，便知意在己船，急命左右艨艟撞去。义军见主将身先士卒，亦争相以船翼护，迎撞官船。一时间撞击之声大作，犹如川崩海立，暑夜惊雷。"赤雀"转舵不及，被"黄鹄"撞上侧舷，轰然一响，将士扑地。彭俊即令义军抛放飞钩，准备登船刃战。

义军士气高涨，追随彭俊撕开敌阵，同郎杰左军夹击宋船。杨钦见势不好，不敢恋战，匆忙弃了主船"赤雀"，换乘"白鹞"而走。官船一并向沅江溃退。牛皋恐被义军在后登岸，截其退路，亦令烧毁营寨，向南退却。杨幺大喜，令云韦、苏弦留守鹿岛，亲自追赶杨钦。

船溯沅江而上，水道渐渐变窄，两岸尽是丛生的草木，路上多见被官军遗弃的车船。何浩忽生警惕道："天王，两岸草木丰茂，须防有伏。"杨幺笑道："敌兵水军已溃，我于江上往来自如，彼纵有伏，我何畏哉！今日纵不能生擒杨钦，也要让官船片帆无还，以绝后患。"赶有数里，只见上游漂下许多败苇折芦。杨幺脸色倏变道："不好，速速退兵。"

原来车船进退全靠着明桨转动，一旦芦苇绞入其中，不能运转，车船便如断其两足，寸步难行。义军急要退时，为时已迟。杨幺忙令军士下水，清理芦苇。此时却听两岸上震天价鼓响，翻起无数面岳家旗帜，漫山遍野尽是官军。杨钦令水军皆乘帆船，又自上游杀至。原来义军中多是车船，帆船却少，再与官军交战，便落下风。更有岸上官军把箭射来，杀伤甚众。何浩因劝杨幺舍弃车船，换乘帆船而走。杨幺不从。

两军又交兵了半个时辰，斥候来报道："云柱国闻说天王有难，急急率军来援，却因轻兵冒进，误中埋伏。云柱国大败，已降宋了。"何浩惊问道："鹿岛如何？"信使道："苏柱国留守鹿岛，被官军所袭。终因水寨残破，不能抵挡。苏柱国已自刎而亡。"杨幺听罢，两眼一黑，向后便倒。正是：时来天地皆同力，运去英雄不自由。

何浩忙将杨幺背进舱中，灌以冷水救醒。杨幺长叹一声道："唤彭俊、郎杰过来，我有话说。"何浩便要传唤二人，忽闻舱外喧声大作。何浩惊问道："外面何故喧哗？"卫兵道："吕护法被彭柱国斩了。"何浩大惊。杨幺苦笑道："好呀，全都反了。"何浩道："彭兄弟素来忠义，必无反叛之理。我请为天王召而问之。"话音方落，卫兵又报："彭柱国带甲而来。"何浩急取双锏在手，守住门户。彭俊上前问道："何兄，天王何在？"何浩厉声喝道："汝今带甲而来，意欲何为？"彭俊令亲兵退下，叉手禀道："何兄不要误会。彭某特来请罪。"

原来吕渊奉命前去督战，因责将士畏敌，要斩退者。将士素日深恨吕渊，敢怒而不敢言，如今大败，不堪再忍，群起发难，围攻吕渊。吕渊亲兵尽被杀死，其只身逃到彭俊船上求救。彭俊喝止乱兵，问其缘故。吕渊道："此辈临阵畏缩，我欲斩之，他等却公然反叛。请彭柱国速将乱军正法。"彭俊脸色一变，面数吕渊之罪道："是汝欺上瞒下，曲造是非，致令忠良冤死，上下分崩。所以至今日，皆拜汝所赐也。"吕渊失色道："冤哉！桀犬吠尧，为其主也。"彭俊厉声喝道："天牢中枉死之人，岂不冤哉！"言讫，命将士上前，乱刀砍死。

彭俊枭起吕渊首级，登上"苍鹰"请罪道："吕渊大奸大恶之徒，三军素所深恨，若不斩之，难平众愤。乞请天王照察。"杨幺走出舱来，扶住彭俊道："我被宵小所误，以至于此，恨不得手刃此贼，碎尸万段。贤兄何罪之有？事已至此，我当自断首级，凭汝等持取富贵。"掣出宝剑，便欲刎颈。何浩急前夺剑道："天王岂可自寻短见？"杨幺道："大势已去，不死何为？"彭俊道："当年我军缺粮少饷，尚可屡败官军。今尚拥兵数万，何难东山再起？我与郎杰率军死战，天王可乘小船而走，借道澧水脱身。"杨幺道："我岂肯弃军而走？"彭俊道："大王曾经教我，'留得青山在，不怕没柴烧'，教中可以无彭俊，不可无君。事不宜迟，迟则军心有变。何兄善保天王，事成之后，请赴鼎山再会。"何浩泣泪道："贤弟千万保重。"彭俊道："何兄莫效小儿之态。事若不成，何辞赴黄泉痛饮！"说罢，拜辞杨幺、何浩，转回己船，擂动战鼓，鏖战官军。何浩则暗召亲兵百人，护送杨幺登上小船，趁乱往澧水而走。

且说杨幺一行不点火把，悄悄地行过一段水路。何浩指着前方岔口道："转过岔口，便可回洞庭湖了。"杨幺道："我今日虽误中奸计，幸喜此身健全。今此一去，如龙归海，哪怕战至一兵一卒，我也要重整旗鼓，与岳飞再决雌雄。"言犹未毕，前方火光陡起，自岔路里摇出无数官船。当先一条船上站着牛皋，大笑道："杨幺小儿，你已走投无路了！"

杨幺大惊，回顾左右道："报主尽忠，正今日也。"众亲兵齐声呐喊，杀上前去。官兵以弓弩攒射，射杀大半，复又拢船上前，要捉杨幺。何浩喝道："休伤我主。"奋起双锏，以身翼护，格杀三十余众，众莫敢前。而何浩登锋履刃，亦受数创，血流及踵，舞锏犹呼，直至见其面目凝然，始知已力竭而死。杨幺投水逃生不果，遂被牛皋所擒。

牛皋冷笑道："汝令将士送死，而独欲偷生乎？"杨幺道："丈夫何惧一死！但恐身死埋名，而事业不就耳。今已事败，更复何言！"牛皋乃令押见岳飞。

岳飞叹道："君若早降，何至于此？"杨幺笑道："大丈夫生于世间，不屈于人下久矣，岂肯降乎？"岳飞又道："一夫攘臂，天下荼毒，岂非君之过软？"杨幺冷笑道："朝堂上昏君无道，草泽中不知几许杨幺！将军倒因为果，岂非欲加之罪！况且谋国之辈，岂独我乎？靖康二年，东京被困，钦宗皇帝蜡丸授信，命康王赵构为兵马大元帅，率军勤王。赵构却为一己称帝之私，截留援军，按兵不救，坐令都城失守，二帝蒙尘，天下崩离，民生涂炭。至若其姊妹生母，尽送与金人取乐。如今他却沐猴而冠，受拜于庙堂之上，此非禽兽而何！成王败寇，斯之谓也。"岳飞听罢，不语良久。

朝廷以杨钦破贼有功，授中亮大夫，拜水军统制。各寨守备望风皆降，唯有夏诚犹思一逞。杨钦乃请缨进剿，攻破水寨，生获夏诚。士卒欲按夏诚跪倒，夏诚两手据地，终不肯拜。杨钦笑道："败军之将，何勇之有？"夏诚骂道："我堂堂丈夫，岂肯拜你这卖主求荣、忘恩负义之徒！杨钦，我做鬼也不饶你。"杨钦大怒，令枭其首，并夷三族。

却说彭俊、郎杰与官军死战，凭仗着水性精熟，夺得小船脱身。后闻杨幺授首，各寨皆降，彭俊叹道："我二人早年入法，誓发宏愿：'逢恶不怕，逢善不欺，等贵贱，均贫富。'今者道既不行，义固当死。"郎杰应道："理应如是。"乃相继投水而亡。二人平居朴素，奉法自持，士卒多乐为用。既闻其殁，赴水殉道者五百人。

黄佐收殓起杨幺骸骨，安葬在洞庭湖畔。焚香三炷，大哭一场。恍想起平生事业，一梦成空；昔日知交，半登鬼录。不免将红尘看破，扯碎官牒，飘然去远。

明教降众二十万人，岳飞请旨朝廷，尽皆宽宥。令将丁壮者编入行伍，老弱者赠钱遣散。又因沿湖州县残破，请免地方三岁之赋。钟相、杨幺之乱遂平。

一日，杨钦邀请姚文饮酒，席间问道："不知周诚家里尚有何人，定亲与否？"姚文答道："诚儿父母早亡，由祖父抚养长大，如今祖父也已亡故，并未与人定亲。"杨钦点一点头，便不再说。姚文退而思之，心中忖道："杨钦之意分明是要我替周诚提亲。我见诚儿也有心允之意。眼下只有一件难处，我的积蓄不多，无以置办彩礼。若让诚儿入赘，又怕他受了委屈。"思来想去，想道："我尚有一把宝剑，值三五十金，何不就拿去市中卖掉！"方才打定主意，周诚来见道："黄伯伯差人送我一双宝剑，据说是杨幺生前所用的鸳鸯剑。我本想还给他，却听说他已走了。"姚文就他手中接过双剑一看，刃薄脊厚，明如秋水。一转念间，便知是杨钦有心相赠。姚文笑道："既是你黄伯伯一番好意，却之不恭，你就收下。"周诚道："姚大哥素知我惯于用刀，不善用剑。"姚文笑道："傻诚儿，不会送你心上人吗？"周诚闻言猛醒，一拍脑袋道："是呀，我怎么竟给忘了。当初我把她的一口宝剑丢进湖里，一直想着赔她呢。"说毕，只见姚文看着他笑。周诚惊觉失言，腾地涨红了脸。

岳飞曾向周侗学射，以师事之，因认周诚为侄，赠金助婚。姚文喜出望外，便以双剑为贽，代周诚上门提亲。两家门当户对，自是皆大欢喜。

婚宴之日，宾客满堂。姚文乐中生悲，等及二人完礼，便即借故出来，载酒一坛，放舟湖中。举目看时，正见得星飞月落，沙宿双凫，满湖蒹葭，茫茫烟水。姚文心下感叹道："诚儿也已成家，只剩我形影相吊。"望远生愁，情难自已。

正当举酒独酌之际，忽有箫声凌波渡水而来。原来山腰上筑一凉亭，轩开四面，有人迎风独立，夜半吹箫。其声呜呜然，有若离人夜哭，巫峡猿啼。姚文叹道："此何人哉？亦有此巨创长愁。"蓦地前尘往事，涌上心头，一摸腰间，正有支湘竹短笛，乃将笛凑到唇边，轻吹缓按，与之偕鸣。那箫声略顿一顿，悲音复起，声如裂帛，响遏行云。置身其中，恍若天地同寂，一身无有。一阕吹罢，余音袅袅不绝。

姚文心异其人，欲求一晤，泊船靠岸，登上凉亭。吹箫之人恰好转过身来，二人四目相对，不觉间心如奔马。姚文喃喃自语道："莫非我在梦中！"毕竟此人是谁？且看下回分解。

第二十六回

感哀音姚文遇故　悲塞雁朱弁辞关

词云：

> 危楼还望，叹此意、今古几人曾会。鬼设神施，浑认作、天限南疆北界。一水横陈，连岗三面，做出争雄势。六朝何事，只成门户私计。
>
> 因笑王谢诸人，登高怀远，也学英雄涕。凭却长江，管不到，河洛腥膻无际。正好长驱，不须反顾，寻取中流誓。小儿破贼，势成宁问强对。
>
> ——陈亮《念奴娇·登多景楼》

话说姚文登上凉亭，与亭中之人四目相对，霎时只觉心如奔马，怔怔地说不出话来。那人同是怔了半晌，说道："仲英，你不认我这个兄长了吗？"姚文道："我姚家世代忠良，不曾有叛国投敌的子孙。"原来此人正是姚文的兄长，姚武姚伯雄。

姚武见兄弟说出这等绝情的话来，长叹道："你我是同胞兄弟，竟不知我的为人？"姚文道："我只知你被俘投敌，在齐廷中担任伪职，官至兵部侍郎，官高位显，享不尽荣华富贵。你还有何话说？"姚武道："你又怎知我的苦衷！"姚文道："我又不曾封你的口，谁不让你说话？"姚武叹息一声，便讲起了自己的遭遇。

原来靖康年间，金兵犯境，太原告急，姚古父子奉命去解太原之围。兵至太原城下，姚武谏道："金兵累捷，士气正盛，未可轻犯其锋。宜深沟高垒，勿与之战。太原城坚，非旦夕可破。待金军师老兵疲，而我方援军赶到，一鼓破虏，必可获捷。"姚古道："王命催迫，急如星火，岂容我迁延等待！"因与金兵交战，果然大败而归。姚武为掩护父亲退走，孤军奋战，失陷于敌。

姚武接着讲道："那日我被俘之后，被带到金国四太子兀术帐下。兀术意欲招降，被我所拒。不想兀术心生歹计，趁着宋使来营议和，令人假冒我的姓名，在校场上为敌练兵。消息传回宋廷，圣上震怒，下令抄没姚府，致令父亲抱恨而终。我闻此事，痛心疾首，心中想道，忠孝已亏，死难塞责。国家艰危之际，不如留下有用之身，假意事虏，暗中好为我大宋递送军情。东京被围之时，我曾绘下金军部署，送到康王帐下，催康王速发援兵。可直至东京城破，不曾见到一兵一卒。这正是大厦将倾，非一木可支。我曾经几度寻死，但想起汉祀未绝，康王已继承大统，便又忍辱苟活了下来。只盼着有朝一日，再能杀敌报国。"姚文听罢，早已是泪落如雨，道声"兄长"，拥之长恸。

哭够多时，二人敛泪。姚文问道："兄长何为而至此？"姚武答道："我奉刘豫之命出使杨幺，商议联兵攻宋之事。正想借机与岳飞取得联络，但苦无门路可进耳。今日幸得一见贤弟，真天意也。"姚文道："兄长可同我去见岳飞，托他禀明圣上，代为昭雪。"姚武道："既有兄弟代为传话，我便无须再往了。时日紧迫，我要赶着回去。"姚文道："怎么，兄长还要回去？"姚武道："我已获取虏廷信任，不可虚废前劳。"姚文道："若如此，我愿与兄长赴开封，同生共死。"姚武道："我已背负骂名，怎肯再累及于你？"姚文下拜道："兄长听我一言。仲英生平放浪，愧于父母多矣。久思报国雪耻，以赎不孝之罪。今正欲向岳元帅请命北上，联络两河义士，驱除虏寇，恢复中原。此乃思定之谋，非一时之热血也。"姚武叹道："有弟如此，家门之幸。若人人皆怀忠义之心，金贼又岂能肆志！且等你辞别岳飞，再来东京找我。"

二人用一夜的工夫，叙尽数年的阔别。话头未住，天色乍明。姚武固请辞去。姚文牵衣苦留不住，只好一步步送下山来，望尘再拜，泣送征轮。

且按下姚文不表。单说姚武辞别兄弟，北返开封。在途旬日有余，行次淮河渡口。淮水汤汤，阻住去路。其时天已向晚，红日沉西，渔船皆已不再启桨。姚武不能渡淮，遂往市井中觅店投宿。

市井中只有一家客馆，往来的多是粗布褐衣之客。姚武进去占一座头，沽一壶水酒，自斟自饮。右首座头上正坐着一盲一跛两个乞丐。二人吃得酒醉，勾肩搭背地闲谈。跛丐说道："我终日听人嚷着要保家卫国，家我明白，国是何也？"盲丐道："国就是赵家社稷。"跛丐道："当年赵官家要征收花石纲，害得我倾家荡产。我这双腿就是被官府给打坏的。凭什么要我保他社稷！"盲丐道："你我衣食皆拜天子所赐，总不能吃着人家的饭，放下碗就骂娘。"跛丐冷笑道："天下多有饿死的农夫，却少有冻馁的君王。你我即使乞讨，也算是自食其力，赵官家何德之有？"盲丐又道："若有人要杀你父母，淫你妻儿，你当如何？"跛丐道："我不去与他拼命，却待怎地？"盲丐道："这就是了。金贼烧杀掳掠，无恶不为。若被他杀过江来，百姓还有活路吗？赵宋的旗帜不倒，就可以团结义士，保境安民。这么说你可明白？"跛丐道："要我说，杀不杀过江来，你我都好不到哪儿去，这真是过着乞丐的命，操着朝廷的心。还是喝咱们的酒吧。"姚武听在耳里，摇头笑道："乡野村夫，未沾教化，不识忠义为何。"

二丐闲谈一阵，结清酒钱，相扶去了。店员才撤去桌上碗碟，又见一长一少两名绅客进来，就坐在二丐坐过的那副座头上。老者五十岁上下，后生三十岁大小，都是一体长衫，头戴方巾，腰悬白玉。老者向店内环顾一眼，满脸鄙夷之色，对后生道："贤契，这里都是些什么人！是咱们该来的地方吗？"后生道："世伯，这市井里只有这一家客馆，没奈何，只好将就一些。店家过来，把桌子揩抹干净，不许见些腌臜东西在上面。"

老者只得罢了，问后生道："贤契为何在此？"后生答道："小侄因家父病殁，要回乡料理田产，不期在此逢着世伯。"老者又问："贤契是自鼎州来的？"后生道："非也。小侄自杭州来。"老者道："近日我读到贤契《鼎州实录》一书，故有此问。"后生道："小侄有几位同窗故友，提起杨贼，莫不切齿愤恨，据说他残暴成性，每餐必以人心肝下酒。女眷成群，贪欢无度。小侄有笔如刀，便将这些道路之言，写成一部《鼎州实录》，鸣鼓而攻之。"老者道："杨贼固然可恨，莫非乱民便不该杀？我听说朝廷尽皆赦免其罪，未免宽恩太过了吧？"后生道："百姓是被杨贼妖言所惑。圣上天恩浩荡，许其自新，以免不教而诛。"老者摇头道："贤契分不清良民、乱民。圣人云，苟子之不欲，虽赏之不窃也。乱民若无贪心，岂会被杨贼所惑？"后生道："或许是迫于饥寒，走投无路呢？"老者道："若为饥寒便可去杀人放火，天下还有王法吗！"后生徐徐点头道："世伯说的也是。"

老者又道："近闻秦相爷献上'南人归南，北人归北'之策，贤契以为如何？"后生道："方今国土分裂，二圣未还，妄言议和，未知其可。"老者道："贤契岂不知兵戈一日不解，征敛便一日不休；征敛不休，则百姓又要造反。我说句不中听的话，哪怕北兵杀过江来，也尚知敬重乡绅，任用君子，圣人的纲常礼教不至于断绝；倘若被乱民得势，可就要裂冠毁冕，斯文扫地。"后生道："世伯此言谬矣。秦桧对内弥天张网，闭塞贤路；对外有求必应，割地酬仇。附从者无功而赏，忤逆者无罪而诛。致令忠良屏退，奸竖盈朝，外敌嚣张，中原气短。此乃托言主和，实为卖国也。至于北兵过江之言，更是非所宜闻。"老者自知语失，涨得满面通红道："贤契还是太年轻了。"

姚武听了老者之言，心中不胜愤怒，提起桌上酒坛，便照着老者脸上砸去。"砰"的一声，老者惊倒。店中登时大乱。后生指着姚武道："你为何无缘无故打人！"姚武冷笑不理，丢下酒钱，起身欲走。后生叫道："不要放走了强人。"众客事不关己，谁肯招惹醉汉！后生乱嚷一阵，不见有人应他，他又不敢上前动手，便从腰包里取出一锭银子道："拿下他，我出赏钱。"众客见了真银，才有人起身响应，来拿姚武。姚武大怒，使开拳脚，打那众客。一时间砸桌声、摔碗声，乱成一团。姚武虽勇，难敌众力，况又在酒醉之下，一个不备，被凳绊倒，众人一拥而上，按住手足。后生命用条绳子绑了，送去县衙报官。

受伤的老者一时惊倒，并无大碍。姚武却已烂醉如泥，满地呕酒，衙役们莫不掩鼻。县官眼见无法审问，只好暂令监下，俟他酒醒再审。店中失窃了十数件器皿，不知被谁趁乱拿去。众客被打伤的也有七八个，都缠着后生索赔。后生却只想出那一锭银子的赏钱，惹得众客大怒，扯下他的方巾，夺了玉佩，哄然四散。

话说次早姚武酒醒，已影影绰绰记不得前事，只见自己身卧罗帷之内，盖着绣被，赤身裸体。室内则湘帘垂地，兽吐炉香。还有一名翠衣丫鬟倚靠桌前，正自扶头打盹儿。姚武寻不见衣服，不好下床，便喊那丫鬟道："姑娘，醒一醒，这是哪里？"丫鬟醒了，忙笑道："哎呀，相公醒了。我去告知老爷。"说着，一溜烟跑出了门。姚武苦笑道："这丫头去得倒快。"

过无多时，便见进来一名身穿官袍的老儿。老儿一拍衣袖，向他翻身拜道："下官秦松，参见侍郎大人。"姚武奇道："你认得我？"秦松道："下官本不认得，昨夜见了大人怀中的印信，方知底细。大人玉趾惠临，实令鄙邑生辉。"姚武道："怪了，我记着自己尚未渡淮，怎么就到了齐地？"秦松道："大人错了，此处尚是宋土。"说话之间，丫鬟捧上一叠浣洗过的衣服。姚武穿衣起来，问道："我问你，你既是宋官，为何拜我？"秦松笑道："侍郎大人不必疑惑。下官的恩师秦相国正与贵国议和，下官怎敢慢客！"姚武听罢，暗暗齿冷。秦松道："便请大人在舍下宽住些时日，容下官略尽地主之谊。"姚武道："不必了，我还有事，就请告辞。"秦松道："少住两日何妨？"姚武道："莫非你要留我为质吗？"秦松忙道："不敢，不敢。"姚武道："既无此意，便请放行。"秦松不好再说，乃令人函金一盒，赠与姚武。姚武道："地方上当真富庶？"秦松道："区区薄物，权为路途之资。但请侍郎大人多向齐主建言盟好之意。"姚武道："宋主议和之意坚否？"秦松道："我主向来以和为贵，但为形势所迫，未得其便耳。"姚武默然。

秦松亲送姚武至淮水之畔。淮水岸旁正泊着一条船只，船头盘腿坐着一位披枷戴锁的老者，须发半白，满面风霜，背后站着两名防送公人。姚武认得那老者名叫朱弁，曾任大宋通问副使，因问秦松道："朱大人身犯何罪？"秦松道："他在出使金国时触犯了人家的律令，金人故命将他押送上京。"姚武又问："触犯了什么律令？"秦松笑道："圣上要议和，触恼金人就是大罪，莫须有也！"言毕，令人备办船只。姚武道："不必另备船只，我就与朱大人同乘一船。"秦松道："这怎么好？船不甚宽，岂非要委屈了大人？"姚武道："有朱大人在，可免路途寂寞。"秦松只好遵行，嘱咐防送公人道："这位是齐国的侍郎大人，你二人要小心侍奉。回来时我自有赏。"二人唯唯。

一时间艄公起桨，四人渡淮，行舟北去，雁阵南归，朱弁喟然长叹一声，放声诵道：

"日暮途远，人间何世！将军一去，大树飘零。壮士不还，寒风萧瑟。荆璧睨柱，受连城而见欺；载书横阶，捧珠盘而不定。钟仪君子，入就南冠之囚；季孙行人，留守西河之馆。申包胥之顿地，碎之以首；蔡威公之泪尽，加之以血。钓台移柳，非玉关之可望；华亭鹤唳，岂河桥之可闻！"

此乃是庾信的《哀江南赋》，感伤故国之悲。姚武闻言在耳，不觉泪下。朱弁道："我见将军貌似纯良，何以反成叛类？"姚武道："宋君寡恩无义，不若齐君推诚待我，故择明主报效。"朱弁道："自昔銮舆播越，胡马南侵，百姓皆在水深火热之中。是谓耕者丧其田，士者败其家，商者为劳役，工者为奴仆。鞭挞之声，何时是已？守妻抱子，其可得乎？

谚曰：'兔死狐悲，物伤其类。'将军却翻为鹰犬，助纣无情。敲乡人之骨髓，饱豺狼之私欲；借同袍之热血，染头上之簪缨。来日归于九泉之下，何面目去见列祖列宗？"防送公人叱喝道："腐儒好不识人敬重。你一介囚徒，又有何面目去见祖宗！"朱弁道："虽在缧绁之中，非其罪也。"公人大怒，举起哨棒要打，姚武止之道："伯雄不忠不孝，罪通于天，先生之言是也。"

姚武钦佩朱弁为人，暗怀解救之意，遂与之结伴北上。路经市集之时，私买匕首一把，藏于怀袖之中，意欲行至僻处，除去公人。前两日走的尽是大路，不能下手。到第三日，行至一处野岭，少见行客。姚武心想："不在此处动手，更待何时！"因故意落后两步，探手入怀，摸取匕首。朱弁忽止步道："姚将军，请借一步，我有话讲。"公人骂道："老东西，这么多事！莫非想着逃走！"姚武道："有我在，还能让朱大人走了？你们退下吧。"公人赔笑道："有大人在，自然无虞。只是此处偏僻，怕有剪径的强盗。"姚武道："光天化日，谁敢剪径？纵有，我也不怕。"公人唯唯称是，只得退开一旁。

姚武问朱弁道："先生有话请讲。"朱弁道："将军若要杀我，不必累及公人。"姚武道："先生何出此言？"朱弁道："朱某留心久矣。将军怀藏利刃，目有凶光，岂非意在杀我？"姚武道："先生误会了。我实欲杀死公人，解救先生。"朱弁道："此事万万不可。因我一人，伤残两命，是为不仁；违旨偷生，是为不忠。"姚武道："公人贪吝无耻之辈，杀之不为不仁；朝廷亦有不明之处，违旨不为不忠。"朱弁摇头道："非也，贪吝亦人之常情，杀生即为不仁；君要臣死，臣不得不死，违旨便是不忠。我固知此去九死一生，但若可激励一二忠良之心，鼓舞天地正气，则虽死亦复何恨！如若偷生，徒令金人齿冷耳。"姚武道："机不可失，时不再来，请先生务必三思。"朱弁道："朱某之意已决，不必多言。将军定要相强，朱某宁先赴死。"姚武始知其意难夺，唯有长叹作罢。

又行数日，到了歧途，姚武对公人道："这位朱大人是当世鸿儒，金人亦十分敬重，要请他在朝为官。一路上若有伤损，岂不怪你？还望你二人好生服侍长者。这正是与人方便，自己方便。"说罢，又将银子赏他两个。公人皆唯唯道是。姚武方才拜别朱弁，各奔东西。

且说姚武回到家中，两儿一女都来拜问。姚武把么女平阳抱在膝上，询问她近日功课。平阳道："先生在教我背诗。"姚武道："哦？背什么诗？"平阳道："妾弄青梅凭短墙，郎骑白马傍垂杨。墙头马上遥相顾，一见知君即断肠……"背犹未了，姚武面色一沉道："《论语》教完了吗，就来教诗。糊涂先生！"平阳见他突然辞色严厉，"哇"的一声便哭。夫人忙把平阳抢抱在怀里道："孩子们苦苦盼你回来，一进门就教训人。"姚武正色道："读书乃是大事，首先该教安身立命的道理。只会吟弄风雅，有甚用处！"夫人道："一个女娃，学诗有何不好？莫非个个要做花木兰、梁红玉？"姚武道："她是将门之女，自与寻常闺秀不同。你同先生讲，别的先不必教，只教《论语》《孟子》。改日我要给她换位先生。"夫人摇头苦笑道："好，好，我都听你的。"姚武又问："我不在时，曾有谁来过府上？"夫人道："李尚书多曾来府上找你，却不知是为何事。"姚武听了，往外便走。夫人道："往哪里去？"姚武道："去李尚书府。"夫人道："与孩子们吃过晚饭再去。"姚武略一驻足，一挥手道："改日再吃吧。"迈开大步，出了姚府。

原来李尚书正是李成，昔日因他攻破襄阳有功，被齐主拜为兵部尚书，总理一国军务。李成闻知姚武到访，走出相迎，大笑道："老弟，我已算准了你这几日要回来。我听说杨幺覆败，唯恐你失陷其中，几回去你府上探问，都无消息，急得我心乱如麻。你若再无音讯，我就要兴起大军，南下寻你去了。"姚武道："何劳兄长如此挂怀！"说毕要拜，李成扶住道："不要多礼。咱们进府说话。"

二人走进堂中，分宾主坐下，李成命人杀鸡宰牛，准备筵宴。姚武向他讲了杨幺覆灭之事，又道："岳飞真有韩白之才，恐吾主自此不得安枕矣。"李成笑道："区区岳飞，不足为虑。"姚武道："岳飞恐非易与之辈也。"李成道："老弟岂能不知，赵家以兵变而得国，深知武将专权之害，故而有宋一朝，未有名重天下而全其身者。况我观宋主所为，平庸主也，但求罢兵息怨，做个安乐天子，又怎肯让武将建立奇功？故虽一时任用岳飞，而必不能尽其才干。"姚武默然。

李成又道："我急着要见老弟，还因有桩喜事相告哩。"姚武因问何事。李成道："半月前金主吴乞买病逝，新主合喇登基。兀术举荐你为翰林学士，前去上京辅佐。"姚武道："我在上京人地生疏，汉臣又素无地位，哪似在此逍遥自在！"李成道："不然。据说新主年方十六，锐意图治，正要重用汉臣，推行新政。我已为老弟卜算过了，此去大吉，鹏程非浅。但盼老弟显达之后，莫要忘了老兄。"姚武道："此言绝不敢忘。"

不久，朝堂上宣读了金廷征调姚武的敕令，姚武拜谢皇恩已毕，交割了印绶，备马启程。府中自有家将、用人照管。姚武只打点些金银细软并常用之物，装上大车。次日清早，乘车驾马，携眷出城。李成早在郊外摆下祖席。姚武慌忙下马道："何劳兄长远送！"二人攀谈良久，饮酒数盅，依依不舍。李成又令人牵出一匹赤红的好马，但见：毛如烈焰，目似铜铃。朝游北海暮苍梧，善赶雷霆逐掣电。乌龙遁走，火凤凰飞下鸾台；羲和弭节，赤骖螭私逃下界。任是曹君难画骨，便逢大圣也摇头。

姚武问道："此非兄长爱骑'赤骥'乎？"李成道："然也。今日牵此马来，正要送与贤弟，以壮行色。"姚武道："我闻此马日行千里，多次救兄于危难之间。愚弟怎可夺爱！"李成道："区区一马，何足为贵！自此一别，归期未卜。老弟若得还时，骑乘此马，也好早日相会。"姚武泣拜道："愚弟见鞍思马，誓不相负。"二人遂洒泪而别。

一路风沙滚滚，边塞萧条。看几回朝霞落照，来到了金国上京。兀术已命人在城中备下房宅，以供姚武居住。姚武安顿家眷已毕，即往拜会兀术，答谢举荐之恩。

兀术是金太祖阿骨打四子，能征善战，久惯沙场，累功至右副元帅。此日兀术正在上林观猎，闻说姚武到访，邀入席中。兀术叹道："想当年同将军弯弓走马，驰射上林，何等少年意气！今却已鬓生华发。"姚武道："元帅春秋正富，拥旄万里，正是建功立业之时也，何必伤怀！"兀术叹道："纵使英雄盖世，敌不过岁月无情。想我朝太祖、太宗，崛起于白山黑水之间，提一旅之师，横刀立马，灭辽伐宋，何其壮哉！一旦弃捐社稷，徒留下幼冲之主。"

姚武道："我闻元帅之言似有隐忧，未知肯相告否？"兀术道："将军想必知道，我朝太宗本是太祖胞弟，兄终弟及，以践帝祚。太宗临危之时，本欲传位其子蒲鲁虎，却因粘罕等重臣反对，被迫还位于太祖嫡孙，也即当今圣上。蒲鲁虎为此耿耿于怀。朝中自此分为两党，一党以蒲鲁虎、挞懒为首；一党唯粘罕是从。党同伐异，势如水火。本帅见朝政日非，是以忧耳。"姚武道："不知元帅属意于何？"兀术道："本帅常年统兵在外，无意于党派之争，只想为国家安定社稷，展土开疆。新主践祚以来，寤寐求才。本帅所以举荐将军，非为树党营私，实不忍埋才误国也。"姚武道："过蒙元帅器重，末将敢不尽心！"

观猎之际，忽见林中猱惊兔走，箭逐鹰飞，一名英挺少年纵马驰射，箭不虚发，目光狼顾，神采不凡。姚武问道："此何人也？"兀术道："是吾侄也，太祖庶长孙迪古乃，汉名完颜亮。"姚武赞叹道："真乃少年英雄。"兀术笑道："非唯将军称赏，宗室中亦目为'奇儿'。亮年方十四，能挽两石之弓，善为左右之射。少慧过人，喜好谈兵。来日继吾志者，必此儿也。"姚武赞不绝口，而心实忌之。

猎罢，姚武辞别兀术，往拜朱弁。朱弁自被拘至上京以来，松柏志坚，辞色不改。金人敬其不屈，优礼以待，只是不肯放还故国，拘禁于别馆之内。姚武自至上京以后，多赠衣食炭火，问其不足，又令儿女拜以为师，往来不绝。此是后话。

不数日，金主于宣室召见姚武。金主曰："我朝以武定天下，自上而下，皆有好武之风。朕闻卿剑术绝伦，愿一睹为快。"姚武曰："陛下曾闻庄生论剑之事否？"金主曰："愿闻。"姚武曰："天下有天子剑，有庶人剑。夫天子之剑，任官以才，立政以礼，怀民以仁，交邻以信，上可以安邦国，下可以济黎庶。四海之内，莫不宾服。至若庶人之剑，不胜一朝之愤，争雄斗怨，露刃于前。一旦喋血，事业成灰，此乃匹夫之勇耳。陛下垂拱当朝，为万民之主，亦好庶人之剑乎？"

金主大喜，虚席而问曰："朕欲江山永固，请问何者为先？"姚武答曰："我朝祖制乃是攻取之制，非守成之制也。微臣愚见，当以改制为先。"因上条陈十二，备论其详。盖以中原制度为楷模，废其旧制。金主大悦，拜姚武为翰林学士，下令更易百官，推行新政。欲知后事如何，且看下回分解。

第二十七回

破三军少年骋誉　除贰臣义士连环

话说姚武为金主献上改制之策，金主即拜姚武为翰林学士，位列朝班。群臣多有非议新政者。金主问姚武道："近日群臣多说新政不便，扰乱天下，卿意以为如何？"姚武道："民不可与虑始，而可与乐成。商鞅之变秦法，赵武之易胡服，未有不跌宕而成者，非议之声，又何足怪！且群臣抱残守缺，皆为门户私计，陛下革故鼎新，能不阻挠！"金主道："朝中又有流言，言卿大奸似忠，实为宋人细作，卿何以辩？"姚武道："孟子曰：'自反而缩，虽千万人吾往矣。'臣自问心无愧，纵使乱刀加身，何足畏也！"金主大悦，益重姚武。

一日早朝，鸾班济济，鹭序彬彬。殿头官唱喝已毕，太保、尚书令粘罕出班奏道："据真定城守奏报，太行山寇孔岩流窜河北，累造大恶，半月前更攻占了真定城池。此寇不除，必成大患。望圣上早降天兵荡平。"金主问曰："可不烦甲而定乎？"粘罕道："此辈皆亡命之徒，素以忠义自诩，绝难奉诏。"金主闻罢，便欲出兵剿除，问道谁可领兵。宗室将军挞赖自荐道："臣愿领兵。"金主又问谁可为副。姚武道："微臣爱子曾命丧孔岩之手，臣愿请缨报仇。"金主大喜，乃令二将择日出征，节制

237

河北西路诸州军事；另教齐主筹办粮草，不得违误。

当初严岳北伐兵败，孔岩、曹峰攻打洛阳不下，退路又已断绝，遂而转战河北，在太行山中竖起义旗。此后苗松、凤钟各率万众来投，四方义士争相辐辏。孔岩拜苗松为军师，凤钟为大将，日夜操练军马，抗金杀敌。又于治下推行军屯，创立法度，远近纳粮各有定额，不许妄取。因此民心拥戴，声名鹊起。

此日孔岩闻说金军将至，急召众将相商。军师苗松建言："金军兵多将广，未可等闲视之。一旦真定城池被围，回山之路绝矣。不若退守山险，坚营勿战，以为万全之策。"凤钟道："将士们舍生忘死打下此城，岂有轻弃之理！"苗松道："敌多骑兵，我多步兵，若据城而守，则孤立无援；出城野战，四围空阔，又是车骑之地。"凤钟道："养兵千日，用在一时，各路英雄来投，皆愿一试其锋。如若不战而走，军威必堕。况据斥候报说，金兵人马不过万余，我今拥兵数万，何难取胜？"苗松道："兵不在众寡，在精与不精。我军虽众，披甲者少，岂可相提并论？"凤钟道："虽则军器不如，而勇气倍之。"苗松道："血气之勇，终难当兵革之利也。"孔岩道："二位所言各有道理。我若弃城，未战而士气先衰，若不弃城，又恐为敌所困。我有个折中之法，便请军师留守城中，我率将士北上迎敌。战若不胜，弃城未迟。"

方略既定，孔岩率军三万出城，以凤钟为先锋，自领大军为合后。北上三十里，正迎着金军先锋常猛。凤钟直前奋击，与敌血战，金军出其铁骑相搏。激斗正酣之际，风雪骤至，天地茫茫，咫尺莫辨，两军旗帜皆折，人马大乱。于是义军溃而南，金军溃而北，各自收拢军马，择营下寨。

至夜，风势减弱，雪却下得越发紧了，纷纷扬扬，积有一尺来深。海陵王有一首《百字令》咏雪，杀气横空，冠绝当世。其词曰：

"天丁震怒，掀翻银海，散乱珠箔。六出奇花飞滚滚，平填了、山中丘壑。皓虎颠狂，素麟猖獗，掣断真珠索。玉龙酣战，鳞甲满天飘落。

谁念万里关山，征夫僵立，缟带沾旗脚。色映戈矛，光摇剑戟，杀气横戎幕。貔虎豪雄，偏裨英勇，共与谈兵略。须拼一醉，看取碧空寥廓。"

　　话说完颜亮年方十五，志欲建功，经由兀术举荐，随行在军，为挞赖帐前参赞。是夜，完颜亮进见挞赖道："草寇舍长用短，弃城出战，其不谙兵法明矣。将军可以大军对垒，另遣偏师直取真定，草寇闻报，必定进退失据。如其索战，则坚营以待之；如其退兵，则蹑后以乘之。将军复以一军伏于井陉，敌可片甲无还矣。此乃上策。"挞赖道："小子焉知军法！我可以堂堂之阵胜之，何必分兵行此险策？"完颜亮道："破敌不难，难在歼敌于井陉之外。纵虎归山，将难制矣。"挞赖道："用兵之道，非你所知。"完颜亮又道："将军不肯行此上策，便当趁雪夜劫营。我见敌营垒散乱，一击之下，其众必奔。愿元帅与我三千兵马，立功报效。"挞赖笑道："小儿乳臭未干，自负不浅。你且留心学我用兵，来日自有大用。切不可建功心切，纸上谈兵。"完颜亮见有轻己之心，闷闷无言而退。

　　回营途中，正逢一位相识的谋克，名唤纳合斡鲁。纳合斡鲁道："我众兄弟烤羊备酒，特请少将军赴席。"原来出征以来，完颜亮留心结纳谋克，广树恩义。众谋克见他虽身为贵胄，却无倨傲之心，更兼英毅果敢，宽宏磊落，无一个不敬爱他的。完颜亮心中正闷，随之赴宴，来至一顶大帐之中。帐内生一堆火，烤一腔羊，围坐着几位青年谋克。众谋克忙起身迎，延之上座。完颜亮并不推辞，居中坐下，与众把盏。

　　众人且吃且谈，饮至三更，各有了七分醉意，拍着胸脯，吹嘘起当年之勇。纳合斡鲁道："想当初咱们灭宋之时，所到之处，莫不望风披靡。怎么时至今日，反倒大不如前了？"其旁一名谋克应道："听说宋军里出了几位能征善战的将军，尤其是那叫作岳飞的，着实打了几场胜仗。交过手的兄弟提起他时，睡梦里也是怕的。"对面一人又道："我看并非宋军强了，而是咱们弱了，有些老将军，只知贪图安逸快活，哪还有驰骋沙场的锐气？更有人终日想着与宋议和。想想咱大金以武立国，若不打仗，怎么能行？你我岂有出头之日？"众人应和道："说的是，好男儿就要在战场上建功立业。"

完颜亮见众人说得群情激奋，心中动念，目聚精光，停杯说道："若有一个建功扬名的机会，诸位都敢放手一搏吗？"纳合斡鲁道："但要能够扬眉吐气，死也不惧。少将军且说是何机会？"完颜亮道："我要趁此雪夜劫营，望诸君助我。"纳合斡鲁道："我们早想大干一场了，少将军去向元帅请令，我等整备了军马便行。"完颜亮道："元帅向来任人唯亲。若向元帅请令，哪里轮得到你我建功！"众人迟疑道："私自出战，不是小罪。"完颜亮道："但要破敌制胜，元帅岂会斩杀有功！天赐食于鸟，而不投食于林。良机易失而难得，功名当自取之。愿战者满饮此杯，不愿者听其自便。"众人相顾一眼，齐声应道："我等愿随少将军出征。"

完颜亮大喜，即令众人分头准备。众谋克各自带上本部兵马，共计五百余骑，点唤整齐，来至辕门。完颜亮手持单鞭，纵马当先。当值守将拦下道："汝等何人？意欲何往？"完颜亮道："认得我吗！"守将道："是少将军。"完颜亮道："打开营门。"守将道："少将军是要出营去吗？可有元帅的手令？"完颜亮伴举腰间玉佩道："手令在此。"守将不知有诈，凑前来看，颈上忽然一寒，被鞭架住。守将愕然道："少将军意欲何为？"完颜亮道："速开营门，迟则立死。"守将道："若无元帅手令，虽死不敢奉命。"完颜亮大怒，一鞭击昏守将，命众硬闯出营。

一众闯出辕门，奔行十里，驰至义军寨前。完颜亮扬鞭指道："我料敌军营火环卫之处，必是孔岩大帐。一举冲溃，其军必奔。"言罢，分兵三路，策马当先，众皆大呼而进。两翼之兵张弓驰射，中军之众向前奔突，宋兵大乱。

原来孔岩长于理政，短于用兵，更不料敌兵会于雪夜出击，故被乘隙。孔岩惊醒之时，敌骑已在帐前，登时吓得魂若离舍，不能附体。幸有帐前侍卫敏捷，背起孔岩，绕帐便走。帐后拴着一匹无鞍马，侍卫慌将他抱上马背，去解缰绳。说时迟、那时快，金军的喊杀声已在耳畔。侍卫急拍马臀，纵马而去，却待转身接战，刀未出鞘，而身首已分。孔岩则随那马如箭离弦，直蹿入乱军之中。完颜亮寻觅孔岩不获，下令化整为零，以五十人为一队，四处赶杀义军，真乃如虎驱羊，如汤消雪，如入无人之境。义军哭天号地，莫知所从。

彼时凤钟另立一营，以为后备，闻知孔岩有难，即率众军来援。完颜亮趁其仓促，化零为整，复突入凤钟阵内，往来者三，如秦王入重围之际，赵云在长坂之时。凤钟大怒，令步卒变疏阵为密阵，结阵自守，凤钟则亲率骑兵搏战。完颜亮自知兵少，引众退去。清点亡者，仅二十骑。众皆叹服。

完颜亮回到军营，请举大众逐敌。挞赖怒道："小儿视我军法如儿戏乎！故违军令，该当何罪？"诸将求情道："望元帅念他年少，罚且从宽。"挞赖道："故违军令，罪当立斩。姑念亮为宗室子，暂且监下思过。如有再犯，军法不饶。"完颜亮怒道："生杀予夺，悉听尊便，敌军已溃，岂可坐失战机！"挞赖道："本帅自有良谋，不用孺子教我！"完颜亮还待争论，被诸将苦言劝退。姚武道："赏罚不行，无以正军法。请治随征谋克之罪。"挞赖从之，尽革谋克军职，编入火头军中。

却说当夜孔岩落荒而逃，坠倒雪地之中。凤钟救起，自解战袄裹住。孔岩恸哭道："不听军师之言，以至于此！"凤钟愤然道："金贼不过侥幸成功，待我重整旗鼓，与他再战。"孔岩止之道："军心已溃，岂堪再战！早早退兵要紧。"

一众回到城中，苗松道："金兵士气方锐，城不可守，只好暂避其锋。"孔岩已无斗志，下令弃城还山。井陉在真定城东八十里外，义军满载辎重，络绎而行。苗松恐怕金军赶上，请弃辎重。孔岩道："我岂不知行军缓慢，却怕金军大举而来，绝难轻去，攻山不破，定要封山，旷日持久，军资必乏，若无积蓄，何以过冬？"正当商议不定，军士喊道："不好，追兵来了！"

话说挞赖麾下有员爱将常猛，有勇有谋，常为先锋。昨夜闻知义军战败，亦向挞赖请令逐敌。挞赖道："大军远到，未暇休整，又怕朔雪猛烈，重蹈白日覆辙。"直至次早雪霁，方许常猛出兵。常猛即率轻骑三千，直抵真定城下，但见城门大开，始知义军弃城。拘来百姓询问，又知其辎重甚多，行必不远，遂命将士不许入城，转道奔袭义军。

孔岩受了一夜惊吓，已如惊弓之鸟，一见敌骑，打马便奔。义军随之溃奔。常猛见孔岩盔甲鲜明，坐骑神骏，又有一群亲兵在后簇拥，便知是敌主帅，不可错失，呼喝将士，衔尾疾追。凤钟挥舞大斧，急率亲兵抵住。常猛一马当先，恰与凤钟照面。二人一个使狼牙棒，一个抡金蘸斧，挺身来战。战无数合，被众骑冲撞，两下里分开。凤钟无心恋战，奔斜刺里便走。与此同时，孔岩、苗松同遇险况。苗松丢了羽扇，舞起大刀，且战且走。孔岩被人扯住战袍，慌乱间弃袍脱身。

常猛意在孔岩，抛下大众，穷追不舍。前追后赶二十里，追至井陉。孔岩从骑多被射死，又不幸马失前蹄，滚落于地。眼见要被赶上，山口处忽转出一支兵马，扼住谷口，十数骑飞奔上前，救了孔岩回去。原来正是留守山寨的曹峰出兵接应。曹峰令横石在前，阻住戎马；弓兵放箭，射杀敌骑。常猛见事不济，只得退还，沿途复收拢军马，袭击义军，杀得苗松、凤钟大败而归。孔岩接连遇险，意气消沉，不敢再与金军力敌，只令各处谨守隘口，恃险勿战。

真定既克，挞赖进城，厚赏常猛克复之功，又要大肆搜捕助逆的百姓。常猛谏道："百姓迫贼威势，多有胁从，不可一概问罪。城方收复，宜以收拾民心为主。"挞赖称善，乃罢其令。

不数日，齐将华嵩押送军粮而来。挞赖向他说起战事。华嵩进言道："卑职与孔岩有故，愿为元帅劝降。"挞赖大喜，率军进入井陉，在关隘前摆开兵马。但见两山如髻鬟对起，中间夹着一条逼仄道路，就在道路尽头，义军建造石城，设立雄关，真有一夫当关，万夫莫开之险。金军将盾兵居前摆下，华嵩出于阵前，仰面喊道："我是华嵩，请与孔岩兄弟说话。"有顷，孔岩登上城头，喝道："你这叛国之徒，有何面目见我？"华嵩道："王朝陵替，本是自然之理。赵宋享国百年，气数已尽，以致民变四起，二帝蒙尘。虽有赵构流窜江南，尚据一隅，而其为人暗弱，蔽于群小，又岂是中兴之君！天下大势，势将一统。贤弟何必执迷不悟，强要逆天而行呢？"孔岩骂道："无耻鼠辈，也敢妄称天数。天命攸归，归于有道。金贼屠城百二,横尸千里,此人神之所共愤,宁可以天命自居!"华嵩道:"秦灭六国,岂六国尽皆无道?是所谓以强吞弱,易于拾遗。我因念及旧谊,才以良言规劝。望你早识休咎,自求元吉。若不然者,踏破山寨,如汤消雪。你纵不为自家的前程性命着想,也想想手下的兄弟。"孔岩喝道:"住口,你有何颜提及兄弟!若非你背信弃义,临阵改节,严大哥怎会枉死!早晚我必取你首级,以祭他在天之灵……"

话犹未了,不防敌军阵中射出一支冷箭,疾奔城上而来。孔岩大叫一声,倒于地上。凤钟大惊,急来救护,只见孔岩额头中箭,血流盈颊。凤钟又惊又怒,便要杀下关去。孔岩急止之道:"你若出战,正中了敌人之计。"凤钟顾不得愤怒,催令传唤军医。

严婉儿闻知夫君中箭,急赶到前营探看。孔岩已被抬入帐中救治,军师苗松守在帐前。严婉儿忙问夫君伤势。苗松道:"夫人且请宽心,军医已将箭镞取出,说是无碍性命。"严婉儿心下稍宽。苗松道:"孔兄弟虽无性命之忧,也须静养两月。大敌当前,唯有请夫人出山,主持军务。"严婉儿道:"我自相夫教子以来,久已不理军务。军师裁夺就好,妇人有何主意!"苗松道:"不然,夫人乃女中诸葛,将士归心。我与凤钟上山日浅,皆不足以服众,必令军心不稳。存亡之际,夫人就莫要推辞了。"严婉儿沉思一晌道:"军师既如此说,我只好权摄其职。眼下最要紧的是隐瞒拙夫伤势,酒肉要照常送进帐中。军师以为如何?"苗松道:"夫人之言甚当。"

挞赖闻知孔岩中箭,喜出望外,下令访求放箭之人。放箭的却正是思过期满的完颜亮。挞赖见了是他,面色一沉道:"本帅欲以信义服人,你何以不听号令,私放冷箭,让本帅背负失信之名!再去思过。"完颜亮冷笑而退。常猛进言道:"孔岩中箭,存亡未卜,其军心必定不稳,末将请趁机攻寨。"挞赖喜道:"将军勉之,本帅早备下功劳簿伺候。"

严婉儿令凤钟据关固守,一面又分兵自间道袭扰,以为疲敌之计。山寨道险,金兵无所用其长,攻打累日,苦战无功,每晚只得退出井陉,在山前下寨。

　　常猛因向挞赖请罪道："末将无能，有负元帅器重。"挞赖道："本帅早知山寨险固，非一日可破。将军攻战劳乏，便请少歇几日，养蓄精神，徐图破敌之策。"常猛称谢而退。华嵩复献计道："元帅何不用封山之策？"挞赖问道："何谓封山之策？"华嵩道："草寇数万之众，人吃马嚼，耗费必多。元帅可将靠山村庄一律焚毁，勿令资敌。再沿山挖掘壕沟，设立哨台，于远近村坊实行保甲之法，严禁百姓私通草寇。山中无粮，其军必自溃矣。"挞赖大喜，悉从其策。

　　却说义军当中有员千户，绰号唤作"两头蛇"，原是关西一霸，趁着天下大乱，聚兵为寇，或是扮作金军，或是扮作义军，烧杀劫掠，唯利是举。后被金军击败，投奔义军。孔岩不齿其行，令编在火头军中。苗松曾建言道："若不用之，便当除去，免为后患。"孔岩恐寒来者之心，迟疑未纳。"两头蛇"因不得用，早有叛去之意，今见义军力屈，金军势大，遂决心改换门庭，鼓动旧部投金。

　　挞赖闻说降兵来投，心中大喜，便欲接见。姚武道："新降之人，不可轻信。昔日孔岩就曾令人诈降，行刺于我。亏得我儿伯禽挺身挡刀，舍命相救。只怕孔岩故技重施，元帅不可不防。"挞赖犹疑道："若依将军之见，该当如何？"姚武道："请将降兵交与末将看管，真降假降，久后自见。"挞赖从之。姚武便令于金营环伺之处辟出一营，以为降兵屯驻之所，又令收缴了降兵军器。降兵不满道："本想金人必以礼待，何故反而收去军器？"“两头蛇"道："金人多疑，向来如此。改日得知我等赤诚相投，必有重用。"众议方寝。

　　话说姚武麾下有两名追随多年的老奴，一名姚忠，一名姚义，俱是忍辱负重、精忠报国之士。姚武将二人唤至帐中，吩咐如此。次日一早，姚忠来到降兵营中，持令牌对"两头蛇"道："近日军中干柴短少，姚将军有令，要你等进山砍柴。限以三日为期，备齐一千担柴，方得缴令。"“两头蛇"道："军爷，今日天寒风大，难以进山，一千担柴谈何容易！请缓其期。"姚忠道："若非天寒，何须柴草！这是上官交代的事，谁敢怠慢！"“两头蛇"忍气吞声，只得奉令，降兵们无口不怨。

当日劈够三百来担干柴，星辰密布，月已当空，各营都已用过晚饭，锅中只剩下些冷炙残羹。"两头蛇"找到姚忠问道："请问军爷，何处可领军粮？我们不敢劳烦火头军的兄弟，自会生火煮饭。"姚忠道："每日的军粮都有定额，哪有多余的给你？"降兵听了，怨气冲天，叫嚷道："我们当初弃暗投明，本图荣华富贵，谁知是这等相待，此非诚心纳降之道也。"姚忠骂道："你等本是些该死的草寇，势穷来降，饶了死罪，已是天恩浩荡，还想要元帅如何待你！"降众道："我们要面见上官。"姚忠道："你等且不要闹，要见上官，选一个带头的出来。""两头蛇"道："我同你去见上官。"

二人来到姚武营前，卫兵拦住。姚忠问道："姚将军在营里吗？"卫兵道："在营里，正与华将军饮酒。"姚忠便对"两头蛇"道："我去营里等候，一有消息，即来唤你。你在此处等着，不要走开。""两头蛇"允诺。等了许久，却不见姚忠回来。"两头蛇"当不得那寒冷，冻得抖若筛糠，心道："大冷的天，让我呆等。莫非被他耍了？"只见不远处搭建着一处草棚，一名军士正坐在草棚里向火。"两头蛇"便走进草棚，向那军士道："兄弟，可否容我避一避寒？"那军士抬头看他一眼，道："你坐便是。""两头蛇"谢了，便在对面坐下，把手放在火堆上取暖。

烤一阵火，那军士说道："你听说了吗？明日元帅就要攻山。""两头蛇"道："此前常将军攻山未果，元帅已改用封山之策，如今何故又要攻山？"军士道："据说朝中有人作梗，责备元帅故意迁延，养寇自重。元帅故而下了死命，明日无论伤亡如何，都要攻破雄关。""两头蛇"因问："不知让谁担任先锋？"军士道："便是新来的降兵营。""两头蛇"大惊道："降兵又非精锐，岂非徒然送死？"军士道："金人才不会管汉人的死活，况是降兵！驱汉人为肉篱，本是金人的惯技。"

"两头蛇"听罢，吓得面色惨白，心胆俱碎，不等姚忠回来，便一溜烟跑回营地，把听来的话告与副官。副官亦吐舌半晌，叫苦道："早知如此，何必当初。""两头蛇"道："我怎想金人这般刻薄寡恩。再说这些已是迟了，与其坐以待毙，不如奋起一搏。"副官道："怎生奋起一搏？""两头蛇"道："杀出金营，再回山上。"副官道："哪里有脸回去？""两头蛇"道："我等趁夜在金营中大闹一场，逃归之后，只说是假意投敌，要行刺金军主帅。"副官道："军器尽被收缴，谈何刺杀敌帅！逃出去怕也不易。""两头蛇"道："我等猝然动手，金兵未必有备。虽被收缴了军器，却还有砍柴用的斧子。对了，那砍来的三百担干柴，正可用来放火。"副官筹思一晌，却也可行。二人便将降兵聚集起来，背地里公议此事。众人性命攸关，哪个不依！"两头蛇"于是安排某某夺营，某某放火，某某杀人，某某策应。等到三更，一齐动手。三百人各抱干柴，闯进金营里放火。七百人手持斧子，在旁掩护杀人。

当夜北风正猛，助着火势，烧得金军营帐连片皆着。义军探子望见，即刻报知大寨。严婉儿虽不明火起之故，却不肯坐失战机，立命凤钟前去劫营。凤钟点起军马，杀出井陉，半路之上，遇见降兵。"两头蛇"上前正要搭话，却见凤钟挥起大斧，将他头颅砍去。这也是"两头蛇"首鼠两端、恶贯满盈的报应。降兵们慌忙跪下道："将军，自己人，不要动手。"凤钟在火光下细看，才认出副官等人。

凤钟喝骂道："你们这些叛徒，如何敢来见我！"副官道："将军容禀，我等本是假意降金，要谋刺金军主帅。金营里的大火，正是我们放的。"凤钟道："有何为凭？"副官道："我等放火之后，趁乱冲进敌营，杀死了叛将姚武，有他的首级为证。"凤钟道："尔等若真假降，就同我杀回金营。"副官道："我等愿为先锋。"此时金营早已大乱，将士们各顾逃生。挞赖约束不住，只得下令弃了营寨，敛兵入城。

凤钟大胜一场，功成还山，将叛兵带至大寨。副官俯伏地上，曲说下山之故。严婉儿道："你们是如何杀死姚武的？"副官道："我等放火之后，便趁乱杀进姚武帐中。那叛贼合该丧命，正醉倒在床上。我们便一拥上前，割下了他的头颅。"说毕，呈上首级。众头领凝眸看时，俱吃一惊。副官慌道："莫非杀错了人？"严婉儿道："此可谓'射兔得獐'，虽未能杀死姚武，除去华嵩，也是一件大功。"下令厚赏了降众，待之若旧。

　　经此一夜，金军损失兵马、粮草甚众。挞赖军中缺粮，只得再向齐国征调。齐主刘豫本是粘罕扶持称帝，粘罕又与挞赖势同水火，粘罕便在朝堂上参了一本，说挞赖围而不战，养寇自重，致令为敌所乘，大军败北。金主龙颜震怒，令召挞赖还朝，留下常猛镇守真定。欲知后事如何，且看下回分解。

第二十八回

曹子高重游故地　醉乡侯客隐长安

话说金军退兵的消息传至山寨，义军将士莫不欢喜。又值孔岩箭疮愈合，下令犒赏三军。众头领推杯换盏，饮至更深，慨然谈论起天下英雄。苗松说道："近闻东京城里出了一个忠义社，社长号为'醉乡侯'，麾下都是侠肝义胆之士，专一劫杀叛将，救护忠良，窃取军机，为民除暴。齐主屡令搜捕不得，君臣上下如芒在背。"孔岩道："据兄所说，此人却是何人？有此江湖豪客，你我竟不识得吗！"苗松道："忠义社能在刘豫的眼皮底下呼风唤雨，想必隐蔽极深，又怎会轻易暴露身份？"凤钟道："何不遣员小校去趟东京，探访醉乡侯的下落？若得结交此人，日后抗金大有益处。"

一语方毕，曹峰叫道："不用小校，我亲自去。"孔岩道："诶，东京城内敌兵遍布，兄弟岂可轻往？"曹峰道："当初若非哥哥深入虎穴，怎请得苗、凤二兄下山？况且当年我未落草时，久在东京城里，三街六市无有不晓，勾栏瓦舍无有不知。何故舍我不用，却遣小校？"孔岩道："此一时，彼一时也，那时要请动苗、凤二位贤兄下山，除非我去不可。如今这件尚属没影儿的事，何用你为？"苗松、凤钟皆劝道："千金之子，坐不垂堂。兄弟千金之躯，怎可轻投险地？况且金兵方退，百废待兴，山寨上正用得到你。"曹峰被众人苦苦劝住，闷闷无言。

夜半曹峰酒醒，想起席上之言，猛地坐起，道："两条腿长在我的身上，怎么就去不得？"于是连夜辞别夫人，唤起两名亲随小厮，包裹些金银细软，摸黑下了山。那两名小厮一名呆儿，一名巧儿，轮番驾着马车，迤逦往开封城去。

一路上无话可表。不一日，三人来到开封。城门处盘查正紧，齐兵挨次地验看行人路引。所谓路引，是由官府签发的文书，进城宿店，都不可缺。曹峰三人早已备好了假路引，便谎称是做买卖的客商，混进城去。城中的三街六市甚是死寂，少有的行人也都远远避开，好似避瘟一般。曹峰虽知开封城饱经战火，无复昔日的盛况，却也不想会荒凉至此，禁不住悲从中来，叹息不已。

正叹息间，却见身旁的巧儿大哭起来。曹峰奇道："巧儿，你哭什么？"巧儿哭道："小人自小长在东京，父母开办茶肆度日，虽非大富大贵之家，却也衣食不愁。只为金兵到后，打破城池，抢掠小人的店面，杀害小人的父母，又将小人掳掠为奴，这才流落到江湖上受苦。若非曹爷相救，早不知身死何处。小人重到东京，念及往事，不禁悲哭。"曹峰越发慨叹道："可怜！可怜！大好一座东京城，怎么就拱手让给了人？"

三人先觅一家客馆打尖住店，店家查验了路引，请进店中。曹峰问道："城中怎会这等冷清？"店家道："客官想是从城外来的？"曹峰道："不错。"店家道："近日城里发生了一件大案，兵部尚书李成当街遇刺。如今到处是官府的暗探，百姓们都不敢出门。就在昨晚，还有官兵闯进我的店里搜人呢。"曹峰道："有这等事？李成被刺死了吗？"店家摇头道："未死。"曹峰又问："可知是谁所为？"店家道："还能是谁，自然是忠义社。"

曹峰同巧儿对看一眼，问道："我也久闻忠义社的名号，却不知社里都是些什么人？"店家道："忠义社里鱼龙混杂。既有惩奸除恶的侠客，也有强令纳捐的流氓，不可一概而言。"曹峰问道："那么你认得忠义社的人吗？"店家忙道："哎哟，客官噤声，被人听见，那还了得！私通忠义社可是杀头之罪。"曹峰见他如惧瘟神一般，情知问不出什么，便住了口。店家又道："非是我想多赚客官的房钱，官府近日盘查得紧，客官还是暂避风头，不要出门的好，以免被当作忠义社的拿了。"曹峰道："既如此，我们就先住上几日。"

三人在客馆住下，果真闭门不出。过有七日，才见街上来往的人日渐多了。曹峰实在闷得受不了，对两名小厮道："想来李成遇刺的风波已然过去，咱们也出门走走。"原来曹峰本是酒色之徒，执意要来东京，不无想要吃喝嫖赌的私心，只不想一进东京，就被迫在客馆里禁足七日，当真是度日如年。三人于是揣了银子上街。街上虽已恢复生气，依旧远不比盛时，到处可见倒闭转租的店面，肢体残缺的乞丐充斥街头，行路之人莫不目光呆滞、暮气沉沉，显出饥馑摧残下的面黄肌瘦，屠刀威慑下的噤若寒蝉。

呆儿道："开封这么大，要找人谈何容易？"曹峰道："我问你们，忠义社能够神出鬼没，来去无踪，靠的是什么？"呆儿低头寻思，不得其解。巧儿忽道："靠的一定是耳目灵通。"曹峰笑道："不错，不错。你若是忠义社的，会在哪里布置眼线？"巧儿道："自然是最繁华的去处。"曹峰笑道："不错。哪里繁华，咱们就去哪里。"三人于是进了一家赌坊。

这家赌坊里有两张赌桌，每张赌桌都围满了人，吆五喝六，熙熙攘攘。虽说盛世不再，赌客们却无亡国之恨。况且近日闷得太久，一旦开赌，莫不容光焕发，如逢大赦一般。曹峰手痒，也来到一张赌桌前下注。起初他手气颇佳，连赢了十两银子，此后却一输再输，倒赔了二十几两。巧儿忍不住劝道："爷，今日手气不佳，还是改日再赌吧。咱们还有正事要办呢。"曹峰道："什么是正事？这就是正事。你等着看吧，一会儿我就转运。"

正当曹峰赌得兴起，只听邻桌的赌客们叫嚷起来。原来一名赌客在骰子上做了手脚，被人当场拿获。赌客骂道："捣大鬼，你敢使诈！我看你的皮又痒了。""捣大鬼"一翻白眼道："使诈又怎样，你敢打我？"赌客道："你算什么东西？我为何不敢打你？""捣大鬼"道："说出来怕吓着你，老子是忠义社的。过几日老子要去办件大事，今日来跟你们借几两银子使。"一语讲罢，赌坊内鸦雀无声。"捣大鬼"趁机推开拦他的赌客，一溜烟去了。众赌客都知忠义社非同小可，到处都有官府的密探，倘或沾上关系，定要被拿到牢里，纵使审问不出好歹，也要关上几日，谁敢去招惹麻烦！便是同在一张赌桌上赌钱，已是带有嫌疑了。众人因而各惴惴不安，草草散去。

曹峰见众人散了，连说"扫兴"，叫来管事的问道："你认得我吗？"管事的道："看着眼熟，认不得了。敢问客官尊姓大名？"曹峰道："你不必问我姓名，我原本也是漕帮的。我问你，曹无忌你认得吗？"管事的道："您说的是曹舵主？哎哟，怎不认识？他是小人的师爷呢。"曹峰道："他现今在哪里营生？"管事的道："我的爷，还在哪里营生？早被砍了头，魂归地府了。"曹峰吃了一惊道："何故被砍了头？"管事的道："说是他串通忠义社。其实冤枉。"曹峰道："怎么冤枉？"管事的小声道："他名下的行院被人惦记上了，硬说他是忠义社的，将他砍了，你说冤不冤枉？"曹峰道："是谁诬陷他？"管事的道："说不得，是朝廷里提拔起来的新贵。"曹峰是重感情的人，想起自己落魄时蒙他举荐，就不免黯然神伤。管事的道："他是你的什么人？"曹峰道："是位故人。我问你，认得忠义社的吗？"管事的道："我的爷，亏得此处没有外人。你问这个作甚？"曹峰道："你不认识就好，若有，就来告诉我。我有赏钱给你。"管事的道："足下莫非是衙门里的？"曹峰道："不怕被你知道。前些日李尚书当街遇刺，圣上龙颜震怒，让我等务必铲除忠义社。各街各坊都要走遍，各商各贩都要告知，敢有知情不报者，与叛国同罪。明白没有？"管事的忙道："明白，明白。"又从怀里摸出二两银子道："官爷笑纳，往后请您多看顾小店。"曹峰道："放心，我原本也是帮里的，岂会不看顾你？至于这银子……"管事的道："收下，务必收下。"曹峰笑道："那我就恭敬不如从命了。告辞，告辞。"袖起银子走了。

曹峰原本只要诈那管事的一下，离开赌坊之后，便留下呆儿在外面蹲守，留心管事的动静。当晚，主仆三人都回到客馆。只见呆儿鼻青脸肿，甚是狼狈。呆儿道："爷走后不久，管事的就出了门。小人按照爷的吩咐，一路尾随着他。谁知走到一条巷子里，就不幸遇见了强盗，把小人蒙头打了一顿，还抢光了小人的钱。难怪他们查不出忠义社，城里的官差都是吃干饭的，治安实在不怎么样。"巧儿笑道："你哪里是刚巧碰到强盗，分明是行踪不密，被人家察觉了。看来这管事的果有背景，小人明日再去，详查他的底细。"曹峰道："不必了，咱们已经打草惊蛇，他想见的人也已见了，近日不会再有动静。"呆儿沮丧道："只怪小人行事不密，误了爷的事。"曹峰道："这不怪你。忠义社若是这点防范也没有，如何能在开封立足？巧儿，说说你那边的事。"

原来"捣大鬼"报出"忠义社"的名号后，曹峰便命巧儿悄悄地跟缀了下去。巧儿说道："'捣大鬼'住在城外南郊一处破宅子里，宅后是一片荒坟。我向邻舍打听了一回，都说'捣大鬼'是个单身闲汉，没什么正经事做，常去窃取人家坟上的祭余。平日又好说大话，不着边际，因此得了个'捣大鬼'的诨名。我看他在赌坊里是信口胡诌，不像是忠义社的。"曹峰道："不管是与不是，咱们今晚都去会一会他。"

话说当日"捣大鬼"离开赌坊，心下甚是得意，便拿钱去沽了壶酒，回家喝得醉醺醺的，倒头睡下。正不知睡到几时，脸上忽然挨了两巴掌，疼醒过来，坐起身便骂："哪个孙子在打老子！"张开两眼一看，才见家里来了三位不速之客。三人都蒙着面，露着双瞳，手上各拿着尖刀、斧子。"捣大鬼"登时吓得尿了裤子，慌道："好汉爷爷饶命！"

来者自然便是曹峰三人。曹峰冷笑道："你是什么东西？为何要败坏忠义社的名声？""捣大鬼"道："小人怎么就败坏了名声？"曹峰道："你打着'忠义社'的旗号，在赌坊里使诈骗钱，打量我不知吗！""捣大鬼"才知自己祸从口出，被忠义社的找上门来了，忙道："小人听说忠义社里都是劫富济贫、除暴安良的侠客，这才谎称是忠义社的。小人知罪，再不敢了。"曹峰道："我问你，你认得忠义社里的人吗？"

"捣大鬼"心想："他们若是忠义社的，何故还这么问我？莫非我想得差了？"便问："三位究竟是什么人？"曹峰道："你不用管，老实答我的话。""捣大鬼"道："小人是何等样人，怎会认识忠义社的好汉！"巧儿道："爷，既然留他无用，不如一刀砍了吧。""捣大鬼"慌道："好汉爷爷饶命，小人还有话说。"曹峰道："还有什么话说？"捣大鬼道："小人虽不认识忠义社的好汉，却也听说过忠义社的一些事迹。小人说了，求好汉爷爷饶命。"曹峰道："你说的若有用，我非但饶你，还有赏钱。但若是信口胡诌，顷刻取你狗命。"

"捣大鬼"道："小人一定实说。但有半个虚字，让雷劈死。"曹峰不耐烦道："快说。""捣大鬼"道："半月前兵部尚书李成遇刺，好汉们听说了吗？"曹峰道："这件事我们知道。据说刺客就是忠义社的。""捣大鬼"道："不错。当时刺客行刺失手，被活捉进了大牢。小人有位赌友，正是那牢里的牢卒。他颇晓得一些内情，曾在酒后讲给小人听。"曹峰道："你细细地说。""捣大鬼"道："那赌友告诉小人，行刺李成的是名挑夫，用来行刺的匕首上淬有剧毒。所以未能得手，是因李成那几日占了卜，说近日将有血光之灾，因将软甲每日穿在外衣里面，侥幸逃过一劫。刺客一击不中，不甘失手，又要刺他面门。护卫却已反应过来，将他拿下。李成又惊又怒，令将他严刑拷打，逼问主谋。"

曹峰等三人齐问："主谋是谁？""捣大鬼"道："那刺客叫作'驼子'阿三，原是汴河上的一名纤夫。靖康以来，南北阻隔，漕运废弃，十数万河工、纤夫没了生计糊口，只得纷纷改业，'驼子'阿三就在此时加入了忠义社。"

曹峰问道："阿三是受谁主使？""捣大鬼"道："忠义社中等级森严，分为五等，上下级间多是单线联络。最底层的都是些闲汉、打手，只管拿钱办事，于社中事务一概不知。那'驼子'阿三正属此类，只供出指使他行刺的唤作'秃子'阿二。"

曹峰又问："'秃子'阿二是谁？""捣大鬼"道："'秃子'阿二本是漕帮中一名经营赌坊的堂主。两年前官府加征赋税，阿二不从，被官府拿去，判处了髡刑，枷号起来示众。暴晒了三日，几乎晒死。直至他下跪低伏，官府才许他剃净头发，再做良民。阿二自此加入了忠义社。"

曹峰想了一阵道："你讲下去。""捣大鬼"道："官府顺藤摸瓜，捉获阿二。一番拷打，得知其背后的主使唤作'跛子'阿大。"曹峰因又问阿大来历。"捣大鬼"道："阿大本是漕帮的一名舵主，曾因刘豫强征帮产，聚集起帮徒抗议。官府便以聚众闹事之名，抄没了阿大家财，还打断了一条左腿。阿大自此只靠行乞为生。"

曹峰皱起眉道："阿大又供出谁来？""捣大鬼"道："阿三失手之后，阿大便已得知消息，出城避难去了，并未落到官府手上。此后阿二、阿三同时中毒身亡，又不知下手的是谁。这正是忠义社的神秘可怕之处。三位好汉，小人所知也就仅限于此了。"曹峰见他说的不似有假，便让巧儿取出一锭银子，丢在"捣大鬼"的怀里道："你只当做了个梦，我们不曾见过。""捣大鬼"磕头如捣蒜道："小人明白，明白。"一抬眼，三人已不知了去向。

次日一早，曹峰让两名小厮在客栈里等着，说有要事，独自一人出去。呆儿疑惑道："爷出门为何不带上你我？"巧儿道："想必爷已查出了眉目，事关机密，不便让你我知道。咱们不要多问，耐心等他便是。"

二人一直等到天黑，犹不见曹峰回来。巧儿便有些放心不下，说道："爷已去了一日，还不见回，不会有闪失吧。"呆儿道："你是瞎着急，相处这么久，还不知爷的脾性吗？多半是找地方吃酒去了。"巧儿道："爷是沾酒必醉的人。此处不比在山上，胡说了一句话，或许就要被做公的拿去。"呆儿也急道："那可如何是好？"巧儿道："咱们去找他。"呆儿道："开封城这么大，往哪里找？"巧儿道："就先从酒馆找起。"

二人离开客馆，往酒馆找寻。找了七八处，不见曹峰。街上黑漆漆的，只有星月微明照着道路。二人正当焦急，只见对面走来一名乞丐，跌跌撞撞地奔向二人。呆儿连忙轰赶道："走开，走开，我们没钱给你。"那乞丐口喷酒气道："混账东西，认不得我了吗！"二人定睛一看，正是曹峰，慌忙扶住道："曹爷，怎么穿成这副模样？又在哪里吃醉了酒？"曹峰道："你们莫管，我的事成了。"巧儿道："事成了就好，咱们回客馆去吧。"曹峰道："客馆里冷冷清清，有何意思！爷今日高兴，带你们去个好去处。"呆儿、巧儿不敢违拗，只得上下肩换着曹峰，随他一步高一步低地走。曹峰把手指着道路，却是往行院里来。

老鸨见门外进来一位乞丐，赶忙轰赶道："晦气，晦气。什么人就敢进来！快走，不然乱棍打你出去。"曹峰骂道："老东西，你这是狗眼看人低，认得这个吗？"说时，去怀里摸出一大锭银子，丢在地上。老鸨捡起一看，认得是白银不假，遂忙改换了笑脸道："糊涂，糊涂了。这位爷面生，想是头回来吧？"曹峰道："我头回来时，你还是个黄花闺女哩。"老鸨笑道："哎哟，原来竟是老主顾。您想要哪位姑娘作陪？"

曹峰道："我问你，你这行院里的头牌是谁？"老鸨笑道："头牌是秋菊姑娘。"曹峰道："就让她伺候我。"老鸨道："她不能伺候您，您还是再选一个。"曹峰道："莫非是我给的银子不够？"老鸨道："您纵有磨大的银子，我也不敢让她伺候您。她是大金国粘罕大人的专宠，若让人家碰了，这一楼的人都要掉脑袋。"曹峰闻言大怒，唾其面道："呸！老杂种，如何倒把好的姑娘送给金贼受用！"老鸨怔道："这位爷好无道理！"巧儿忙赔笑道："我家爷醉了，请妈妈不要计较。再请问其次是谁？"老鸨道："其次是春兰姑娘。她也不成，她是李尚书的相好。"曹峰闻言更怒，举起拳头便要打人。呆儿、巧儿慌忙拦着，道："不必问了，只管挑一个标致的来。"

老鸨见惯了醉鬼，无心计较，便将三人带进了一间阁子里。呆儿、巧儿服侍曹峰坐在床上，随后便退出门来。呆儿道："爷说带咱们来好地方，却不说给银子使，正是让人望梅止渴，画饼充饥。"巧儿道："爷吃醉了，哪里想得周全。"呆儿笑道："巧哥，借我几两银子。"巧儿道："我哪有银子借你？"呆儿道："昨日你探听到'捣大鬼'的下落，爷岂能不赏？我亲眼见他把你叫进房里去了。"巧儿道："没有的事。"呆儿道："这么说我却不信。好兄弟，你敢让我搜一搜吗？"巧儿道："你爱信不信，凭什么搜我？"呆儿涎脸央求道："好兄弟，当我求你。来日回到山上，寡山淡水的，纵有银子，哪里使去？改日我加倍还你。"巧儿被他纠缠不过，又不想伤了和气，只得探手去褡裢里，摸出来二两银子。呆儿不待伸手给他，抢先一把夺了过去，笑嘻嘻地去寻那老鸨。

　　巧儿心想："爷虽赏我一些银子，何苦花在这销金窟里。我且积蓄起来，等哪日天下太平了，留着做买卖用！"想毕，便要独自回客馆过夜。这时老鸨领着一位姑娘过来，送进了曹峰房里。巧儿不由看那姑娘一眼，禁不住心头乱跳，慌忙扯住老鸨问道："进去那姑娘是谁？"老鸨道："是丁香姑娘。"巧儿道："我是问她的本名。"老鸨奇道："你问她本名作甚？"巧儿忙又摸出些碎银，不拘多少，塞在老鸨手里道："她看着像我的远房亲戚。"老鸨笑着揣起银子道："她本名叫作莫愁，姓什么我倒忘了。她是本地的人，两年前死了父亲，为葬父卖身在此。小伙子，她当真是你亲戚？"一语未毕，只听曹峰的声音传出来道："姑娘，你坐近些，爷有缠头之费赏你。"巧儿急得额头汗下，一咬牙，一跺脚，猛地便撞门进去。曹峰才将莫愁搂在怀里，忽见门被撞开，吓得魂不附体，一把推开莫愁，便要跳窗而逃……欲知后事如何，且看下回分解。

第二十九回

卢巧儿情谐合璧　曹子高义结金兰

　　话说曹峰猛见门被撞开，只当官兵来了，一把推开莫愁，便要跳窗而逃。巧儿忙叫道："曹爷，是我。"曹峰的一条腿已跨出窗子，因见那街面甚高，横不下心来一跳。眼见进来的是巧儿，他便缩回身子，跳脚大骂道："巧儿，你做什么？"巧儿跪在地上，一言不发，两目泪流。曹峰喝道："哭什么，说话！"巧儿抬起了头，指着莫愁道："她……她是小人的未婚妻。"莫愁怔怔地看了半晌巧儿，忽问道："你是卢家的巧哥儿？"巧儿连连点头道："是我，是我。"莫愁霎时泪不能禁，叫声苦道："我不活了。"看准了墙壁，便一头撞了过去。曹峰、巧儿俱吃一惊，一齐抢上前去相扶，幸喜莫愁力弱，不曾撞死。巧儿便坐在地上，将她抱在怀中，道："你这是做什么！"莫愁羞惭满面道："我哪里有脸见人！何不让我死了！"

　　曹峰酒已醒了，便细问他二人之事。原来巧儿与莫愁自小青梅竹马，家系世交，父母早为二人定了婚事。后因逢着国变，彼此分离，至今已七八年矣。曹峰听罢道："你们且不要哭，听我一言。这正是有缘千里来相会，无缘对面不相识。今日重逢，是你们缘分未尽。我为你们做主，结为夫妇如何？"莫愁泣道："妾身流落风尘，早非完璧。命薄之人，安敢望此？"曹峰又问巧儿的意思。巧儿道："生当乱世，人不如狗，小人得与莫愁重聚，乃是上天怜爱，又怎会计较其余！"曹峰道："好个有情有义的巧儿。你唤老鸨进来。"

少刻，老鸨入内。曹峰道："我要为莫愁赎身，索银几何？"老鸨道："要三百两。"曹峰冷笑道："如今是何世道？人命贱得如狗。你买她时，多不过二三十两，如何却要讨我三百两银！你莫欺我这个熟客。"老鸨道："依着客官，肯出多少？"曹峰道："你莫还价，我只有一百两与你。"老鸨心下寻思道："当今卖儿鬻女者多，替人赎身者少。莫愁性格木讷，又非绝色，索性让他赎去罢了。"因笑道："客官既是老主顾，我只得忍痛割爱，一百两让你赎去。"

曹峰便让巧儿回客栈取来两大锭金，交与老鸨。老鸨用戥子称过，还些散银，将卖身契当众烧了。曹峰将散银都给了巧儿道："难得你夫妇完聚，拿着银子作本钱，过安生日子去吧。"巧儿道："爷不要小人了吗？"曹峰道："我也舍不得你。但如今你已有了家室，不该再跟着我奔波受苦。"巧儿哭道："爷的大恩大德，教小人如何报答？"曹峰道："你服侍我多年，尽心竭力，我都看在眼里。我若幸而不死，有缘再见吧。"巧儿大哭道："曹爷是活菩萨，一定会逢凶化吉，遇难成祥。"曹峰道："好了，话不多说，你们连夜收拾好东西就走，免得让呆儿知道，怪我偏心。"巧儿夫妇含泪再拜，辞了曹峰，便打点起些衣裳细软，在莫愁房里歇了半夜。等到次日一早，出城去了。

却说呆儿讨得姑娘，如鱼得水，一夜好睡。次早来见曹峰，只见曹峰面色铁青地坐在床上，有不胜愤怒之态。呆儿问道："爷这是怎么了？莫非是姑娘伺候不周？"曹峰骂道："一个个忘恩负义，都是狗娘养的。"呆儿道："是谁惹爷生气？"曹峰道："巧儿那贼趁我睡熟，盗取我的金子走了。"呆儿道："巧儿怎会做出这样的事！"曹峰道："是我瞎了眼，错认他是好人。"呆儿忙跪下道："巧儿该死，巧儿不是人。爷若生气，就打我骂我吧。"曹峰道："难得你有良心。"呆儿哭道："当年若非爷肯收留小人，小人早就饿死在街头了。爷是小人的再生爹娘。小人若没良心，还是个人吗！"曹峰见他说得情真意切，不免动容道："起来吧，没你什么错。日后我不会亏待了你。"

主仆二人从行院里出来，便回客栈驾了马车，踏上归程。一路上曹峰乘车，呆儿驾马，草行露宿，不胜寂寞。一日走到黄昏时候，呆儿叫道："爷，再走六十里就到山寨了。前头有处庄子，咱们是否在庄上借宿？"曹峰掀开车帘一看，正见远方夕照将沉，晚霞灿烂，田野上坐落着一处庄子，有人家二三百户。

曹峰道："这里该是杨家庄了吧？"呆儿道："不是杨家庄，是李家庄。"曹峰道："胡说，我三年前去过庄上，分明是杨家庄。"呆儿道："曹爷不知，杨家庄早在两年前便被屠了庄，现今住着的是姓李的一族人。"曹峰道："原来如此。不管什么庄，今晚就宿在庄上。"

那庄前有条流水，上搭一座板桥，踏过板桥，是一处打谷场。众庄客正在往打谷场上搬运粮食，堆如小山一般。呆儿奇道："爷，他们是在晒粮食吗？"曹峰道："胡说，谁会大晚上晒粮食！"有庄客看见二人，走来问道："你们是哪里人？来我庄上作甚？"呆儿道："我们是过路的客商，想在贵庄借宿一晚。"庄客道："我劝你们趁早离开，免得惹上麻烦。"呆儿道："你这人好不通情达理，不肯留客便罢，何必拿话唬人！我们借宿一晚，怎么就要惹上麻烦？"

庄上太公闻声而来，问道："是谁来咱庄上？"庄客道："是两位要投宿的客人。"呆儿便向那太公道："我与主人路过贵庄，要借宿一晚，没说不纳房金。这小哥儿却有许多推故。还说如若不走，就要惹上麻烦！"太公道："贵客误会了。小庄虽不宽敞，却也还容纳得下二位。只因今晚有山大王要来借粮，一者无暇管待，二者怕累及了贵客。让二位另投别处，却是好意。"

曹峰已跳下了车子，对那太公道："当初孔大王定下山规，每年秋后纳粮。山寨方圆五十里内，户均纳粮五斗；五十里至百里内，户均纳粮一石。但要纳足了粮，无有妄取。如今已是春深，你庄上尚有欠粮未纳吗？"太公道："鄙庄怎敢拖欠孔大王的粮食？如今另有一位大王要来借粮。"曹峰道："岂有此理！莫非是哪个不开眼的，胆敢私自下山扰民？你说那大王姓甚名谁？"太公道："一位赤面大王，自称姓花；一位黑面大王，自称姓方。手下有好几百号喽啰，舞刀弄枪，好不凶恶。"曹峰寻思道："一个姓花，一个姓方，却是何人？我怎么没听说过？"太公道："这两位大王并非孔大王的部下。三日前他等来到鄙庄，在庄前架起一座火炮，只一炮，便轰塌了一堵土墙，庄民无不震恐。那花大王便要庄上三日内备齐二百石粮，不然他就屠庄。今夜即将限满，却只备下一百五十石粮，另有五十石不知如何筹措呢。"曹峰大怒道："我看他们是瞎了眼，敢来太岁头上动土。你们不要慌，今晚我来理会。"太公道："敢问贵客是谁？"曹峰道："不瞒你说，我便是太行山上的曹四当家。"太公大惊，慌忙下拜道："有眼不识泰山，乞请大王恕罪。"曹峰道："无须多礼。我肚饥了，快上酒食。"

太公忙将曹峰、呆儿请进自家草堂坐下，宰鸡烹酒以进。众庄客依次前来跪拜。曹峰不耐烦道："我不爱受这些虚礼，让他们全都退下，不要打搅我吃酒。"太公口中忙应，让人劝散庄客。曹峰正要下箸，又见一名庄客如飞闯了进来。曹峰拍案怒道："什么意思！有完没完！"那庄客惶恐道："曹……曹大王恕罪，那花……花大王带人来了。"太公失色道："曹大王，你看如何是好？"曹峰道："不要怕，我去会他。"太公道："大王若能说通最好，若说不通，也请不要翻脸。他等是远来流寇，比不得孔大王仁义。只怕恼怒之下，做出歹事。"曹峰冷笑道："他敢！"便丢下筷箸，走出草堂。

庄外已摆开一彪人马，有二三百人，火把乱举，照如白昼。当先列着十二三骑，雁翅排开，位居阵前的正是那位赤面花大王。庄客们纷纷罗拜在打谷场上，求告道："求大王再宽限两日，我们去邻乡借粮，一定筹备整齐。"花大王道："莫非你们要用缓兵之计，报官拿我？告诉你，我可不怕官兵。"庄客们道："小人们怎敢！"

曹峰径自走过打谷场，站在桥头，看着那花大王道："你那厮姓甚名谁？"花大王冷笑道："你好大的胆子，见我为何不拜？"曹峰道："河北有十八路好汉，河南有三十六处烟尘，各有各的地面，井水不犯河水。你来我的地面闹事，却颠倒要我拜你，是何道理？"花大王道："你是何人？"曹峰道："本人行不更名，坐不改姓，太行山曹四当家便是。"花大王闻言大笑，翻身下马道："原来是自家的兄弟。"

曹峰奇道："你是何人？为何说是自家的兄弟？"花大王道："我叫花灿，曾任东京军器监副监主，善打造诸般军器。东京城破之时，金兵到处搜罗能工巧匠。我因不肯屈膝事虏，被发配到边关受苦。我身后这些兄弟大多是各地的铁匠。直至两个月前，忠义社的义士夜袭了边关守军，将我们救出苦海，又指点我们投奔太行义军。我因不愿空着手去，不惜费些时日，打造了两门火炮，要就近打些草谷，以为进献之礼。谁知遇着贤弟，反成冲撞。"说罢下拜。曹峰大喜，忙拜答道："原来尽是忠义之士。孔大哥正要结交天下豪杰，花兄这便同我上山如何？"花灿道："我还有位结义兄弟，名叫方洪，原是漕帮副帮主，尤善飞凫挽粟，开路叠桥。只因得罪刘豫，一体发配在边关受苦。方兄弟今往别处借粮去了。等我邀他前来，同去报效。"曹峰道："如此更好。"

二人把臂进庄，同到太公家中坐下。众寇都在打谷场上铺席饮酒。众庄客洗盏更酌，各奉酒食。曹峰对花灿道："此庄已向山寨纳过钱粮，若再滋扰，恐伤孔大哥仁义之名。"花灿道："但凭兄弟做主。"曹峰便又讲了孔岩爱贤重士等许多好处。花灿喜道："花某一身本事，正要卖与知己。"当晚二人酒到杯干，吃得尽醉，留宿庄上。

次日起来，花灿向曹峰演示了自造的火炮，一炮打出数里，响声震天。曹峰大为称赞。众人在庄上一连宴饮三日，方洪带了人马前来。花灿为他引见曹峰，方洪亦喜。曹峰遂一并拜认为兄。又向花灿借些金银，送与庄上，以为数日叨扰之费。合庄百姓莫不感激。

且说曹峰一行束装起马，同往太行山去。早有呆儿在先报知寨里，孔岩走迎下山。见礼已毕，邀赴寨中饮酒。孔岩在席上问起开封之行，曹峰讲了忠义社行刺李成之事。众皆叹道："李成恶贯满盈，可惜竟命大不死！"曹峰又道："夜访'捣大鬼'后，我便去见了洪五。"孔岩道："你说的是漕帮帮主洪五？"曹峰道："不错。"孔岩道："何故要去见他？"曹峰道："哥哥试想，忠义社能够发展壮大，少不得什么？"孔岩寻思一阵，不得其解。苗松道："少不得钱粮。"曹峰一拍桌案道："不错，正如军师所言，忠义社能够发展壮大，必有钱粮维持。除去朝廷资助，实赖漕帮之力。"众人恍然道："不错。"

曹峰道："那日我让两名小厮在客栈等着，一个人去见洪帮主。洪帮主早已今非昔比，屈身在一间破宅里，还被人暗中监视起来，真可说是晚景凄凉。我不敢贸然进去，思来想去，便与街头乞丐换了行头，在街上蹲守。虽未见洪五出来，却也查明了监守之人。等到夜里，我便避开耳目，悄悄地溜到破宅的角门外，撬开门栓，潜了进去。洪帮主尚未就寝，我便壮起胆子现身，向他自报了家门。"

孔岩道："兄弟，你好大胆也。"曹峰道："我早打听清楚，刘豫称帝之后，洪帮主便以故老自居，不肯仕齐，后又因与李成争夺一个叫作'春兰'的娼女，被李成设计陷害，下在牢中，还是姚武为他求情，免除死罪，这是私仇。南渡以来，漕运废弃，刘豫为了敛财，更大肆侵夺帮产，这是公愤。洪帮主纵使不是忠义社的，也不至于将我供出去。"孔岩道："据你所说，洪五很可能就是醉乡侯？"曹峰道："我既开诚布公，洪帮主也就不再隐瞒。他承认了自己是忠义社的，却说醉乡侯另有其人。"

孔岩忽想起道："花、方二兄曾被忠义社的义士所救，想必见过醉乡侯的真容？"方洪答道："那日正当子夜，众义士又都身穿黑衣，头戴兽面，我们实在未睹真容。"苗松道："要我看，醉乡侯既不肯露面，咱们也不必执意追寻。曹兄弟深入虎穴，探明了洪帮主心向汉室，收获非小。咱们共敬曹兄弟一杯。"

曹峰笑道："我不过略效微劳，不足挂齿。花、方二兄都是人中之杰，山寨中正有用处，哥哥切不可怠慢了贤能。"孔岩便道："二位贤兄可为千夫长，在曹兄弟帐下听用。"曹峰道："不妥，不妥，二兄之才远胜于我，又是我的结拜兄长，岂能居后？"苗松道："二人毕竟初来乍到，未有军功。倘若骤登显位，恐令将士寒心。待其立功，拔擢未晚。"方洪道："苗兄所言甚是。我二人避难而来，但求安身足矣，愿在曹兄弟麾下建功。"

孔岩正踌躇间，见花灿面有不悦之色，转念说道："诸位不必争论，我有一个主意。此去东南七十里外有一处祝家堡，堡内有七八百户，广有钱粮。堡主本一无赖之徒，此前金军进犯山寨，他率众公然投敌，组建团练，袭击义军。堡中百姓亦多被他欺凌虐待。我久欲为民除害，攻破此堡，只因金军扫荡过后，百废待举，未得闲暇理会。二位贤兄可领两千兵马去打此堡，若在半月之内克捷，便是一件大功。"

花灿笑道："谅一区区土堡，何劳兴师动众。我二人无须半月，亦无须两千人马，只带本部六百余人，五日内便取此堡，缚其堡主，献于麾下。"凤钟道："来往路上也要三日，怎敢说五日便取此堡？"曹峰亦道："花兄不知，此堡有两不易取。一者民风剽悍，多习武艺；二者曾得金兵资助，堡墙高大，军器精良，未可等闲视之。"方洪道："曹兄弟说的是好话。那堡主知道我们早晚要去打他，岂能无备？咱们还是谨慎而行。"花灿道："方兄弟若不肯去，只在山寨里候听捷音。五日内若不能取下此堡，我也无颜再上山了。"众人皆道："何须如此！"方洪道："兄若前往，弟如何不去！"

原来方洪性本暴烈，曾因一时之愤，与李成驰马争道，致受牢狱之灾，自此锐气消磨，唯以谦退处世。花灿原本性情宽和，却因在边关上受尽挫辱，日益变得暴躁。此亦遭际所使然也。

花灿一时血气上涌，不等宴散，便要兴兵。孔岩等人劝道："且歇一晚，养足精神再去。"花灿被众人劝住，只得驻留一晚。次早鸡声方唱，花灿便迫不及待起身，来寻方洪。二人也不向孔岩请辞，带上部众，径奔祝家堡去。

次日夜半，悄行至堡前。只见堡墙有三丈高矮，望楼上挂着灯笼，每隔二十步远站着一名哨兵。花灿查明敌情，便要推出火炮轰打。方洪道："我等火炮不多，倘若未能轰开堡门，反失震慑之效。不如我绕到北门外面，悄悄地挖一条地道进去，里应外合，同时动手。炮声既响，城门又破，敌必丧胆落魄，束手而降。"花灿道："兄弟所见的是，就照此法而行。"

正交四鼓，地道挖成。方洪率众潜进城中，另差人告知花灿。花灿即令人点燃火炮，打进堡中，炮弹落处，屋瓦尽震。方洪等人以炮声为号，同时奋起，在城中呐喊着杀将起来。堡民多从睡梦中惊醒，吓得魂魄皆飞。方洪令人高喊："太行山义军到此，降者不杀。"堡民们已无斗志，纷纷投戈，跪拜道左。堡主逃生无路，被义军所擒。

拂晓时分，堡中皆定。花灿、方洪下令收缴堡中军器，装载钱粮上车。部下忽报："西北方尘头大起，有兵马正奔土堡而来。"花灿、方洪大惊，急登堡墙眺望，却见是孔岩、曹峰领兵而来。二人遂命打开堡门，出堡迎接。孔岩滚鞍下马，上前拜道："我闻知二位贤兄下山，愧悔不已。倘或有失，岂非铸成大错！二位贤兄请恕怠慢之罪。"二人忙拜答道："将军胸襟似海，非吾等所及也。堡中已定，静候将军发落。"孔岩大喜，遂命将堡主一门斩首，满载辎重而还。

回到山寨，孔岩又令大摆宴筵，庆贺花灿、方洪克捷之功。曹峰道："令花兄督造军器，方兄掌管军需，升帐之事，无不备矣。"众皆大喜。自此席上座次始定，孔岩以下，分别是苗松、凤钟、花灿、方洪、曹峰。这六位头领，整日里讲兵论武，抗金报国，不在话下。欲知后事，且看下回。

第三十回

李尚书身亡积恶　杨姑娘祸起娇蛮

话说挞赖剿寇不力，被金主召还上京。回京途中，姚武进言道："粘罕潜言于上，令圣上降旨班师，其意必欲致元帅于死地。元帅岂甘坐以待毙乎？"挞赖道："将军何以教我？"姚武道："未若将兵败之罪诿过于齐。"挞赖道："如何诿过？"姚武道："只说是齐臣克扣军粮，引发哗变，以致被敌所乘，大军败北。齐廷上下贪腐成风，将军用心搜寻，不愁没有罪证。况齐臣尽是粘罕一党，一旦严查，正可断其一臂。"挞赖闻计大喜，当即修书一封，寄与开封城中亲党，令其搜罗齐臣克扣军粮的罪证，星夜报来。

回到上京，姚武当先入见金主，呈上齐臣的罪证道："粘罕因与挞赖不和，屡屡从中掣肘，更兼齐臣贪腐，克扣军粮，酿成哗变。敌军因而击之，遂败。"金主大怒道："朕欲差人往开封肃贪，何如？"姚武道："齐臣多是粘罕举荐，定会阻挠。"金主闻言自思道："粘罕乃三朝老臣、国之宰辅，朕却不好当面驳他。"姚武见其有犹疑之色，进而言道："陛下独念粘罕拥戴登位之功，不念其功高震主之患吗？"金主道："大胆，放肆！"姚武离席下拜道："粘罕背弃顾命，恃宠成骄，视国用为私财，夺君恩为己惠。指鹿为马，莫之敢言。此乃有目共睹，非臣所敢面欺也。夫人主有五壅，不可使人臣私其德。粘罕所为，久已逾人臣之礼，望陛下察之。"

金主默然良久，乃道："朕实有心忌他，然其羽翼已丰，同党遍布朝野，动则有不测之祸。卿有何策可制粘罕？"姚武道："粘罕外结刘豫为援，内操生杀之柄，位高权重，不可急图。今有齐臣贪腐一案，正可借机整肃齐廷，剪其羽翼。"金主问道："谁可担当此任？"姚武道："蒲鲁虎与粘罕素不相睦，欲制粘罕，非此人不可。"金主道："蒲鲁虎不满新政，已有两月称病不朝，朕恐其不肯奉诏。"姚武道："臣请往见蒲鲁虎，探听其意，并以言语动之，为陛下效劳。"金主许诺道："便依此言。此事你知我知，不足为外人道也。"

话说姚武来到蒲鲁虎府上。管家推拒道："我家主人卧病在床，倦于迎送，望客人体谅，大驾早还。"姚武道："只说是翰林学士姚武拜访，有要紧国事相商，望尊主人勉为其难一见。"管家见说国事，推辞不得，只好进去禀复。少间，回说道："翰林请进，恕主人不能亲迎。"

姚武便同管家进府，径至后堂。蒲鲁虎倚靠床上，口称"失礼"，命人备座。姚武施礼已毕，端坐问道："大人病体如何？"蒲鲁虎叹道："有劳翰林挂怀。老臣自染风寒以来，便即卧病不起。虽是朝夕用药，久不见痊，恐是来日无多矣。"姚武道："大人久不赴朝，圣上如失股肱，每每念及，嗟叹不已。"蒲鲁虎道："我大金国运昌隆，外有猛将，内有良臣。宗室之中，数老臣才学浅陋。若幸而病痊，亦当告老，何劳圣上挂怀！"姚武道："大人何须过谦。朝中德高望重如公者能有几人！下官斗胆请问大人，肯否再为国家出力？"蒲鲁虎道："老病之人，何能为也？"姚武道："下官乃是心腹之言，望大人以实相告。"

蒲鲁虎叹道："老臣虽欲为主分忧，无奈朝中权臣当道，不能容人。"姚武道："大人意下非粘罕乎？"蒲鲁虎道："除非是他，更有何人？"姚武道："不瞒大人。粘罕骄横跋扈，非只一日，圣上口中不言，心实忌之。下官因而进言，唯大人公忠体国，可堪倚重。圣上特命下官来请大人出山，担当重任。"蒲鲁虎道："意欲老臣如何？"姚武便将弹劾齐臣贪腐的奏本呈上道："欲请大人为钦差大臣，整肃齐廷吏治。"蒲鲁虎看罢奏本，答道："承蒙翰林美言，老臣感激不尽。大事且容思量。"姚武道："既如此，下官便不久扰。"言毕，告辞而去。

蒲鲁虎把奏本反复看了几回，心中拿不定主意，又见管家禀道："挞赖将军求见。"蒲鲁虎喜道："此人来得正好，请进客堂相见。"更衣起身，来见挞赖，略去寒暄，告以姚武之言。挞赖道："我来正为此事。此乃天赐之便，大人何故迟疑？"蒲鲁虎道："我不知姚武用心。"挞赖道："姚武久不满粘罕专权，故献此二虎相争之计也。"蒲鲁虎问道："姚武为人如何，爱财与否？"挞赖道："汉臣未有不爱财者。"蒲鲁虎即命管家送去黄金百镒，白璧十双，以为结纳之意。傍晚，管家回报道："姚武只推辞一回，便将礼物如数收下，还留小人用了晚饭。府上吃的是山珍，用的是玉箸，枕的是珊瑚，拥的是美人，不啻石崇之豪奢也。"蒲鲁虎大喜道："本王东山再起，全在此人身上。"

次日早朝，静鞭三下响，文武两班齐。蒲鲁虎病痊赴朝，立于粘罕肩左。粘罕奏道："挞赖出师三月，未有寸功，专务养寇自重，围而不战，以致为敌所乘，损兵折将，大失朝廷所望。臣请将挞赖下狱，明正典刑。"金主问曰："挞赖，你知罪否？"挞赖道："臣出师无功，情愿领罪。然而大军败北，实因哗变所致，此间另有隐情。"金主问曰："有何隐情？"挞赖道："自古'兵车未动，粮草先行'，问题就出在了粮草上。"金主曰："朕让齐主刘豫筹措军粮，莫非办事不力？"挞赖道："臣有本要奏，圣上一览便知。"

金主令殿前官取来奏本，奏本上正开列着齐臣贪腐的罪证。金主震怒曰："齐廷上行下效，腐朽已极。若不肃贪，国法安在！哪位爱卿愿为钦差大臣，往开封查办此案？"粘罕奏道："齐臣固多贪鄙，无非是苛虐其治下之民，何害于我！肃贪恐令齐廷动荡，给宋以可乘之机。但教岁供不减，管他治下如何。"蒲鲁虎道："不然。齐臣贪求无厌，必将苦虐其民。民不堪命，便要啸聚山野。齐军又不能讨，要向上国请兵。烦劳士马，其费几何？况且君为万方之主，当齐河陕为一家，等黔娄于赤子。

岂可纵容不法，有损圣上之明！"蒲鲁虎有备而来，同党皆群声附和。粘罕党羽虽多，并无准备，因而落了下风。金主曰："朕意已决，无须再议。哪位爱卿肯往肃贪？"蒲鲁虎道："臣虽鄙陋，愿效铅刀之用。"金主大喜，命以为钦差大臣，另以姚武为副，同往开封。至于挞赖兵败之罪，以其克复真定之功相抵，置之不论。

蒲鲁虎得借肃贪之便，查抄官员，别树党羽，屠戮者数百人，齐廷上下为之一空。粘罕年本老迈，一气之下，病重不起。齐主刘豫震恐，只怕祸及于己，匆忙发兵三路攻宋，冀图取悦于金。不想攻宋之军相继败北，徒然覆军折将。金主闻之，越发不满。

蒲鲁虎、挞赖窥知金主有废齐之意，复进言道："当初太宗议立刘豫为帝，本为收汉民之心，以为输送财帛之便也。今刘豫治国无能，民怨载道，十分天下，九为盗贼，每劳我上国出兵荡平，有百害而无一利。不如废齐。"金主道："刘豫虽无德行，毕竟拥兵十万。贸然废齐，恐怕有变。"挞赖道："臣有一计，可不劳血刃而定。"金主问曰："计将安出？"挞赖道："臣请以伐宋之名出兵南下，路经开封之时，令齐国君臣出城犒军，就而擒之，易如反掌。此汉高祖伪游云梦之计也。"金主大喜，乃命挞赖为帅，姚武副之，借由伐宋之名废齐。

刘豫闻知金国用兵，尚且喜道："上国伐宋，可知还用得上我。"命人大肆征敛钱粮，以供调用。治下百姓多被逼得卖儿鬻女，投井悬梁，恨不得生食其肉，痛饮其血。及至犒军之日，刘豫躬率李成等诸将出迎，立于道左。挞赖据马笑道："囚车已为国主备好，有请国主登车。"刘豫闻言失色，未及开言，已被武士扯下黄袍，押上车去。刘豫叫道："我一心效力上国，何至于此？"挞赖冷笑道："叛国之人，死未足惜！国主窃人江山，坐享了多年富贵，何不知足！"刘豫莫对。诸将惊惶叩首，悉被金兵所擒。挞赖入城，命将诸将下狱。

且说李成一并被捕入监，将自家前途卜了又卜，总是凶兆，心头甚闷。夜半姚武探监。李成喜道："老弟救我。"姚武道："我正为此而来。"李成问道："金主要如何发落我等？"姚武道："金主早有废齐之心，昔日肃贪，为除文官；如今兴兵，为诛武将。兄长位高权重，自问可保全乎？"李成慌道："贤弟可有救我之法？"姚武道："兄长待我情深义重，愚弟岂肯忘恩！三十六计走为上。我已买嘱看守之人，今夜卯时，暗差姚忠带兄出牢，径去南城水门之下，彼处自有船只接应。"李成道："挞赖若是追问起来，岂非累及贤弟？"姚武道："不妨，我与挞赖私交不浅。只说是感念旧谊，私放兄长，想他亦会曲为周全。"李成且悲且喜道："只可惜了我辛苦积攒的家业。"姚武道："富贵皆身外之物，先保全了性命要紧。愚弟颇有家资，足以接济见长。"李成泣拜道："再生之德，虽死不敢忘也。"

当夜卯时，姚忠果如约而来，打开牢门，放出李成。二人步行至城南水门之下，果见一舟泊此。船家问道："来者是谁？"姚忠答道："李员外。"船家便请李成登船，藏身船篷之中，等到天明启钥，载出水门去了。

话分两头。话说孔岩自得花灿、方洪上山相助，兵精粮足，更胜往日。一日山寨无事，孔岩居家陪着妻儿。侍从进禀道："有一男一女拜山，求见寨主。"孔岩问道："是什么人？"侍从道："二人不肯说明来历，又不肯移步上山，定要请寨主下山相见。"孔岩又问："二人多大年龄？"侍从道："都不过二十几岁，男子生得粗蠢，语言木讷；女子十分美貌，却极刁蛮。"孔岩道："此等狂妄之徒，何须传报，轰出去吧。"严婉儿道："枉你称作'小周郎'，却不知英雄出少年。你既不想下山，我替你去走一趟。"孔岩道："既如此，还是我去。"严婉儿道："我要看看那女子有多貌美，倘或我见犹怜，便为你说合说合，娶来做房妾室也好。"孔岩一笑置之，不再理论。严婉儿命侍从备轿，担抬下山。

历经三重关隘，来到山下关口。山脚有处凉亭，亭中坐着一对儿男女，正是周诚夫妇。亭子四周人头攒动，聚拢了数百寨兵。严婉儿命众退开，让出道路，在亭前落轿。细细打量亭中那女子，只见杨梦蝶柳眉倒竖，粉面含嗔，果有十分动人的颜色。严婉儿暗想："我若年轻十岁，不见得就逊色于她。"再看男子，低眉顺目，鼻孔朝天，生得却十分丑陋。严婉儿又觉好笑，心想："比起我的夫君，那就是天上地下了。"

周诚见众人对严婉儿毕恭毕敬，情知是有身份之人，便要起身行礼。

杨梦蝶一把扯住道："你坐着，问她是谁。"周诚自知坐答失礼，又不敢违背夫人的意思，两下里为难。严婉儿侍从喝道："不得无礼，这位是寨主夫人。"杨梦蝶道："哦，原来是寨主夫人。我不与她说话，唤她当家的来。"严婉儿道："二位要见当家的，何不上山？"杨梦蝶道："你这山路陡峭，我怕磨损了马蹄！"众寨兵听了，都不禁破口大骂。杨梦蝶被骂得恼了，待要回骂，又不比对面人多，只气得目竖眉直，愤愤不已。耳听得众人越发说出不堪入耳之言，杨梦蝶捋起袖子，上前乱打。

严婉儿又是好笑，又是好恼，便向侍从使个眼色。侍从喝道："众人听令，把这两个狂徒拿下。"寨兵们早已愤愤不平，等得令下，上前动手。周诚连忙横身在前，双手乱摆道："是友非敌，不要动手。"杨梦蝶一把推开他道："走开，任人欺负不成？"耸身上前，将名欺近的寨兵踢飞出去。周诚无奈，只得在旁护着爱妻。众寨兵三五成群，自亭子前后两面夹击。夫妇二人倚背为战，拳击肘撞，腿扫脚踢，撂倒了二三十人。怎奈寨兵实在太多，哪里打得过来！杨梦蝶见势不好，叫道："并肩子往外冲。"众人原本都是赤手，杨梦蝶斗急了眼，便去腰间拔剑。周诚见了，忙道"不可"，一面劈手来夺。就在争执之际，众寨兵涌入亭中，将二人用挠钩搭住，套索拖翻，双臂倒剪，尽皆就缚。

杨梦蝶骂道："以多欺少，不算好汉！"周诚道："梦蝶，少说两句。是咱们失礼在先。"杨梦蝶转又指责周诚道："若不是你封我的手，怎会失手被擒！"周诚畏妻如虎，不敢回言。严婉儿冷笑一声，让侍从凑耳过来，低语示意了两句。侍从答应一声，便令两名寨兵将周诚带走，押着转过山后去了。

杨梦蝶道："你们要把他怎的？"严婉儿道："送他上路。"杨梦蝶急道："不要杀他。"严婉儿道："不杀也行，你跪下给我磕三个响头。"杨梦蝶道："岂有此理！本姑娘死也不会给你磕头。"严婉儿道："你且嘴硬，一会儿可不要哭。"杨梦蝶道："周诚若是死了，我也难以独活。但若要我向你磕头，却是万万不能。"虽如此说，心里实在又慌又急，不知所措。没多久的工夫，便见侍从等人回来，侍从手上正提着一颗血淋淋的人头。杨梦蝶不见则已，见了两眼一黑，向后便倒。

话说杨梦蝶一时急痛攻心，昏死过去，再醒来时，正被周诚抱在怀里。杨梦蝶不由分说，一个巴掌便扇过去，"啪"的一声，恰似晴空里响起惊雷。周诚捂着半边脸道："为什么又打我？"杨梦蝶道："谁让你装死吓人！"严婉儿笑道："我早知二位是友非敌，略施小计，聊相戏耳。二位莫怪。"杨梦蝶道："砍下头的是谁？"严婉儿道："此人名叫王德，是李成的结义兄弟。不久前金主废齐，罢刘豫为蜀王，迁往上京幽禁。王德畏罪潜逃，正撞在我们手里。"杨梦蝶方才明白，羞愧不语。

严婉儿笑了一阵道："如今二位肯否告知来意？"周诚道："请夫人牵我马来。"严婉儿便命寨兵牵来周诚坐骑。周诚去鞍旁解下一只包裹，就在亭中打开，只见包裹里面盛放着一颗血淋淋的首级。严婉儿见了，又惊又喜道："快去请寨主过来。"

侍从奉了命令，不敢怠慢，一阵风跑回山上，累得喘气如牛。当值卫兵却道："你来得不巧，寨主才被曹寨主派人请去。"曹峰寨子隔着一座山头。侍从没奈何，又转奔曹峰处来。孔岩正与曹峰相对吃酒，红姑亲自下厨烧菜。侍从惧怕曹峰，不敢擅进，又怕严婉儿怪他迟慢，站在门口为难。

曹峰早已瞥见，喝骂一声道："把门外那不长眼的狗崽子给我揪进来。"卫兵便推侍从入内。曹峰骂道："我与你家寨主吃酒，干你甚事！只管在此惹眼，搅得我心烦意乱，大败酒兴。给我拖出去，打二十大板。"侍从慌忙跪下道："曹爷饶命，小人有事要禀。"孔岩笑道："他是令嫂得力的人。兄弟看我薄面，饶过他吧。且听他有何话讲。"侍从又磕了两个头道："多谢寨主说情，多谢曹爷开恩，小人无事怎敢惊扰？夫人让小人传话，想请寨主下山一趟。"孔岩道："是什么事？"侍从道："是有关那两名访客的事。"

孔岩便向曹峰道："兄弟，你嫂子请我过去。"曹峰道："哥哥，嫂子喊你一声，你乖乖地便去？你这'小周郎'怎么就被'女诸葛'给降住了，究竟谁才是山寨之主？"孔岩本已抬起屁股，闻说此言，脸上一红，又坐下来。曹峰道："哥哥莫怪我说，阴阳失位，家门不兴。你该拿出些威风，重振乾纲要紧。"孔岩笑道："谈不上这话。你嫂子最是通情达理，善解人意。"曹峰道："这话恐不见得。哥哥偌大权势，却无一妾侍奉。究竟是嫂子善妒，还是哥哥要做君子？平日大家说起，好不笑话。"孔岩道："兄弟莫要取笑，我非朝三暮四的人。"红姑正从厨后端上菜来，笑道："你就让孔大哥去吧，可别误了正事。"孔岩忙道："弟妹说得极是。今日有两名后生拜山，不知是为何故。哪日不能吃酒！改日我再请你。"说罢起身，同侍从去了。

严婉儿早已等得不耐烦，见孔岩迟至，面有不悦之色。侍从道："寨主被曹统领请去吃酒了，我一来一回，多走许多路程。寨主听说夫人有请，一刻不曾耽搁，放下酒杯就赶来了。"孔岩赔着笑道："我也方才知道，原来今日是曹兄弟与红姑大婚十年的好日子，因此被他请去吃酒。"严婉儿冷笑道："你却如何忘了，你与曹兄弟是同日大婚？"孔岩闻言猛醒，心中叫苦不迭。

严婉儿且不追究此事，指着亭中包裹里的首级道："你看此人是谁？"孔岩定睛一看，失声道："是李成。谁杀了他？"严婉儿道："正是眼前这位小兄弟。"周诚慌忙摆手道："非也，非也。李成是家兄定计所杀，我只是奉命来送首级。"孔岩道："愿闻尊兄高姓大名。"周诚道："寨主恕罪，家兄临行交代，不许我道出他的姓名。"孔岩奇道："这是为何？"严婉儿打断道："义士既不肯讲，你我无须多问。还不快备下酒席，为义士接风洗尘。"孔岩道："夫人说得是。来人，快去告知寨里，椎牛宰羊，准备筵宴。"周诚忙道："不必叨扰寨主。首级送到，我们便请告辞。"孔岩道："二位贵客远来辛苦，好歹留宿一晚，容我略表谢忱。"周诚固辞道："家兄有命，不敢不从。"

这边孔岩苦留周诚，那边严婉儿拉住杨梦蝶的手道："贤妹芳龄多少？"杨梦蝶道："才满十八。"严婉儿叹道："少女芳龄，当真令人羡煞！难得贤妹样貌出众，武艺又好。"杨梦蝶道："夫人也习武吗？"严婉儿笑道："年少时我同兄长闯荡江湖，练过几年九节鞭子。持家以来，早已生疏了，哪里能及贤妹！"杨梦蝶道："哎哟，九节鞭可十分难练。先前我也想学，没少打到自己……"

二人打开话头，说个不了，周诚又不敢催。足等一顿饭工夫，严婉儿道："我与贤妹言语相投，一见如故。如若不弃，结为异性姐妹如何？"杨梦蝶喜道："正有此意，姐姐受我一拜。"严婉儿笑道："好妹子，快起来，让姐姐想想，送你什么当见面礼。"杨梦蝶道："姐姐不必客气，改日还有再见的机会。"严婉儿道："不，我有几件像样的首饰，正配着贤妹这般人品。贤妹莫嫌礼薄，这就同我上山取去。"杨梦蝶道："那就多谢姐姐。"周诚忍不住说道："不如早去，免得夜路难走。"杨梦蝶道："用不了多久，你在这里等着。"严婉儿对孔岩道："你陪着这位小兄弟说话，我去去就回。"说毕，二人携手上了轿子，由侍从抬着，上山去了。

孔岩、周诚在凉亭里坐等二人，左等也不来，右等也不到，孔岩生性沉稳，周诚又是木讷的人，二人大眼瞪着小眼，都觉无话可谈。足足又过一个时辰，眼见着日影爬上山尖去了。寨兵忽叫道："寨主快看，夫人来也。"孔岩、周诚大喜，起身看时，只见一顶轿子款款地抬下山来。杨梦蝶打扮得花枝招展，满头珠翠，蕊宫仙子一般。直至亭前，杨梦蝶跳下轿子道："姐姐留步，想我时就寄信过来。"严婉儿道："贤妹保重，你我后会有期。"二人依依不舍，洒泪而别。

路上周诚夫妇打马缓行，杨梦蝶从怀里摸出一面小镜，反复端详着头上首饰，愈看愈是喜欢，周诚低着头，闷闷不语。杨梦蝶忽问道："你看我好不好看？"周诚答道："好看。"杨梦蝶又问："是我好看，还是婉儿姐姐好看？"周诚寻思半晌道："我一路上在想，你让孔夫人寄信给你，却是寄去哪里？"杨梦蝶道："自然是寄去经略府上。"周诚道："怎么，你把住处告诉她了？"杨梦蝶道："放心吧。姐姐答应过我，不会告诉别人。"周诚道："姚大哥的事，不会也说了吧？"杨梦蝶道："呆子，我既与人家义结金兰，怎么可以有事瞒她？"周诚听了，不住声地叫苦。杨梦蝶忽又说道："你还没答我的话呢。是我好看，还是婉儿姐姐好看？"……欲知后事如何，且看下回分解。

第三十一回

罢征伐言倾北阙　赴锋镝血染南冠

岁月不居，时日如流，刘豫被废之后，屈指又过两年。宋金两国连年交兵，征伐不断，民生虽是困苦日甚，却也渐渐能够忍受。毕竟太平日远，在百姓心中，似乎觉着乱世才是常态。史上藩镇割据，战火烧了百年，黎民死了亿兆，宋金之战，谁又知何日终结？至于苛政猛烈，物价飞腾，尽可安之若素；埋骨黄沙，脂膏草野，则自认命数如此；再若剖尸继廪，易子而食，亦无人指斥其非。忠义道德，不过是君子大夫间攻讦的借口，难以下于庶人。毕竟庶人命同草芥，单单是苟全性命，已要竭尽所能。

闲言表过，说回正话。挞赖因废齐有功，加封左副元帅，与右副元帅兀术共掌兵权。蒲鲁虎一党如日中天，权倾朝野。蒲鲁虎与姚武投桃报李，甘如蜜糖一般。一日二人饮酒间，姚武问道："大人若是圣上，如何赏我？"蒲鲁虎笑道："除去帝位，无不可赏。"姚武抚掌大笑。蒲鲁虎惊觉道："老夫酒后失言，翰林勿以为意。"姚武叹道："人皆道圣上待我不薄，殊不知是为了笼络汉臣之心，背地里常加诟骂，秽不忍闻。怎及大人推心置腹，彼此投缘！"

　　蒲鲁虎每以失位为恨，既已大权在握，复起不臣之心。当日宴罢，即召挞赖商议道："昔日若非粘罕阻挠，帝位本当属我。我欲重正大位，何如？"挞赖道："军政大权半在公手。不谋帝位，更待几时？"蒲鲁虎道："内廷皆你我之人，已不足虑。唯独兀术常年掌兵在外，军威素著。如若与我为敌，尚未知鹿死谁手。"挞赖道："我有一策，不知公意允否？"蒲鲁虎忙问其策。挞赖道："若使宋金两国罢兵讲和，便可收回兀术兵权，则外镇无足忧矣。"蒲鲁虎道："宋廷中秦桧已罢相位，主战之声正高，轻易怎肯与我议和？"挞赖道："据我所知，宋主每有求和之意，只难压诸将之口。但要将河、陕之地还宋，返还徽宗梓棺，宋主自肯议和。"蒲鲁虎道："还其梓棺不难，河、陕之地却是我父太宗百战之功，岂可轻言放弃？"挞赖道："夺公基业者，今上也，非宋也。不正大位，则寸土不为公有。所谓'天与不取，反获其咎'。待今上年齿已长，羽翼既丰，公何望哉！"蒲鲁虎又道："尚恐今上不从。"挞赖道："姚武素为今上倚重，若得其在内进言，群臣倡议于外，不愁大事不成。"蒲鲁虎大喜道："我若幸得大位，皆赖将军之力也。"

　　次日一早，金主当朝。群臣拜舞已毕，挞赖出班奏道："臣闻'兴师十万，日费千金，好战之功，其利安在'。宋金两国连年用兵，公私涂炭。何若与宋共结盟好，永销干戈！散牛马于山林，铸剑戟为农器。轻徭薄赋，家给民足。是则生民幸甚，社稷幸甚！"金主道："朕虽有心修好，却怕宋主未肯议和。"挞赖道："若将河、陕之地还宋，多索玉帛为偿，宋主必然感戴。"话音方落，众议轩然。奉国上将军完颜亮抗声奏道："不可。自古强国务攻，弱国备守。我大金以武立国，虎之逐兽，天之理也。况且宋金之间怨非一日，纵使还他土地，何德之有？"挞赖怒道："小子乳臭未干，焉知大事！河陕之民久思赵室，每每揭竿反叛。穷兵黩武，何益上国？"蒲鲁虎一党争相附和，力言不可者，完颜亮一人而已。金主不能决，下令退朝，独召姚武奏对。

　　姚武进言道："臣虽不敏，昧死为陛下陈之。大抵文官主和，武夫好战，并非忠奸之有别，实乃利之所系耳，陛下岂宜偏信！故曰：'是战是和，不审势则皆误。'吞灭残宋，混一车书，固是千载宏功。然赵宋南渡以来，倚江为堑。韩世忠鹰扬淮北，岳鹏举虎步襄阳。氓隶未弃主君，将士犹忠王室。兵势一交，岂能骤解？自古兵者危事，胜则功归武将，人主权轻；败则祸归社稷，民生涂炭。若使轻徭役，罢征伐，令两国无犬吠之警，百姓各乐其生业，谁不念陛下之德？此非万世之利哉！"金主称善，下旨议和。

完颜亮闻而叹道："国事势将败于小人之手。君子不立于危墙之下，不如早谋避祸之道。"因自请外调真定，往剿太行义军。姚武复谮言于上道："完颜亮与陛下同为宗室子，志大才雄，好客养士，非甘久居人下者也。若不早除，必为后患。"金主道："亮无过犯，杀之无名。朕不重用罢了。"因许完颜亮所请，差往真定剿除义军。

却说姚文在开封闻知议和消息，心中大惊，连夜修下书信一封，托人寄与姚武。其书略云：

"议和一事，兄以为是，而弟以为非。何也？金人许还河陕，不及燕赵，若许议和，实同割地。一也。河南诸郡无险可守，备少则易启戎心，兵多则又耗国用。恃和忘战，其祸益深。二也。兄欲议和，必以虏势方强，难与争锋。然岳元帅阅兵十载，兵强士练，胜负之数，犹未可知，一旦罢兵，必自解体。三也。朝廷素来卑弱，虽曰议和，必至称臣，辱国丧本。四也。"

不久，姚武回书道："信中闻教，已知过矣。然则诏书已下，虽悔何及！以愚私意，若使中原故都可复，徽宗之梓棺可还，令朝廷无忧，主上奠枕，庶可尽臣子之职分也。纸短情长，书不尽言。早归故国，是为至盼。"

历时五月，和议乃成，在金为天眷和议，在宋为绍兴之盟。宋主收回河、陕之地，向金纳贡称臣，每年进献银绢二十五万两匹。秦桧得复相位，将十数万宋军调离江防，北上接管河、陕之地。姚武始知姚文所虑非虚，仰天叹道："伯雄本欲救国，翻成误国矣！"

又半月，姚武正在家中闷坐，有飞奴载信而来，信上但书十字曰：

"陌上花开，兄可缓缓归矣。"姚武见两国盟约已成，无复客居之意，便抛弃一切家私，带上姚忠、姚义，以踏青为名，乘车驾马，携眷出城。

姚武夫人窦氏，本系名门之后，容貌丑陋，禀性淑良。靖康二年，窦氏被金兵所掳，提携幼子，来到北地。姚武百般寻觅打探，始知母子被卖到挞赖府上为奴，因此备下重金，上门来赎。窦氏不喜反怒，大骂道："我的丈夫是顶天立地的男子汉。你是何人！为何要冒充我的丈夫！"姚武道："你宁可在此浣衣刷马，也不肯与我共享富贵吗？"窦氏冷笑道："若非幼子挂累，我早在国变之时寻死，岂会贪慕胡虏的富贵？"姚武闻言泪落，便向她诉明了忍辱负重的苦衷。窦氏听罢，放声大哭，才与丈夫破镜重圆。夫妇二人共育有三子一女，长子早夭于刺客之手，次子十五，少男十三，一女最幼，年方九岁。

时值三月，草长莺飞。郊行数里，马蹄轻疾。姚武想到自己去国数载，受尽酸辛，一旦得归，情同大赦，不觉扫尽了胸中郁气，与儿女们谈笑风生。儿女们惯见他不苟言笑，今日一改往态，自是欢喜。正行之际，赤骥马忽然引吭嘶鸣，摇得项下銮铃作响。又觉地面微微震颤，前路上烟尘渐起。姚武心中一凛，急命姚忠、姚义将车驾赶进路旁树林之中。窦氏问道："有何变故？"姚武道："我见前面尘头遮路，恐有军马前来。且宜暂避，免生是非。"众人便都屏气息声，静默不语。姚武伏身在路旁看时，只见先行的是一支哨骑，随后是大队人马，车马络绎，不下万人，军中高举着一面大旗，旗下簇拥着统兵的上将，正是兀术。姚武诧异道："并无宣召，兀术何来？"等众军过去，姚武吩咐姚忠道："兀术此来必然不善，你骑我的赤骥马，回京探问消息，我们在前头驿馆等你。"姚忠领命，尾随着大军而去。

姚武护送家眷先行，来到驿馆，等有半日，盼回姚忠。姚忠说道："兀术进城之后，便命关了城门。我在城外听时，隐隐有兵戈交击之声。顷刻之间，飞尘漫天，又见血水自沟渠流出，浸红了护城河。"姚武顿足道："此必是兀术发动兵变，蒲鲁虎等尽为虏矣。"窦氏道："如之奈何？"

姚武道："兀术久有吞宋之心，今已夺权，必欲以兵威逼志。夫人携儿女先往开封，将此事告知吾弟，我要往真定去也。"窦氏道："你去真定为何？"姚武道："挞赖现在真定城中，我要将此消息相告，让他起兵。"女儿平阳问道："爹爹几时回来？"姚武心头骤紧，不能答言。儿女们察觉异态，一齐环跪在地，牵衣痛哭道："爹爹，不要去。"姚武心如刀绞，看向窦氏道："夫人善养子女，使其得承父志，我虽死，可无恨矣。"绝裾上马，遂行不顾。

原来姚武曾向挞赖进言，完颜亮志向叵测，当早铲除，勿遗后患。挞赖因借督军之名驻真定，意欲寻个出头，置其于死地。完颜亮年已十八，历经数年磨砺，已变得坚忍沉毅，非比往日。他既知挞赖有相害之心，整日唯以声色自娱，常向人道："坐拥名姬美婢，何暇南面百城！"挞赖闻知笑道："此乃酒色之徒耳，如何能成大事！"完颜亮复令人购求殊色，教以歌舞，送与挞赖为媵。挞赖大喜，日夕在帐中取乐，不复为备。

一夜挞赖方拥美人入帐，有客疾呼道："挞赖，我有急事相商。"挞赖怒谓侍者道："我已说过，今夜概不见客，是谁放他进来？"侍者道："是他硬闯进来。"挞赖更怒，披衣拔剑，走出后堂。府兵已将来客围在前院，定睛一看，正是姚武。挞赖乃令府兵退下，施礼而问道："翰林何故夤夜前来？"姚武走上前来，附耳低语道："兀术率军袭占上京，蒲鲁虎大人已为虏矣，其祸必将及于元帅。我恃有良马，冒死驰报。请元帅早定大计。"挞赖大惊道："翰林之意如何？"姚武道："拥兵则富贵犹存，解甲则性命不保。唯有起兵勤王，诛叛臣、清君侧。"挞赖沉思半晌道："翰林之言是也。"姚武道："完颜亮勇略过人，留之必遗后患。"挞赖道："明日本帅邀他入府，暗藏甲士杀之。"姚武道："事不宜迟，迟恐有变。今夜便请元帅速发雷霆。"挞赖道："城内外皆是本帅兵马，小儿有如釜中之鱼，无足虑也。翰林且在客院安歇，明日理会。"姚武还要进言，挞赖已回房去了。侍者拦下道："元帅今夜有美人相伴，必不肯再见大人。"姚武大怒，拔剑击柱道："竖子不足与谋。"

次早挞赖起来，侍者言道："姚翰林在外求见。"挞赖道："他是几时来的？"侍者道："四更时便已来了。"挞赖面有愧色，出户自谢。姚武问道："元帅之意决否？"挞赖道："然也。"因令设下埋伏，差人邀完颜亮入府。

完颜亮正拥美人未起，闻说传唤，方始更衣。侍者言道："上京有密使来了。"完颜亮问道："几时来的？"侍者道："已有半个时辰。"完颜亮道："何不早来报我？"侍者道："我见将军未起，未敢相烦。"完颜亮喝道："混账，快传。"密使入内，上前禀道："蒲鲁虎叛国谋反，已被兀术元帅所擒。元帅怕挞赖闻变造反，祸及将军，特命小人昼夜兼程驰报，另教大将韩威率军万骑来援。请将军即刻出城避祸，待韩威大军到此，再与挞赖决一死战。"完颜亮大惊道："竖子几乎误我大事！"一面让侍者稳住挞赖使者，只说自己宿醉未起，一面急唤亲信商议。亲信听罢，皆言当走。完颜亮道："走乃下策。我欲先发制人，生擒挞赖。"众亲信道："城内守军皆奉挞赖号令，如何擒他？"完颜亮道："将士虽奉挞赖号令，私心却未必肯反。只要生擒首逆，自然瓦解。"亲信纳合斡鲁道："虽欲动手，苦无甲胄，非是他府兵对手。"完颜亮笑道："我早于府中藏甲百副，正为此也。"乃令打开暗阁，出示甲胄。众人叹服，死战之志方坚。完颜亮又遣斥候出城，诈言太行草寇来袭，令远近隘口举烽示警。

且说挞赖久候完颜亮不至，心中疑惑，正要差人催促，忽闻隘口示警，挞赖惊疑不定道："两国已然议和，草寇怎会公然进犯？"姚武忽道："不好，元帅速调一旅防备，迟则有变。"言犹未已，喊杀声已到院前。侍者禀道："元帅，不好了，完颜亮率人杀进前院来了。"挞赖惊问："来人多少？"侍者道："不下百人。"挞赖道："快传常猛平叛。"侍者道："常将军听闻警报，已奔隘口去了。"挞赖慌道："不想今日竟为小儿所困！"姚武道："元帅无须惊慌，府中有府兵百人，足以抵挡。请元帅速往前院督战。但要守住一时，自有援军赶到，完颜亮势单力薄，必为擒矣。"挞赖道："本帅暂避其锋，请翰林代为督战。"姚武道："非我贪生怕死。生死关头，只宜元帅亲往，稳定军心。"挞赖惊恐，固不肯行。

姚武无奈，只好披甲提剑，前去督战。府兵虽与叛军兵力相当，却不比其怀抱死志，因此节节败退，看着不敌。姚武便命府兵退进后院坚守，抵住院门。叛军苦无撞木，困不能前。完颜亮又令搭建人梯，翻墙跃入。府兵举枪刺之，应手皆倒。纳合斡鲁向完颜亮道："事已急矣。不若出逃，庶可免死。"完颜亮喝道："进则生，退则死，何幸之有！"乃一手执盾，一手执刀，踩踏人梯，当先跃入。叛军见主将舍生忘死，遂各奋勇争先，闯进后院。完颜亮叫道："姚武本是宋人奸细，妖言惑众，意图谋反，尔等何故助贼！"府兵惊疑，轰然溃败。

姚武拔剑击贼，手刃数众，而自身亦负重创，被敌所困。完颜亮戟指而骂道："吾主待汝不薄，汝何不思图报，反欲谋逆！"姚武冷笑道："伯雄生为宋臣，死为宋鬼，谈何叛逆！事既不成，有死而已。"复大笑道："匹夫一怒，流血五步，今日是也。"奋身而起，挺剑刺去。完颜亮退身急闪，避开其锋。叛军乱刀齐下，登时杀死。完颜亮枭其首级，来见挞赖。

挞赖立于帐前，按剑叱道："吾侄何故谋反？"完颜亮掷姚武首级于地道："姚武久怀二心，欺君罔上，我已奉旨杀之。元帅尚不知耶？"挞赖默然不语。完颜亮又道："元帅有平辽、伐宋、废齐之功，盖于当世。圣上岂无存恤之心？私藏逆党，多不过问个失察之罪。何至于弃亲助贼，推刃同气！事若不成，为天下笑。"挞赖回顾帐中美人，长叹一声，弃剑于地道："吾侄之言是也。吾愿解甲归田，自此不问政事矣。"

却说常猛闻知城中有变，急率军马回城。赶到挞赖府外，正见完颜亮与挞赖立于门首，众死士环形拱卫。常猛下马施礼道："末将闻知隘口有警，急率军出城去了，后来才知乃系误报。元帅府上无恙否？"挞赖道："姚武本是宋人奸细，昨夜潜入城中，欺弄本帅。多亏吾侄明察，扑杀逆贼。汝等退下，不可妄动。"常猛道："卑职另有军情要禀，请元帅借一步说话。"完颜亮道："既有军情，请进府中禀明。"

常猛闻言不应，回看诸军，意欲动手。完颜亮诈言道："朝廷误信流言，以为汝等将士要同姚武谋反，已传书至各州各府，命有司尽执家眷，听候处决。汝等若无反心，当以一月为限，各凭路引还乡。若迟一步，满门斩首不留。"将士骇然，俱不敢动。完颜亮乃令州府衙门发放路引，遣散将士。将士思家，一时星散。挞赖如蛟龙失水，虽欲反复，无能为也。常猛自知势去，亦且俯首请罪。完颜亮知他并未同谋，好言抚慰，不在话下。

过有三日，将士多已发放出城。忽有斥候报道："太行草寇大举而来。"完颜亮惊问道："多少人马？"斥候道："车马不绝，不计其数。"完颜亮暗中叫苦道："将士多已发放还乡，守兵寡少，何以御敌？"又问："韩威将军尚有几日之程？"斥候道："尚需十日。"完颜亮道："传信给他，催他倍道行军。"毕竟太行义军因何而来，且看下回分解。

第三十二回

破熊罴胡兵遁去　乘驷马壮士归还

话说宋金讲和以后，太行义军归属便成宋廷争议之事。宋廷中分为两派，一派以为："孔岩等杀人越货，本属草寇，若皆加官晋爵，则朝廷法纪荡然！只可限期遣散，各归本籍，免罪而已。"另一派道："彼为边将者，今日请兵，明日讨饷，敌来则逡巡畏战。孔岩等赤心保国，素怀忠义，不费朝廷斗粮，不折天子寸矢，卒能横行河北，屡挫敌锋。实可快忠臣之耳目，报国仇之万一。圣上宜弃瑕取用，厚加抚循，以示开诚布公之心。如若限期遣散，彼二十万众，将安归之？一旦外叛，必为朝廷肘腋之忧。"几经廷争辩论，宋主决定降旨招安。

且说孔岩接获圣旨，退与夫人商议。严婉儿道："两国已然讲和，除却招安，更有何路可走？只是我等归南，尚不知朝廷要如何封赏，不可早将此处根基抛弃。我的意思是兵分两路，陆续南归。"孔岩道："夫人之见甚便，试问谁可留守？"严婉儿道："曹峰可也。"孔岩因将招安之事遍告三军，留下曹峰并三万人马守寨，其余的尽数归南。整顿已毕，大军启程。

完颜亮误以为义军要来攻城，急命将士坚壁清野，登城守备。半日过后，斥候又报："草寇已转道南下去了。"完颜亮始知虚惊一场，再令斥候探其去向。又数日，韩威率军赶来。

韩威是兀术麾下的先锋大将，胆略不群，威名早著，昔日曾被数倍宋兵所围，流矢中其左目，韩威拔矢啖睛，杀出重围，勇冠三军。韩威见了完颜亮，称贺道："恭贺将军平定挞赖，再立奇功。"完颜亮道："此皆托叔父洪福。挞赖盘踞军中日久，素有威名，亮恐生变，先已斩之。如有僭越，愿依军法。"韩威道："叛国之臣，死不足惜。将军便宜行事，何罪之有。兀术元帅已总揽军政大权，欲趁宋军调离江防之际，发兵四路攻宋。特擢将军为骠骑上将军，节制河北西路诸州军事，以半月为期，征调军马，克日兴兵。"完颜亮扼腕道："亮待此日久矣，承蒙元帅厚望，必不辱命。"

韩威又问起太行义军去向。完颜亮道："据探马报说，草寇接受招安，五日前已南下去了。"韩威道："草寇携有家眷，去必不远。将军在此筹粮饷士，莫误伐宋大计。我率骑军奔袭，趁其无备，往必有功。"完颜亮喜道："亮正有此意，但恐将军远来劳顿，未敢相请。"韩威道："奔赴国事，安敢辞劳！"点兵五千，奔袭义军。

孔岩令花灿将前军，凤钟为合后，自与苗松、方洪统领中军。三军各隔一舍而行。一夜中军正宿营时，探马来报："凤统领被金骑突袭，遭逢惨败。凤统领率军死战，急差我来报知。"孔岩大惊道："有多少敌骑？"信使道："不下五千。"孔岩忙与苗松、方洪商议。苗松道："金骑距我不过一舍之程，要走也已不及。只好让家眷先行，大军留下殿后。"孔岩从之，令方洪护送家眷先行，赶上花灿前军，会合一处。自与苗松留下殿后，布阵迎敌。

次日一早，金骑赶到。孔岩令将大阵摆开，遣使至阵前骂道："两国已然讲和，汝何背信偷袭！"韩威不应，勒兵退后五里。孔岩奇道："敌既追来，为何不战？莫非他自知理亏，故而退避？"苗松道："不然，定是韩威见我阵法严谨，未敢轻进，因用此欲擒故纵之计也。"孔岩道："何谓欲擒故纵之计？"苗松道："兵法云：'逼则反兵，走则减势，紧随勿迫，累其气力，消其斗志，散而后擒，兵不血刃。'他必要待我士卒懈怠，再来突袭。"孔岩道："如之奈何？"苗松道："可令大军拔寨南行，每日只行二十里，存养精神，多加戒备，勿令其有可乘之机。"孔岩从之，令士兵夜不释甲，提备敌骑。

一旦义军南行，韩威便也随之拔寨，不疾不徐，始终只相隔五里。孔岩心中不定，甚是纳罕。五日之后，花灿来信称："我军将至黄河，接获洛阳守将赵龙一封密信。兀术发动兵变当权，撕毁盟约，意欲南犯。开封府尹今已背国降金，陈兵黄河，邀击于我。赵将军遂请我等西行，取道孟津南下。"孔岩看罢来书，始知金人败盟之事，乃令将士改道投西。

又五日，后方探马报道："韩威军中新添了数百甲马，军容甚盛。"苗松道："不好，此乃'铁浮屠'也。韩威不与我军交战，原来是在等待强援。"孔岩问道："何谓'铁浮屠'？"苗松道："铁浮屠是金军重甲骑兵，人马俱甲，望若浮屠，常常列队冲锋，所向披靡。韩威强援既至，明日必要交兵。"孔岩道："兵来将挡，水来土遮，我何惧哉！可令将士早睡，养精蓄锐，准备迎敌。"

次早，金军果然来犯。两军各在平原上摆开阵列。韩威命将轻骑布于两翼，中军以弓骑当先，铁浮屠列后。孔岩为发挥兵力优势，下令展开阵形，加宽两翼，中军以盾兵、弓手当先，安排枪兵在后。辰牌左右，两阵交兵。金军弓骑手当先冲锋，分成两队，雁行斜进。义军忙举盾牌蔽箭，稳住阵脚。却见弓骑兵将至阵前，兜个圈子，旋回其本阵阵后，金军铁浮屠随后奔冲，有如铁墙推进。孔岩急调枪兵上前，弓兵退后。变阵未及，铁浮屠已在面前，形如雁翼，锥入阵中，有如摧枯拉朽。义军大乱。孔岩急合两翼之兵，击其侧翼，欲将铁浮屠围困其中。韩威调令弓骑兵射敌侧翼，迟滞义军变阵；复遣轻骑兵绕至义军阵后，薄敌近战，反复冲杀。义军合围未及，而中军已被突破，阵形大溃，宛若山崩，将士们各弃甲逃生。韩威复以骑兵踵敌，杀得义军尸骸枕藉，绵延数里。

孔岩狂奔二十里，匆忙收拢军马，点兵布阵。布阵未及，金骑复至。再战之下，一鼓而崩。一日之内，金军三战三捷。

杀至日暮，金军战马劳乏，暂且收兵下寨，义军方得喘息之机。孔岩与苗松商议道："今者战又难胜，走又难走，如之奈何？"苗松道："将士畏敌，不堪再战。只好化整为零，兵分数路南下。"孔岩叹道："我在河北纵横多年，虽不说未逢一败，却也是胜多负少。谁知今日一战，却是落荒而逃。空将一世英名，付之流水！即使归宋，亦觉无颜。"苗松道："自古有几位常胜将军？保全将士，不为可耻。"孔岩别无良策，只得允从。正要下令，只见严婉儿引领一人而至，正是周诚。孔岩惊喜道："壮士从何而来？"周诚道："我受家兄之嘱前来送信，请将军即刻抛弃辎重，奔赴孟州。家兄自有军兵接应。"孔岩道："抛弃粮草，大军往何处取食？"周诚道："家兄已有安排，不劳将军挂虑也。"孔岩踌躇道："请容与诸将商议。"严婉儿道："作舍道边，三年不成。既有生路，何故迟疑！"孔岩乃从之。

孟州城尚有五十里路，义军轻装简行，连夜疾走，次日辰时，倏见一水阻路。时当夏日，水流正疾，河阔二百余步，上搭一座浮桥。河对岸是一带苍林，晓雾未开，不知其际。义军方才过桥，金骑已至北岸。孔岩便令砍断浮桥，周诚止之道："且慢，放他过河。"孔岩道："倘或敌骑赶来，如何抵御？"周诚道："家兄正要让他过河，请将军丢弃旗帜，策马入林。"严婉儿道："既有此言，想必有理。"孔岩复从之。

韩威望见义军辙乱旗靡，将鞭一指，亲率军马渡河。渡河将半，林中忽然喊声大作，杀出无数义军，各持长枪大戟，上前攒刺。金骑背后是水，前有长枪，密匝匝挤在一处，更无旋足之地。韩威见势不好，令众疾退，无奈浮桥窄小，道路壅塞，自相践踏，死者莫数。韩威乃令将士下马步战，掩护退兵，过河军马亡其半数。回顾南岸，目眩良久。义军便将浮桥砍断，呐喊示威。韩威又怒又气，无可奈何，只得收拾残兵，饮恨归北。

话说姚文自从周诚夫妇毕姻之后，便即北上开封，会同漕帮帮主洪

285

五，组建起了忠义社，专一刺探军情，联络义士，袭杀首脑，救护忠良，不久便在江湖上声名鹊起。就在半月之前，姚义护送姚武亲眷来到开封，告知兀术兵变之事。姚文急差人探听兄长消息，并向各路宋军示警。过无数日，去往真定的探马奔回，报以姚武死讯。姚文心如锥刺，吐血晕倒，绝而复苏者数次。自此旧疾复发，咳常带血。卧病之际，又闻义军被韩威所袭，危在旦夕，姚文便顾不得病体沉重，紧急联络义士，赶来救援。

经此一战，义军大胜，夺了数百匹好马。姚文与孔岩相见，向他介绍道："这位是洛阳守将赵龙，这位是义军领袖钱虎。"孔岩一一回礼答谢，又道："今虽杀败韩威，却也尽弃了粮草。大军无粮，势将自溃。"姚文笑道："洪帮主已在孟州城中，备下军粮二十万石，以待将军。"孔岩大喜道："真乃雪中送炭。"

一众进入孟州城，洪五早在县衙摆宴。众头领各问姓名，相逊而坐。洪五年已七旬，耳聋目盲，人有所问，但知颔首而已。姚文道："我已得获探报，兀术掌权之后，意欲败盟，兵分四路侵宋：一路走水路，一路走淮西，一路走邓州、襄阳，一路走大散关。幸而水路有韩家军，淮西有岳家军，大散关有吴家军，此三路皆不足虑。唯独邓、襄一路守备空乏，军无宿将。完颜亮奉命节制河北十六州军事，必从此路南下。前日花灿、方洪到此，我已让二人先往邓州去了。我欲协守邓州，诸君意下如何？"

孔岩正待答话，卫兵禀道："凤统领来了。"孔岩大喜，起身迎出。凤钟下拜道："凤某无能，特来领罪。"孔岩连忙扶起，问其遭遇。凤钟道："那日我正行军时，遭遇金骑突袭，被杀得大败一场。我坠马受伤，被敌所俘，载于后车。我便佯装已死，蒙蔽敌兵，趁其无备，夺马斩将而逃。"孔岩道："凤兄真孤胆英雄也！且请入席叙话。"

众人回到座位，孔岩说道："我有一言，诸君请听。非常之事，必待非常之人。姚兄弟将门虎子，韬略过人，诸君不唯耳闻，亦且眼见。当此国家存亡之际，理当奉为盟主，共保社稷。"姚文道："仲英年少才薄，如何敢当此任？"孔岩道："完颜亮天下奇才，唯君是其敌手也。君若推辞，奈三军将士何！"姚文道："兄长容禀：军不在众，在有令必行。军中自有十七禁五十四斩，讲不得江湖义气。三军将士多是兄长部属，可若违了军令，教弟如何处置？"孔岩道："我等既奉兄弟为主，自当遵奉号令。如若有人违令，愚兄替你斩之。若是愚兄违令，自割下首级与你，必不教兄弟为难。"苗松、凤钟等人皆道："我等同是此心，望贤弟临事勿让。"姚文自知若再推辞，反成虚礼，起身应道："既蒙诸兄推戴，仲英愿竭所能。"

宴上，姚文将兄长忍辱负重、赍志殉国之事从头讲过，闻者莫不慷慨流涕。孔岩道："岂可令忠义之士死国埋名？来日还朝，我等必代为奏陈圣上，为令兄昭雪。"姚文泣拜道："若如此时，仲英深荷厚德。"众人慌忙扶起。孔岩又道："令兄英灵未远，何不设祭吊之？"姚文从之，诉于窦氏，因将兄长旧日衣冠成殓，葬于河岸。三军缟素，衣冠胜雪。姚文亲作悼辞曰：

"悼余兄之令姿，诚卓荦以逸群。比周郎之雅量，胜扬雄之能文。唯忠贞兮可贵，岂紫绶之足珍。掷千金而结客，常拔剑以解纷。当国难之煎迫，肯怀私而顾身！

"嗟余兄之淹蹇，逢时运之艰恶。亲执锐以前驱，陷重围于大漠。既絷马以埋轮，遭虏兵之生获。欲慷慨以舍生，复延伫而改诺。但许国以至忠，宁声名兮自薄。居异域以显达，苦寸心其如灼。

"怀余兄之英略，骋辩士之雄说。屡折冲于樽俎，运剑戟以唇舌。陷华嵩于亡命，致同室而流血。欲高飞以远逝，嗟六翮之先折。

"怨余兄之失信，岂世事其无常？计嘉会之程期，痛将军之早亡。睹遗孀与幼子，怅余心之彷徨。使九曲而潜沸，令两曜兮无光。雁敛翅以长喉，马悲鸣而断肠。悟灵槎之浸远，何天地之茫茫！

"招余兄之灵魄，立衣冢于黄河。念丘墓之安泰，何欢寡而愁多？痛金瓯之缺裂，悲社稷之蹉跎。闻惊涛兮拍岸，忆战马之鸣珂。日延望于故乡，盼王师之重过。固忠贞其不朽，绘图像于麟阁。告魂魄兮归来，唯酾酒以长歌。"

义军在孟州留宿一晚，次早渡河。姚文欲请洪五一道南下，洪五辞道："俗曰：'鸟飞反故乡，狐死必首丘。'洪某垂暮之龄，不愿再背离乡井。但望诸君勿忘击楫之誓，令王师早旋，则洪某死无恨矣。"姚文叹息不已，折箭而为誓道："不复渡河，有如此箭。"赵龙道："兄弟身负守土之责，不可将城池轻弃，愿留洛阳，抵敌金兵。"姚文道："金兵南下，洛阳首当其冲，且开封等地尽已失陷，无援之地，如何能守？"赵龙道："如若城破，有死而已。"钱虎道："壮哉！钱某愿同赵兄守城。"姚文摇头道："志士之血不可白流，二位可于洛阳稍作抵抗，迟滞敌军南下，一旦形势不利，便可突围，联络义军，袭敌粮道，以俟我大军反攻之日。此乃至要之事，望二位切记于心，多多保重。"二人允诺。

过河即是孔岩故里，县中父老闻知，提老携幼，夹道观睹。真个是车徒济济，甲仗森森。上百彪壮士过去，方见孔岩与姚文并马而来，前后是旗牌遮拦，四面是刀枪拥簇。有识得的叫道："快看，是孔将军。"父老闻之，欢声若沸。孔岩叹道："难怪人言：'富贵不还乡，如衣锦夜行。'今日始知富贵之乐也。"乃教人传令下去，践踏田苗者斩，乡中鳏寡各赏钱绢。父老们莫不感戴。

此日周掌柜亦在观睹之列。孔岩一眼望见，即令人唤至驾前。周掌柜闪避不及，只得随往，将及驾前，膝行以进。孔岩见他头上谢了顶，油光锃亮，身子愈加发了福，下马扶起道："师兄，何必如此？"周掌柜道："肉眼凡胎，不识英雄好汉。往日多有怠慢，伏乞将军恕罪。"孔岩笑道："识英雄于未遇，能几人哉！往日的事我早忘了，师兄何必挂怀！"周掌柜道："将军有此胸襟，难怪能成大事。"

孔岩问道："师兄尚开粮店吗？"周掌柜道："早不开了。近些年战乱频仍，小人靠着倒卖金银，发了一笔横财，又蒙众绅抬爱，推举为商会的会长。"孔岩道："有没有给金人做过事？"周掌柜忙道："没有，没有。"孔岩又问："儿女都已多大？可曾读书？"周掌柜道："长子十五，

次子十三。读书无用，不曾读书。"孔岩道："谁说读书无用？昔日若非
恩师识我于贫贱之中，至今只是田间一农耳，焉有今日富贵！"周掌柜
唯唯应道："将军大才，自当别论。"孔岩又道："县里的学堂尚在否？"
周掌柜道："学堂尚在，只是久已荒芜。"

孔岩追思往事，叹息不已，说道："我有一事要劳烦师兄，请师兄
勿要推辞。"周掌柜道："岂敢，岂敢，将军吩咐，小人照办就是。"孔
岩道："我想出五千贯钱，有劳师兄做主，把县里的学堂重建起来，专
一资助贫而好学的了弟，勿负圣人有教无类之旨也。"周掌柜拜谢道：
"将军真非忘本之人。一定能够升官发财，长命百岁。"欲知后事如何，
且看下回分解。

第三十三回

云都监闭门拒客 "女诸葛"夺印除奸

话说姚文、孔岩率领义军南下,一路上号令严明,所过不扰。百姓皆交口称赞道:"往者贼过如梳,兵过如篦。能无犯百姓者,唯岳家军耳。孔岩辈亦复如是,真乃王师也。"

闲言少叙。话说一众将至南阳,姚文与孔岩商议道:"计算日程,花灿、方洪该是已到邓州了。进城之后,如何与邓州军协作,还须从长计议。"孔岩道:"不知邓州是谁主政,是谁主兵?"姚文道:"据我所知,目今邓州知州一职空缺,兵马都监唤作云韦,原是洞庭水寇,以勇闻名。"孔岩道:"我也听说过此人之名,乃是有勇无谋之辈。到了邓州,且看他如何相待。倘若一心抗敌,凡事都好商量。若有些观望之心,你我便自取之。我军兵马是他数倍,谅他不敢相争。"姚文道:"愚弟正是此意。"

正商议间,信使报道:"寨主,大事不好了。花、方二统领三日前到达邓州,意欲进城协守。怎奈都监云韦闭门不纳,更令将士放箭行凶,射杀许多老小。我军只好退至南阳安身,专盼大军赶到,报此血仇。"姚文、孔岩大惊,急命大军兼程而进。

到了南阳，花灿迎出，又将前事泣诉一回，将士们莫不义愤填膺，便要踏平了邓州城。姚文只得以休整为由，安抚将士。大军驻于城外，各自安营。花灿入见姚文，道："请与我一万精兵，誓斩云韦之首，献于麾下。"姚文道："邓州城池坚厚，兵精粮足，岂是易取！"花灿道："不杀云韦，誓不回营！"姚文道："攻城血战，要有多少将士送命，岂是你一人之事！我心里已有主意。你且退下，勿复多言。"

斥退花灿，苗松又入见道："贤弟未可听从众人之言。"姚文道："军师有何见教？"苗松道："云韦虽则无礼，毕竟是朝廷命官，邓州又为我大宋国土，一旦攻城，势同反叛。是因一朝之愤，而弃历年之勤也。不如我等自去进京面圣，求圣上做主，惩治云韦。"姚文道："军师的意思我已明白，便请先回下处歇息，明日自有定夺。"

当晚姚文枯坐筹思，夜不能寐。侍卫忽传严婉儿到访。姚文忙起身相迎，施礼问道："夫人缘何夤夜而来？"严婉儿道："邓州之事，将军之意决否？"姚文摇头道："未也。"严婉儿笑道："我来正欲为将军决疑。"姚文大喜道："愿闻高论。"严婉儿道："将军自问，云韦足以当金军否？"姚文摇头道："云韦色厉而内荏，有勇而无谋，金军若至，城亡必矣。"严婉儿道："那么将军还有何难决之事？"姚文道："邓州城池坚厚，我军又无攻城之具，若要强攻，伤亡必重。只恐金兵未至而我先敝矣。"严婉儿道："不宜力敌，何不智取？"姚文道："虽欲智取，恨未有良策。"严婉儿道："我有一策。"姚文喜道："既有良策，仲英当洗耳恭听。"

严婉儿道："我闻周诚夫妇与云韦有故，何不令二人以拜访之名进城，就在席间拿下云韦，夺其印绶。将军另率大军夜渡湍水，打起友军旗号，请求进城。里应外合，赚开城门，城可唾手而得矣。"姚文沉思半晌道："夫人之策虽善，却怕诚儿夫妇短于智谋，难当此任。"严婉儿道："我虽不才，愿意同往。"姚文道："夫人固然智计足任，却未宜以身犯险。"严婉儿道："我不敢自诩有谋，却也非贪生怕死之辈。计策是我出的，岂有自甘退后，倒让他人涉险的道理？我已打定主意，誓不后悔。"姚文大喜道："夫人真乃女中豪杰，请受仲英一拜。"

次早，姚文会集诸将于堂，向众说道："云韦贪残无道，反复无常，今者闭城不纳义士，其意必欲降金。我欲为将士兴兵雪恨，枭此逆贼，诸君意下如何？"花灿、凤钟道："正要如此。"姚文又道："但我有一言在先。双方交恶，罪在云韦一人。入城之后，不许挟私报复，侵害军民。诸君依得我吗？"花灿道："但要惩治首恶，从者不问。"姚文乃请严婉儿上前，陈说议定之谋。孔岩大惊道："不可。倘有疏失，如何救应？"严婉儿道："谁说只许男儿立业，不许女子建功？你若拦我，自此恩断义绝，再不相见。"孔岩素知夫人性情刚烈，言出必行，又问姚文："此计当真使得？"姚文道："如若有失，我自向孔兄谢罪。"孔岩见如此说，不便阻拦，亲自点选了十几名壮勇亲兵随往。

话说严婉儿等人改换布衣，登车启程，黄昏时候，来至湍水。水面上搭着两座浮桥，桥头上有兵守卫。守兵喝问："来者是谁？"杨梦蝶道："我问你，为何守着桥头？"守兵道："近日有太行山草寇犯境，都监大人命我等在此把守。"杨梦蝶道："我是你们云都监的侄女。怠慢了我，你吃罪不起。"守兵忙笑道："小人怎知竟是贵客！"一面慌忙报知云韦，一面带领众人进城。

云韦闻听禀报，出府相迎道："什么风把侄女给吹来了？"杨梦蝶道："我本是去东京探亲的，回来时路过此地。因听说伯父在此驻守，特来讨碗酒吃。"云韦道："我怎不知你在东京有亲？"杨梦蝶从车上扶下严婉儿道："我这姑姑十年前远嫁东京。长久以来，烽烟未靖，家信难通。直至近来两国议和，才得寄信回来。爹爹让我接姑姑过去享福。"云韦打量了严婉儿一眼，只见她素面荆钗，不掩眉间英气。云韦不禁暗暗称奇，便命家丁摆宴，请进府中。

北楼上摆下宴席，严婉儿同周诚夫妇赴宴。随行勇士自有府兵作陪，都在西园管待。云韦问道："侄女自北而来，可曾撞见草寇？"杨梦蝶道："虽有些拦路毛贼，不值一提，被我们三拳两脚给打发了。"云韦笑道："若是寻常毛贼也罢。近来太行山草寇南下，仗着人多势众，抢占了南阳城。侄女不曾撞见吗？"杨梦蝶道："我们急于赶路，并未在南阳落脚。

不知他等南下作甚？"云韦道："据说是受了朝廷的招安。几日前花灿、方洪来到我邓州城下，妄言金人背盟，意欲南侵，他们要来帮我守城。"杨梦蝶道："伯父答应了吗？"云韦笑道："自然不能答应。草寇数万之众，尽是凶恶之徒。纵虎入城，能不伤人？我让他们另投去处，花灿却骂起我来。我不胜愤怒，下令放箭。草寇狼奔鼠窜，躲进南阳去了。"杨梦蝶道："我听说孔岩兵强马壮，非等闲之辈。伯父与他交恶，怎肯善罢甘休？"云韦笑道："邓州城兵精粮足，固若金汤，何惧区区草寇！"

按照原本安排，严婉儿推个事故离席，率义军勇士料理了府兵，再回头对付云韦。不想云韦见了严婉儿后，目光便移不开，大有垂涎之意。严婉儿寻思道："云韦已留意我了，我若久出不归，必然令他起疑。"因向杨梦蝶附耳低言道："我来应付云韦，你让周诚料理府兵。"云韦笑道："夫人怎么说起私密话来了？"严婉儿道："妾身欲为将军敬酒，又怕造次失礼，故讨问侄女主意。"云韦笑道："我与梦蝶的父亲是多年相交的兄弟，夫人只当自家一般，无须拘礼。"严婉儿便款步上前，捧酒为寿。云韦忙起身举盏，并问："怎不见尊夫一起南归？"严婉儿道："先夫已不幸亡故了。"云韦道："夫人尚且年轻，又这般貌美，何愁无良家匹配？云某冒昧请问，夫人可有改嫁之意吗？"严婉儿道："若得良人，也便嫁了。"云韦暗喜，将酒饮尽。

趁着二人说话，杨梦蝶故作嬉笑，将严婉儿的话对周诚讲了。周诚略一犹豫，起身说道："我要净手。"严婉儿笑道："我这侄女百般都好，只是没眼，相中了个傻姑爷。你要净手，自去便是，还要谁许可不成？"云韦笑道："我也素知这姑爷有些呆气。张三，给他领路。"席上正有两名家丁伺候，一名张三，一名李四。张三应一声"是"，领着周诚去了。

严婉儿方回座位，忽听一人笑道："原来有客在此，本州来得不巧了。"众人齐往门首看去，只见走进一位官人，六十来岁年龄，倭瓜脸，扫帚眉，唇下有部短须，口中少了一颗门牙。云韦忙笑道："秦大人枉驾惠顾，实令鄙府生辉！"一面说，一面延之上座，自居客席。原来此人正是昨日到任的邓州知州，姓秦名松，表字"贞寒"，自号"北山先生"

293

者也。

秦松在主位上坐下，家丁李四忙来更换筷箸。秦松道："只为将军与草寇结怨，带累得本州坐立不安。我怕有奸细混入，带了人来巡看。谁想将军却在府上饮酒。"云韦笑道："大人放心，谅草寇乌合之众，安敢觑看我的城池！"秦松道："将军虽勇，那草寇也非等闲之辈。金人尚且捕获不得。要我说，赔他些钱财，打发过路去吧。"云韦道："大人莫要长他人志气，灭自己的威风。纵使金兵亲至，我也要让他们栽个跟头。"云韦又问："大人随行之人安在？"秦松道："有十几名护从，都在衙外候着。"云韦道："鄙府西园内正摆有一席，我的府兵们都在陪着客人吃酒。李四，你去把秦大人的护从请来，带到西园管待。"李四答应一声，转身去了。杨梦蝶心下叫苦道："不好，要误大事。"忍不住便要起身，严婉儿一把拉住，摇了摇头。

秦松见座中另有生客，问道："这两位都是何人？"云韦指着二人道："这位是我义兄杨钦之女，名叫梦蝶；这位是梦蝶的姑姑，早年嫁到东京，不幸丈夫亡故，漂泊北地。直至两国讲和，方与家人互通音书。梦蝶正要接她南下，去与我义兄团聚。"因又问道："姑爷怎么还没回来？"严婉儿道："我等在途奔波，饥一餐，饱一顿。他却是个夯货，有饭吃时，更不知止，不仔细吃坏了肚子。侄女，你去看看姑爷，让他速战速决，不可冷落了大人。"杨梦蝶道声"明白"，起身去了。

秦松见严婉儿姿容美丽，举止不俗，不由叹息道："可怜夫人青春年少，早早居孀。"严婉儿心下冷笑道："又一个衣冠禽兽。"一瞥眼间，正见壁上挂着一把琵琶。严婉儿立时计上心头，笑对二人道："有酒无乐，不能成欢。妾请为二位大人弹唱一曲，以助雅兴如何？"秦松喜道："夫人通晓音律，真乃求之不得。"便去堂上取来琵琶，亲手递过。严婉儿莞尔一笑，抱在怀中。云韦见此光景，心头恼恨，自知受着秦松管辖，不好相争，不觉把头低了，闷闷吃酒。只见严婉儿手挥弦柱，展喉唱道：

家住金陵县前，嫁得长安少年。

回头望乡泪落，不知何处天边。

胡尘几日应尽？汉月何时更圆？

为君能歌此曲，不觉心随断弦！

此曲名为《怨歌行》，是南北朝时庾信所作。一曲唱罢，秦松称赏。严婉儿敛衽称谢了，秦松又道："夫人才艺固佳，只是曲调未免凄凉。"严婉儿道："大人若不喜，妾请另唱一曲。"秦松道："敢问曲唤何名？"严婉儿道："是李后主的《一斛珠》。"说全此处，骤闻楼外有喧嚷之声。云韦疑惑，意欲探问。严婉儿笑道："我们这些随从都是粗豪汉子，想必是吃醉了酒，在豁拳为乐。将军莫怪。"云韦听罢，不以为奇。严婉儿挥弦又唱。唱道是：

晓妆初过，沉檀轻注些儿个。向人微露丁香颗，一曲清歌，暂引樱桃破。

罗袖裛残殷色可，杯深旋被香醪涴。绣床斜凭娇无那，烂嚼红茸，笑向檀郎唾。

不说严婉儿在宴上弹唱琵琶，绊住云韦，却说周诚离席出来，由家丁张三领至厕中。净手已毕，周诚问道："同我来的从人在哪儿？"张三道："在西园。"周诚道："有劳引路，我去敬一杯酒。"二人于是移步西园，来到筵宴。周诚向众人道："我敬大家一杯。"众人皆起身道："犬马之人，何以克当！"周诚不善辞令，只怕言多语失，被人看出破绽，就从桌上取过一只盏子，自己满斟了酒，说道："喝了再说。"言毕饮尽。众府兵见状，一起举盏。原来严婉儿早与众人相约，以摔杯为号，一齐动手。义军勇士因各停杯不饮，手按腰刀而目视府兵。周诚便要掷杯于地，忽听一阵皂靴声响，却是家丁李四指引着秦松护从到了。

周诚陡见来了许多生客，出乎意料之外，心下迟疑，不敢动手。便有心细的府兵警觉道："兄弟们何不饮酒？"义军勇士面面相觑，不知所措。正在迟疑之际，杨梦蝶闯进西园道："大家动手！"勇士们闻声发难，刀砍府兵。霎时间桌翻椅倒，酒水交横。秦松的护从们看得呆了，直至有人冲杀过来，才想起拔刀自卫。义军勇士都是百战精兵，莫不以一当十，过无多时，将敌杀尽。杨梦蝶又率人在府上搜寻了一回，不分老少，尽皆杀死。于是众勇士把住府门，周诚夫妇登上北楼。

秦松、云韦饮酒乐甚，不知祸之将及。眼见周诚夫妇持刀而来，云韦惊问道："侄女，你做什么？"杨梦蝶笑道："我来为伯父舞剑助兴。"秦松笑道："甚妙，甚妙。"云韦尚未糊涂，喝问道："你们衣上为何有血！"杨梦蝶道："伯父，你可知我这位姑姑是谁？"云韦道："是谁？"杨梦蝶道："她便是'女诸葛'，她的丈夫便是'小周郎'！"云韦大惊道："你们是草寇！"严婉儿道："云将军，我等尽是忠良之士，奉了朝廷圣旨南归，你为何口口声声说是草寇！如今我大军已进城了。你还是趁早出降，免得动手。"云韦大怒，踢翻桌案，去取壁上佩刀。周诚一跃而起，举刀便劈。云韦急掣佩刀一架，铮的一响，刀刃上各迸起寒光。云韦怒道："好贼儿，吃我一刀。"二人各逞本事，翻翻滚滚地斗了起来。

秦松见势头不好，起身要逃，被杨梦蝶手起一剑，废其两腿，痛倒在血泊之中。严婉儿道："狮子搏兔，当尽全力。一起上。"早有两名义军勇士登上北楼，拔刀来夹攻云韦。云韦本已老迈，非比壮时，又未带有称手的大铁锥，禁不住三人合力，只得遮拦挡架，绕柱而走。杨梦蝶笑道："伯父，你不济了，顽抗下去，只是个死！"云韦骂道："小畜生，欺我太甚！"气急败坏，将刀掷去。杨梦蝶侧身一闪，刀入柱中。周诚一刀早到，斩落了云韦一条右臂。杨梦蝶又复一剑，刺透左股。云韦一声惨叫，痛倒成擒。

另说姚文、孔岩绕道渡过湍水，来至邓州城南。守将喝问："你等是何处军马？"姚文道："我等是襄阳守军，奉命特来协守。"守将不能做主，遣人去都监府上传报。严婉儿令将云韦印绶持示守军，下令开城。义军趁机而入，兵不血刃，夺了邓州。孔岩问姚文道："秦松、云韦都是朝廷命官，如何处置才好？"姚文道："二人通金，罪当斩首。"言毕，命收捕秦松、云韦同党，一番拷打，众皆供认通金不讳。姚文逼令众人写下口辞，尽皆推去市曹斩首。

义军清点府库，得钱三十万贯。清点军库，计得枪一万杆，斧两千柄，甲四千副，盾五千面，刀七千口，弓三千张，弦九千条，箭十万支，炮十八座，弩六十架，另有夜叉擂、铁蒺藜等不计。诸将喜道："我若不取，尽资敌矣。"

城中原有三千守军，城破之后，尽已请降。姚文尚恐众心不安。苗松建言道："可从中挑选宿卫。"姚文称善，用降兵为宿卫，众心乃安。

邓州城中有编民二万余户八万余人。姚文令孔岩主持政事，坚壁清野，迁移百姓。安排军民同宿，有秋毫之犯者，立斩以徇。姚文自将军旅，拣选精锐，随才部署，择其健者，授以军阵。计得精兵八千，号为"锐士"，以五百人为一营，有战死者，择优补录。造鼓八十面，建五色旗，以一号令。不出旬日，令行禁止，上下肃然。

一日姚文与诸将商议道："我有军民二十万人，其中兵士四万，战马三千余匹。若在城中征兵，尚可征得一万。敌军远来，又要分兵驻守各州，计其兵士，多不过五万。恃此坚城，足以一战。"探马忽报："完颜亮率领三十万大军南下，洛阳、汝州俱已失守。"姚文忙问："赵龙、钱虎如何？"探子道："二将军已殉国矣。"姚文闻言失箸。众皆惊道："金军何来之速也！"正是：直北关山金鼓振，征西车马羽书驰。究竟战事如何，且看下回分解。

第三十四回

完颜亮投鞭断水　姚仲英破釜沉船

话说完颜亮以半月为期，征调金兵两万，签军八万，马六万匹，号称三十万大军，大举南侵。其中有上将两员，一名韩威，一名常猛。起初挞赖被完颜亮所杀，常猛同遭囚禁。完颜亮知其忠义，意欲收于麾下。常猛辞道："将军所重者，义士也。挞赖待吾恩厚，而将军杀之。我若改投将军，是不义之人，将军何用我为！常某无所求，但求一死。"完颜亮道："将军笃于私义，而忘国家养士之恩，岂为忠乎！以亮观之，虽死而不足道也。今我大军即将南征，正是用人之际，丈夫求死，当死疆场之上。"常猛闻言感悟，乃拔刀自断一耳道："主辱臣死，古之义也。常猛为国事故，暂以耳代。"言毕，自请为开路先锋。韩威等人皆以常猛新降，不可委任。完颜亮道："常猛不忘故主，是以知不肯负国！"因许所请。

常猛率军五千，长驱猛进，至于黄河。钱虎带兵一千，据守孟津，令将船只沉河，以防金军南渡。常猛假意伐木造舟，暗中却遣一千轻骑绕道虎牢渡河。虎牢关虽险隘，但疏于防守，遂被金军所夺。金军马不停蹄，复沿邙山而进，欲抄钱虎后路。幸有燧侯举烟示警，报知宋军，钱虎大惊，命众弃守孟津，向洛阳疾退。赵龙亦出洛阳接应，陈兵邙山、洛水之间。金骑长途奔袭，无力攻坚，钱虎得以退入城中，而常猛大军亦得渡河。

常猛乃令屯兵于洛水之北、邙山之南，分兵略伊阙、轘辕等关，以绝宋兵南退之路。副先锋道："主帅欲令将军早下洛阳，意在速胜，今者分兵要隘，欲作长围久困之计乎？"常猛道："此非汝所知也。洛阳城坚，未可轻下。我今分兵，意在诱敌出战。"赵龙闻知常猛部署，与钱虎商议道："金兵分略要隘，必欲长围久困。你我岂可坐待困弊，消极防守！当趁其大众未集，先挫其锋。"钱虎道："不然，金军欲趁我后方空虚南下，岂肯长围久困？只要你我坚守洛阳，金军就不敢轻进。"赵龙乃止。

一连数日，常猛并不攻城，令放牛马于洛水北岸，又令于营中晾晒衣甲。赵龙见之，欲夺其马。钱虎道："须防有诈。"赵龙笑道："雕虫小技，焉能瞒我！金军必欲趁我夺马纷乱之际出战。我且先不夺马，径取其营。彼纵有诈，能奈我何！"乃令钱虎守城，亲点士卒三千，捣入金营。金军大乱，齐向邙山退却。赵龙喜道："此乃天赐之便也。"下令将士上马，在后追杀。谁知常猛早令精兵两千伏于邙山之上，俟得宋兵入谷，大军齐起，扼住谷口厮杀，将宋兵困于谷中。

钱虎见赵龙有难，不得不救，提兵两千出城。这又中了常猛围点打援之计。常猛分兵一千，鏖战钱虎，又令三百轻骑径奔城门。洛阳留守见了，急令关城。钱虎军见后路已断，军心浮动，大败而奔。看官记得，伊阙、轘辕等关已被金兵拿下，阻隔了南下之路。钱虎顾不得赵龙，命众弃马上山而走，藏林伏草，始得脱身，而随行兵马仅余数众。

赵龙战至力竭，身中数箭而死，随行兵马全军覆没。洛阳留守见大势已去，只得在城头上竖起白旗，开城降金。完颜亮随后渡过黄河，进驻洛阳，下令张贴告示，晓谕百姓道："我主以宋君无道，遂兴仁义之师，欲拯斯民于水火。所过之处，秋毫无犯。阖城军民，各宜知悉。"

常猛攻取洛阳有功，获赐财帛甚厚。常猛推辞道："我本背主之人，理当就死，今者稍赎前罪，未敢自居有功。"完颜亮便不强之，令将财帛转赠将士，为其树恩，将士皆喜。常猛便又请令去打汝州，韩威叫道："常将军牛刀小试，已建功勋。便请少歇数日，容我去取一城。"完颜亮知他败于孟州之后，久思雪耻，故而允之。

韩威同率步骑五千，鼓行至汝州城下，围住城池，遣使劝降。钱虎已逃入汝州，撕书斩使，誓不肯降。韩威大怒，下令攻城。汝州军民上下一心，矢志守城，屡次击退金兵。韩威愈怒，身披重甲，率众先登。日暮城破，钱虎奋战而死。完颜亮闻报喜道："韩将军一日而克汝州，不让常猛之功。我军中有此二虎，何愁江南不定！"后闻韩威先登，复诫之道："将在谋而不在勇。将军宜自珍爱，不宜与壮士争功。"韩威称谢。完颜亮遂因汝州军民抗拒金兵，下令屠城，不分老少，尽皆枭首。邻州震怖，望风而降。

金军攻城略地，兵不留行。五月二十日，破唐州；二十一日，屠新野；二十二日，克南阳，对邓州形成了包抄之势。完颜亮自谓邓州传檄可定，遣使纳合斡鲁劝降。姚文见了来使，回书一封曰：

"宋承宣使姚文顿首，敬答金奉国上将军完颜亮足下：

"贵国轻启戎机，大驱士马，欲并江南之地，遽毁绍兴之盟。仆窃以为不明。何也？知止则安若覆盂，无厌则危如累卵。苻氏投鞭，三军瓦解；曹公横槊，一炬灰飞。恣逞一时之志，终获奔败之灾。足下举不义之师，召厌战之卒，而攻有道之国，犯齐心之众，其能无败也夫？

"嗟我良民，罹此百忧。城尽九劫而存，兵多百战而死。火焚荒村，燕失营巢之木；草生陇亩，鼠无可顾之家。伤心惨目，痛可言哉！始知兵者为凶器，圣人不得已而用之。

"况复人生须臾，百年弹指。烛龙煎寿，未闻少驻之方；仙掌凝霜，不乞长生之药。万里之封疆谁付？千秋之基业安托？荒台废冢，狐兔不辨梁陈；朱雀乌衣，燕子难寻王谢。夫以朝露之躯，而欲建不朽之业，不亦愚哉！

"仆以良言，具白足下：苟刍荛之可采，当卷甲而释兵。各守本邦，还吾故土。永结昆弟之好，再缔不易之盟。是则货殖交于驰路，茶盐通于榷场。府库流金，田夫鼓腹。共享太平之福，长颂甘棠之咏。

"足下若决意玩兵，一心耀武，岂吾仁义之邦，独无悲歌之士！卧甲枕戈，誓断常山之舌；举烽伐鼓，欲碎睢阳之齿。男儿备战守，女子砺刀枪。请寄生死于刃端，一决雌雄于疆场。诚恐动摇足下之英名。勿谓仆言之不预也！"

完颜亮看罢回书，勃然大怒，下令聚粮南阳，交由常猛镇守，自举大众开拔，誓要踏破邓州城。

姚文回书之后，即令全城戒严。二十三日，晨起阅兵。午后，会见孔岩，过问法令、物价、仓廪、粥坊、水源、火烛、医药等情。随后赴军营，检验营帐、粮草、车马、衣甲、锅灶、茅房诸事。近夜，巡视城防，查看岗哨、地听、棚房、旗鼓、弓弩、藤牌、水囊、滚石。二更升帐，会见诸将。三更回寝。一日行程表过。

二十四日，金军搭建浮桥，渡过湍水，围城三重，造土山，具器械，历时三日而后成。二十八日，完颜亮下令攻城。

姚文令苗松守东门，凤钟守西门，花灿守南门，方洪守北门。一时间征尘又起，战马重嘶。金兵填平壕堑，乘坐云梯临城，宋军泼油纵火，士卒烧死。此攻彼拒，各尽所能。

完颜亮驭众严整，法令残酷，每战必驱签军当先，金兵继后。依跋队斩，退者不赦。由是战无不胜，攻无不取，而将士有功必赏，尽皆乐从。姚文宽仁爱众，号令严明，与士卒同甘共苦，每有战死，厚加抚循，故将士怀恩畏威，争效死力。血战半日，尸与城平。有诗为证：

> 万马踏山摇，孤城倚碧霄。
>
> 水漫金山寺，箭射海门潮。
>
> 城头鸣战鼓，梯上舞胡刀。
>
> 尸骸平断堑，碧血浴征袍。
>
> 乱云飞不渡，绝壁泣猿猱。

战至午后，签军死以千计，堆叠如山。金兵践踏尸体，登上北城。方洪亲冒矢石督军，与敌刃战。姚文见东西两门攻势较弱，乃令苗松引军出东门，凤钟引军出西门，以击金军。两门之金军稍乱。完颜亮乃集精兵于城西，遣令韩威出战。姚文令调火炮于城头，自上击之。韩威少退。城东方面，苗松始而强攻，继而诈退，待得金军返鼓，张其两翼击之，金军复败。完颜亮大怒，亲披铁甲，麾众而前。姚文即令两军入城，不与交战。是时，北门之围亦解。

薄暮，金营鸣金。倚城看去，又见：

> 落日山河赤，残旗野火烧。
> 林下栖胡马，乌鸟宴城濠。
> 洗寇谁倾海？杀贼各拭刀。
> 臂残犹自庆，浇酒祭同袍。
> 望断南飞雁，迢递数峰高。

完颜亮始有轻敌之意，首战未尽全力，而守军击退金兵，军心已振。此后数日，金军虽攻势愈强，而守军亦无退避。是以攻城累日，城不能拔。完颜亮见强攻无效，下令改而围城，暗于土山之背挖掘地道，通入城中。地听察觉，报与姚文。姚文令方洪挖掘内河，以水灌之，穴不得通。

金使纳合斡鲁献计道："我去城中之时，见敌军主帅有咳血之症，想他身抱重病，怎当得烦剧之任！何不令韩威将军薄城扎寨，半夜擂鼓，惊扰城中。不出旬日，必将死矣。"完颜亮闻计大喜。

话说宿卫闻得鼓声，急去通禀。卧舍中却见姚文以被蒙头，闷声痛哭。宿卫大惊，不知其故。原来姚文自从掌兵以来，肩负既重，杀人又多，表面上虽不形于色，内心里岂能无感！故每到夜深人静之时，常至崩溃痛哭。若非宿卫闯入卧处，何由得见！须臾，姚文敛泪，起看敌情。城上将士禀道："金军只是擂鼓，并未攻城。"姚文道："完颜亮诡计多端，虽未攻城，不可无备。"将士允诺。姚文又去巡看了一回城防，方回卧处。

一夕之间，鼓声数起。姚文每闻鼓响，必要动问。孔岩道："敌军必是疲敌之计，兄弟何不安心睡卧？"姚文道："兵法虚实，谁能逆料？完颜亮非等闲之辈，怎保得假中无有一真？"孔岩道："只是兄弟抱病沉重，食少事繁，如何煎熬得起？"姚文道："将士们皆在前舍生忘死，我又何忍自惜性命！"孔岩道："长此以往，将如之何？"姚文道："且等三夜，我自有应对之策。"鼓声连响三夜。姚文乃令凤钟率骑一千，自瓮城而出，去劫金营。金兵惯闻喊杀之声，夜半闻警，尚以为自家用计，俱各安睡如故。直至军头挨帐唤起，这才仓促迎敌。凤钟早已焚其攻城之具，退还城中。完颜亮闻报大悔，自此不复闻夜鼓。

完颜亮又令写告示百张，射入城中，其上书云："有斩姚文首级来献者，赏绢万匹，钱万贯，封万户侯。"将士拾得告示，报与姚文。姚文笑道："亮计穷矣。"令题书背道："有斩完颜亮者，亦同此赏。"再令将士射出城外，以为一笑。孔岩恐姚文有失，请益护卫。姚文道："军者舟也，民者水也。我自入城以来，约束士卒，无犯百姓，誓与城共存亡。民心昭昭，岂无向背！"百姓闻知感泣，于是父劝其子，兄勉其弟，相率投军。

彼时天气酷热，疾疫流行。北人不耐暑热，加以连日征战无功，军无固志，多有士卒夜半逃亡。完颜亮顿兵城下，计无所出。不过半月，天下形势悄然生变。刘琦、岳飞先后取得顺昌、郾城大捷，兀术大败，退守颍昌。河南义兵兴起，绝敌粮道。杨钦亦自鼎州启程，带甲八千，来解邓州之围。

完颜亮见有后路断绝之危，只得令众撤围北退。杨钦当先遣使报入城中，诸将才知天下之变。孔岩道："王师连战皆捷，攻守已然易势，正当北上中原。"诸将雀跃，誓要北伐。唯独苗松沉默不语。姚文问道："军师是何主意？"苗松道："完颜亮虽已退兵，主力却未大损，倘若掉头反击，难保万全。"姚文笑道："莫非我只能守城，不能野战？我正要与他一决雌雄！"因留苗松守城，自率大军北上。其时姚文病势已沉，难以驾马，强支病体，恃辇而行。孔岩劝道："兄弟病重，不如留在城中，我愿代为一往。"姚文道："'伏波惟愿裹尸还，定远何须生入关。'将军死疆场，幸也，又何惧哉！"将士感泣，誓同死生。

话说姚文率领宋兵出城，日进五十里，下寨安营。令花灿、方洪率前军探路，只可前突二十里，如遇敌兵，坚营自固，不可出战。二将领命而行。当夜正宿营时，忽有签军降兵入见，具言完颜亮后军宿于前村，夜不设备，辎重甚众，军马不多，趁夜劫营，必然有功。花灿问知，便要劫营。方洪道："姚兄弟临行曾嘱，不可冒进。况且虚实不知，未可轻信生人之言。"降兵道："金军每驱我等先登，待之如鸡犬，我等岂无弃暗投明之心！"言毕，袒露其背，示以伤痕。花灿贪功心切，不复有疑，乃道："将在外，虽君命有所不受。机不可失，时不再来，兄不肯去，我当自往。"方洪无法，只得一面差人报知姚文，一面领兵随往。

话说花灿、方洪卷甲电赴，奔袭前村，夜行二十里，见前方营火甚盛。花灿即令将士偃旗卧鼓，就地少歇，一面遣人前去哨探。哨兵回说："前村中车多兵少，辎重甚丰。"花灿大喜，令众披甲，捣入其中。方才杀进敌营，便听一声炮响，伏兵自车下跃起，砍杀宋兵。宋兵猝然无备，尽皆惊惶。与此同时，又见敌骑自北大举南来，响声震地。花灿、方洪大惊，命众急退。完颜亮纵令骑兵追赶，杀获大半。

另说姚文闻知花灿轻进，便知中计，急令凤钟率骑一千接应，步卒皆坚营列阵。凤钟与金骑混杀一场，救回前军，两军各罢。完颜亮随即麾众南来，要与宋军决战。

宋军新败一场，诸将悚然，有退兵之意。姚文道："完颜亮小胜必骄，正在我意料之内，何足畏怯！"花灿下马请罪，姚文喝令斩之。诸将求情道："两军阵前，先斩大将不利。"姚文乃令暂记其过，许以立功自赎。

辰牌时分，两阵对圆。完颜亮麾下有金军万余，签军兵士两万，姚文有兵士四万余人。一通鼓响，金军出战。完颜亮乘新胜之锐，令轻骑驰骋于阵前以挑之，宋军不应。完颜亮令一万签军步卒轮番进攻，两千铁浮屠在后督战，另教轻骑掠敌两翼。姚文令凤钟率前军八千步卒迎敌，两翼各以枪兵拒马。一时间杀声大震，箭矢横飞，兵戈交击，震耳欲聋。

战至午后，姚文令凤钟自间道徐退，替下疲卒，督令锐士精兵，列成锋矢之阵。签军本无斗志，忽遇劲旅，连连退却。铁浮屠砍杀禁止不住，反被冲散了阵脚。宋军撕开敌阵，随后撵杀上来。周诚率斩马刀营入阵，专割马腿；斧兵营随行在后，斩杀落马的金兵。

完颜亮见状大惊，一面令后备签军布置防线，一面命铁浮屠迁回至宋军侧翼，重组队列冲锋。宋军随之回军转阵，以层层枪兵压住阵脚。是所谓："强弩之末，不能穿缟素。"铁浮屠强破宋军三壁，冲锋之势已沮，宋军围住铁浮屠，如法炮制，割其马足，斩其将士。铁浮屠人亡马倒，旗鼓交横。原来布阵之难，难在号令。号令未出，不准勇者独进；号令既出，不准怯者独止。方可如身使臂，如臂运指，无往而不胜。倘若令不行于士卒，必然进退失据，自乱阵脚。故非军纪严明，未可轻用此阵。

完颜亮见铁浮屠一败涂地，惊怒交并，拨与韩威五千金兵，令从敌军背后强袭。姚文用花灿为将，分兵八千抵御。另以亲兵督战，斩其退者。两军相接，陷于混战，马蹄震地，尘沙漫天。姚文正凭栏遥瞩，传令兵忽报："花将军弃军奔回。"姚文惊怒，令斩其首。花灿且奔且叫道："马面中箭失控，非肯退也。"姚文乃令换马，遣回阵前。

战至日落，胜负未分，宋金后备之军尽已投入战场。杨钦兵马已至邓州，又自邓州北上，赶来助战。完颜亮闻报，甚是忧惧，急令快马驰赴南阳，调令常猛助战，以求速战速决，击溃宋军。常猛得获急报，与众商议道："主帅大军去此五十余里，少派兵马，无济于事，尽起大军，又恐粮草有失。"城中副将道："岳家军远在郾城，非一日可到。草寇又正与主帅鏖战，无暇分兵至此。即便有些轻骑滋扰，城门一闭，保守不难。主帅屯粮城中，正为此也。主帅正有燃眉之急，岂可坐视不理！"常猛寻思有理，便留五百人守南阳，亲率主力骑兵助战。

入夜之后，战场上点起火把鏖战，喊杀声较前尤烈。其时两军将士杀伤相当，俱已疲惫，各盼援军赶到，便可破敌。韩威谏道："我军孤军深入，久战不利，不如退兵。"完颜亮道："今日若不能除此狂寇，必为将来之患。难得将其诱出城来，待常猛援兵赶到，便可破敌。敌虽有援，多是步兵，赶到战场，尚须一夜。可知我胜之必矣！"言犹未了，亲兵叫道："快看，南阳有变。"完颜亮大惊，回头看时，只见南方火光大起，映照得夜空通红。

原来姚文昨日出城之后，便对孔岩说道："我从俘虏口中获知，完颜亮屯粮南阳，由常猛率三千军兵驻守。我今北上与完颜亮决战，亮不能胜，定调南阳守军助战。兄可率一千骑兵，绕行至南阳城外埋伏，待他主力离城，袭之可也。放起大火，其军必溃。"孔岩道："南阳有城池为限，我军尽是轻骑，苦无攻城之具，如何袭取？"姚文道："昔日我驻军南阳，便料到金兵日后要聚粮于此，故让方洪暗挖地道一条。洞门在城西五里外枯井之内。"孔岩大喜，奉令而行。宋兵宛如天降，守军措手不及，不过半日，南阳易手。孔岩命将大军粮草聚于城南，付之一炬。

姚文望见火起，自知奇袭奏效，向众高呼道："岳家军已攻克了南阳，胜负在此一举。家怨国耻，雪乎今日。"乃令全军出击。宋军振奋，莫不鼓勇而进。金军军心大乱，马如潮退，阵似山崩，纷纷溃退。姚文复纵令轻骑逐北，杀得金兵尸骸委地，绵延数里之遥。常猛赶至战场，自知大势已去，难挽败局，只是杀退追兵，救回残部。此战宋军阵亡八千，歼敌过万，完颜亮粮草尽失，军多亡散，退至开封，不足万人。邓州之战，卒以宋军获胜告终。究竟宋军北伐能否成功，且看下回分解。

第三十五回

孔荆玉悬旌荡寇　曹子高挂印辞官

话说完颜亮败于邓州，仓皇归北。兀术又接连被岳飞击败，退守开封。大河南北义军云涌，争相响应王师。姚文、孔岩攻取汝州，曹峰攻占了大名府，岳飞屯兵于朱仙镇上。

宋主闻知前线捷报，龙颜大悦，急召秦桧入见，商议添兵助饷，收复东京。秦桧看了奏报，却道："臣不知圣上喜从何来。"宋主道："前线大捷，如何不喜？"秦桧道："圣上所喜，正是臣下所忧。"宋主奇道："所忧者何？"秦桧道："臣忧圣上健忘。"宋主道："朕如何健忘？"秦桧道："近则忘了陈桥兵变；远则忘了刘裕、桓温。"宋主大惊道："朕与岳飞君臣相得，飞岂忍负朕！"秦桧道："自古名高震主者身危，功盖天下者不赏。岳飞纵无此心，其帐下岂无攀龙附凤之徒！韩白之殷鉴在前，必有进蒯通之计者。圣上能无虑哉！"宋主默然，即召岳飞班师。

岳飞接诏，尚以为朝廷不明下情，上书争辩道："金虏屡经败衄，锐气沮丧，已欲弃其辎重，疾走渡河。当今豪杰向风，士卒用命，天时人事，强弱可知，功及垂成，时不再至。"奏书递上，却换来朝廷十二道金牌，切责岳飞违命，未知居心。岳飞愤懑道："朝堂上奸臣当道，怎容得将士们奋力驰驱。"无可奈何，只得奉诏。兀术闻讯大喜，点起军马，卷土复至。宋军主力已退，义军独木难支。不过旬日，河南之地复陷于敌。岳飞路途闻知，仰天叹道："所得诸郡，一旦都休！社稷江山，难以中兴！乾坤世界，无由再复！"正是：权臣自愿成和议，金虏何尝要汴州。

却说太行义军归南之后，朝廷叙功行赏。孔岩授宣正大夫、荆湖北路安抚使；苗松、凤钟、花灿、方洪各授武功大夫、诸州刺史。其余封赏有差，不再细表。

不久，夔州路百姓不堪重赋，起兵造反，攻杀长吏，盗其府兵，聚众万余，号称十万。朝廷命孔岩为招讨使，率麾下军兵进军戡乱。西南之地路阻难行，多有蝮蛇、猛兽之害，草寇劫富济贫，又能得众，乡民自愿为之耳目。是以官军举动，无不悉知，往往避实击虚，令官军疲于奔走。一连三月，转战无功。一日孔岩亲率数骑探路，不幸深入险地，遭遇乡民围攻，孔岩策马欲走，又不幸马失前蹄，竟不得脱。可怜孔岩一世英雄，横死于乡民乱棒之下。

噩耗传回军中，全军悲愤不已。严婉儿换上戎装，代夫挂帅，一改往日穷搜追剿之法，下令焚山清野，扫荡村坊，逼迫草寇与之决战。聚而歼灭，遂大破之，斩首八万余级。历时月余，贼酋授首。圣上龙颜大悦，敕封严婉儿为诰命夫人，追赐孔岩为忠义伯，子承父爵，世袭罔替。

绍兴十二年，宋金议和。宋主赵构献上降表，其略云：

"臣构言：窃以休兵息民，帝王之大德；体方述职，邦国之永图。顾惟孤藐之踪，猥荷全存之赐，敢忘自竭，仰达殊恩！事既系于宗祧，理盖昭于誓约。契勘今来画疆，合以淮水中流为界，西有唐、邓二州，割属上国，自邓州西四十里，并南四十里为界，属邓州；其四十里外，南并西南，尽属光化军，为敝邑沿边州军。既蒙恩造，许备藩方，世世子孙，谨守臣节。每年皇帝生辰并正旦，遣使称贺不绝。所有岁贡银绢二十五万两匹，自壬戌年为首，每春季差人搬送泗州交纳。今后上国捕亡之人，无敢容隐。寸土匹夫，无敢侵掠。其或叛亡之人，入上国之境者，不得进兵袭逐，但移文收捕。既盟之后，必务遵承，有逾此盟，神明是殛。坠命亡氏，蹈其国家。臣今既进誓表，伏望上国早降誓诏，庶使敝邑永有凭焉。"

和议既成，朝廷召还太行义军，授曹峰以宁远将军。曹峰不免进京面圣，拜谢皇恩。抬眼之间，只见陛前站一殿官，正是范通。

原来昔日郾城之战后，范通兵败被俘，槛送临安论处。却因他在朝中有人，被宋主宽宥死罪，又令在殿前当值。范通虽无多大本事，却会为官，深受宋主宠任，直升任至殿前都指挥使，位在四品之列。曹峰见他衣冠济楚，昂然自得，心下寻思道："朝廷不会用人。我辈兄弟出生入死，为朝廷立下汗马功劳，才只做到五品的武官。他是叛国之人，手下败将，只为受裙带之荫，会溜须拍马，到头来竟还压我一头，思来当真可气。"因向宋主再拜道："臣本一介莽夫，不识礼数，忝居朝堂，恐伤圣上之明。臣愿求赐良田百亩，许臣解甲而归。臣当好生训课子弟，待其考中进士，再为圣上分忧。"宋主龙颜喜悦，准其所请。

话说曹峰谢恩已毕，步出皇城。正当除夕时节，天飘瑞雪，远近皆白，如在碧玉山头，置身广寒宫里。曹峰随兴赏玩景致，一步步走到西湖。只见苏堤上开有一家茶店，店前挑出着望帘。曹峰心想："去吃杯热茶也好。"款行至店前不远，只见芦帘开处，抢出一人，口中叫着"曹爷"，扑翻了身子便拜。曹峰低头一看，认出那人，喜道："是巧儿！快起来，地上凉。"巧儿哭道："曹爷，想煞小人了。"拜了三拜，方才起来，抢步掀帘，将曹峰请进店里。

其时天已向晚，荡起炊烟，打鱼的收船系缆，卖卜的满卦垂帘，都来茶店坐地，议论着买卖年成。曹峰在临窗一副座头坐下，巧儿斟上热腾腾的茶来，说道："曹爷快暖暖身子。"曹峰问道："巧儿，这家店是你开的？"巧儿在旁坐下，向曹峰讲道："自从在东京辞别曹爷，我与莫愁便往邓州营生。用您赠送的本钱，开起了一家茶店。生意虽不甚兴隆，尚可将就度日。只是经营不到两年，便又逢着胡马北来，兵祸汹汹。我夫妇二人为避战乱，弃产逃亡，受尽了奔波之苦。路上逢着溃兵，还将钱粮夺去，险些做了他乡之鬼。后因在途听说一句俚言，说道是：'若要官，杀人放火受招安；若要富，赶着行在卖油醋。'于是我们一路乞讨，来到杭州。始自佣工做起，积累下一点薄财，后又重操旧业，盘下这间店面营生。"曹峰叹道："着实是苦了你。"巧儿笑道："小人早想明白，但要家人平安无事，日子就有盼头，说什么苦不苦的！"曹峰道："你家两口都好？"巧儿笑道："好，好，如今不止两口，却是五口哩。"曹峰抚掌大笑。

巧儿又道："我与莫愁时刻记挂着您和夫人，奈何兵戎阻隔，不得相见。巧儿只好每日里在家烧香拜佛，祈求上苍眷顾好人。"曹峰笑道："想是多亏你那几炷香，才保全我这条老命。"巧儿道："是爷素日积德，福报自至。对了，不知圣上赏您个什么官儿当？"曹峰道："封的是宁远将军。"巧儿道："不得了，好大的官儿哩。"曹峰笑道："世人苦不知足。当初有术士为我看相，说我当官至五品。如今福分已极，安敢贪求！因此自请辞官，落得个知足不辱。"巧儿道："曹爷功成身退，也不枉了一世英雄。"曹峰摇头苦笑道："说什么英雄不英雄的。我的那些老兄弟，或是忧劳至死，或是赍志殉国，费尽了移山心力，到头来却一事无成。只消一纸和约，便都给赔了进去。还不如你有家店面，可以传给子孙。"巧儿道："爷怎能这样说呢？尽忠报国，青史上也要留下名字。"

正当叙话之际，店外走进一位书生，朗声说道："今日的朝报诸位都看了吗？"众茶客便问他有何新闻。书生笑着摘去冠帽，抖落了一身碎雪，又向巧儿讨碗热茶吃了，正襟坐下，向众笑道："朝报上刊登了两则要闻，昭告了两桩大案。不想你们竟还不知！"言下甚有自得之色。

茶客问道："是哪两桩大案？"书生道："这第一桩，是为姚武昭雪。"茶客又问："姚武是谁？"书生道："姚武表字伯雄，是原熙河经略使姚古之子，年少从军，骁勇善战。靖康年间，姚武不幸被金兵所俘。徽、钦二帝听信谣言，误以为他投敌叛国，遂下令抄没姚府，致使姚经略含恨而终。姚武悲愤，自不必说，此后他却诈降于敌，忍辱负重十余载，尽忠报国，赍志以死。今上查明曲直，为他昭雪。"茶客听罢，都道二帝昏庸，今上圣明，又问那第二桩大案。书生道："这第二桩，是岳少保被坐实了叛国之罪，已赐死在风波亭上。"

众茶客闻言哗然，议论不止。曹峰叹一声道："巧儿，你忙吧，我不坐了。"巧儿哪里肯放他走，扯住他道："曹爷不是爱听书吗！说书的赵瞎子来了。"这时只见一老一少走进茶店。那老者须发苍白，两目俱盲；少年发垂覆额，双瞳明亮。少年扶老者在椅上坐下，朗声说道："爷爷，你今天要讲什么？"赵瞎子道："今日圣上为姚武昭雪，瞎子我便借着这个噱头，讲一出《盖世英雄姚仲英》。"

少年问道："姚仲英是何许人也？"赵瞎子道："姚仲英姓姚名文，表字仲英，乃是原熙河经略使姚古的次子，姚武的同胞兄弟。他是瞎子我看着长大的。"茶客笑道："瞎子，你就吹吧。"赵瞎子道："宣和年间，瞎子我双目未盲，正在经略府上做主事。我的儿子赵平与他一起读书学艺，亲如手足。他若见着我，还要恭恭敬敬地叫声老爹呢。"茶客们闻言起敬，登时四座屏声，一心听他说书。

赵瞎子向众客唱了声喏，讲起书道："姚仲英在家排行第二，因此瞎子平日里称他二郎。这二郎生来就有一段异禀，读书时一看就通，练武时一学就会。年纪轻轻，就学成了文经武纬。姚经略见此子聪慧过人，自是喜爱有加，指望着他有朝一日出将入相，光宗耀祖。怎知二郎另有一段奇处。平生事业，全不在功名上讲求，却只爱去江湖上闯荡，行侠仗义，济困扶穷。在他及冠之年，毅然选择了离家出走……"

曹峰正听得有趣，店外忽传来一阵惊呼之声。隔窗看去，原来有位老翁被一辆疾驰的马车蹭倒。马车上跳下一人，梳着辫子头，穿着貂皮袄，向老翁指手画脚，叽里咕噜地大骂。巧儿在旁说道："那是金国来的使臣，先前在小店吃茶，就蛮不讲理，不给茶钱。"曹峰拍案而起，道："岂有此理，这是大宋国土，没有王法了吗！"迈开大步，走出茶店。

事发处早围有许多看客，莫不畏惧金使，不敢插言。金使骂了一阵，恨犹未解，又去马夫手里夺过鞭子，打那老翁。曹峰怒不可遏，推开看客上前，抓住了鞭梢喝道："你凭什么打人！"金使见有人胆敢出头，先自吃了一惊，叫道："你是何人？待要怎的？"曹峰高高地举起拳头，作势要打，金使吓得身子一缩，矮了一截儿。曹峰正不知该不该打，巧儿急忙抢上前来，居中隔开二人，再三地劝住。金使趁机身子一长，挣脱开去，骂骂咧咧地登车走了。看客们才敢扶起老翁，望尘大骂。

曹峰回到店中，正听赵瞎子讲道："二郎就这样一路行侠仗义，打抱不平。那被他救下的美人，也情愿以身相许。二郎并非不爱美人，不巧正逢上金贼入寇，二帝蒙尘。二郎说道：'我姚家世受皇恩，久食汉禄，若不能迎回二圣，一雪国耻，虽是生而为人，竟与禽兽何殊！'因此毅然辞别美人，入赴国难，南征北讨，屡建功勋。直至邓州一战，天下扬名。"少年道："爷爷，我想听邓州之战。"听客们跟着叫道："不错，讲讲邓州之战。"

赵瞎子道："既是客官们想听，瞎子我就先讲邓州之战。当时是绍兴九年，金贼背信弃义，撕毁了绍兴盟约，要入侵我大宋疆土，奴役我大宋子民。而我圣主误信盟约，已将数十万将士调离江防，邓州的守备十分空虚。二郎闻知消息，骑上一匹照夜狮子马，星夜驰援，一昼夜间，来到了邓州城下。完颜亮正率领百万大军，把邓州城围裹得铁桶相似。二郎一身是胆，浑无惧色，单枪匹马，便闯金营，一条枪，挑翻了千骑虏；一匹马，冲透了百重围。"讲至此处，听客们齐声喝彩。

赵瞎子哂一口茶，接着讲道："二郎一路杀至城下，已是人成血人，马成血马。城上守将忙命开城，请进城中，拜问战守之策。二郎说道：'我觑那百万之众有如蝼蚁。明日只须让将士们呐喊助威，我自去阵前与敌搦战。待我杀败了完颜亮，便一齐掩杀过去，必获大捷。'守将喜悦，奉命而行。次日一早，二郎披挂已毕，腰悬宝剑，手挺长枪，跨上战马，便出城门，数千宋兵在后摆开。只见金军阵中一将出马，身长一丈，腰阔十围，使一口宣花斧，两臂有千斤之力。此人姓韩名威，正是完颜亮帐下二虎之一，有万夫莫当之勇。韩威高举大斧，便向二郎索战。二郎冷冷地笑道：'你的本事我尽知道，不足污我长枪，快让你家主帅出来，与我决一死战。'韩威道：'小子休要夸口，要见我家主帅，赢过我的大斧再说。'拍马上前，便战二郎。二郎那条枪神出鬼没，一会儿如龙摆尾，一会儿似凤翻身，斗无数合，便杀得韩威斧乱。只见'嗖'地一枪，戳瞎了韩威左目。韩威痛叫一声，败阵而逃。客官们记着，自此韩威只唤作'独目将军'。二郎得胜，便要赶将入去，又听敌阵中一将喝道：'来者且住，常猛前来会你！'原来这常猛也是完颜亮帐下二虎之一，使一对儿铜锤，重八百来斤。二郎笑道：'又一个送死的来了，看我宝剑厉害。'说罢拄枪拔剑，与他交锋。杀无数个照面，又削下了常猛右耳，常猛弃锤负痛而逃。二郎大笑道：'完颜亮，这便是你帐下二虎！如今一只少耳，一只寡目，殊为可笑！你怎么尚且缩头曳尾，不敢与我交锋！'那完颜亮是天下第二条好汉，身高丈长，力逾千斤，因被二郎骂得不胜其愤，出马叫道："蛮子欺我太甚！纳命来吧。'说毕，二人便纵马争强，杀在一处，一个使枪，一个使狼牙棒，枪来棒往，棒架枪迎，真个是棋逢对手，将遇良才，直杀得天摇地动，日月无光。从朝至暮，二人大战了三百回合。眼见斗到分际，二郎使一招'举火烧天'，向完颜亮咽喉刺去。完颜亮侧身急闪，把狼牙棒往枪上一隔。'当'的一声，便见二郎的长枪脱手。完颜亮随即抡转了狼牙棒，向二郎当头便砸……"听到此处，听客们齐声惊呼道："哎哟，不好！"

赵瞎子不慌不忙地吃了口茶，接着讲道："话说二郎与完颜亮斗到三百回合上下，心中思量道：'这虏儿当真有些手段，我须卖个破绽，才能赢他。'因此故作失手，弃了长枪。完颜亮自以为得手，挥棒砸向二郎，二郎看着棒到，却疾将身向后一挺，躲开那棒，暗中掣出宝剑，向上一撩，因这一撩，正割伤了完颜亮右手，疼得他弃棒而逃。二郎哪肯放他回阵，催动那匹照夜狮子马，在后赶上，把完颜亮就马鞍上轻轻一提，生擒过马。宋军无不大喜，不待令下，便一齐呐喊着掩杀过去，只杀得百万金兵丢盔弃甲……"

讲犹未毕，座中书生打断道："且住。你说二郎生擒了完颜亮？"赵瞎子道："不错。"书生道："这话却是差了。我见朝报上说，完颜亮正受金主重用，屡欲与我大宋为难呢。"赵瞎子道："客官莫急，听瞎子慢表。话说完颜亮被擒之后，吓得屁滚尿流，向二郎磕头求告道：'小人上有八十岁的老母，下有未满月的孩童，乞求英雄开恩，饶我狗命。'二郎骂道：'呸！你这腌臜的金狗，怎敢犯我上邦？除非你面南跪下，向我大宋君民磕上一千个响头，喊上一千声"祖宗"，我才饶你。'二郎本是随口一说，谁知完颜亮二话不讲，当即照办，磕了一夜的头，又喊了一千声'祖宗'。二郎是个重诺守信的人，无奈话已出口，只好饶他。"听客们哄堂大笑道："虽是饶过这孙儿，却也出了咱一口恶气。"

少年问道："姚英雄后来去了哪里？"赵瞎子道："若问二郎的去处，说法可就多了。有人说他在江南，有人说他在河北，也不乏别具用心的人说，二郎早在北伐途中暴毙而亡。"听客们闻言愤然道："简直是一派胡言，一定是奸臣贼子散布。"少年急道："爷爷，姚英雄到底去了哪里？"赵瞎子笑道："以上说法尽是谣传。瞎子我半年前见过二郎一面。原来二郎功成名就之后，便与美人破镜重圆，归隐五湖去了。"听客们唏嘘一阵，方才释然。少年忽叫道："爷爷，我一定苦学本事，将来也要做个英雄。"

正是：

板荡豪杰竞起，乱离草寇纷争。十年兵甲误苍生，书客犹说将种。
宫阙黄金筑就，江山白骨堆成。几行青史载名踪，著与世人传颂。

——调寄《西江月》

（全书终）